中國現代史叢書 7

張玉法 主編

漢語與中國新文化啓蒙

周光慶
劉　瑋　著

東大圖書公司

國立中央圖書館出版品預行編目資料

漢語與中國新文化啓蒙／周光慶，劉
　瑋著. -- 初版. -- 臺北市：東大發
　行：三民總經銷，民85
　　面；　　　公分
參考書目：面
ISBN 957-19-1896-2 （精裝）
ISBN 957-19-1897-0 （平裝）

1.中國語言—歷史

802.09　　　　　　　　　　84013729

© 漢語與中國新文化啓蒙

著　作　人　周光慶　劉　瑋
發　行　人　劉仲文
著作財產權人　東大圖書股份有限公司
發　行　所　東大圖書股份有限公司
　　　　　　地址／臺北市復興北路三八六號
　　　　　　郵撥／〇一〇七一七五─〇號
印　刷　所　東大圖書股份有限公司
總　經　銷　三民書局股份有限公司
門　市　部　復北店／臺北市復興北路三八六號
　　　　　　重南店／臺北市重慶南路一段六十一號
初　版　中華民國八十五年二月
編　號　E 62040
基本定價　陸元貳角
行政院新聞局登記證局版臺業字第〇一九七號

ISBN 957-19-1897-0 （平裝）

主編者序

　　二十世紀在中國歷史上是一個變遷迅速的世紀。在二十世紀將要結束以前，回頭看看二十世紀初年的中國；或從二十世紀初年的中國，看看二十世紀將要結束的中國；不僅歷史學家會不斷檢討這一段的歷史總成績，走過這個時代的人或走不過這個時代的人，無論自己流過多少汗、多少淚、多少血，受過多少飢寒、多少苦難、多少折磨，還是犧牲過什麼、享受過什麼、獲得過什麼，站在二十世紀的盡頭，不能不對這一個世紀作些回顧、作些省思，然後勇敢地走向或走入二十一世紀。這是東大圖書公司出版「中國現代史叢書」、為讀者提供歷史資訊的最大旨趣。

　　二十一世紀是否為中國人的世紀？有人很關心，有人不關心。但在地球村逐漸形成的今日，不管是冷漠還是熱心，不管是不自願還是自願，都得住在這個村，並為這個村的一員。就中國現代史的研究而論，不僅臺海兩岸的歷史學者，多投入研究，或表示關懷，歐美及日本等地的歷史學者，不少亦研究中國現代史。這便是史學界的地球村。

　　中國現代史的起點，臺海兩岸的學者有不同的看法，一般說來，臺灣地區的學者，主張始於辛亥革命時期；大陸地區的學者，早年主張始於五四運動時期，近年又主張始於 1949 年中華人民共和國的成立。外國學者的看法，不出上述兩種。嚴格說來，臺海兩岸學者對現

代史分期的看法，都受到政治的影響。許多學者以鴉片戰爭作為近代史的開端，也是受政治的影響；因為鴉片戰爭被視為反帝反封建起始的年代。

為了擺脫政治的糾葛，可以從世界史的觀點來考慮中國歷史分期問題。梁啓超將中國歷史分為中國之中國、亞洲之中國、世界之中國三個時期，如果將中國人在中國境內活動的歷史劃為上古史，將中國人向亞洲其他地區擴張的歷史劃為中古史，將中西接觸以後，中國納入世界體系為近代史，則中國近代史應該始於明末清初。明末清初的中國，不僅與歐洲、美洲進行海上貿易，而且歐洲帝國主義的勢力已經進入中國，譬如葡萄牙占有澳門（1557）、荷蘭（1624）和西班牙（1626）占有臺灣，俄國進入中國黑龍江流域（1644）。在葡人占有澳門以後的二、三百年，中西之間有商業、文化、宗教交流，到1830年代以後，因通商、傳教所引起的糾紛日多，由於中國國勢不振，利權、領土不斷喪失，成為帝國主義國家的殖民對象，到1897–1898年的瓜分之禍達於頂點。1899年英美發佈「中國門戶開放政策」以後，中國免於被殖民瓜分的局勢始獲穩定。我們可以將1557–1899年的歷史定為近代史的範圍。1901年，中國在義和團的激情反帝國主義以後，開始進行教育、經濟、政治改革，革命運動亦大獲進展，將歷史帶入現代時期。

中國上古史為中國歷史文化的創建期，中古史為中國歷史文化的擴張期，近代史為中國歷史文化的收縮期，現代史為中國歷史文化的更新重建期。本叢書所謂中國現代史，即始於1900年，涵蓋整個二十世紀，如果中國更新重建的大方向不變，亦可能涵蓋二十一世紀及其以後。儘管由於政治的糾葛，「中國」一詞在近數十年的臺灣及海外各地已經變成模糊的概念，出現了歷史中國、文化中國、大陸

中國、海洋中國等名詞，但中國畢竟是現在世界上歷史悠久、土地廣大、人口眾多的國家，不能因為它時常出現外力入侵、內部分裂，而忽視它的歷史存在。而且自二次世界大戰結束以後，中國躍為世界五強之一，它在世界上的地位愈來愈重要。因此，檢討二十世紀的中國史，在世界史中也饒富意義。

現代史上的中國雖然災難重重，但亦有機會撥雲見日，這是中外史家對研究中國現代史有興趣的原因之一。但不可否認的，由於臺海兩岸長期缺乏學術自由，而臺海兩岸及世界各國有關學者，由於掌握材料的性質和多寡不同，許多現代史的著作，流於各說各話，這是學術上不易克服的困難，有些困難則是學術界的不幸。本叢書希望包羅一些不同國度、不同地區、不同觀點的學術著作，透過互相欣賞、批評，以達到學術交流的效果。收入本叢書的專著，儘管有不同的理論架構或觀點，但必須是實證的、避免主觀褒貶的。

傳統中國史學，有些持道德主義，主觀的褒貶性很強；近代中國史學，有些受作者個人信仰或好惡的影響，流於宣傳或謾罵；凡此都妨害歷史求知的客觀性。本叢書在選取稿件時，當在這方面多作考量。

承東大圖書公司大力支持，使本叢書得以順利出版，非常感謝。收入本叢書之七的《漢語與中國新文化啟蒙》，係周光慶、劉瑋夫婦合力完成的著作。周光慶先生，湖北黃岡人，1944年生。1966年畢業於華中師範學院中文系，1981年畢業於武漢大學漢語史專業，獲文學碩士學位。現任華中師範大學文學院副教授，著有《古漢語詞匯學簡論》、《文化語言學》（合著）、《文化學通論》（合著）等。劉瑋女士，河北人，1948年生。1981年畢業於華中師範學院歷史系，1987年畢業於華中師範大學歷史研究所辛亥革命史專業，獲歷史學

碩士學位。現任華中師範大學歷史系副教授，著有《大變局中的涵化與轉型 —— 中國近代文化覓踪》（合著）、《文化學通論》（合著）等。《漢語與中國新文化啟蒙》一書，從文化語言學的角度，追蹤二十世紀初中國語言與文化變遷的軌跡。以詳實的材料、嚴謹的態度、比較的方法，描述了漢語文從詞語演變到文體解放的過程，論證了白話文運動、國語運動發生的歷史背景和文化內涵，進而探討漢語變化過程中所發生的文化變遷，從而闡明了漢語與中國新文化啟蒙的關係。本書論證細緻，可讀性高，是一本不可多得的文化語言學論著，特向讀者推薦。

張玉法

1995 年12 月1 日於中央研究院

自 序

　　無論歷史學家從哪一個視角出發，是探究中國由傳統社會向現代社會轉型的契機，還是考察中國逐步走向世界的軌跡，二十世紀初葉的新文化運動，都是一個永遠具有魅力的課題。因為它重新發現了「個人」，追求著「個人」的解放，並且因此而高舉起了「科學」與「民主」兩面大旗。

　　中國傳統文化的核心是儒學，而儒學的主體又是人學。儒學的人學，著眼於治理現實社會，重建人間秩序，以人的群體自覺意識、角色自覺意識、道德自覺意識，宏揚人、規範人，嚮往著人與自然、人與社會的和諧統一。然而，自從中國確立起統一的集權的中央帝國以後，儒家的人學雖然屢有變更，雖然吸收了道家人學、佛家人學的某些觀念，卻還是落進了專制主義的藩籬，始終沒有超脫出來。思想定於一尊，人格高度角色化、模式化。儘管時時也有各種「異端」思想在潛滋暗長，在左右衝突，既不能從根本上動搖那獨尊的儒家人學傳統，更不能越出專制主義的牢籠，於是，人的主體感日益萎縮，處處受制於社會人際關係；人的個性日益泯滅，完全消溶在人的社會性之中。雖然也不斷地出現可歌可泣的忠臣、義士、名家、英烈，卻很難見到一個個性鮮明、人格獨立、沒有「自我失重」的典型。

　　鴉片戰爭的洋炮震撼了神州大地。一方面，中國被迫捲進了世界經濟與國際政治的漩渦之中；另一方面，西方物質文化、制度文

化、精神文化浪潮般地湧進了以古老而自豪的中國。深重的民族危
機、社會危機和文化危機，使較早覺醒的中國仁人志士，不得不在適
應外部世界潮流的同時，對人的自身存在價值作從未有過的反省。
其中最引人注目的是維新思想家梁啓超，繼嚴復提出「鼓民力、開
民智、新民德」的口號① 之後，一九○二年，他提出了具有初步系
統的「新民説」，主張「新民為當務之急」，「苟有新民，何患無新
制度、無新政府、無新國家」。而他所謂的「新民」，是「勿為古人
之奴隸」、「勿為世俗之奴隸」、「勿為情欲之奴隸」，而具有「不
自由毋寧死」的獨立精神，具有「我有耳目，我物我格；我有我心，
我理我窮」的自主意識，具有「自除心中之奴隸性格」的道德自覺的
「獨立自尊之人」② 。顯然，這是一種全新的個性鮮明、人格獨立、
沒有「自我失重」的「個人」。雖然，這樣的「個人」，在梁啓超和
廣大國人心目中，内涵還不是十分深刻，表現還不是十分具體，形象
還不是十分清晰，但它是中國國民性問題思考的第一個思想界標。

　　而僅僅十三年以後，中國社會文化就發生了劇烈的變化，新文化
運動就為中國國民性問題思考樹立了一個更新的、更高的思想界標
──「個人」的眞正發現。

　　一九一五年，新文化運動的主要領袖陳獨秀，在新文化運動綱
領性文件〈敬告青年〉中，以飽滿的熱情，向廣大青年闡述了一種蘄
新的人格：「自主的而非奴隸的」、「進步的而非保守的」、「進取
的而非退隱的」、「世界的而非鎖國的」、「實利的而非虛文的」、

① 嚴復：〈原強〉，《嚴復集》第1 冊，（中華書局，1986），頁27。
② 梁啓超：〈論自由〉，《飲冰室專集》之4，（中華書局，1989），頁47–49。

「科學的而非想像的」③。一九一八年，新文化運動的另一位重要領袖胡適之，在其長文〈易卜生主義〉中，以深邃的理性，向廣大國人闡述了另一種自具特色的新人格：「健全的個人主義」。其深刻內涵是：「發展個人的個性」，「第一，須使個人有自由意志。第二，須使個人擔干係，負責任。」「自治的社會，共和的國家，只是要個人有自由選擇之權，還要個人對於自己所行所為都負責任。」為此，他號召人們學習娜拉，「努力把自己鑄造成個人」；學習斯鋒曼，「特立獨行，敢說老實話，敢向惡勢力作戰。」④以個人的獨立自由為基礎，將個人的獨立自由與社會的獨立自由統一起來，既富於理想，又富於理智，是這種名為「健全的個人主義」的新人格的最大特色。

就這樣，新文化運動的領袖們，既為新時代青年闡揚了新型的人格，又為新文化運動樹立了遠大的目標。其基礎，是重新發現「個人」；其理想，是追求「個性」解放；其方式，就是高舉「科學」與「民主」兩面大旗。

於是，我們可以認為，中國新文化啟蒙，就是對「人」的啟蒙。然而，「人」又是什麼呢？

中國古代的哲學家說：「人之所以為人者，言也。人而不能言，何以為人。」（《穀梁傳・僖公二十二年》）西方現代的哲學家海德格爾說：「人的存在是以語言為基礎的」⑤。而卡西爾則進一步認為：「我們應當把人定義為符號的動物來取代把人定義為理性的動物」；「在語言、宗教、藝術、科學中，人所能做的不過是建造他自

---

③　陳獨秀：〈敬告青年〉，《獨秀文存》（安徽人民出版社，1987），頁3-9。

④　胡適：〈易卜生主義〉，《胡適文存》第4集，（遠東圖書公司，1985），頁642-646。

⑤　轉引自王志敏：《佛教與美學》，（遼寧人民出版社，1989），頁215。

己的宇宙 —— 一個使人類經驗能夠被他所理解和解釋、聯結和組織、綜合化和普遍化的符號的宇宙。」⑥ 因此，列維—斯特勞斯斷言：「誰要談論人，誰就要談到語言，而談到語言，就要談到社會。」⑦

可是，我們由新文化運動重新發現「個人」、追求「個性」解放，忽然聯想到「人之所以為者，言也」，聯想到「人是符號的動物」，聯想到「誰要談論人，誰就要談到語言」，是否有所依據、有所必要呢？

我們不能肯定新文化啓蒙思想家們腦際時時縈迴著「人之所以為人者，言也」的古訓，也不能肯定新文化啓蒙思想家們早已理解並且認同類似「人是符號的動物」、「誰要談論人，誰就要談到語言」的觀點。但是，我們可以肯定，率先提出「新民說」、呼喚「獨立自尊之人」的梁啓超，就是率先自覺變革漢語書面語言、創造風靡一時的「新文體」的梁啓超；率先重新發現「個人」、追求個性解放、闡揚獨立自主的新型人格的陳獨秀、胡適，就是率先發動「文學革命」和「白話文運動」的胡適與陳獨秀。正是由於他們的倡導，漢語與中國新文化啓蒙才得以更顯著、更自覺的態勢互動共變。我們還可以肯定，就在提出「新民說」的同時，梁啓超闡發了必須創立「新文體」的理據，並以此與「新民說」相輔相成：文言「於當世應用之新事物、新學理，多所隔閡」，難以表現新精神的境界⑧；要「播文明思想於國民」，「以求振動已凍之腦官」⑨，就不能不變革漢語書面

⑥ 卡西爾：《人論》，（上海譯文出版社，1985），頁34, 279。
⑦ 列維—斯特勞斯：《悲傷的熱帶》，轉引自王志敏《佛教與美學》，（遼寧人民出版社，1989），頁224。
⑧ 梁啓超：〈新民說·論進步〉，《飲冰室專集》之4，（中華書局，1989），頁57。
⑨ 梁啓超：〈與嚴幼陵先生書〉，《飲冰室文集》之1，（中華書局，1989），

語言。我們又可以肯定，就在幫助國人確立新型人格的同時，胡適、陳獨秀論述了必須進行「文學革命」、倡導「白話文」的理據：文學「語語須有個我在」，只有白話文，「方才可以用來做新思想、新精神的運輸品」⑩，以重鑄人人之自我。由此可見，在新文化啓蒙思想家們的心目中，語言與人，語言與文化，語言變革與新型人格培育，語言的「解放」與人的個性的解放，是有緊密的聯繫的。

　　正是在這個意義上，我們確認了漢語與中國新文化啓蒙的內在聯繫；正是在這個意義上，我們努力以本書的形式逐步展開漢語與中國新文化啓蒙的內在聯繫。

　　頁108。

⑩　胡適：《嘗試集・自序》，《胡適文存》第 1 集，（遠東圖書公司，1985），頁202。

漢語與中國新文化啓蒙

目　　次

第一章　緒　論

> 誰要談論人，誰就要談論語言，而要
> 談到語言，就要談到社會。
> ——〔法〕列維·斯特勞斯:《悲傷的熱帶》

在猶太教的古代經典《聖經·創世紀》中，保存著一個富於啓示意義的「巴比塔」故事。其中有云：在很久很久以前，散居在各地的人類相約建造一座通天之塔。正當他們爲實現共同的目標而協力工作的時候，上帝發怒了，他唯恐人類共同創造的奇蹟真的出現，會危及自己無上的權威。於是就「變亂人們的語言」。沒有了共同的語言，人們就不能互相交際、互相理解，因而只能分裂成爲不同的群體，陷入無窮的紛爭之中。造塔的共同事業終於中斷了。與此相映成趣的是，在中國古代史書《魏書·咸陽王禧傳》中記載著一個發人深思的史實：爲了加速漢化，促進文明，北魏鮮卑族君主「孝文引見朝臣，詔斷北語（鮮卑語），一從正音（洛陽話），禧贊成其事。於是詔：年三十以上，習性已久，容或不可卒革；三十以下，見在朝廷之人，語音不聽仍舊。若有故違，當降爵黜官！若仍舊俗，恐數世之後，伊洛之下，復成被發之人」。① 上帝通過變亂語言而致使人類分裂、心性各異的傳說，其實是西方古人對語言在文化創造進程中的實踐功

---

① 魏收：《魏書·咸陽王禧傳》卷21，（中華書局，1974），頁536。

能的一種解釋；孝文帝通過統一語言而促使民族融合、共建文明的努力，卻表現了他對語言在文化創造進程中的實踐功能的深切感知。所有這些，都足以引起我們的深深思考。

語言作為人類社會最基本、最重要的第一性的符號系統，首先，它是人類使用最為靈便的交際工具和思維工具，這點已經無需再加論證；同時它又是民族文化構成的基礎，表現的符號，並受民族文化變遷的制約，對此卻有必要作具體的說明。它是本書的理論基礎。筆者以為：

語言是文化構成的基礎。交往是人形成社會性創造文化的一個基本前提，而語言是交往的主要工具；人類與其祖先和後代相聯結，因而得以不斷地創造文化、傳承文化，而這種聯結在很大程度上是通過語言文字來完成的；人類總是給自己生活在其中的「外界」事物賦予某種意義和價值，並將其類別化、程序化，這就是把「自然」改造成「文化」的活動。在這種活動中，人類以語言為符號，命名造詞，不斷地反映並認識已知的和未知的事物、現象，把它們編進自己的文化世界，給它們規定各自的位置。因此，文化的創造和傳承是以語言為基礎的。

語言是文化的符號。語言是人類命名活動的產物和記錄，而命名活動又依賴於被人們社會生活中的特殊需要所決定和支配的分類過程，所以一個文化生活方式中的分類一般是用語言來表示的；人類是能夠賦予一切事物以語言符號的創造者，語言符號是人類認識一切事物的標誌；每一種語言都是某一概念體系的具體表現，一個民族語言中的範疇最能反映出該民族所認識的事物，人們可以借語言範疇的分析深入了解一個民族的概念

世界和思維方式，獲得一種語言，就意味著接受一套概念和價值；語言以最典型的形式在自身中表現了文化活動。可見，語言是文化的「模式」的表徵。

文化是語言的管軌。作為語言創造的動力和表達的內容，文化必然制約著語言的產生及發展方向，從而使各民族語言帶上自己的文化特徵，形成區別於其他語言的特點；文化制約著人們的語言觀念，從而促進形成各種文化社團運用語言的特殊方式，確定自己的語言政策的特定出發點，並由此也影響著該社團進行語言研究的興趣點和學術風格；語言的接觸和融合，一般都是與文化的交流和融合相伴隨的；文化的差異及文明程度影響著語言接觸及語言融合的方式和進程。所以，從根本上說文化是制約語言發生發展和接觸融合的管軌。

語言與文化相互關聯、相互影響。由於促使人們感知某種必要的刺激而無視其他不需要的刺激的常常是語言，由於人們最初觀察和認識某一類事物或現象往往不採取從完全的空白狀態進行解釋的方法，而是首先從凝聚在詞語中的經驗的連續性這一假設出發，投影於未來，因此，命名造詞或了解已有的語詞，就為人們思考有關問題提供了第一性素材，設置了思考的框架，擬定了思考的方式；也正因為如此，通過作為母語而使用的語言，各民族的認識方法、對事物或現象的看法乃至世界觀的某些方面，常常有不一致的地方；語言符號的演變發展，既反映著認識對象的發展變化，又反映著主體認識水平的發展和深化，這就形成了創造和運用語言的人、語言符號本身與社會文化結構之間的「共變」關係。每當一個民族社會文化轉變的關頭，這種「共變」關係都會轉化為各種充滿生氣的社

會活動，顯示出較大的潛在力量，影響著一代人乃至幾代人的
思想、感情和行為方式，在一定條件下有時還影響著社會演變
的軌跡。②

當然，語言的歷史性變化主要只能通過書面記載才得以觀察。因
而在這種情況下，所謂的語言其實就是書面語。在本書中，我們正是
通過漢語書面語來觀察漢語的發展變化，並進而探求我們民族二十世
紀初葉文化和社會演變的軌跡的。

西元前五至二世紀，隨著漢民族的形成和中國封建社會的萌生，
以先秦口語為基礎的上古漢語書面語 —— 文言開始形成。在那個時
代，社會轉型，學術下移；哲學突破，百家爭鳴；列國紛爭，方言歧
異，文言的形成具有重大的歷史意義。它不僅成為社會的共同的書面
交際工具，成為闡釋上古文化和傳播新型文化的媒介，而且是協調民
族內部關係、促成國家統一的重要因素。從春秋初葉到東漢後期，文
言造就了《尚書》、《詩經》、《周易》、《論語》、《孟子》、《莊
子》、《荀子》、《左傳》、《國語》、《楚辭》、《史記》、《漢書》
和《論衡》等眾多中國文化史上的不朽作品，從一個角度擬定了讀
書人的思維模式。然而，時間在推移，社會在發展，古代漢語的口語
在不斷演變，文言卻趨於定型。作為士大夫習用的書面語，文言的
詞彙、語法雖然不可能沒有變化，但就其大體而言，是在慢慢脫離口
語，而且越來越遠了。漢武帝時，丞相公孫弘就已經發現：文言的詔
書律令，「文章爾雅，訓辭深厚」，「小吏淺聞，不能究宣，無以明

---

② 邢福義、周光慶等：《文化語言學》，（湖北教育出版社， 1990），頁458-
459。

布論下」。③到了宋代以後，文言更是只能依靠封建統治者的提倡、封建科舉制度的迴護、封建意識形態的支撐來苟全性命於末世了。總之，從春秋戰國到清代末葉，文言是隨著封建社會文化的發生而發生，隨著封建社會文化的僵化而僵化。

在長期分裂、皇權陵夷的魏晉南北朝時代，經學式微，名教危機，儒學、玄學、道學、佛學多元激盪，互相融合；個體意識開始萌芽，文化自覺漸成風氣；胡漢文化、中印文化不斷在碰撞中發生交流。在這種社會文化背景下，口語開始闖進了文言作品之中，成為其中最為生動的部分。佛教借詞紛紛出現，並且在士大夫們的筆下流傳開來。只要翻閱一下《世說新語》、《顏氏家訓》、《樂府詩集》、《洛陽伽藍記》、《幽明錄》、《齊諧記》乃至《宋書》、《魏書》等各種著作，人們就會對這兩種語言現象留有深刻的印象。到唐代初年，還出了一個不受時尚影響、毅然以口語入詩的來自民間的通俗詩人王梵志。

公元九世紀中葉，唐王朝早已度過了赫赫的「開元盛世」，在安史之亂的重擊之下日益衰落下去，均田制瓦解，租庸調廢止，中國古代歷史也隨之進入了一個轉折時期。就中國封建社會而言，它已越過輝煌的頂峰而在這一時期開始江河日下；就中國文化心理結構來看，它已由「儒道互補」而在這一時期開始變為「儒道釋互補」。就在這樣的時代背景下，漢語發生了很大的變化。首先是，佛教借詞和釋詞大量湧現，有的還深入到漢語的血液之中，漢語語法因而也受到了相應的影響，即以以辟佛學衛儒道為己任的古文大師韓愈而言，「佛、寺、浮圖、僧、尼、上人、修行、佛法」等一大批詞語也都進入了他

---

③　司馬遷：《史記》，（中華書局，1982），頁3119。

的古文之中；新的副詞「都」也在他的筆下逐漸取代了舊詞「皆」。更爲重要的是，在封建勢力相對薄弱的地方，在儒家思想相對鬆懈的領域，終於出現了以當時口語爲基礎的古白話作品，如敦煌俗文學、禪宗語錄等等。從此，古代漢語有了另外一種新的書面語 —— 古白話。

從一開始，古白話就有很大的吸引力量，乃至有些思想開通的士大夫在一些場合寫文言作品，而在另外某些場合也寫白話作品，形成一種特殊的雙言現象。爲了證實這一點，我們不妨轉錄古文大家蘇軾〈豬肉頌〉中的一段話：「淨洗鐺，少著水，……待他自熟莫催他，火候足時他自美。黃州好豬肉，價賤如泥土。貴者不肯吃，貧者不解煮。早晨起來打兩碗，飽得自家君莫管。」如果把〈豬肉頌〉與〈赤壁賦〉或〈教戰守策〉稍加對照，結論是不言而喻的。事實上，在晚唐以後的一千多年裡，白話也確實造就了自己的光榮歷史：不但產生了優秀的宋元明評話、元代散曲雜劇、宋元學者語錄，而且創造了偉大的《水滸傳》、《西遊記》、《儒林外史》、《紅樓夢》以及著名的《金瓶梅》、《兒女英雄傳》等文學作品。在這一千多年裡，中國社會上銷行最廣、影響最大的書籍並不是《四書》、《五經》，更不是唐宋「古文」，而是這些「言之不文，行之最遠」的白話小說。正如胡適先生指出的：這些作品的語言「因爲不肖古人，所以能代表當世」，表現了當時的時代精神！④

就這樣，在晚唐以後漫長的歷史時期裡，古代漢語有著兩種書面語言：一種是模仿古人而遠遠脫離口語的文言，佶屈聱牙，日益僵化，只能得到企圖保守古文化、壟斷古文化的封建統治者的維護和

封建士大夫的偏愛；一種是表現今人而以口語爲基礎的白話，通俗易懂，生動活潑，爲廣大民眾和不少文人所喜聞樂見。然而，由於古代中國種種社會因素的作用，文言不但充分地反映並強化了古人注重直覺體悟的思維方式，而且與儒家文化有著特別的關聯。在封建社會後期，文言文成爲統治者麻醉讀書人、阻礙新思想的輔助手段和實行愚民政策的得力工具。所以，在科舉制度的直接庇護下，日益僵化的文言一直盤踞著高貴的統治地位，而生動活潑的白話卻不能登上「大雅之堂」。用白話寫作的人，不但不能以白話文章應考求取功名，有時還不敢讓人知道他曾寫過白話作品。儘管如此，還是有許多有識之士，看清了文言已是奄奄一息，不可救藥；看到了白話正深受以市民爲代表的民眾的普遍歡迎，他們寧可犧牲功名富貴，也要堅持創作白話文學，反映當代社會生活。白話與文言的鬥爭越來越尖銳複雜了。這裡雖然沒有刀光劍影，卻也少不了血跡淚痕。

「青山遮不住，畢竟東流去」。社會總是要發展的，語言也總是要隨著社會的發展而發展的。

一八四〇年，西方侵略者的大炮轟開了中國緊緊關鎖的大門。在一個又一個沾滿鮮血和屈辱的不平等條約的保護下，西方的兵船開進來了，西方的商品湧進來了，西方的文化滲進來了。中國舊有的經濟基礎逐步解體，原有的社會結構日漸動搖，古來的傳統觀念日趨渙散。中國人震驚、疑惑，漸漸知道了自己的不足了。按照梁啟超在《五十年中國進化概論》中的分析，第一期先從器物上感覺不足，第二期是從制度上感覺不足，第三期便從文化根本上感覺不足。於是，爲了圖存，爲了發展，中國人要自強，要維新，要變法，要革命，並因此重新認識中國文化和西方文化，促進中西文化開始物質層面的撞擊，開始制度層面的交流，開始心理層面的溝通。激起了一個個具有

啓蒙意義的新文化思潮。語言既然是文化的符號，一方面使一定的事物以符號的形式進入民族的文化世界，另一方面又是不同類型文化交流的「使者」；文化既然是語言的管軌，一方面決定著語言指稱的內容和方式，另一方面又規定著人們的語言觀念，那麼，所有這一切，都不可避免會促使漢語逐步發生重要的演變，會在漢語的演變中留下深深的印痕。從十九世紀末期到二十世紀初葉，漢語舊詞語的改造與附會，新名詞的引進與競爭，「外國語法」的摻雜，「新文體」的形成，國語運動的興起，漢語語法的潛在變化，以及這一切在社會改革和文化交流中的深遠影響，都是那樣引人注目。而更能牽動人心的，則是歷時三十餘年的提倡白話與保守文言的激烈論戰，是白話在衝擊舊思想、傳播新文化的鬥爭中所顯示的威力。這實在是伴隨新文化運動的一場偉大變革！這場醞釀了幾百年的變革何以正好基本完成於二十世紀初葉？它說明了什麼？留下了什麼？它對於中國的現代化發生了何種影響？這都是人們反思中國現代化的過程和道路時不能不認真思考的問題。

　　無獨有偶，在十四世紀的西歐，封建制度開始解體，資本主義已經發生，代表新興力量的文化巨人們發動了一場反對封建制度和天主教神學的新文化運動 ── 文藝復興運動。在這場偉大革命的推動下，新文化戰士經過反覆論戰，終於拋棄了僵死的古典語文拉丁文，「找回了」「光輝的、基本的」俗語，進行了書面語言的變革，從而給人文主義插上了翅膀。在十八世紀具有世界意義的法國大革命中，敵對雙方對書面語言的選擇、改造以及書面語言在革命進程中起的巨大作用，更是驚心動魄而富於戲劇色彩。歷史常有驚人的相似，而相似的歷史最能吸引有志於探索的人們。

　　為了對這一切都有一個較為深刻的認識和較為清晰的比較，我們

還是一頁一頁地翻閱中國新文化啓蒙的史冊，從不斷變換著的社會、文化的背景中觀察漢語的變遷，考察漢語變遷與中國新文化啓蒙的關係。

第二章　浪潮將興

（一八六一～一八九五）

第一節　本時期文化變遷與漢語發展

　　一八三九年七月和九月，中國水師與英國兵艦在九龍尖沙咀、穿鼻洋兩度炮戰，標誌著鴉片戰爭已經開始，炮聲震撼了中國，也震動了亞洲。在割地賠款、喪權的悲憤之中，廣州、上海等五個沿海城市被迫開放。中國的大門被轟開了！奇恥巨痛，喚起了改革舊物的最初意識。林則徐敢於直面現實，在對西方文化的了解中比照出中國文化的不足，成為「開眼看世界的第一人」；魏源善於痛定思痛，在總結鴉片戰爭失敗教訓的過程中，悟出了「欲制外夷者，必先悉夷情始；欲悉夷情者，必先立譯館、翻夷書始」的道理，響亮地提出了具有歷史意義的「師夷長技以制夷」的主張。① 與林則徐、魏源交往甚密的姚瑩，也大聲疾呼：要對「海外諸洋有名大國」的情況詳加了解，並「著之於書，正告天下，欲吾中國童叟皆見風習聞，知彼虛實，然後徐籌制夷之策。」② 正是在這種「制夷」救國精神和面向世界主張的

---

① 魏源：〈籌海篇〉，中國史學會編《鴉片戰爭》第3冊，（神州國光社，1953），頁576。
② 姚瑩：〈復光律原書〉，中國史學會編《鴉片戰爭》第4冊，（神州國光社，1953），頁531。

激勵下，當時很多文人學者不但注意翻譯西書，大膽撰寫時論，而且開始較多地注視世界地理問題。從一八四〇年到一八六一年，先後編寫出來的地理著作竟有二十二部以上。至於東南沿海各地的士農工商與西方文化接觸，出現像梁廷枏這樣熟悉外國歷史地理、政治等情況的人，更是不勝枚舉。語言是文化交流的使者，對社會文化的演變最爲敏感。上述的一切，都促進了漢語新詞語的引進和創造，促進了漢語各方面的變化，也在漢語的發展變化之中留下了歷史的痕跡。

如果說，第一次鴉片戰爭的震撼以及隨之而來的一個又一個不平等條約，主要衝擊了沿海地區的話，那麼，從一八五六年到一八六〇年的第二次鴉片戰爭，則把更爲沈重的震撼帶到了中國社會的中樞。它發端於廣東一隅而最終蔓延到華北，使上國帝京一時變爲「夷人」世界，「夷夏之大防」因而全面崩潰。士大夫們痛苦地稱之爲「庚申之變」。「『庚申之變』這個名稱本身就說明，中國社會中的人們已經體會到有一種不受歡迎，但又無法拒卻的變化正在發生。」③

在不平等條約的保護下，更多的西方傳教士、商人、學者和外交官們紛至沓來，昂然跨進了中國古老的城門。本來，早在十六世紀中葉，就有西方傳教士進入中國，利瑪竇就是其中的代表。但那時候，他們的態度總的說來是比較友善的、謙和的。爲了站穩腳跟，移植宗教，他們不僅注意「習華言、易華服，讀儒書，從儒教，以博中國人之信用」，④ 而且還翻譯介紹了西方一些有關數學、天文、地理、物理以及哲理方面的書。但他們造成的影響還不廣泛，對於中國一般的士農工商沒有震撼力量。而兩次鴉片戰爭以後的這些由侵略的大炮護

---

③　陳旭麓：《近代中國社會的新陳代謝》，（上海人民出版社，1992），頁96。
④　柳詒徵：《中國文化史》（下），（中國大百科全書出版社，1988），頁19。

送進來的西方傳教士、商人和學者則是以征服者和冒險家的姿態出現的。他們出於自己的目的，帶來了《聖經》、商品和軍械，也帶來了大洋彼岸的西方科學技術和生活方式，並且非常樂意向中國人展示其新興的資本主義的物質文明的巨大威力。面對這見所未見、可驚可嘆的一切新奇事物，中國人不能不思考，也不能不作出反映。

對於那些熟讀四書五經、慣於「明心見性」的中國近代士大夫們來說，文言詞彙中找不到任何可以直接而準確地表述西方近代異質文化中的新奇事物的現成詞語。於是，他們自然而然地依據傳統文化的價值觀念和思維方式，自覺不自覺地利用傳統思維所具有的意會性、模糊性和象徵性的特點，利用古漢語以單音詞為主體，詞義的外延模糊而使用起來很富於彈性、詞語的組合大都依靠意合法等等特點，盡量地把某些古老詞語的意義加以引申乃至扭曲，把某些陳舊術語加以附會，用來表述這些新奇的事物。最典型的例子是把遠隔重洋，擁有資本主義文明的英國、法國、美國等統統稱之為「夷」，然後又依照古老的「華夷之辨」、「用夏變夷」等觀念去看待這些「夷人」及其文化，因而更加虛驕、排外而不自覺。這種對西方近代文化的強制附會性的「認知」，導致名稱與事物、觀念與現實、決策與形勢的嚴重悖離，而聖人之徒卻都仍然可以採用鴕鳥政策，流連於虛幻的「天朝上國」之中。

但是，嚴酷的現實總還是能使他們不同程度地感覺到，這些「碧眼赤鬚」的「紅毛番種」好勇鬥狠，崇奉異教，不斷地欺凌「上國」，蠱惑人心，常常使自己陷入困境。於是，他們之中很多人又從聖人的經書裡找來了一件兩千年行之有效的法寶，共同編織出一個可以津津樂道、聊以自慰的幻想：「用夏變夷」！在這類以道統自任的士大夫們看來，西方人無禮樂教化，無典章文物，只知唯利是視，如今「天

誘其衷」，「使其朋遊於中土，而漸近吾禮義之俗，彼自知前者之蔑倫紀，不復可以爲人」，「其必將用夏變夷」，「吾孔孟之教將盛行於彼都，而大變其陋俗」。⑤

　　然而，在第二次鴉片戰爭以後崛起的洋務派士大夫的觀念體系中，卻出現了一種新的文化心理因素 —— 較爲清醒的危機意識。一八六四年洋務政論家王韜認真地分析了形勢，著重指出：「凡前史之所未載，亘古之所未通，無不款關而求互市。我朝亦盡牢籠禮貌之，概與之通和立約」，「此古今之創事，天地之變局」。⑥ 一八七四年，洋務派首領李鴻章在〈籌議海防摺〉中向最高統治者表述了同樣的危機意識：「今則東南海疆萬餘里，各國通商傳教來往自如，麕集京師及各省腹地，陽托和好之名，陰懷吞噬之計，一國生事，諸國構煽，實爲數千年來未有之變局」，而列強又「爲數千年以來未有之強敵」！⑦ 如果說，洋務派的危機意識開始在很大程度上是起源於對西方近代化軍事力量的親身感受和對中外軍事實力的多方比較所產生的憂懼心理，那麼，隨著國家面臨形勢的惡化和這種憂懼心理的加深，他們的危機意識後來還在與西方文化碰撞的過程中轉化爲自強意識和變革意識。他們之中有些人，如軍機大臣文祥還能初步看到西方各國「國中偶有動作，必由其國主付上議院議之，所謂謀及卿士也；付下議院議之，所謂謀及庶人也。議之可行則行，否則止。事事必合乎民情而後決然行之」。並由此得出自己的結論：「中國天澤分嚴，外國上議院、下議院之設，勢有難行，而義可採取」。⑧ 「勢有難行」，

---

⑤　李元度：〈國朝柔遠記序〉，王之春編《國朝柔遠記》。

⑥　王韜：〈答強弱論〉，《弢園文錄外編》，（中華書局，1959），頁201。

⑦　李鴻章：〈籌議海防摺〉，《李文忠公全書》奏稿卷24。

⑧　趙爾巽等：《清史稿·文祥傳》，（中華書局，1976），頁11691。

是對現實的無奈慨嘆，而「義可採取」，則是對未來的朦朧期待。

正是由於這些不斷發展、深化的危機意識、自強意識和變革意識的促動，洋務派人士在「當和議之成，無人不爲自強之言」的時代氛圍裡，⑨ 縱論於上，橫議於下，上下互動，匯成一流，在與頑固派的鬥爭中發動了一場歷時三十餘年的洋務運動。洋務派根據「中體西用」的指導思想，遵循「外須和戎，內須變法」的行動綱領，利用所掌握的權柄，在「治內」、「御夷」之中爲維持「天朝」統治而戰戰兢兢地從事了一系列枝枝節節的改良活動。然而，他們的每一個行動都要招致頑固派的無情抨擊。頑固派不能容忍超出了中國傳統文化規範容納限度的西方近代異質文化的一切因素，乃至否定和排斥一切先進的東西。比如，洋務派要「師夷長技」，頑固派就罵道：「師事洋人，可恥孰甚」；洋務派要造製機器，頑固派就「有以見洋人機器爲公憤者」；洋務派要建立一個同文館，頑固派頭目大學士倭仁幾次上疏反對，攻擊洋務派「不盡驅中國之眾咸歸於夷不止」。⑩

其實，洋務派雖然致力於創立一批近代軍事工業和民用工業，創置科技、文化、教育方面的諸種近代設施，但是並不想「用夷變夏」，使中國文化全面實現現代化。他們所推重的，所要移植的，是西方資本主義文化的「外」、「末」，即表層的東西，最多也只是自然科學、應用技術以及近代工商業管理方法，而不是西方資本主義文化的「內」、「本」，即裡層的東西，尤其不是社會制度和文化心理。如果說他們所發起的運動是中國社會朝現代化邁出的第一步，那麼，這一步也是不很自覺的。他們只是要以「西學」爲「用」，以

⑨ 蔡冠洛：《清代七百名人傳·文祥》，（世界書局，1937），頁392。
⑩ 寶鋆等：《籌辦夷務始末》（同治朝）卷47，（故宮博物院影印本，1930），頁24。

「西學」之「用」保「中學」之「體」。這當然最終是要違反社會發展邏輯的。也正因爲如此，洋務運動不但越到後來越招致其有識之士如鄭觀應等人的批評，而且一開始就埋下了失敗的種子。事實上，就主流而言，在洋務運動時期，中國的所謂「西化」，主要是從西方引進各類器物，吸收一些自然科學、應用技術和工商業管理方法，中西文化的碰撞和交流，主要是表層的碰撞和交流。

儘管如此，正如王韜指出的：「咸豐初元，國家方諱言洋務，若於官場言及之，必以爲其人非喪心病狂必不致是……不謂不及十年，而其局大變也。今則幾於人人皆知洋務矣。」⑪ 洋務活動作爲當時最大的「時務」，洋務論作爲當時的社會思潮，它既直接受西方文化的啓示和鼓動，就不可能不在一定程度上衝擊傳統文化觀念，改變中國的社會風氣，從而也帶來漢語的深刻變化。比如李鴻章曾致信總理衙門正式提出：「中國欲自強，……欲覓製器之器與製器之人，則或專設一科取士。」⑫ 事雖未成，但以他的身分而提出「專設一科」以西學取士的主張，無疑是對文言賴以生存的傳統科舉制度的搖撼。又如，依照傳統觀念，要「嚴夷夏之辨」，可是現在馮桂芬指出，中國「人無棄材不如夷，地無遺利不如夷，君民不隔不如夷，名實必副不如夷」；⑬ 依照傳統觀念，要「強本抑末」，可是現在鄭觀應強調：「欲制西人以自強，莫如振興商務。安得謂商務爲末務哉。」⑭ 至

---

⑪　王韜：〈洋務上〉，《弢園文錄外編》，（中華書局， 1959），頁32。

⑫　寶鋆等：《籌辦夷務始末》（同治朝）卷25，（故宮博物院影印本， 1930），頁10。

⑬　馮桂芬：〈製洋器議〉，中國史學會編《戊戌變法》第 1 冊，（神州國光社，1953），頁30。

⑭　鄭觀應：〈商務三〉，夏東元編《鄭觀應集》，（上海人民出版社， 1983），頁614。

少，「夷」、「利」、「末」這三個詞的意義內容和感情色彩已經有了明顯的變化。況且另一方面，洋務活動又加劇西方各國對華輸出商品，促使中國企業製造新的商品，以致「鐘錶玩具，家皆有之；呢絨洋布之屬，遍及窮荒僻壤」。⑮這些新奇的商品與跟它相伴隨的新事物以及指稱它們的新名詞，常常是傳播觀念的重要媒介，撞擊舊思想的有力武器。所以，在洋務思潮的衝擊和西方文化的進攻下，中國的很多傳統觀念失去了往日的油彩和威力，受到了很大的震動。表達傳統觀念的漢語也隨之發生了顯著的變化。

傳統文化觀念失去舊時的威力，必然導致社會風氣的改變。其中最顯著的，與漢語變化關係最密切的，大概首先要數新報的不斷出現和西書的大量翻譯。中國人自己辦報，是與洋務運動大致同時開始的。從一八五八年起，《中外新報》、《華字日報》、《羊城采新實錄》、《昭文新報》、《循環日報》、《匯報》、《新報》、《廣報》等先後創辦起來。中國人自己紛紛辦報，當然是由於「古今變局」的刺激和洋務思潮的振盪。這些報紙一旦大量發行，又必然宣傳思想、改變風氣、影響時局；同時又普及新名詞，促使漢語書面語發生變化。比如《循環日報》，就是其主筆王韜鼓吹洋務思想的論壇。王韜寫文章又不依陳式，多用新名詞，怎麼更能表情達意就怎麼寫，盡量使文章通俗化，為中國文苑報章體的創立鋪設了一個階梯。

文獻是人類物質活動和精神活動的記錄。翻譯文獻是探察和借鑒其他國家、民族物質活動和精神活動的重要途徑。早在鴉片戰爭期間，林則徐就注重翻譯西書，並曾設立譯館。但大量翻譯西書，則是從洋務運動開始的。洋務派基於對中外時局的認識和對西方文化的感

---

⑮　郭嵩燾：〈上合肥伯相書〉，鄭振鐸編《晚清文選》，（生活書店，1937），
　　頁158。

受，一貫視譯書爲「當今之急務」。在他們的鼓動和組織下，當時翻譯西書、傳播西學有南北兩個中心：一是京師同文館，所譯述的書籍以公法爲主，如《萬國公法》、《公法會通》等等。一是江南製造局翻譯館，所譯述的書籍以科技爲主，如《運規約指》、《開煤要法》等等。其中江南製造局翻譯館成績更大。據傅蘭雅〈江南製造總局翻譯西書事略〉說，它先後翻譯西洋科學書一百七、八十種。這些活動也毫不例外地受到了頑固派的阻撓和攻擊，在倭仁等人阻撓京師同文館的建立而遭到失敗之後，頑固派又對同文館作無謂的諷刺和謾罵，他們貼出對聯，說什麼「未同而言，斯文將喪；孔門子弟，鬼谷先生」。但是，這些譯書在傳播西方文化、衝擊傳統觀念，以及引進外來詞語，改變漢語面貌等方面所起的作用是不可遏制、不可忽視的。當時任翻譯的英國人傅蘭雅已經注意到：至一八八〇年爲止，江南製造總局翻譯館「所銷售書籍已數萬餘，可見中國皆好此書」。[16] 若干年後，人們還記得這些譯書的深遠影響：「於是西學大興，人人爭言其書，習其法，欲用以變俗」。[17] 正是在這「變俗」的過程中，「未同而言，斯文將喪」，人們說話、作文的用詞出語都在慢慢發生變化，漢語的面貌也隨之在慢慢地變化。

在這一時期，最直接、最集中地體現了洋務思潮衝擊傳統文化觀念，改變中國社會風氣，從而帶來了漢語和漢語研究的深刻變化的，是馬建忠創構的《馬氏文通》。馬建忠早年在上海讀書，學會了拉丁文、希臘文、法文和英文。一八七五年，他以郎中資格被派往法國留

---

[16] 傅蘭雅：〈江南製造總局翻譯西書事略〉，張靜廬輯《中國近代出版史料》初編，（上雜出版社，1953），頁21。

[17] 邵作舟：〈邵氏危言〉，中國史學會編《戊戌變法》第1冊，（神州國光社，1953），頁181。

學，是我國第一個到歐洲學習社會科學、特別是學習商業的留學生。學成歸國之後，在李鴻章幕府幫辦洋務，後來從洋務派中分化出來，成爲中國近代早期維新派的代表人物之一。馬建忠認爲，要使中國富強，除了要發展民族工商業，提高關稅保護本國工商業以外，還必須認真學習西方的先進科學技術，而要學習西方的科學技術，就必須像西方人那樣縮短學習本國語文的時間。他在《馬氏文通・後序》中從比較中西學童學習語文的情況中提出自己的看法：「吾國青年能讀書者固少，讀書而能文者又加少焉，能及時爲文而以其餘年講道明理以備他日之用者，蓋萬無一焉。」與此相反，「泰西童子入學，循序而進，未及志學之年而觀書爲文無不明習。而後視其性之所近，肆力於數度、格致、法律、性理諸學而專精焉。」爲此，他大力揭露文言的弊端，強調指出：中國落後愚昧，是由於「結繩而後，積四千餘載之智慧材力，無不一一消磨於所以載道、所以明理之文。而道無由載，理不暇明，以與夫達道明理之西人相角逐焉，其賢愚優劣有不待言矣」。⑱ 與此同時，他又提出了具體的改革方案，那就是破除我國沿襲了二千餘年的舊的語文教學方法，「比擬」著西文的規矩，把隱寓在華文中的「規矩」即語法體系揭示出來，從而創立新的語文教學方法，縮短語文學習時間。爲實現這一目標，他發憤撰寫了《馬氏文通》 — 我國第一部系統的語法著作。在此書的〈後序〉中，他抒寫了自己的心曲：「斯書也，因西文已有之規矩，於經籍中求其所同所不同者，曲證繁引以確知華文義例之所在，而後童蒙入塾能循是而學文焉，其成就之速必無遜於西人。然後及其年力富強之時，以學道明理焉。」儘管《馬氏文通》有缺乏歷史主義觀點、模仿西洋語法稍多

---

⑱　馬建忠：《馬氏文通》，（商務印書館，1983），頁13。

的缺點，但是，這畢竟是打掉文言的神秘光圈，從新的角度用新的方法研究古代漢語的良好開端，它表露出來的作者的愛國熱情，反映出來的新的社會思潮的影響，都是歷歷可見的，它抨擊文言的膽識，開創中國語法學的功勞，是永垂史冊的。

一八六一年到一八九五年，古老的中國正經歷著「天地之變局」。華夏傳統文化在與西方文化發生物質層面碰撞的過程中，出現了前所未有的變化。作爲傳統文化符號體系的漢語，也隨之而有了新的變化。所有這些新的變化，不僅遍及了神州大地，攪動了民族心境，而且預示著真正的浪潮即將興起!

第二節　舊詞演變中的複雜民族心理

中國社會在急劇變化，中西文化在外層撞擊，古老的漢語在演變、發展。

在這一時期，漢語的發展首先表現在舊詞語意義的演變即引申和扭曲方面。這是由當時中國社會新的現實、傳統舊文化的特徵以及處在中西文化的矛盾交點上的不同的中國人的不同心態所決定的。

〔壹〕　舊詞語的附會和詞義的扭曲

作爲人的一種符號性活動，詞義的引申或扭曲總是以聯想爲必要的心理基礎；而作爲人的一種心理活動，聯想又植根於文化傳統及其變遷過程之中，並且受其激發、引導和制約。因此，考察語言的詞語意義引申或扭曲的軌跡，就可以透視其中的聯想過程和類別；而根據聯想過程和類別，又可以探尋到激發和引導聯想的心理狀態，並且

進而能夠從一個特定的角度探索出民族文化及其變遷的特徵，尤其是其中的文化心理及其變化的特徵。⑲ 從這一理論根據出發，考察本時期漢語詞義的引申和扭曲，我們不難看到，就其大體而言，慣於以「用夏變夷」的態度、單向輻射的方式向周圍傳播民族文化的中國人，終於不得不在反抗西方侵略者的同時認識西方異質文化。起初，很多中國人，特別是那些慣於「格物致知」、「明心見性」的聖人之徒，很自然地運用傳統思維方式，按照古代漢語提供的模式，來認知西方異質文化的新奇事物。而中國傳統思維方式有著鮮明的特徵和明顯的不足：第一，注重從總體上、從運動中、從聯繫裡觀察和認識事物，長於綜合而短於分析；第二，常常寓事實認識於價值評判之中，以倫理上的「所當然」代替哲學上的「所以然」；第三，重頓悟，輕實證，概念具有模糊性，理解具有意會性，表述具有象徵性。與傳統思維方式的這些特徵相聯繫，古代漢語也具有相應的特點。比如，詞彙系統中以單音詞為主體，通常是一個表意漢字記錄一個單音詞，字與詞常常重合；一個漢字有時記錄兩個以上的單音詞，而一個單音詞一般又具有多個詞義；詞的意義大都概括而模糊，使用起來有很大的靈活性。

以上這種種因素互相影響、互相結合，就使得那些在文言語彙中找不到可以直接而準確地表述西方異質文化的新奇事物的現成詞語的中國近代士大夫，著力將某些陳舊的術語加以附會，把某些古老的詞語的意義加以扭曲，形成漢語發展過程中的畸形現象。今天，我們透過這些畸形的語言現象，可以認識某些畸形的社會現象。比如：

---

⑲ 參見周光慶：〈漢語詞義引申中的文化心理〉，《華中師範大學學報》1992年第 5 期，頁 121。

一、「夷」

　　自春秋戰國以來，古代漢語的名詞「夷」所指稱的對象一直是中.
原華夏族以外的四方部族，如古人常說的「四夷」、「九夷」等等。
由於夷文化有著較大的差異，華夏人又具有強烈的優越感，所以，
「夷」的詞義就總是帶有一種輕貶的感情色彩。《左傳》中常有「
夷德無厭」、「（公）用夷禮，故曰子」、「效夷言」則「不免（於
禍）」之類的話，很能代表當時華夏人的一般看法。這種看法，後來
逐漸變爲一種文化價值觀念。加之儒家的聖人孔子曾經認爲：「夷
狄之有君，不如諸夏之亡也。」[20] 孟子曾經強調：「吾聞用夏變夷
者，未聞變於夷者也。」[21] 因而這種價值觀念就在中國人，特別是
士大夫的心田裡深深紮根了，「夷」也就變爲對文化落後的民族的
稱呼。有宋一代，國步方蹇，但種種外交屈辱卻沒有動搖人們關於「
夷夏」的觀念，國子監直講石介還特地撰寫〈中國論〉，津津有味地
宣稱：「天處乎上，地處乎下，居天地之中者曰中國，居天地之偏者
曰四夷。四夷外也，中國內也。」[22] 即便是在少數民族入主中原的
元代和清代，「華夷之辨」在人們心裡仍然不可磨滅。到了十九世紀
上半葉，遠隔重洋的西方白人或者結隊而來，或者破門而入。他們不
僅帶來了奇巧的貨物、誘人的鴉片和攻勢凌厲的大炮，同時也帶來
了陌生的學術、奇特的宗教和怪異的生活方式，在中國人面前展現了
一片新奇的世界。中國人，特別是士大夫，不能不進行觀察、思考，

---

[20]　《論語・八佾》。

[21]　《孟子・滕文公上》。

[22]　石介：〈中國論〉，《徂萊石先生文集》卷10。

並作出反映。他們的反映很有特點，集中體現在兩個詞的使用上：一個是「洋」，一個是「夷」。對於西方舶來的奢侈品，如鴉片、「打簧貨」㉓ 等等，官僚地主們並不怕「漸希淳樸之俗」（嘉慶語），而是嗜之如命。到鴉片戰爭前夕，這些奢侈品已經相當廣泛地深入到東南沿海及京、津一帶的官僚地主們的生活之中，以致在江浙等省，名詞「洋」突然時髦起來，「凡物之精好貴重者，皆加『洋』稱」。㉔ 而對於西方白人，近代士大夫們自然是像明末少數士大夫那樣，按照中國傳統文化的價值觀念和思維方式來加以觀察和評判。在他們之中的絕大多數人看來，西方人都是「貪利好鬥，未聞禮義之風、儒者之教化」的化外之民，對於他們應以夷待之，稱之爲「夷」──儘管他們實際上擁有在很多方面更爲先進的近代文化。於是，名詞「夷」所指稱的範圍就公認地由中原以外的文化較爲落後的四方部落硬性擴大到文化較爲先進的遠隔重洋的西方民族，並且在此基礎上又產生了許多相關的頗多舊色彩的詞語，如「夷兵」、「夷船」、「夷烟」、「夷貨」、「夷器」、「夷館」、「夷商」、「夷法」、「夷俗」、「夷情」、「夷患」、「夷禍」、「夷毒」、「夷焰」、「夷務」、「夷化」、「外夷」、「西夷」、「洋夷」、「遠夷」、「英夷」、「法夷」、「良夷」、「奸夷」、「撫夷」、「御夷」、「師夷制夷」、「以夷制夷」、「奉夷爲師」等。「夷」的詞就這樣發生了扭曲，有了新的變化。但必須指出，它帶有的感情色彩卻沒有隨之變化，依然是不加掩飾的輕貶色彩。所以直到一八六〇年，圓明園燒毀了，「北京條約」簽訂了，咸豐躲在「避暑山莊」，一不痛心割讓九

㉓　「打簧貨」指西方各國專爲東方市場製造的鐘錶及式樣奇巧的機器玩具等。
㉔　包世臣：〈致廣東按察姚中丞書〉，《安吳四種》卷 35。

龍，二不痛心賠款一千六百萬兩，而只痛心「致令夷酋面見朕弟（指奕訢），已屬不成事體」。而在一八六七年，還有個叫楊廷熙的在反對設立同文館的奏摺中說什麼「（西方人）即多材多藝層出不窮，而華夷之辨不得不嚴，尊卑之分不得不定，名器之重不得不惜」。㉕在這樣一些頑固士大夫僵化的頭腦中，彷彿語詞符號對它所指稱的對象有著某種特異功能，西方人一旦被稱爲「夷」，一旦被定下「尊卑之分」，他們也就真的是「無禮樂教化，無典章文物」的野蠻民族，以至於有的人因此還產生了一種頗爲嚴肅的幻想：「吾孔孟之教將盛行於彼都，而大變其陋俗！」㉖

隨著西方人對中國文化的了解的加深，他們之中有人對「夷」的稱呼提出了異議。一八三二年三月，東印度公司英國職員胡夏米（華名）和德國傳教士郭士立乘船自廣東北上，窺探沿海城鎮，六月抵達吳淞口，要求遞稟上憲，准其貿易。蘇松太道吳其泰批覆：「查該夷船向無在上海貿易之例，未便違例據情上轉。」並將原稟退還。胡夏米認爲稱「夷」是對他的「凌辱」，上書抗議，申言「大英國終不是夷國，乃係外國。」吳其泰連忙去函解釋說，稱夷「並不是壞話，是你多疑了。」胡夏米還是不服，並且拾掇中國古代典籍文句以爲根據，覆書反駁，「稱夷人者，爲蠻貊而已矣。倘以大英國民人爲夷人，正是凌辱本國的體面，觸犯民人，激怒結仇。」吳其泰對此沒有反詰，而是改變措詞，用「該商」替換「該夷」，再次去函，敦促胡

㉕ 〈同治六年五月二十二日楊廷熙條〉，中國史學會編《洋務運動》第2冊，（上海人民出版社，1961），頁47。
㉖ 李元度：〈答友人論異教書〉，鄭振鐸編《晚清文選》，（生活書店，1937），頁129。

夏米仍回「例准交易廣東」。㉗ 這是中外交涉中的一個小小插曲，但是，它卻是耐人尋味的。從吳其泰的言語活動中，我們至少可以看到：第一，吳其泰一類士大夫們對西方人的這種認知方式和稱名方法在新的社會條件下遇到了挑戰，陷入了困窘的境地；第二，無論是因為自知不能反駁，還是因為自知無力制伏，吳其泰在交涉中改變措詞而不用「夷」字，就足以從一個角度說明中國社會和傳統觀念在被動地、慢慢地改變著。

然而，胡夏米的抗議並沒產生重大的社會影響。開始改變對西方人的看法並自動放棄「夷」的稱呼的，還是最早睜眼看世界的知識者。在四、五十年代之交，進步思想家魏源在《道光洋艘征撫記》的最後定本中，主動地把先前抄本中的「夷」字通通改為「洋」字，如「洋館」、「洋人」、「洋官」、「洋兵」、「洋炮」等等。只是，這在當時還是空谷足音。

第二次鴉片戰爭期間，一八五八年六月，又一個不平等條約「中英天津條約」簽訂了。該條約第五十一款特別規定：「嗣後各式公文，無論京外，內敘大英國官民，自不得提書夷字。」㉘ 「夷」字的使用從此受到了限制。雖然這個規定本身並非不合理，但它畢竟是侵略者向被侵略者索要的平等。該條約訂立了三個月以後，「英酋額爾金因邸報內見（咸豐）上諭有夷船闖入天津字樣，指為背約」，迫使欽差大臣桂良奏請「惟將來由軍機處發出各件，凡關夷務者，可否

㉗ 見《達衷集》，轉引自陳旭麓《辨夷洋》，光明日報，1981 年 12 月 5 日第 4 版。

㉘ 王鐵崖編：《中外舊約章匯編》第 1 冊，（三聯書店，1957），頁 102。

飭令毋庸發抄。」㉙ 這是一起外交糾紛，也是一次文化衝突。但是，真正對西方文化有了深切的理解，因而認識到「夷」的詞義發生了畸形的扭曲，並因此而感到不安的，不是屈服於侵略者的桂良之流，而是那些走向了世界的知識者。七十年代中，郭嵩燾在《使西紀程》中很有針對性地指出：「西洋立國二千年，政教修明，具有本末，與遼、金崛起一時，倏盛倏衰，情形絕異。」㉚ 八十年代初，曾紀澤從巴黎寫信回國，大聲疾呼：西洋諸國「咸自命爲禮義教化之國」，中國人「安可因其禮義教化之不同，而遽援尊周攘夷之陳言以鄙之耶」。㉛ 王韜還專門寫了一篇〈華夷辨〉，從理論上論述了「自世有內華外夷之說，人遂謂中國爲華，而中國以外統謂之夷，此大謬不然者也。」「華夷之辨，其不在地之內外，而係於禮之有無也明矣。苟有禮也，夷可進爲華；苟無禮也，華則變爲夷。豈可沾沾自大，厚己以薄人哉！」㉜ 在他們的影響下，其他一些洋務派人士也都不再把西方喚作「夷」。比如，黃恩彤稱之爲「遠」，丁日昌稱之爲「外國」，奕訢、薛福成則呼之爲「西洋」。郭嵩燾他們極力要矯正的，當然不只是一個詞義的扭曲，而是一個早已陳腐但仍然很有影響的價值觀念，因爲他們已經痛切地感覺到，一個舊詞語意義的扭曲，關係到一種觀念的傳播，而一個觀念的傳播，則有時關係到國家的前途。

㉙　〈欽差大臣桂良等奏〉，中國史學會編《第二次鴉片戰爭》第 3 冊，（上海人民出版社，1971），頁 531。

㉚　轉引自鍾叔河：《走向世界》，（中華書局，1985），頁 225。

㉛　曾紀澤：〈巴黎復陳俊臣中丞〉，《曾紀澤遺集》，（岳麓書社，1983），頁 194。

㉜　王韜：〈華夷辨〉，《弢園文錄外編》，（中華書局，1959），頁 296。

二、「術數」

「術數」是古漢語中常用的詞，正如元代文獻學家馬端臨指出的那樣，它的涵義「雜而多端」，主要是指用陰陽五行生剋制化的數理來推斷人事吉凶的方法。陸機〈辨亡論〉就說：「術數則吳範、趙達，以禨祥協德。」㉝ 直到清代，一般士大夫也還是這樣理解的。《四庫提要・術數類》的意見很有代表性：「術數之興，多在秦漢以後，要其旨，不出乎陰陽五行生剋制化，實皆《易》之支派，傳以雜說耳。」㉞ 在中國古代上層統治者和士大夫們心目中，「術數」的地位和作用是奇特的：一方面，「術數」時時被用來論證新王朝「奉天承運」的合理性。在這種時候，「術數」往往起著將自然現象與政治行爲聯繫起來，把自然科學納入「應用的政治學」的軌道裡從而阻礙和窒息了自然科學的作用；另一方面，「術數」更多地被擲進卜筮、望氣、巫醫、相術的行列，被封建史學家編修的「正史」貶到「方術傳」中。因而唐宋以來的聖人之徒談起「術數」之士，臉上總會掛出一副鄙夷的神色來。

中國士大夫悠游在封閉的「天朝上國」之中，從未見到過西方近代科學，特別是物理學、化學、光學、天文學之類，文言文中自然也不可能有與之直接對應的現成詞彙。但是，由於傳統思維方式和對西方列強憎惡情緒的影響，他們之中絕大數人習慣地從經驗的連續性的假設出發投影於未來，認爲「西夷」的這些玩意兒與國產的「術數」非常相似，於是毫不猶豫地把「術數」一詞附會到西方的物理學、化學、光學、天文學等學科上，把它們統名之曰「術數」，從而使「

㉝ 陸機:〈辨亡論〉下，《陸機集》，（中華書局，1982），頁 131。
㉞ 《四庫全書總目》卷 108，（中華書局，1965），頁 914。

術數」一詞的意義發生了極大扭曲。直到一八六七年，因爲洋務派創立同文館，「專用正途科甲人員學習天文、算術，以爲製造輪船、洋槍之用」，大學士倭仁還憤怒地上疏，振振有辭地聲稱：「今求之一藝之末，而又奉夷人爲師，無論夷人詭譎未必傳其精巧，即使教者誠教，學者誠學，所成就者不過術數之士。古今來未聞有恃術數而能起衰振弱者也。」㉟ 首先運用自己的傳統認知結構和模糊詞義實現對西方文化異質事物的「理解」，將「術數」一詞附會到西方近代科學上，然後在自己錯誤的理解、硬性的附會的基礎上，又「以經制之學爲斷」即以古老的儒家文化的價值觀念來評判，從而決定自己的取捨，最終推導出「天文算學只爲末議，即不講習，於國家大計亦無所損」㊱ 的錯誤結論，這就是倭仁一類士大夫的思維方法，同時也就是「術數」一詞詞義扭曲的社會原因及其對社會的反作用。值得注意的是，當時洋務派首領奕訢在與倭仁等人的反覆辯難中，並未直接駁斥西方近代科學即中國古代「術數」的論調，而只是再三申明：「奏請開設天文算學館，以爲製造輪船、各機器張本，並非空講孤虛，侈談術數，爲此不急之務。」㊲ 這足以表明，「術數」一詞詞義的扭曲由來已久，早已積非成是，以致奕訢等人還不能正面予以矯正。一直要等到本世紀初，英語Science 的音譯名詞「賽因斯」誕生，才逐漸取代了「術數」一詞，來履行表徵西方科學這一異質事物的職責。更晚一些的時候，由日本傳進來英語Science 的意譯詞「科學」才又取代

㉟　〈同治六年二月十五日大學士倭仁摺〉，中國史學會編《洋務運動》第2 冊，（上海人民出版社，1961），頁30。

㊱　〈同治六年三月二十一日倭仁摺〉，中國史學會編《洋務運動》第 2 冊，（上海人民出版社，1961），頁38。

㊲　〈同治六年三月初二日總理各國事務奕訢等摺〉，中國史學會編《洋務運動》第2 冊，（上海人民出版社，1961），頁32。

了「賽因斯」，最終完全淘汰了「術數」這個被扭曲了的詞語。

與「術數」一詞遭遇相類似的，還有「機巧」、「技巧」、「奇技」等詞語。在古漢語中，「機巧」既指靈巧的裝置，如《後漢書·張衡傳》：「衡善機巧」；又有狡猾的意思，如〈詩序〉：「魏地狹隘，其民機巧趨利」。「技巧」既指精練的藝能，如《漢書·藝文志》：「技巧者，習手足，便器械，積機關，以立攻守之勝者也」；又有智變作偽的意思，如陸賈《新語·道基》：「民棄本趨末，技巧橫出，用意各殊。」在中國古代文化的價值觀念中，「機巧」和「技巧」都是沒有地位的，儒家經典《禮記·王制》規定得非常清楚：「凡執技以事上者」，「不與士齒」。至於「奇技」，更是士大夫所不願耳聞目睹的，因爲《禮記·王制》說的明白：「作淫聲、異服、奇技、奇器以疑眾，殺！」到了近代，基於傳統的價值觀念和思維方式，正統的士大夫在把「術數」一詞附會到西方近代科學上去的同時，又將西方的工業技術統統稱之爲「機巧」、「技巧」或「奇技」，從而使這些詞的詞義發生扭曲，最後得出「科甲正途」「談孔孟之書，學堯舜之道，明體達用，規模宏遠也，何必令其習爲機巧」、[38]「奇技淫巧，衰世所爲」等荒謬的結論。

三、「買辦」

「買辦」一詞古已有之。原指官府中掌管採購和其他雜務的差役，如《明史·成祖紀》：「詔罷北京諸司不急之務及買辦，以蘇民困。」《儒林外史》第一回：「這人姓瞿，是諸暨縣一個頭役，又是買辦。」後來，「西人之來中國，首至之地點爲廣東。彼時外人只能

---

[38]　〈同治六年正月二十九日掌山東道監察御史張盛藻摺〉，中國史學會編《洋務運動》第 2 冊，（上海人民出版社，1961），頁 29。

居住船上，不准逗留陸地。而貿易往來，則全由十三行爲之居間介紹。遇一洋船來，十三行必著一人前往該船看貨樣，議定價格，然後偕同官廳派員開倉起貨，及貨已售罄，洋人購土貨回國，亦由此人居間購進，而此一人者當時即名之爲買辦。意義上若謂代外人買辦物件者然」。[39] 「十三行的買辦」是「代外人買辦物件」的，與明政府的「買辦」已有很大的不同，「買辦」的詞義已有了很大的變化。鴉片戰爭後，廢除了十三行的中外貿易的管理制度。外國人在通商口岸設立洋行，直接雇傭中國人充當推銷商品、收購原料、刺探情報、招攬業務的幫手，這些人也仍然沿襲舊稱被叫做「買辦」。但是，這種買辦又與十三行的買辦具有不同的性質。十三行的「買辦」是由中國官府委派的對外貿易機關的人員，而這種「買辦」是由外國商人雇傭的幫手。於是，買辦也就成爲一種職業，「買辦」一詞也就變爲Comprador（康白度）的譯名。

外國人雇傭買辦，一方面是利用他們實行其以華制華的策略，另一方面是利用他們實現其在不平等條約中所不能取得的其他特殊權利，如開採礦產，購買土地等。由於所從事的工作和所生活的環境的特殊，買辦是當時中國最了解資本主義知識的一部分人。他們之中，有鄭觀應、徐潤一類的人物，受雇於洋行，執買辦之業而握有大量的貨幣，爾後又投資或主辦獨立的近代工商企業，同包括外國資本在內的其他企業競爭，並且富於新思想；但更多的卻是吳健彰、楊坊之流，由買辦起家，積資捐官，活躍於經濟領域和政治領域，奉洋人若神明，爲洋人謀利益，常常顯現出洋奴的姿態。

由此可見，「買辦」一詞由國產貨經歷了曲折的道路而演變爲

---

[39] 姚公鶴：《上海閑話》，民國 21 年刊印本。

Comprador（康白度）的譯名，其內涵和外延以及附著其上的感情色彩都發生了根本性的變化，而它的這些根本性變化，正好成為中國近代新的經濟關係和新的社會力量滋生的一個生動的縮影。

〔貳〕　舊詞語的沿用和詞義的引申

　　兩次鴉片戰爭的炮聲，越來越強烈地震撼著神州大地。在嚴峻的社會現實面前，在新奇的西方文化面前，中國人，從皇帝到多數士大夫，乃至一般平民百姓，文化視野是慢慢擴大了，危機意識是逐漸清晰了。他們在尋找出路的過程中，開始對西方文化進行認識，傳統的政治觀念和價值觀念在有些人的心目中開始發生了變化。「外患之來，變幻如此，而我猶欲以成法制之，譬如醫者療疾，不問何症，概投之以古方，誠未見其效也。」⑩ 這是李鴻章在〈籌議海防摺〉中向慈禧陳述的見解。

　　然而，儘管面臨著新的局勢，形成了新的觀念，籌劃了新的行動，但仍然還要在古代經典中尋求理論根據，拾撿聖賢用語，以舊的詞語包裝新的意義，這不僅是近代士大夫們的習慣心理，也是他們的巧妙戰術。在他們看來，只有這樣才能使己心安穩，使論敵束手。中國傳統文化賦予了他們這種性格，古代漢語給予了他們這種便利，更何況，在很多時候，人們視野的擴大，認識的進步，對舊詞語有了新的理解，是在自己都不曾注意的情況下逐漸發生的。所有這一切，都使得近代社會的人們常常沿用舊詞語，注入新內容，使詞義不斷向前引申，因而也就使漢語不斷向前發展。請看幾例：

---

⑩　李鴻章〈籌議海防摺〉，《李文忠公全書》奏稿卷24。

一、「天下」

按字面意義講，「天下」應該是指在「天」之「下」，即全世界或全球。但在中國古代典籍中，這個詞絕大多數時候指稱的卻是當時的全中國。且不說《論語・泰伯》的所謂「三以天下讓」，《墨子・尙同下》的所謂「天子總天下之義」。即以《孟子・離婁上》的「人有恒言，皆曰天下國家。天下之本在國，國之本在家，家之本在身」而論，看起來，這裡的「天下」是比「國」大，但正如漢代學者趙岐在注中指出的：「天下謂天子之所主，國謂諸侯之國，家謂卿大夫也。」⑪ 「天下」比諸侯國大而又是「天子之所主」，當然是指當時的整個「大周」。《禮記・禮運》中有一句被歷代思想家、政治家所樂於引用的話：「大道之行也，天下爲公。」孫希旦《集解》解釋得很清楚：「天下爲公，天子之位傳賢而不傳子也。」可見這裡的「天下」也還是指全中國。當然，在古籍中，「天下」一詞有時候確實有外及四海的意思，如《尙書・大禹謨》云：「奄有四海，爲天下君。」這裡的「天下」與「四海」互文而同義。可是我們知道，古人一向以爲中國四周皆有海，所謂「奄有四海」，所謂外及四海，所指稱的範圍充其量不過是「九州分野」以內的中國和「九州分野」以外、早已「輸誠慕化」的少數「夷狄」。所以〈大禹謨〉又有「文命敷於四海」的話，《詩經》中又有「溥天之下，莫非王土」的話。我們還可以翻檢一下儒家的經典。《論語》中「天下」一詞出現十一次，《孟子》中使用「天下」約一百八十次，全都是指稱當時的整個中國。我們還不妨檢索一下古代的熟語，「天下大亂」，「天

⑪ 《孟子正義》卷14。

下太平」，「天下無敵」，「天下洶洶」，「天下一家」，「三分天下」，「天下大勢合久必分，分久必合」等等，這裡哪一個「天下」不是指的整個中國?

中國古人不甚關心宇宙的起源，只有「天下」（即中國）的觀念，沒有「世界」的觀念，相信儒家「聲教迄於四海」，這當然是受植根於半封閉的溫帶大陸、農業型的自然經濟、家國一體的宗法社會的中國古代文化及其價值觀念所制約的。明代萬曆年間，意大利傳教士利瑪竇在中國看到這樣一張地圖：大明帝國的十五省被畫在地圖的中央，在其四周所繪出的海中，散布著若干小島，在各個小島上填寫有當時中國人所曾聽說過的幾個外國的名字。而所有這些小島加在一起，還不如大明帝國一個最小的省份的面積大。這就是中國學人筆下的「輿地全圖」，也是他們心目中的「天下」全景。後來利瑪竇也在中國士大夫的書案上展開了歐洲人繪製的《萬國全圖》，圖中中國不但面積不是最大，而且位置不在中央。⑫ 於是引起了中國士大夫的強烈不滿，他們之中有人特地撰寫了《聖朝破邪集》，指斥利瑪竇「以其邪說惑世」。這是一個小小的歷史插曲，但卻是意味深長的，它是中國古代文化的「天下」觀念與西方近代文化的「世界」觀念第一次直接碰撞所發出的聲音。但這聲音太微弱了，遠遠不能振動中國人的心扉。清初的啓蒙思想家顧炎武，具有比較廣闊的文化視野，曾經大膽地指出：「歷九州之風俗，考前代之史書，中國之不如外國者有之矣！」⑬ 但他所謂的「外國」，還只是契丹、匈奴等「邊外」之「夷狄」，因而他所謂的九州，也並不等於全世界。顧氏也曾賦予「

⑫ 見《利瑪竇中國札記》，（中華書局，1986），頁6。
⑬ 顧炎武：《日知錄》卷29，（商務印書舘，1933），頁101。

天下」一詞以新的涵義，極力把「天下」與「國」區分開來，提出：
「有亡國，有亡天下。亡國與亡天下奚辨？曰：易姓改號謂之亡國，
仁義充塞而至於率獸食人，人將相食謂之亡天下。」㊹ 然而，他心
目中的「天下」，就地域而言其實也仍然沒有超出當時整個中國的範
圍。他的名著《天下郡國利病書》的書名也可以證實這一點。

　　歷史的車輪終於運行到了近代。西方人大量湧入國門，帶來了異
國圖畫，中國人開始走向世界，耳目爲之一新。「往日之觀天坐井，
語判齊東；年來只測海窺蠡，氣吞泰岱！」這是近代最早「受外國在
花旗聘舌耕海外」的林鍼在《西海紀遊自序》中抒寫的感慨。㊺ 過去
因爲「觀天坐井」，以爲「天下」就是中國，其他一切關於外國的知
識都不過是「齊東野語」；現在只是「測海窺蠡」，便知道「天下」
之大，眼光和氣概就與過去不可同日而語了。這種文化視野擴大後
的真實感受，很能反映出最初走向世界的人們的共同體會。隨著中
外人員往來的增多，中西文化交流的深入，中國先進的人們由「測
海窺蠡」到「放眼全球」，關於「天下」的觀念有了很大的變化。我
們先看看薛福成的論述：「自東漢甘英臨地中海而不渡，幾謂天地之
際盡於此矣。豈知海之西別有天地耶？又豈知其疆域博奧遼闊，車不
同軌，書不同文，行不同倫如此耶？數千年間，人挾拘墟之見，一聞
鄒子大九州之說，則疑其閎大不經。元明以來，西人雖有至中國者，
而中國於彼形勢政俗茫然也。中國之習知西事，蓋自近年輶車四出
始。」㊻ 這段話不僅暴露了傳統「天下」觀的真相，而且初步揭示

㊹　顧炎武：《日知錄》卷13，頁41。

㊺　鍾叔河：《走向世界》，（中華書局，1985），頁55。

㊻　薛福成：〈西輶日知錄序〉，《庸庵文別集》，（上海古籍出版社，1985），
　　頁226。

了這種觀念形成、僵化的歷史根源。有了如此自覺而深刻的反思，當然會產生新的認識。我們再聽聽鄭觀應的聲音：「（中國）其名有天下，實未盡天覆地載者全有之，夫固天下之一國耳！知此乃可與言公法。」「公法者，彼此自視其國爲萬國之一，可相維繫而不能相統屬者也。」⑰「而中國亦不屑自處爲萬國之一列入公法，以示定於一尊，正所謂孤立無援，獨受其害，不可不幡然變計者也。」⑱ 幾千年來，「人挾拘墟之見」，總以爲「天下」就是中國，而現在一位士大夫以無可懷疑的語氣猛喝一聲：中國「固天下之一國耳」！這個曠古未有的聲音，使很多人從「王者無外」或「聲教迄於四海」的迷夢中驚醒過來。而鄭氏又大爲強調：中國人只有消除「定於一尊」的傳統觀念，從而具備「自視其國爲萬國之一」的意識，才能改變「孤立無援，獨受其害」的被動局面，才能順應世界發展趨勢，這就在剛剛驚醒的人們面前展開了一個廣闊而明晰的文化視野，使之認識到破除舊的「天下」觀念，建立新的「世界」觀念的必要性和重要性。我們最後還領略一下王韜所描繪的圖景：「顧虛空界中非止一地球也。若準以一行星、一地球推之，則地球幾如恒河沙數。」「其所謂世界者，約略不過萬年，前五千年爲諸國分建之天下，後五千年爲諸國聯合之天下。」⑲ 他的視覺所及，不但越出了中國古人所謂的「天下」（即整個中國），而且超出了近人所謂的「世界」（即地球）。這不是莊子式的「寓言」，而是以科學爲根據的政論，像這樣縱橫星際、上下萬年，遼闊壯觀的「天下」圖景，終於由中國人描繪出來了，是

---

⑰ 鄭觀應：《盛世危言・公法》，夏東元編《鄭觀應集》，（上海人民出版社，1982），頁387。

⑱ 鄭觀應：《易言・論公法》，《鄭觀應集》，頁67。

⑲ 王韜：〈答強弱論〉，《弢園文錄外編》，（中華書局，1959），頁202。

何等可喜的進步！人們面對這樣氣勢恢宏的圖景，還能懷有傳統的
「天下」觀念嗎？從此，在大多數中國人的心目中，近代意義的天下
觀念即世界觀念逐漸取代了傳統的天下觀念，即「四海九州」觀念，
「天下」一詞的詞義具有了嶄新的內容，其中包含了中國人的全新的
認識。雖然直到戊戌變法期間，經學大師皮錫瑞的兒子皮嘉祐還感到
有必要繼續宣傳近代意義的天下觀念，因而在《湘報》上發表〈醒世
歌〉云：「若把地圖來參詳，中國並不在中央；地球本是渾圓物，誰
是中央誰四旁？」⑩ 並且被頑固派誣爲「邪說煽惑」，但那畢竟已
是兩種天下觀念鬥爭的餘波了。在某種意義上講，正是因爲有了「天
下」詞義的這種變化，中國近代才開始有了中西文化的比較研究。

二、「自強」

「自強」一語，最早出自《周易・象傳》：「天行健，君子以自
強不息。」在儒家文化中，「自強」所包含的意義是既宏且深：從修
養的角度看，是指自健其身心，如《禮記・學記》：「知困，然後能
自強也」；從行爲的角度看，是指自己努力向上，如韓愈〈答侯繼
書〉：「懼足下以吾退歸，因謂我不復能自強不息。」「自強」實際
上是儒家的精神和傳統。到了南宋時代，朱熹的再傳弟子董槐首先把
這個詞的意義加以擴大，把「自強」精神用於對外關係之中。據《宋
史・董槐傳》載：「帝問邊事，對曰：『外有敵國，則其計先自強。
自強者，人畏我，我不畏人』。」在這裡，「自強」有了新的涵義，
它兼指國家和民族的自力圖強的精神和方針。

十九世紀五十年代末，清王朝受到太平天國戰爭和第二次鴉片

---

⑩　《湘報》第 27 號，1898 年 4 月 1 日。

戰爭的雙重打擊，出現了空前嚴重的統治危機。正是在這種時候，危機意識在一部分王公大臣和士大夫的有識之士中很快蔓延，「師夷制夷」的思想日益深入人心。他們痛感「創巨痛深」、國將不國，紛紛從不同的角度尋求「以救目前之急」的良策。一八六一年，洋務派首領奕訢等人從「先儒」那裡找到了一種理論，首先提出了「自強」的方針：「探源之策，在於自強。」⑪ 一時之間，洋務派上下呼應，互相鼓動，竟然出現了一個「人人有自強之心，亦人人爲自強之言」⑫ 的自強運動。曾國藩表示：「欲求自強之道，總以修政事、求賢才爲急務，以學作炸炮、學造輪舟等具爲下手工夫。」⑬ 李鴻章提出：「中國欲自強，則莫如學習外國利器，欲學習外國利器，則莫如覓製器之器。」⑭ 馮桂芬認爲：「不自強而有事，危道也，……短一自強，即可弭之使無事也。」⑮ 奕訢和文祥對於「自強」方針的概括性表述在當時似乎更有代表性：「自強以練兵爲要，練兵又以製器爲先。」⑯ 總而言之，在十九世紀六十年代，「自強」一詞頗爲時髦，確實成爲當時士大夫乃至商人的常用詞語。後來，洋務派政論家鄭觀應、王韜又發展了「自強」的精神，爲「自強」一詞注入了新的

---

⑪　《籌辦夷務始末》（咸豐朝）卷 72，（中華書局，1979），頁 2700。

⑫　〈同治十三年九月二十七日總理各國事務衙門奏〉，中國史學會編《洋務運動》第 1 冊，（上海人民出版社，1961），頁 26。

⑬　《曾文正公手書日記》，同治元年 5 月初 7 日。

⑭　〈致總理各國事務衙門函〉，《籌辦夷務始末》（同治朝）卷 25，（故宮博物院影印本，1930），頁 10。

⑮　馮桂芬：〈善馭夷議〉，中國史學會編《戊戌變法》第 2 冊，（神州國光社，1953），頁 35。

⑯　〈同治三年甲子四月戊戌總理各國事務恭親王等奏〉，《籌辦夷務始末》（同治朝）卷 25，（故宮博物院影印本，1930），頁 1。

涵義。鄭氏在《盛世危言》中專闢〈自強論〉一篇，強調指出：「中國當此危極之時，而求安圖治，上下皆知非自強不可，而自強非變法不可。」⑤ 王氏的《弢園文錄外編》中有〈變法自強〉三篇，反覆論述了當時中國若欲自立於世界民族之林，「則莫先乎變法自強」⑤ 的主張。

　　如果稍稍分析一下洋務派所發動的「自強」運動和他們對「自強」一詞使用的情況，我們就可以看到：第一，面臨著「千古未有之創局」，洋務派士大夫自然是盡力地到儒家文化傳統中去尋找救急的思想武器和「變法」的理論根據，於是他們找到了儒家「自強」的傳統。這樣一來，他們就能打出聖人的旗號，「理直氣壯」地去開展洋務運動，去批駁頑固分子。第二，對於儒家「自強」的傳統，洋務派既有繼承 —— 他們在董槐的「自強」概念的基礎上提出了「自強」的方針；又有發展 —— 他們賦予了「自強」以新的意義，因而使「自強」一詞的詞義向前大大引申了。第三，在洋務運動中，因為「人人為自強之言」，而人人實際上又自有其獨特的政治觀點，所以「自強」一詞在不同的人的筆下就有著不盡相同的涵義。大體說來，在奕訢、李鴻章等洋務派官僚那裡，由於他們既有同清王朝休戚與共的特殊關係，又較多地親身感受到西方近代化的軍事力量，所以「自強」主要意味著「練兵」、「製器」和「覓製器之器」。而在王韜、鄭觀應等洋務派士人那裡，由於他們不同程度地認識到了「西人立國之本，體用兼備」，⑤ 並且把注意力漸漸移向了西人立國之「體」，所以「自強」則常常意味著「變法」和「借法」，「變法自強」、「借

---

⑤　鄭觀應：〈自強論〉，《鄭觀應集》，（上海人民出版社，1982），頁338。

⑤　王韜：〈變法自強上〉，《弢園文錄外編》，（中華書局，1959），頁37。

⑤　鄭觀應：〈南遊日記〉，《鄭觀應集》，頁967。

法自強」幾乎成了他們的口頭禪。「自強」一詞有著如此不同的涵義，不但反映出洋務派中兩種不同的政治視野和思想觀念，而且也在某種程度上預示出洋務運動的必然結果。

三、「格致」

自漢代以來，處於「獨尊」地位的儒學就形成了自己的系統的政治哲學，其基本思想就是《禮記‧大學》所論述的、宋代儒家所概括的「三綱領」、「八條目」。所謂「三綱領」是指「明明德」、「親民」、「止至善」；「八條目」包括「格物」、「致知」、「誠意」、「正心」、「修身」、「齊家」、「治國」、「平天下」。這中間最重要的是「修身」，而「格物」、「致知」，簡稱「格致」，則是儒家修身的途徑和手段。「格致」實際上包括兩個過程：一個過程是「致知」，即人們進行道德實踐，要考慮到自己的行為對於客體的影響；另一個過程是「格物」，即人們還應該反過來根據對客體的影響來調整自己的行為。所以《大學》說：「致知在格物，物格而後知至，知至而後意誠，意誠而後心正，心正而後身修。」雖然後來宋代的朱熹、明代的王陽明等人都從自己的哲學思想出發對「格致」一語作過新的解釋和發揮，或者說「格致」是為了「尋那形而上之道」，或者認為「格致」的目的在於「致良知」，但「格致」始終是儒家的修身之道，而不是一切依據實驗並嚴格遵循邏輯推理的近代自然科學的精神和方法。王陽明與友人在亭子前對著竹子靜坐冥想，「早夜不得其理，到七日，亦以勞思致疾」的真實故事就足以說明這一點。

可是到了近代，人們卻從儒學傳統中截取「格致」二字，延引其意義，用來指稱西方近代自然科學，然後大力加以倡導。早在一八六

六年，奕訢等人就疾呼於廟堂，把「格致之學」提到了一個有關國家前途的高度，倡言「舉凡推算、格致之理，製器、尚象之法，……儻能專精務實，盡得其妙，則中國自強之道在此矣。」⑥ 與此同時，洋務派一方面在同文館中設立「格物入門」以便「講求格物」的課程；另一方面創辦翻譯館，大力翻譯「格致學」的書籍，僅江南製造局翻譯館就「翻譯格致、化學、製造各書籍，查先後出版者一百七十八種。」⑥ 可見到了近代，「格致」一詞有了全新的意義內容。它所指稱的是西方近代自然科學，它所顯示的是近代自然科學的種種原理和精神。近代化學家和工程技術專家徐壽對近代意義的「格致」有過很深刻的闡述：「格致之理，必藉製器以顯，而製器之學，原以格致爲旨歸。」⑥ 正是在這一意義上，洋務人士往往將希望寄託於「格致」：工業是與列強進行「商戰」的基礎，「格致」又是發展自己工業的前提。只有「延精於中西學者，廣譯西國有用之書，賤價出售，以廣流傳，使咸識格致之妙用，然後迂腐之見化，然後誹謗之風息，朝野一心，人無間言，爲國者則庶幾乎有所藉手矣。」⑥

　　明明是進口的西方近代自然科學，洋務派士大夫爲什麼偏偏要貼上中國古代儒學「格致」的標籤呢？這裡面當然有思維方式和認識水平的問題，但更多的卻是鬥爭策略的需要。大家知道，在十九世紀六十至八十年代，由於受中國國情的制約，中西文化的碰撞常常

⑥　〈同治五年十一月初五日總理各國事務奕訢等摺〉，中國史學會編《洋務運動》第2冊，（上海人民出版社，1961），頁23。

⑥　馬祖毅：《中國翻譯簡史》，（中國對外翻譯出版公司，1984），頁233。

⑥　徐建寅：《歐遊雜錄》，轉引自鍾叔河《走向世界》，（中華書局，1985），頁309。

⑥　〈中國亟宜廣開風氣論〉，《皇朝經世文統編》卷105，（光緒辛丑年上海寶善齋石印），頁7。

表現為洋務派和頑固派的鬥爭。在激烈的鬥爭中，雙方為支持各自的主張，除就實際利害提出許多理由外，還總是要在中國傳統文化中尋求思想武器和理論根據。頑固派仇視西方文化，反對學習西方科學技術，固然有很多理由，但其中最重要的一個理由就是「華夷之辨不得不嚴」，「師事洋人，可恥孰甚」。洋務派為了抵抗頑固派的攻擊，減少學習西方科學技術的阻力，終於想出了一個借用古代儒學傳統包裝西方近代科學的策略。請看，奕訢在奏摺中申言：「或謂製造乃工匠之事，儒者不屑為之。……今日之學，學其理也，乃儒者格物致知之事，並非強學士大夫以親執藝事也，又何疑乎！」[64] 李鴻章在奏摺中小心翼翼地說：「竊謂西洋製器之精，實源本於測算格致之學。」[65] 鄭觀應更是說得有根有據：「自《大學》亡〈格致〉一篇，《周禮》闕〈冬官〉一冊，古人名物象數之學，流徙而入泰西。」[66] 既然這些科學技術本來就是儒家經典《周禮》、《禮記》中所提到過的東西，「則儒者當以不知為恥」。提倡學習科學，就是弘揚聖人之學的壯舉，反對學習科學，則有阻礙聖人之學的嫌疑。這樣一來，不就使頑固派束其手而緘其口了嗎？從這裡，我們清楚地看到了「格致」一詞引申其義最終成為西方近代科學的名稱的社會原因和社會意義。

---

[64] 〈同治五年十二月二十三日總理各國事務奕訢等摺〉，中國史學會編《洋務運動》第 2 冊，（上海人民出版社，1961），頁 25。

[65] 〈光緒二年十一月二十九日欽差北洋大臣直隸總督李鴻章等奏〉，《洋務運動》第 5 冊，頁 187。

[66] 鄭觀應：〈道器〉，《鄭觀應集》，頁 242。

第三節　新詞引進中的新奇文化景觀

「必將有循於舊名，有作於新名」，這是最早研究漢語詞的哲學家荀子所揭示的漢語詞彙發展的一個規律。

隨著中國社會的急劇變化，西方文化的猛烈衝擊，漢語新詞語的引進和創造是不可遏制的。因爲語言作爲社會交際的主要工具和文化表達的基本形式，其詞彙對社會的變化最爲敏感，對文化的交流最能盡其「使者」的責任。首先，詞是事物的名稱，是概念的語言形式。如果引進或創制了一種新的器物，通常也就要或先或後引進或創製一個指稱該器物的新詞；引進或產生了一種新的概念，一般也就隨之引進或創製了一個表達該概念的新詞；出現了一種持續的新的社會現象，往往也就隨之產生了一個表示該現象的新詞。一個時代產生的新詞語的匯集，常常就是這個時代出現的新器物、新觀念、新現象的清單和索引。其次，詞是人所構造的，是社會約定俗成的。所謂新詞，實際上是舊詞的轉化、組合，或是向其他語言引進的借詞。在新詞語的產生過程中，什麼情況下引進借詞，什麼情況下用舊詞組合，什麼情況下使舊詞轉化，都或多或少、或隱或現地反映了一定的社會心理和文化心理，而一定的社會心理和文化心理又都是社會變化和文化交流的結果。再次，詞是人所運用的，是用於社會交際的，而詞所組成的語言是精神的外現。有意率先運用新詞語，常常表現了說話人對新事物、新思想的一種敏感；故意拒絕使用新詞語，往往表明了說話人對新事物、新思想的某種態度。而新詞語的廣泛流傳，應該說是新事物擴大影響、新觀念廣爲傳播的重要媒介和真實表現。由此可見，

社會的發展反映在語言中就常常表現爲詞彙的發展，文化的交流反映在語言上就往往表現爲不同語言的詞彙的部分融合，歷史的積澱反映在語言裡一般就表現爲詞彙的積累。正是在這個意義上，我們非常贊成當代語言學家豐克在〈詞的來源和它們的傳奇故事〉中所著重指出的：「詞彙也像個小窗戶，通過它可以熟悉一個民族的過去。」⑥⑦

現在，我們就開始對漢語新詞語作具體的調查和多角度的分析。爲了能夠真正說明問題，調查分析分兩步進行：第一步，以有代表性的文獻材料爲對象，檢閱其中的新詞語，作定量分析；第二步，以有典型意義的詞語爲對象，追踪其產生和演變的過程，作個案分析，這樣一來，我們或許可以從詞彙這個小窗戶的一角來窺測從一八六一年到一八九五年中國社會走向現代化的足跡。

〔壹〕 新詞語所引起的語言變化

目前，我國語言學界對漢語詞彙的斷代研究還只是剛剛開始，而對近百年漢語詞彙的研究則尤其缺乏。在這裡，我們只能根據本課題研究的需要，選取一定數量的有代表性書籍或文章，作爲調查分析的對象。

一、李鴻章〈籌議海防摺〉片段⑥⑧

李鴻章是洋務派的首領。他的這篇奏摺是奉旨交呈的，寫作時間是一八七四年十二月，讀者對象當然主要是西太后、光緒、軍機大臣

---

⑥⑦ 豐克：〈詞的來源和它們的傳奇故事〉，轉引自張永言《詞彙學簡論》，（華中工學院出版社，1982），頁7。

⑥⑧ 李鴻章：〈籌議海防摺〉，《李文忠公全書》奏稿卷24。

以及其他上層人物。現在選取的其中論進口軍械、製造機器的「簡器一條」。這一條全文約一千二百五十字。所使用的新詞語五十五個，其中有的多次出現，共用書寫符號三百餘字，約占全文的四分之一。這些新詞語是：

> 水雷、滑膛、來福、電氣、洋槍、前門槍、後門槍、亨利馬梯呢、士乃得、俾爾打口奴、呢而根、沙士鉢、林明登、機器局、造子機器、領事、炮位、克鹿卜、後門鋼炮、炮臺、前門炮、鋼炮、烏理治、子彈、前門熟鐵來福長彈大炮、阿墨斯得郎、回德活特、四磅彈後門鋼炮、英國、法國、美國、俄國、德國、格林連珠炮、磅、圍彈銅鐵炸炮、洋法、新式、大爐、汽錘、壓水櫃、機器、花旗、波羅的海、城堡、格致之學、電線、電機、鐵繩、橡皮、洋式、炮子、造藥機器、洋商、生鋼。

　　如果考慮到李鴻章的奏摺主要是給西太后等人看的，其中如此大量的新詞語特別是外來詞的使用，就不能不予以注意。這至少可以說明：第一，這些新詞語（包括其中的外來詞）早已在社會上流行了，人們對它們已沒有太多的陌生感，所以李鴻章也能自由運用了。第二，就連西太后之流，對許多像「亨利馬梯呢」這樣的外來詞和諸如「洋法」、「洋式」一類的新詞語連篇累牘的使用，已經比較習慣了，瞧得比較順眼了。由此我們不難窺測到社會風氣在變，人們心理在變。再細心觀察一下還可以看到：李文片段中有「造子機器」、「造藥機器」等幾個詞語，它們似乎是臨時組合，臨時代用的詞語。在李鴻章的詞典裡，還沒有指稱它們所表示的新事物的專用名詞。這說明，當時人們對「造子機器」、「造藥機器」之類的西方器物還是

相當生疏的。

二、李元度〈答友人論異教書〉全文⑥

李元度是頑固派士大夫。在這篇一千一百二十餘字的文章中,他試圖比較中西文化,分析「異教」在中國的前途,並且抒寫了他們的「吾孔孟之教將盛行於彼都」的幻想。全文只在不得已的情況下使用了兩個新詞語:「天主耶穌教」和「法蘭西」,各出現一次。文章在談到西方器物之利時,在洋務派士大夫一般都會用「火輪舟」、「火輪車」、「機器」等新詞語的地方,李元度仍然是使用的「舟」、「車」、「器械」等舊詞語。此外,在「今泰西諸國,適以互市來,其必將用夏變夷,而不致變於夷也」之類的句子中,「互市」、「夷」等詞都是扭曲了原來的詞義的。相形之下,李元度不是顯得有些故意拒絕使用新詞語嗎?這正好透露出他們這類士大夫在中西文化衝突的背景下的心理狀態。

三、張德彝《再述奇(歐美環遊記)》全書⑦

張德彝是中國國立第一所外語學校 —— 京師同文館的首屆畢業生,後來一直擔任外交官。一八六八年到一八六九年之間,他隨蒲安臣使團出訪歐美,寫下了這部日記體裁的見聞錄。在書中,他描寫了許許多多新奇的事物,因而也引進和創造了很多的新詞語。這裡先把書中用得比較多的新詞語列舉如下(人名、地名、純音譯詞一般不列入其中)。

---

⑥ 鄭振鐸編:《晚清文選》,(生活書店,1937),頁129–130。
⑦ 張德彝:《再述奇(歐美環遊記)》,左步青、米江農點校,(湖南人民出版社,1981)。

1.機構類：公司、海關、水驛、救火局、番水局、機器局、造錢局、銀鈔局、鐵器局、織甋局、保險局、公局、總稅務局、稅務司、信局、鐘錶局、鐘錶行、刻石作、銀器鋪、造船廠、煮鹽廠、熔化金銀廠、管理輪車官舍、賭馬廠、萬牲園、敏人園、叫貨樓、商賈會、新聞紙局、養病所、養濟院、孤兒院、育嬰堂、義社、義書堂、女學館、大學院、藏書閣、蠟人館、集理館、集骨樓、集新院、集古院、集奇樓、水晶宮、乾貨局、集事房、提督署、議事廳、上會堂、下會堂。

2.科技類：地球（儀）、赤道、北極、地球、地心、重心、水氣、生氣、天氣、陽陰之氣、酸質陰烈之氣、電氣、火井、平儀、窺天鏡、外科醫生。

3.文化類：法語、英語、俄語、拉丁語、洋字、華字、拉丁文字、手談啞文、新聞、新聞紙、晚報、新聞紙使、新聞局之採訪使、受語師、油畫、照畫、照像、洋琴、風琴、跳舞會、假面會、跳舞、冰嬉、遊春會、陀螺、鬥鷄、弄人日、大琴堂、範儀堂、海大囿。

4.宗教類：耶穌教、天主教、教皇、牧師、神父、墨爾門、禮拜、禮拜堂、義園。

5.交通類：輪渡、明輪、輪船、火輪渡、火輪舟、火輪、洋船、海車、火輪車、氣輪車、火輪車式、輪車、自行車、雙馬車、單馬雙輪車、鐵路、火輪車道、江下石徑、火輪車客廳、住址簿。

6.建築設施類：碼頭、城中地道、浴堂、積穀倉、加非館、香水局、暖窖、玻璃暖窖、洋樓。

7.軍械類：洋槍、炮子、水雷、地雷、魚雷、水炸炮、鐵

甲兵船。

8.器具類：軋機、輪機、火機、氣機、鐵機、製火寶機、收田機器、割谷器、打麥器、擾衣器、鐵裁縫、自行屋、活車、齒輪、螺蛳、擊釘、電線、電氣線、法通線牌、水龍、鋼針、皮帶、銀線、強水爐、銓石、自鳴鐘、時辰錶、金錶、千里眼、冰鞋、氣襖、氣脬、玻璃罩、氣筒、氣球、氣燈、煤氣燈、奇巧燈、洋取火、自來火、假面、鉛筆、擊球、信票、門票、局票。

9.食品類：西瓜、西紅柿、平果、蠻果、波蘿窖、加非、牛油、面包、生烟、「三鞭」（香檳）、「回四季」（威士忌）、「紹勾臟」（巧克力）。

10.政治類：合眾國、平行黨、分尊卑黨、合眾通黨、統領、公使、領事、公舉、執照、花旗、白房（宮）、黑奴、洋技（美國佬）。

11.其他：洋錢、洋服、洋銀、銀圓、西服、名片、鋼圈（裙）、嗶嘰、海絨、皮鞋、暖布、法方、洋式、華式、粵式、新式、黑人、洋女、唐人城、華人街、西士、男孩、筆談、太平洋、印度洋。

初步觀察一下就可以看到，這許多新詞語有幾個非常明顯的特點：第一，就分布狀況而言，新詞語遍及政治、經濟、文化、軍事和起居衣食等各個方面，但仍然以器物名詞為絕大多數。這一現象不僅反映了作者注意力集中的大致範圍，而且從一個側面顯示了當時中西文化交流的廣度和深度。第二，就產生過程而言，新詞語中有很多，如「生氣」、「義社」、「平行黨」、「範儀堂」、「集奇

樓」、「集古院」、「鐵裁縫」、「洋取火」等等，顯然是由作者認真構擬的，其中表露了他在當時社會環境下所特有的文化心理（詳後）。第三，就產生方式而言，全書新詞語以意譯詞爲最多，只有在不得已的情況下，作者才採用完全音譯的方法引進外來詞。像「敖爾柴斯特立邦」（手搖風琴）、「麻蔞立雅」（木蘭花）、「類斯比伏」（烤牛肉）這樣的外來詞在書中是不多見的。我們應該從漢語具有不可滲透性的特點和中國人的文化心理特徵這兩個角度看待這一語言現象。第四，就存在狀況而言，新詞語中有少數是異名同實的，如「新聞紙使」和「新聞局之採訪使」同是記者的稱呼，「輪船」和「洋船」同指一物；有少數是臨時組合、臨時代用而非專用名詞的，如「火輪車客廳」、「管理輪車官舍」、「收田機器」等。這固然是詞彙發展過程中常有的語言現象，但同時也說明作者以及中國人對這類新奇事物的生疏與好奇。

四、鄭觀應《盛世危言・日報（上）》全篇⑦

　　鄭觀應是洋務派的一些重要的新式企業的籌辦者和開拓者，是中國近代最早具有維新思想體系的思想家。他的《盛世危言》反映了時代的要求，在中國近代思想史上影響很大。〈日報〉一篇全文約一千三百字，其中出現的新詞語有三十個：

> 日報、報紙、月報、半月報、七日報、報館、登報、主筆者、閱報者、報章、醫報、律家、醫家、議員、領事、通使、商務局、議政局、上議院、下議院、論說、西字、體裁、銷路、商

---

⑦　見夏東元編:《鄭觀應集》，（上海人民出版社，1982），頁345–348。

務、案件、廣報、中西日報、告白、泰吾士日報館。

五、徐壽《化學鑒原》、《化學求數》新詞語舉例

徐壽是我國近代卓越的科學家、翻譯家、近代化學的啓蒙者。他與人合作翻譯的《化學鑒原》、《化學求數》曾經在中國風行了三、四十年，有著很大的影響。特別是《化學鑒原》給六十四種化學元素的系統命名，爲制定現代化學元素命名原則打下了基礎。此外，在讀書過程中，徐壽創立的新名詞在構詞法上也很富於啓發性，這裡先選取的是：

（一）《化學鑒原》補編中的一段文字：

> 疇昔化學名家，討論各質原點之性情，而定相合相分之例。凡屬有重之物，俱謂之質，其大類有二，曰原，曰雜。原質爲不能再分者，雜質爲二物以愛攝力而相合者。何謂愛攝力？即令各質變成新質之力，但如相合而成新質則非此力。有愛力者，始謂之化合，已化合之質而又有物勝其愛力令相離，謂之化分。

這裡，化學、質點、原點、重、質、雜質、愛攝力、新質、愛力、化合、化分等都是新名詞，除「化學」一詞外，都是徐壽創立的。

（二）《化學求數》一書中的若干新名詞術語，並與現代化學名詞術語相對照：（見下表列）[72]

---

[72] 引自袁翰青、孟乃昌：〈徐譯《化學考質》和《化學求數》〉，見《徐壽和中國化學史》，（科學技術文獻出版社，1986），頁136。

　　聯繫中國近代中西文化交流史和化學學科發展史來看，我們就能理解，徐壽等人創立新的名詞術語有著不可輕視的深遠意義：第一，傳播了新的觀念和先進的科學技術，開拓了人們的視野，對近代化學產生了啟蒙作用；第二，為後人制定現代自然科學的系統的名詞術語開創了正確的原則，留下了指導性的意見。我們可以比較一下：「化分」與「分解」、「熱度」與「溫度」、「試藥」與「試劑」、「金」與「金屬」、「公用之質」與「共同成分」、「繞道求數」與「間接測定」、「已知濃率」與「標準濃度」等等，名詞術語雖然有所不同，但命名原則和命名方式卻是一脈相承的。

徐壽譯名	現代化學名詞	徐壽譯名	現代化學名詞
權法	重量分析法	定性質	組成確定的物質
量法	容量分析法	公用之質	共同成分
衡梁	天平梁	表面	表面皿
權馬	砝碼	化盡	反應完全
能稱之形	稱量形式	蒸水	蒸餾水
試定	標定	準火泥	普通酒精
繞道求數	間接測定	筆鉛粉	耐火陶質
準試水	標準溶液	小玻璃箸	石墨粉
已知濃率	標準濃度	青定水	澱玻璃棒
量瓶	容量瓶	不炭灰	青石
量管	量筒	卡拉示辣	定蘭溶液棉
滴管	移液管	馬軋尼臺得礦斯	單質碳
麻耳量管	滴定管	呼英皮酸	焦糖礦酸
明水	上層清液	樹皮	鐵腐植質酸單
淡水	稀溶液		
相配	相當		
熱度	溫度		
微跡	痕量		

　　上面的調查雖然只是抽樣式的，但仍然可以看出，這一時期漢語新詞語的增添是相當可觀的。從詞彙系統的角度看，這許許多多新詞語可以分爲兩大類別：引進的外來詞；創造的新詞語。引進的外來詞又有兩種：一是完全的音譯詞，如「林明登」、「馬理治」、「敖呢波司」等等。一是半音譯半意譯的混合詞，如「來福槍」、「格林連珠槍」、「馬軋尼臺得廠」等等。創造的新詞語也有兩種：一是完全的意譯詞，如「日報」、「議員」、「準試水」等等。一是完全的自造詞，如「新式」、「洋字」、「同文館」等等。在這一時期的不同種類的新詞語中，意譯詞占了絕大多數。之所以會如此，一方面是當時大力引進西方器物，吸收西方文化的結果，另一方面也是由於當時所採用的翻譯方法順應了漢語的構詞規則，很適合中國人的口味。

　　關於當時所採用的翻譯方法，翻譯家徐壽和英國學者傅蘭雅都從創立新名詞術語的角度作過很好的總結。徐壽在《化學材料中西名目表・小序》中說過：「所有原質，多無華名，自必設立新者，而以一字爲主。或按其形性大意而命之，或照西文要聲而譯之。」⑦⑶ 傅蘭雅在〈江南製造總局翻譯西書事略〉中指出：「若華果無此名，必須另設新者，則有三法：一、以平常字外加偏旁而爲新名，仍讀其本音，如鎂、鉀、硒、矽等；或以字典內不常用之字釋以新義而爲新名，如鉑、鉀、鈷、鋅等是也。二、用數字解釋其物，即以此解釋爲新名，而字數以少爲妙，如養氣、輕氣、火輪船、風雨表等是也。三、用華字寫其兩名，以官音爲主，而西字各音亦代以常用相同之華字。」⑦⑷ 所謂「按其形性大意而命之」，「即以此解釋爲新名」，就

⑦⑶　轉引自曾昭掄：〈江南製造局時代編輯之化學書籍及其所用之化學名詞〉，《徐壽和中國化學史》，頁272。

⑦⑷　張靜廬輯：《中國近代出版史料》初編，（上雜出版社，1953），頁9。

是意譯法。所謂「照西文要聲而譯之」，「用華字寫其西名」，就是音譯法。漢語有一個特點，在接受外語影響的時候，它總是盡可能地利用意譯來進行。如果回憶一下張德彝《再述奇（歐美環遊記）》中的新詞語，對這一點就會有更加深刻的印象。

意譯詞的創造，一方面要與自造詞的產生遵循漢語同樣的構詞規律，另一方又無疑會受到外語的深刻影響。這一時期意譯詞、自造詞等新詞語的大批產生，促使漢語的構詞法有了引人注意的新的發展。這主要表現在以下幾個方面：

一、少數構詞成分開始有了詞綴化的傾向

在翻譯過程中，漢語的句法構詞法受到印歐語的詞法構詞法的影響，有一些經常同印歐語的詞綴對譯的構詞成分也漸漸有了詞綴化的傾向。所謂詞綴化的傾向，就是它們作為一個詞素的原有意義逐漸減弱，而在構詞中只產生一種附加意義的傾向。詞綴化傾向發展到後來，其結果是使詞綴沒有詞彙意義，不能作造句材料，只能作構詞成分。下面以有詞綴化傾向的構詞成分為例作點具體的說明。

「式」在古漢語裡，「式」可用作名詞，有「規格、榜樣」的意思，如曹操〈置屯田令〉：「此先代之良式也」。鴉片戰爭以後，「式」一般不再作造句材料，而演變為構詞成分，詞彙意義有所減弱，如：洋式、新式、粵式、火輪車式、華式。

「家」古漢語中指人的「家」，可以作造句材料，如《漢書・藝文志》：「《易》有數家之傳」；也可以作構詞成分，如杜甫〈同文使君春陵行〉：「吾人詩家秀，博采世上名」；在下面一例中，「家」有明顯的詞綴化傾向：「梁簡文始生，志公賀。梁武曰：冤家亦生矣。蓋指侯景亦生於是歲也」（《邇言》）。在本時期，「家」也

用來翻譯印歐語表示人的後綴，使其詞綴化傾向更加強化，如律家、醫家等等。

二、句法構詞能力顯著提高，雙音詞、三音詞迅速增加

大家知道，古代漢語詞彙是以單音詞爲主的。唐宋以降，雙音詞大量產生，在詞彙中所占比例不斷提高。十九世紀六十年代以後，中國社會動盪，中西文化碰撞，新事物，新觀念層出不窮，人們的交際需要和思維能力與日俱增，而外語的影響又在日益擴大，這樣，在漢語詞彙發展規律的制約下，雙音詞、三音詞迅速增加，形成了一股不可阻遏的勢頭，成爲這一時期新產生的詞彙的主體部分。上面抽樣調查得來的材料可以從一個角度說明這一點。在「按其形性大意而命之」的構詞法得到普遍採用的情況下，除爲數不多的單譯詞以外，新的雙音詞和多音詞主要都是用句法構詞法創造的合成詞。這正是古今漢語構詞法的根本區別之一。句法構詞，就是以詞爲原料，運用造句法的方法創造新的合成詞。句法構詞法早在上古時期就已經產生，但一直很不發達。到鴉片戰爭 —— 洋務運動時期，這種構詞法得到迅速發展，能產力大大提高。

首先，研究過古漢語詞彙的人都知道，在古漢語的合成詞中，聯合式的所占比重很大，幾乎成爲了合成詞的主體。⑦⑤ 而據我們初步觀察，在本時期新產生的合成詞中，主從式的所占比重很大，完全成爲了新合成詞的主體。所謂聯合式合成詞，就是兩個構詞成分即詞素係採取並列結構的形式構成新詞。這種合成詞，在最初往往只是兩個同義、近義、反義或相關意義的單音詞的經常連用，後來經過一番

---

⑦⑤　參見周光慶：《古漢語詞彙學簡論》，（華中師範大學出版社，1989），頁80–90。

凝固、融合、轉化的過程，就逐漸形成了合成詞，如朋友、敏捷、發覺、金錢、消息、刀筆等等。在聯合式合成詞的結構中，兩個詞素所貢獻的意義大致相當，結合關係也比較簡單，主要有同義（近義）並列關係，如師旅、和睦。反義並列關係，如寒暑、利害。相關意義並列關係，如社稷、干戈。而所謂主從式合成詞，則是幾個構詞成分即詞素採取主從結構的形式構成的新詞，如輪船、洋錢、西字、銷路、火機、平儀等等。在主從式合成詞的結構中，幾個詞素所貢獻的意義有主有從，結合關係相當複雜。雖然概括地說，主從式合成詞的幾個詞素總是處於修飾、限制與被修飾、被限制的關係，但因為修飾、限制的角度可以千差萬別，所以，一旦進行具體的分析，我們就會發現它們關係的複雜性。比如，就前面的詞素對後面的詞素修飾、限制的角度而言：

　　　船廠、守炮：說明用途

　　　水鋸、電機：說明動力

　　　洋法、生氣：說明性質

　　　鐵繩、油畫：說明原料

　　　公舉、輪渡：說明方式

　　　內河、北極：說明方位

　　　晚報、日報：說明時間

　　　火泥、千里鏡：說明功能

　　　炮位、地心：說明領屬

　　　稅務司、救火局：說明職能

　　　筆談、手談：說明工具

　　　明水、子彈：說明性狀

萬牲園、蠟人館：說明內容

漢語新生的合成詞由以聯合式爲主體到以主從式的爲主體，這是句法構造詞能力顯著提高的標誌。因爲主從式合成詞與聯合式合成詞相比較，內部詞素的結合關係要複雜的多，詞義包容量要豐富得多。如果說，「敏捷」的詞義內容與「敏」或「捷」的詞義內容相去不遠，那麼，「公舉」的詞義內容與「舉」的詞義內容就大不相同了。

其次，這一時期產生的合成詞中，由三個詞素組成的非常之多，詞素的結合關係更爲複雜，詞義的包容量更爲豐富。比如「量天尺」（寒暑表）一詞中，表現行爲的詞素「量」與指稱對象的詞素「天」首先結合成動賓關係，然後詞素結合體「量天」又與詞素「尺」結合成偏正關係，「量天」說明「尺」的用途。「萬牲園」一詞中，表現數量的詞素「萬」與表示主體的詞素「牲」首先結合成偏正關係，然後詞素結合體「萬牲」又與詞素「園」結合成偏正關係，「萬牲」說明「園」的內容。「華人街」一詞中，「華人」本來就是由表示母族的詞素「華」與表示主體的詞素「人」組成的合成詞，現在又作爲詞素與詞素「街」結合成偏正關係，說明「街」的由政治、文化的原因造成的特徵。在漢語詞彙中由三個詞素組成的合成詞爲數極少，而本時期有如此大量的三個詞素組成的合成詞產生，而且有進一步增加在詞彙中的比重的趨勢，這也是句法構詞能力顯著提高的標誌。因爲由三個詞素組成的合成詞內部結構中，詞素的結合關係既是多層次的，又是多類型的，詞的意義所包含的內容也是更爲豐富、深刻的。

總之，在本時期，漢語構詞法，特別是句法構詞法有了顯著的發展。

語言是表達思維成果的，語言的詞是表達思維的概念的。用句法

構詞法創造的主從式合成詞，其內部的詞素結合關係複雜，其詞義的包容量非常豐富，最能明白地揭示概念的內涵。而概念的內涵，就是概念所反映的事物的特有屬性。人們對事物的特有屬性認識越是深刻，反映事物的概念的內涵就越是豐富。概念的內涵越是豐富，就越是要求構詞法向前發展以便創造出最能表達概念並揭示其內涵的新詞來。所以，主從式合成詞的大量產生，句法構詞法的顯著發展，正是人的思維能力迅速提高的重要標誌。比如，古人對化學變化缺乏認識，單純詞「合」就足以表達古人頭腦中已有的「結合到一起」的概念。到了近代，在西方科學的啓示下，人們對兩種或多種物質經過化學反應而形成新的物質的化學變化有了清晰的認識，形成了相應的新概念。對於這個內涵十分豐富的新概念，如果仍然用單純詞「合」來表達，人們就會感到它不能勝任，因爲它揭示不了這個新概念的豐富內涵，於是人們就用句法構詞法創造了新的合成詞「化合」。「化合」一詞就很能表達這個新概念並喚起人們對概念的內涵的注意。由此可見，「化合」一詞的產生，正反映了人們對這一化學變化有著深刻的認識，反映了人們思維能力的提高。句法構詞法的發展，與社會的變化，與人們思維能力的提高，是密切相關的。至於它在漢語詞彙發展過程中的意義，更是不言而喻的。

〔貳〕　新詞語所反映的文化新景

當我們改換調查方法，對某些有代表意義的新詞語產生或演變的過程追踪查詢一番之後，得到了一個清晰而深刻的印象：有些新詞語，像一片片玻璃鏡，能反映出社會生活的圖景的某一些側面；有些新詞語，像一管管三稜鏡，能折射出文化心理的某些個層次。

一、新詞語與社會生活

新詞語，既是社會生活變動的產物，又是社會生活變動的標記，而且有時候，還對社會生活的變化產生一點不易捉摸但確實存在的影響。請看：

（一）「夷務」與「洋務」：

無論中國近代士大夫們對碧眼赤髮的西方人怎樣懼怕、憎惡而又極力蔑視，但「夷」這個稱呼並不能像一道符咒那樣驅逐他們。相反地，西方侵略者的騷擾和威脅與日俱增，與西方各國的貿易往來和外交事務急劇增加，中國面臨著新的國際形勢和政治事務。因此，人們在名詞「夷」的基礎上又創造出一個似舊而新的名詞「夷務」，用來指稱禁烟、防海、外交等一切與「夷」有關的事物。一時之間，朝野上下，張口「夷務」，下筆「夷務」，連從事國際間的外交事物，也在正式的官方文件中被堂而皇之地稱爲「籌辦夷務」。

當然，我們必須注意到，就在這一時期，「洋務」一詞也悄悄地出現了。一八四〇年七月江南道監察御史陸應谷的奏摺中有「於洋務不無裨益」一語。[76] 但這都是偶然一用的。一般的官僚士大夫有意識地以「洋務」替換「夷務」是從一八五八年才開始的。一八五六年十月英國侵略者挑起第二次鴉片戰爭。一八五八年一月，英法聯軍占領廣州。在這種形勢之下，廣州官廳公開以「洋務」一詞代替「夷務」一詞。這就引起了士大夫們的極大反感。一八五八年五月，廣東在籍侍郎羅惇衍等曾上奏皇帝說：「緣人心憤夷已極，而地方官自夷人

---

[76] 〈江南道監察御史陸應谷奏〉，《籌辦夷務始末》（道光朝）卷11，（故宮博物院影印本，1930），頁12。

入城以來，每諱言夷務，甚至文移公牘，稱夷務爲洋務，又稱爲外國事務，不敢仗言夷字。臣等再四商酌，應於關防內明刻『辦理夷務』字樣，方足鼓舞人心。現今刊刻完竣，業已隨時蓋用。」⑦ 羅惇衍等特意在關防內明刻「辦理夷務」字樣，以便「隨時蓋用」，這是一種很特別的行動，它一方面是爲了「鼓舞人心」，另一方面也是爲了消除「洋務」一詞的影響，抵制「洋務」一詞的使用。當時社會變動的迅速，思想鬥爭之激烈，都由此可以窺見。但是，不管人心如何「憤夷已極」，清朝統治者迫於「天津條約」的壓力，不得不採取十分可笑的應付手段：對內照舊沿用「夷務」，以滿足心理上的平衡，對外完全改用「洋務」，以避免觸怒洋人。真正由於對中西文化有真切的了解而自覺放棄「夷務」字樣的是王韜、郭嵩燾、曾紀澤等有見識的愛國知識者。從此以後，「洋務」一詞逐漸流行，並且隨著社會的演進、洋務運動的開展而不斷擴大其指稱範圍，以至於人們「合交涉、製造、教案、通商諸務，而一概之以一名詞焉，曰『洋務』。」⑧ 而「夷務」一詞也就慢慢消失了。到了七十年代，又有更多的人把自己在四十年代寫成的舊著中的「夷務」趁再版時都改爲「洋務」。在漢語的千千萬萬個詞中，這一對詞的嬗變竟是伴隨著如此激烈的外交鬥爭進行的，竟是這樣密切地關係到「一時之世風」，恐怕是很多人沒有想到的。

（二）「變局」、「創局」、「創事」、「變動」：

在鴉片戰爭中，激於道義原則的「天朝上國」竟然慘敗於「英

---

⑦　〈羅惇衍等奏移郟花縣激勵紳團密籌布置摺〉，《籌辦夷務始末》（咸豐朝）卷 22，（中華書局，1979），頁 812–813。

⑧　〈近四十年世風之變態〉，《辛亥革命前十年間時論選集》第 1 卷，（三聯書店，1978），頁 741。

夷」的大炮口下，並且不得不簽訂割地賠款、喪權辱國的「南京條約」，中國的大門被轟開了，一大批凶狠的侵略者挾帶著奇異的西方文化湧進來了。對於這一給中國社會帶來深遠影響的巨大變化，少數敏銳的知識者有著深切的感受。一八四四年揚州秀才黃鈞宰指出：中國官民「初不知洋人何狀，英法國何方也。乃自中華西北，環海而至東南，梯琛航賨，中外一家，亦古今之變局哉」。[79]「變局」一詞在這裡首次出現。一八四八年秋，徐繼畬在《瀛環志略》中又一次使用「變局」一詞來描繪新的形勢：「南洋諸島葦杭閩奧，……今則胥變爲歐羅巴諸國埔頭，此古今一大變局。」[80] 第二次鴉片戰爭以後，馮桂芬在《校邠廬抗議》中說：「觀於今日，夷悉不已」，並認爲西方列強對地球上第一個文明大國 — 中國的侵略，是「有天地開闢以來未有之奇憤」。[81] 這就初步提出了「變局論」的時局觀。六十年代中期，這種時局觀亦即危機意識在洋務派士大夫們心中普遍流傳。他們創造相近的詞語，使用相似的句子，表達對於中國所面臨的新的嚴峻形勢的共同認識。一八六四年，王韜指出：「合地球東西南朔九萬里之遙，胥聚於我一中國之中，此古今之創事，天地之變局。」[82] 一八六八年，廣東巡撫黃恩彤表示擔心：「迫英吉利互市開關……其餘各小國亦竊睨其旁，妄生覬覦。詢數百年來中外一大

---

[79] 黃鈞宰：《金壺七墨》卷4，頁3。

[80] 徐志畬：《瀛環志略·凡例》，中華文史叢書之6，（臺灣京華書局影印版，1968）。

[81] 馮桂芬：《校邠廬抗議·自序》，〈製洋器議〉，中國史學會編《戊戌變法》第1冊，（神州國光社，1953），頁1，29。

[82] 王韜：〈代上蘇撫李宮保書〉，《弢園尺牘》，（中華書局，1959），頁84。

變動也。」⑧薛福成上書曾國藩，認爲「方今中外之勢，古今之變局也」。⑧李鴻章在一封致朋僚的信中，也發出了「外國猖獗」、「千古變局」的感慨。⑧此後，他們在奏章、條陳、文論和函牘中不斷闡發「變局論」，以期引起舉國上下的重視，其中薛福成〈應詔陳言疏〉的一段話曾流播京師內外，有著較大的影響。他說：「自古邊塞之防，所備不過一隅，所患不過一國。今則西人於數萬里重洋之外，飆至中華，聯翩而通商者不下數十國。其輪船之捷，火器之精，爲亘古所未有。恃期詐力，要挾多端。違一言而暇釁迭生，牽一髮而全神俱動。……此固天地適然之氣運，亦開闢以來變局也。」⑧七十年代以還，以日本兵侵臺灣和吞併琉球爲契機，「變局論」爲更多的人接受和闡述。甚至一些以往相當守舊的王公大臣也認識到變局的到來。李宗羲、楊昌濬、王文韶、周盛傳、劉銘傳等，或稱「千古未有之局」，或憂「亘古所未有之變」，或憤「千古未創之局」，或謂「實千古未有之奇局」。⑧在郭嵩燾、鄭觀應、馬建忠等人的大量文集裡，「變局論」的文字俯拾即是。而自一八七四年李鴻章在奏摺中指出今日中國所面臨的「實爲數千年未有之變局」以後，「變局」一詞就成爲人們習用的用來表達當時時局的名詞，它有固定的形式和穩定的詞義，從鄭觀應到康有爲，一直被沿用下去。

⑧　黃恩彤：〈撫遠紀略序〉，中國史學會編《鴉片戰爭》第5冊，（神州國光社，1953），頁409。
⑧　薛福成：〈上曾侯相書〉，丁鳳麟編《薛福成選集》，（上海人民出版社，1987），頁22。
⑧　《李文忠公全書》朋僚函稿卷7。
⑧　薛福成：〈應詔陳言疏〉，《薛福成選集》，頁76。
⑧　參見費正清主編：《劍橋中國晚清史》下卷，（中國社會科學出版社，1985），頁181–184。

　　從這裡，可以看到兩個互相作用的過程。第一個是社會變化反映到語言詞彙中的過程：先有鴉片戰爭所造成的千年未有的社會變化，然後有人們對這一社會變化的感受和認識，最後漢語詞彙就產生了表述這一社會變化的新詞語。第二個是新詞語的創造、選擇、定型的過程：先是人們各自依據自己對社會變化的感受，按照自己所熟悉的漢語構詞法構擬出新的詞語如「變局」、「創局」、「變動」等等。「變局」側重反映形勢的巨大變化，「創局」側重反映形勢的嚴重後果，「變動」則著眼於形勢變化的形態。然後是人們依照基本相同的認識對這些未定型的詞語進行選擇和淘汰；最後，新詞語遵循約定俗成的原則逐漸歸一，並在形式上定型，在內容上穩定。後來的人們一旦理解和接受了這一新詞語，同時也就理解和接受了先前人們對形勢變化的認識。所以，到了十九世紀七十年代，隨著「變局」一詞的傳播，「變局論」已經成為中國社會上相當多的人們的時局觀。

　　在這裡，我們還必須注意到：作為一種歷史觀，近代的「變局論」與古代的「變易論」有著根本的不同：「變易論」著眼於中國一國之內，有時甚至只是一朝一代的治亂得失，而「變局論」則放眼於世界，有時還看到了中外文化的差異和文化現象的進步；「變易論」注重的是漸變，是周而復始的循環，而「變局論」則強調的是突變，是歷史發展中的質變。因此，「變局」一詞的意義與「變易」一詞的意義也有著根本的區別。這既說明了洋務派士大夫為什麼不沿用他們早已熟悉的「變易」一詞而要另外創造「變局」一詞的原因，又顯示了「變局」一詞在近代漢語詞彙系統中的地位。

（三）「租界」：

　　從十八世紀五十年代到二十世紀四十年代，居住在大城市的中國人，大概沒有不熟悉「租界」一詞的，它包含著中國民眾的屈辱

和憤怒。這個詞是一八四六年以後產生的。在第一個不平等條約「中英南京條約」的保護下，一八四五年十一月，英國駐滬領事誘使清朝上海道臺簽訂了「上海土地章程」，「劃定洋涇濱以北、李家場以南地，准租與英國商人，以爲建造房舍及居留之用。」並規定，英國「商人租地，地方官憲會同領事官劃定界址，注明步、畝，樹立界碑。」⑧ 這是西方列強在中國的第一個租界，「租界」一詞也由此產生。「租界」，英文寫作 Settlement，從其動詞 settle 來，係安頓、居留之意，「僅於該區域內容許外僑私人租地、居留而已」。⑨ 然而，一八五四年七月，乘小刀會占領上海縣城之機，英、美、法三國領事自行宣布了新的「上海租地章程」，悍然在租界內組織「工部局」、「義勇隊」和巡捕，對中國居民行使徵稅權和司法權。「工部局」也是這時產生的一個新詞語，英文寫作 Municipalcouncil，意爲市議會。明明是一個政權機關，狡猾的侵略者卻要依照清政府「工部」的名稱翻譯爲「工部局」以便掩人耳目，這就給漢語詞彙塞進一個畸形的新名詞。隨著租界性質的改變，「租界」一詞的意義也在變化。一八七六年，英國政府利用「馬嘉理事件」實行武力恫嚇，迫使清政府訂立了「中英烟臺條約」，第一次把「租界」一詞用於正式條約之中，規定「准以各口租界作爲免收洋貨厘金之處」，⑩ 從而擴大了租界的特權。這樣一來，帝國主義在租界內就實行了完全獨立於中國行政系統和法律制度以外的一套殖民制度，租界也就成爲侵略者在中國的「自治區」，成了中國的國中之「國」。「租界」一詞的意義也隨之完

---

⑧　《上海公共租界史稿》，上海資料叢刊，（上海人民出版社，1980），頁20。

⑨　《上海公共租界史稿》，上海資料叢刊，（上海人民出版社，1980），頁5。

⑩　王鐵崖編：《中外舊約章匯編》第 1 冊，（三聯書店，1957），頁349。

全改變，它所指稱的不再是劃出供外國人租借爲建築房舍及居住之用
的地區，而是如中國社會科學院語言研究所編纂的《現代漢語詞典》
所解釋的：「帝國主義國家強迫半殖民地國家在通商都市內『租借』
給他們做進一步侵略的據點的地區。」⑨

　　總之，「租界」一詞的產生，是帝國主義侵略中國從而使中國社
會發生巨大變化的產物，是中國淪爲半殖民地的重要標誌。「租界」
一詞詞義的演變，是帝國主義擴大侵略巧取豪奪的記錄；其中附著的
感情色彩，表達了中國人民對帝國主義侵略的憎惡。

（四）「民主」與「民權」：⑫

　　兩次鴉片戰爭以後，先進的中國知識者注意到了陌生而新奇的
西方資本主義國家的政治制度。對於像美國、瑞士這類國家的國家元
首，他們更是懷有特殊的興趣，並且用各自的眼光進行觀察，因而有
種種不同的稱呼。比如，魏源稱之爲「總領」，徐繼畬、馮桂芬呼之
爲「總統領」，梁廷枏則名之曰「統領」。但奇怪的是，一八六八年
創刊的《教會新報》卻把西方國家的元首一律叫做「皇帝」，說是「
美國皇帝傳賢不傳子」，這實在是不倫不類。於是這個報的後身《萬
國公報》又從中國古籍中搜尋出一個古老的詞語——「民主」來。「
民主」作爲一個固定語早在兩千多年以前就產生了，其涵義是「民之
主」，明顯地反映出了商周社會制度的特點。在《尚書》、《左傳》
中就時時可以看到「天惟時求民主」、「民主偷必死」一類的句子。
現在，中國的這個古老的詞語竟被用來指稱西方民主國家的元首了。

---

⑨　中國社會科學院語言研究所《現代漢語詞典》，（商務印書館，1986），頁
　　1544。
⑫　這一段參考了熊月之：《中國近代民主思想史》緒論中的有關論述，該書由上
　　海人民出版社1986年出版。

《萬國公報》不但常有「選舉民主」、「民主易人」之類的話，而且還於一八七四年十月十二日在「大美國事，選舉民主」的新聞裡對「民主」加以具體的介紹：「美國民主，曰伯理爾天德，自華盛頓爲始已百年矣。例以四年換舉。」而《西國近事匯編》等書報中也時有「更民主」一類的句子。

　　一八六四年，英國傳教士丁韙良也注意到「民主」二字，他在翻譯惠頓的《萬國公法》時，多次有「民主」對譯英語的 democracy，如「若民主之國，則公舉首領官長，均由自主，一循國法」等等。一八七四年，《萬國公報》把美國、瑞士等國直接稱爲「民主國」。一八七五年，鄭觀應在《易言》中還運用「民主」一詞分析西方政治制度，如「泰西有君主之國，有民主之國，有君民共主之國」。⑨³ 稍後，王韜、黃遵憲、陳熾、何啓等人也都紛紛沿用，並使之流傳開來。於是，在近代中國，「民主」作爲一個詞，不但有「民之主」即西方資本主義國家的元首的意義，而且還有「民爲主」即民主政治的意義。在當時的某些人看來，「民之主」意義與「民爲主」的意義還是相貫通的：「民之主」即總統既然是民選舉出來的，那就是「民爲主」了。這當然反映出了中國人對西方政治制度的認識水平。

　　在中國古代，「民」既無「權」可言，也無索「權」之舉，因此古漢語詞彙中沒有「民權」這一詞語。中國知識者最早使用「民權」一詞的是洋務派的先行者郭嵩燾。比如他在一八七八年五月十九日的日記中就寫道：「西洋政教以民爲重，故一切取順民意，即諸君主之國，大政一出自議紳，民權常重於君。」⑨⁴ 其次是維新派的先行者黃

---

⑨³　鄭觀應：〈論公法〉，《鄭觀應集》，（上海人民出版社，1982），頁65。

⑨⁴　郭嵩燾：《倫敦與巴黎日記》，鍾叔河編校，（岳麓書社，1984），頁576。

遵憲。他在一八八二年春季完稿的《日本國志》一書中多次使用「民權」這個詞，如「府縣會議之制，仿於泰西，以公國而伸民權」。⑨⑤稍後，薛福成、鄭觀應、馬建忠、陳熾等人也都不斷地使用「民權」一詞，使之漸漸流行。有跡象表明，「民權」這個詞來自日本。十九世紀七十年代，日本發生了「自由民權」運動，創造了一個新的名詞：「民權」。而日本的「民權」一詞又是源於西方的意譯詞。在日文辭典中，「民權」的詞義是「政治上人民的權力」。黃遵憲等人正是在這個意義上使用「民權」一詞的。據研究，近代意義上的「民主」一詞源於希臘文 $\delta\eta\mu o\kappa\rho\alpha\tau l\alpha$，由人民 $\delta\tilde\eta\mu os$ 和權力 $\kappa\rho\alpha\tau os$ 兩個詞合成，表達的意思是「人民的權力」。而在英文中，「民權主義」、「民主主義」都稱為 democracy，可見「民權」和「民主」本是來源於同一個詞，是同一個詞的兩種不同的翻譯。

　　然而，一個看上去非常奇怪而實際上卻耐人尋味的語言現象在近代中國的中西文化碰撞、交流的背景下發生了。在近代的西方，president 與 democracy，是迥然不同的兩個詞，而在近代的中國，這兩個詞卻被同譯為「民主」，其意義則竟能貫通；在近代的西方，同是一個 democracy，而在近代中國，這一個詞卻有「民主」與「民權」兩種翻譯。而且，在相當長的時間裡，人們極力區分「民主」和「民權」的意義，給予截然不同的兩種待遇：「民權」受褒揚，成為奮鬥的目標；「民主」受貶斥，成為反對的對象。在這一奇怪的語言現象的後面，有著複雜的社會、文化背景。原來，儘管是西方語言中的一個詞，但在中國一當有兩種翻譯即創造了兩個與之對應的新名詞並納入漢語詞彙系統之後，人們便從自己的文化視界出發，按照漢語

---

⑨⑤ 黃遵憲：《日本國志‧職官志二》卷 14，頁 35。

合成詞的結構規則來理解和使用。於是「民權」被理解爲「民衆的權力」，「民主」被理解爲「民衆作主」（民爲主）。而在王韜、鄭觀應等人看來，「君爲主，則必堯舜之君在上，而後可久安長治；民爲主，則法制多紛更，心志專難壹；究其極，不無流弊。唯君民共治，上下相通，民隱得以上達，君惠亦得以下逮」最爲妥當。⑯ 何啓，胡禮垣也認爲：「民權者，其國之君仍世襲其位；民主者，其國之君由民選立，以幾年爲期。吾言民權者，謂欲使中國之君世代相承。踐天位勿替，非民主之國之謂也。」⑰ 他們基於對「民主」、「民權」二詞的共同理解和君主立憲的共同立場，前後沿襲，左右呼應，就賦予「民主」、「民權」兩個詞以特定的評價意義。直到戊戌變法以後，梁啓超還斤斤辨析「民主」、「民權」的詞義差異，強調「民權與民主二者，其訓詁絕異」。並嘆息「吾儕之倡言民權，十年於茲矣，當道者憂之嫉之畏之，如洪水猛獸然，此無怪其然也，蓋由不知民權與民主之別，而謂言民權者，必與彼所戴之君主爲仇。則其憂之嫉之畏之也固宜。不知有君主之立憲，有民主之立憲，兩者同爲民權，而所以馴致之途，亦有由焉。」⑱ 所有這些，就是造成這一語言現象的深刻的社會原因。

辛亥革命時期，不少革命派也沿用了「民權」一詞，如孫中山先生提出了著名的「民權主義」，但這時的「民權」的詞義內容已有了新的發展和根本性的改變，不再是改良派通常意義上的可以與君權共處共存的「民權」，而是以推翻君權，建立民國爲內涵的「民權」。

---

⑯ 王韜：〈重民下〉，《弢園文錄外編》，（中華書局，1959），頁23。
⑰ 何啓、胡禮垣：〈勸學篇書後〉，《新政真詮》5編，（上海格致新報館，1901）。
⑱ 梁啓超：〈立憲法議〉，《飲冰室文集》之5，（中華書局，1989），頁4。

這一「民權」，完全是「民主」一詞的別稱。

　　由此可見，「民主」、「民權」這兩個新詞語創造、流行和演變的過程，不僅反映了本時期中國人在中西文化碰撞、交流背景下對西方資本主義政治制度日益加深的認識，而且顯現了早期改良派和後期革命派的截然不同的政治主張，從而也就記錄了這一時期中國社會生活深刻變化的若干痕跡。

二、新詞語造詞心理分析

　　人們創造新詞語，一般都是爲了用以指稱新發現的事物或現象，而人們在氣象萬千、變動不居的現實世界中，會發現並注意什麼樣的新事物；會對什麼樣的新現象產生興趣和反應，常常是由文化心理結構來決定的。人們創造新詞語作爲新事物、新現象的名稱時，總是以自己所認識的新事物、新現象的某些最能引起聯想的性狀特徵爲根據的，而人們從什麼角度觀察新事物，如何認識新現象的特徵，以及產生何種聯想，也都是由文化心理結構來決定的。新詞語大都是舊詞語的轉化或組合，而人們在創造新詞語時，以哪些舊詞語爲材料，用什麼方法使之轉化或組合，終究也還是由文化心理結構來決定的。所以，造詞心理是文化心理的反映，獨特的文化心理常常是通過詞的「內部形式」表現出來的。我們就一些新詞語來分析造詞心理，目的和意義，正在於探尋造詞心理反映出來的文化心理，並進而探測產生這種種文化心理的特定的社會背景和中西文化碰撞，交流的背景。

　　分析造詞心理是非常複雜的工作。爲了使我們的分析較爲可信和較爲方便，我們將選取張德彝《再述奇（歐美環遊記）》中的幾段文字作爲材料，並盡可能運用對比分析的方法。先請看：

行數里至大學院，樓內存古今書籍二萬六千冊，四面環以屋
宇，係肄業者退息之所。書樓之後有集奇樓，內藏各種鳥獸魚
蟲之骨，與他國者同。次至觀象臺，上懸平儀，如時辰錶，外
粘紙條如環，針尖濡以藍色，下通電線。另有窺天鏡長丈許，
占星者竟夜候之。天象稍有變動，則急以手按電線，則針所指
之時刻分秒，自有藍點為識，以便查核推驗。⑨

從用詞、造詞心理的角度看，這段話有兩種詞語特別值得注意:

第一種是作者所沿用的「觀象臺」、「占星者」、「天象」等
漢語中古已有之的舊詞。這些古已有之的舊詞在這裡之所以值得注
意，是因爲作者用它們來分別表示新認識的十九世紀美國的天文臺、
天文工作者和美國學人認識中的天文現象等西方文化異質事物。這
裡值得注意的問題是: 英語中與它們大體相對應的詞語 observatory、
astronomer、 astronomical phenomena 或 celestial phenomena 所指稱的
對象和所表達的概念是否一樣。先說「天象」，在中國傳統文化結構
中，它既指天空的景象，也指天空中能兆示人間吉凶的現象。《易·
繫辭》中就有: 「天垂象、見吉凶，聖人象之」的話。《書·胤征》
中也有「昏迷於天象，以干先王之誅」的話。可見英語中與之大體相
對應的兩個詞語的涵義一爲天文的現象，一爲天空的現象，根本沒有
兆示人間吉凶的現象的意思。再說「觀象臺」，在中國傳統文化結構
中，它表示觀測天象（天空中的景象和天空中能兆示人間吉凶的現
象）的建築物。英語中與之對應的 observatory 表示觀測太陽、星星、
火山等自然現象的建築物。二者內涵的差別是明顯的。至於「占星

---

⑨　張德彝:《再述奇（歐美環遊記）》，（湖南人民出版社，1981），頁104。

者」，在中國傳統文化結構中是指以通過觀察星辰運行來預言人事禍福爲職業的人，而英語中的 astronomer 則指以觀察太陽、月亮、恒星和行星的活動爲職業的人，二者的差異更是一目了然。總之，漢語、英語中這些大體相對應的詞語，實際上在中西文化結構中的具體所指和所表示的概念以及它們在各自的詞彙體系中的地位與作用是有所不同的。張德彝沿用了這些古老的詞語而不另造新詞，不僅說明了他對西方近代天文研究工作認識還很膚淺，而且表明：他有時也像其他很多的士大夫們一樣，只要主觀上認爲一些近代西方異質事物所表現出來的特徵，與他們熟悉的某些舊詞語所表達的概念的內涵相近或大體相合，按照他們所習慣的思維方法，就可以直接使用那些古舊詞語作爲表徵該西方文化異質事物的術語。

第二種是作者所創造的「集奇樓」、「窺天鏡」、「大學院」等新詞。作者用它們分別表示十九世紀美國的動物標本樓、天文望遠鏡和大學等新認識的異質事物。作者之所以要創造這些新詞，是因爲他清楚地知道，中國還沒有這些東西，因而漢語中也就沒有可以直接用來作爲表徵這些異質事物的術語的舊詞。作者能創造出這些新名詞，說明他對西方新奇特異的事物以及與之聯繫的科學技術，不但在留心觀察，而且在努力認識，絕不是斥之爲「淫巧」，貶之爲「術數」了事。他的觀察和認識，必然是用中國傳統文化所賦予的眼光來進行的。比如，把動物製成標本，這對中國熟讀五經四書的士大夫來說，是極新極奇的事。把這些動物標本陳列在一幢樓房裡供人觀看、學習、參考，更是奇而又奇的事。正是在這種由於如此新奇特異的事物的刺激而變得異常興奮的心理狀態中，張德彝靈感忽至，創造出「集奇樓」這個很有新意的新名詞來。我們暫時不要責怪這個新名詞的詞義顯然過於突出地表現了新奇感而沒有在字面上表達出動物標本樓

的特性和功能，因爲這位中國京師同文館畢業的年輕人還來不及深刻地認識動物標本製作的重要意義，從而形成準確反映動物標本樓的特性的概念。我們倒是應該從「集奇樓」這個充滿新奇感的新名詞的創作過程中，去體驗這位中國的候補士大夫初到西方世界對西方文化所產生的新奇感受，以及由此形成的興奮、喜悅和希望更多接觸的心理狀態 —— 這正是中西文化在這個特定人物心靈上碰撞、交融所留下的生動跡印。又如天文望遠鏡，英語爲 astronomical telescope，而張德彝名之曰「窺天鏡」。且不說古漢語中的「天」，並不等於「天空」，更不等於「天體」，即以這裡的詞素「窺」而論，就非常生動地反映了當時中國讀書人對於觀測天體運動這一科學活動所特有的神秘感和新奇感，這是英語原詞所沒有的意思。這種神秘感和新奇感，是中西文化交流過程中必然產生的心理狀態。只要翻閱一下中國近代的歷史就可以知道，以上這種心理狀態都是有著普遍的代表性的，那麼，在某種意義上，我們也許可以把這看作是中西文化碰撞、交流的一個縮影。

爲了加深已獲得的認識，請再看：

> 戌刻，有作奇巧燈者來。如將蜘蛛腿粘於玻璃之上，映燈一照，則長逾三丈，骨節百餘。……總之，微些之物，映燈而照，皆極大而明晰。又以水氣與生氣和，盛於皮袋，上放銅嘴，湛以胰水，吹出水泡，以火燃之，則轟聲如爆竹。⑩

這裡記述了作者觀看一次小小的光學試驗和化學實驗的有趣活

---

⑩　張德彝：《再述奇（歐美環遊記）》，（湖南人民出版社，1981），頁88。

動，以及由此獲得的新奇感受。其中「奇巧燈」、「水氣」、「生氣」三個作者自造的新名詞吸引了我們。大家知道，人們在創造新詞即給某種事物命名時，總是以自己對該類事物的某些特徵的認識為依據的。用徐壽的話來說，就是「按其形性大意而命之」；用張德彝自己的話來說，就是「皆思其義以命其名」。複合詞的產生尤其如此。名詞「奇巧燈」指稱的對象是利用光學原理製成的顯微幻燈。但它卻不是「思其義以命其名」的，因為它既沒有像名詞「煤氣燈」、「火輪船」那樣以事物的構造原理為依據，也沒有像名詞「割谷器」、「鐵裁縫」那樣顯示出事物的功能特徵。它所表現所突出的命名根據只是作者對該事物的新奇感覺和興奮情緒，與名詞「集奇樓」的產生大致相似。那麼，我們同樣可以把名詞「奇巧燈」的產生看作是作者剛剛接受西方文化影響的小小標誌。

　　新名詞「水氣」和「生氣」則完全不同。名詞「水氣」所指稱的是氫氣。氫這個氣體元素是元素中最輕的。自然界的氫主要是存在於水等化合物中。根據氫很輕的這個特點，一八七〇年出版的何了然與人合譯的《化學初階》把它命名為「輕」，一八七二年出版的徐壽與人合譯的《化學鑒原》把它稱之為「輕氣」。而根據氫主要存在於化合物水中的特點，張德彝名之曰「水氣」。從這裡我們已經看到，「水氣」一詞的創立，表現了作者對於氫氣的認識已經是相當清晰的。名詞「生氣」指稱的對象是氧氣。氧氣是人和動植物呼吸所必需的氣體。沒有氧氣，一切生命都不能維持。正是根據氧氣的這一特點，《化學初階》名之曰「養」，《化學鑒原》稱之為「養氣」，張德彝則把它命名為「生氣」。「生」即「養」。張德彝的命名與兩位化學翻譯家的命名有異曲同工之妙。這不僅說明張德彝對於氧氣的認識與兩位化學翻譯家的認識相近，而且也說明當時的中國知識者對氧氣有

這種認識的已經不止是一位兩位了。人們對氫氣、氧氣的認識如此正確，當然是西方文化影響的結果。「水氣」、「輕氣」、「生氣」、「養氣」等新名詞的創造，正從一個最微小的角度說明了當時西方文化對中國人的影響，昭示出洋務運動所取得的點滴成績。

第三章　浪潮迭起

（一八九六～一九一二）

第一節　本時期文化變遷與漢語發展

中國歷史老人在艱難行進的時候，仍然是嚴肅而又冷峻的。

洋務運動以受時代潮流推動而在文化表層著手改良開始，以應該在文化中層實行變革而不去變革，因此違反時代潮流而結束，很快走完了自己的行程。甲午海戰慘敗於東鄰小國，宣告了洋務運動的徹底失敗，使中國民眾受到了空前的震動！遼東人民「痛不欲生」，臺灣軍民「若午夜暴雨轟雷，驚駭無人色，奔走相告，聚哭於市中，夜以繼日，哭聲達於四野」。① 而帝國主義又趁火打劫，「其分割之圖，傳遍大地，擘畫詳明，絕無隱諱。」② 中華民族面臨著空前的危機！全國士農工商都在苦苦思索著一個重大而又緊迫的問題：中華「何以自存」？

最先覺悟的中國人 —— 以孫中山先生為代表的革命黨人，在實踐中認識到，中國要自存自強，就必須從根本上變革制度，推翻清朝，

---

① 　《小說月報》第 6 卷第 3 號。
② 　康有為：〈上清帝第五書〉，湯志鈞編《康有為政論集》上冊，（中華書局，1981），頁 202。

這樣，「和平之手段不得不稍易以強迫」。③ 一八九四年十一月興中會成立時，他們以英雄的氣概提出了「驅除韃虜，恢復中華，創立合眾政府」的行動綱領，確立了以武裝起義的方式建立民主共和國的宏偉目標。而傾心於以和平之手段，按照西方的政治模式改造中國的中國人 —— 以康有爲爲代表的維新志士，在中國洋務運動失敗與日本明治維新成功的比較中，「從制度上感覺不足」，於是「拿變法維新做一面大旗，在社會上開始運動」，④ 掀起了頗有聲勢的變法維新運動。

變法維新不但有其特定的時代背景，而且有其一定的社會基礎。在動蕩的九十年代中，隨著清朝政府和洋務運動在戰爭中的失敗和隨之而來的對民間資本的讓步，隨著外國資本直接侵入的刺激的加強，甲午戰後中國民族資本獲得了初步發展，中產階級社會力量有了增長。這就使變法維新運動在一定的社會基礎上迅速發展起來，並且由理論的宣傳階段走上實踐的行動階段。

一八九五年四月，「馬關條約」簽字。康有爲聯合在京參加會試的一千三百多名舉人，上書清政府，要求皇帝「下詔鼓天下之氣，遷都定天下之本，練兵強天下之勢，變法成天下之治」。⑤ 他還強調:變法是「立國自強」的根本大計。「公車上書」成爲維新運動開始的標誌。

變法維新反映了變革封建舊制度的要求。它的興起和發展，引起

---

③ 孫中山:〈倫敦被難記〉，《孫中山全集》第1卷，（中華書局，1981），頁52。

④ 梁啓超:〈五十年中國進化概論〉，《飲冰室文集》之39，（中華書局，1989），頁44。

⑤ 康有爲:〈上清帝第二書〉，《康有爲政論集》上冊，頁116。

了在舊制度上生長出來並憑藉舊制度取得既得利益的封建頑固派的極大仇恨，引起了在舊文化中成長起來並與舊文化融爲一體的守舊派的驚疑和不滿。於是，甲午戰爭的硝烟剛剛散去，神州大地上，中西文化在文化結構中最具權威性的理論、制度層面以維新與守舊的形式激烈地衝突著。

作爲自覺承擔時代使命的社會力量，維新派看到了變法維新的艱難險阻，在尋找著推動變法的力量。幾次上書不達而碰壁之後，他們認識到「望變法於朝廷，其事頗難，然各國之革政，未有不從國民而起者，故欲倡之於下，以喚起國民之議論，振刷國民之精神，使厚蓄其力，以待他日之用」。⑥ 而要這樣，就必須興學校、起學會、設報館從而「講明西學」。因此，運動伊始，他們就把社會啓蒙作爲變法的關鍵提上議事日程，注意使文化觀念的變革成爲政治制度的先導，把政治運動與文化運動結合起來。在他們的不斷努力之下，一個浪潮迭起的思想啓蒙運動亦即新型的文化運動在中國大地上出現。這場文化運動，主要是在文化結構中的理論、制度層面上展開的，它不僅推動了變法維新的政治運動，爲辛亥革命運動創造了條件，而且還啓迪了民智，開創了風氣，使以儒學爲中心的傳統文化心理結構發生了深刻的變化，給中國文化的載體漢語的發展帶來了多方面的、巨大的影響。它是中國先進人物開始自覺呼喚現代化的標誌。

爲開啓民智、變易風俗、廣育人才，維新派十分重視改革教育、興辦學堂。變法一開始，維新派爲實施教育改革，首先就推動光緒皇帝下詔廢除因循數百年之久的八股取士制度。「一時縉紳士庶，田夫市儈，以及識字婦女，學語小兒，莫不交口而訾曰：八股無用。」⑦ 這

---

⑥　梁啓超：〈戊戌政變記〉，中國史學會編《戊戌變法》第 1 冊，（神州國光社，1953），頁 297。

⑦　申報評論〈八股辨〉，《戊戌變法》第 3 冊，頁 345。

從根本上動搖了文言賴以支撐的科舉制度，對這一時期「新文體」的形成，白話文的興起，國語運動的發生都起了很大的推動作用。與此同時，維新派還極力主張興辦學校，廣派遊學。他們主張各省、府、州、縣都要舉辦各種專科學校和女子學校，反覆強調各新式學校均應「內講中國文學」、「外求各種科學」。這就使新式學堂成為普及西學場所，成為中國近代教育的起點。他們的這些意見，基本上都被光緒採納，降旨實行。當時，全國各地成立的學校，據胡思敬一八九八年不完全的統計，各省已創辦新式學堂五十八所，此外還有武備和實業學堂二十三所，京師大學堂也正式成立。⑧ 這是中國歷史上從未有過的新景象。隨著開啟民智、普及教育的呼聲日漸高漲和各類新型學校的大量湧現，一個原來不曾受人重視的問題開始引起很多人的關注，那就是「言文合一」、「語言歸一」、「制出一種溝通文語的文字」，於是，漢語發展史上有著重要意義的國語運動漸漸興起了。

為傳播新學，聯絡士人，維新派還特別注重組織學會變易風俗，用康有為的話來說就是：「思開風氣，開知識，非合大群不可，且必合大群而後力厚也。合群非開會不可。」所以他們敢於蔑視「近世嚴禁結社」的禁令，「提倡學會」，⑨ 開維新聚眾講求之業。在他們的努力之下，學會組織遍及各個省份，據張玉法考察有七十八個之多，⑩ 其中規模較大、影響最著的是強學會、南學會和保國會，都是按照西方民主參政理想組織起來的，可以看作是近代政黨的雛形。

隨著學會的迅猛興起，以改良社會風俗為主旨的群眾團體也紛紛

---

⑧　胡思敬：〈戊戌履霜錄〉，《戊戌變法》第1冊，頁400–406。

⑨　康有為：〈康南海自編年譜〉，《戊戌變法》第4冊，頁133。

⑩　張玉法：《清季的立憲團體》，（臺北中央研究院近代史所，1971），頁199–206。

創立。據統計，當時這類團體有十個以上，如上海的不纏足會、戒鴉片烟會、中國女學會、湖南的湖南不纏足總會、延年會等等。這些團體熱情宣傳新思想以影響社會，嚴格實施戒約以約束會員，不同程度地完成了改良封建陋習、樹立社會新風、配合變法維新的任務，並且在宣傳活動中衝擊了文言文，傳播了白話文，促進了漢語的演變。

作爲政治改革的工具，在維新運動期間湧現出來的報刊雜誌比新式學堂和學會起著更爲重要的作用。由於資本主義工商經濟發展的推動、變法維新運動需要和西方報刊的影響，維新派對於創辦報刊傾注了極大的熱情。譚嗣同說，報紙的作用在於「周知四國之爲，以造就使才」，⑪ 在於「導之使言，毋令少有壅蔽」，「興利除弊」，⑫ 他的看法在維新派中有著普遍的代表性。從一八九五年到一八九八年，維新派創辦的新式報刊多達三十餘種。⑬ 其中《強學報》、《時務報》、《知新報》、《國聞報》、《湘學新報》、《湘報》等尤爲出色。

在寫作、辦報的實踐中，維新派宣傳家深切地認識到，文言已經僵化，不能用來向大眾宣傳新的思想，爲了以文章「救一時、明一義」，「供一歲數月之遒鐸」，⑭ 迫切需要找到一種適合時代需要的新的表達形式。於是，梁啓超率先改革舊的文體，創造出一種有強烈感染力的新文體。當時報刊競相仿效，使漢語書面語言發生了很深刻

---

⑪　譚嗣同：〈報貝元徵〉，蔡尙恩、方行編《譚嗣同全集》，（中華書局，1981），頁213。

⑫　譚嗣同：〈治事篇第四・通情〉，蔡尙恩、方行編《譚嗣同全集》，（中華書局，1981），頁438。

⑬　參見方漢奇：《中國近代報刊史》第3章，（山西教育出版社，1991），頁72–102。

⑭　梁啓超：〈飲冰室合集序〉，《飲冰室文集》之1，頁1。

的變化。與此相呼應，梁啓超、夏曾佑等人還發起了「詩界革命」，帶頭創作「其意語皆非尋常詩家所有」的新詩。稍後，另外一些維新派宣傳家又更進一步明確提出：「無古今中外，變法必自空談始，故今日中國將變未變之際，以擴張報務爲第一義。……報安能人人而閱之，必自白話報始。」⑮「白話爲維新之本」。於是他們竭力創辦白話報紙，發起早期白話文運動，使占據統治地位的文言遇到了空前嚴重的挑戰。報紙的增多，內容的更新，語言的改革，終於使閱讀新報開始「成爲習慣，成爲中國人生活中不可缺乏的一個因素。」⑯ 並進而使人們的文化心理發生了深刻的變化。

變法維新運動實際上是一次學習西文文化，參照西方模式和平地改造中國的政治運動（變法）和文化運動（維新）的結合。引進西學、普及西學，把西學運用於古老的中國，在運動中占有特殊的地位。對於西學，維新派有著與洋務派根本不同的認識。在他們看來，「泰西有用之書至蕃至備，大約不出格致、政事兩途。格致之學，近代人猶知講求。製造局所譯，多半此類。而政事之書，鮮有留心，譯者亦少。不知中國之患，患在政事不立。」⑰ 因而他們特別強調，西方「一切政皆出於學」。正是由於有了這種共同的認識，從甲午到戊戌的四年間，除相繼設立的譯書局、譯書院以外，各報館翻譯外文報紙和哲學政治學書籍的就多達三十餘家，各地學會以此爲經常性任務。在他們的共同努力下，當時的中國居然出現了「翻譯書籍出版，

⑮ 裘廷梁：〈無錫白話報序〉，《時務報》第 61 冊，1898 年 4 月。
⑯ 〈字林西報周刊譯稿〉，《戊戌變法》第 3 冊，（神州國光社，1953），頁 497。
⑰ 高鳳謙：〈翻譯泰西有用書籍議〉，鄭振鐸編《晚清文選》，（生活書店，1937），頁 578。

人人爭購，市爲之空。……斯時智慧驟開，如萬流溿沸，不可遏抑」⑱ 的氣象。在此基礎上，維新派還根據需要，把西方的哲學、政治學說，特別是進化論，運用到中國政治改革的實踐中去。

在這一時期介紹和傳播西學成就最大、影響最深的，是啓蒙思想家嚴復。嚴復成長在洋務派「中學爲體、西學爲用」的氛圍之中，卻能獨具慧眼，認識到西方文化是「以自由爲體，以民主爲用」。在甲午海戰慘敗的刺激下，他「腐心切齒，欲致力於譯述以警世」。在譯述《天演論》的過程中，他從中國變法圖存的需要出發，以敏銳的眼光，對赫胥黎原書進行了細心的選擇、評論和改造，從而「取便發揮」，突出宣傳達爾文的「物競天擇、適者生存」、「與天爭勝」的進化理論。該書出版以後，立刻轟動一時。此後數十年間，小學教師常常用這本書作課堂教本，中學教師往往拿「物競天擇、適者生存」一語做作文題目，青年學子以偷偷閱讀《天演論》，引用和傳播其中的新名詞爲最大快樂。稍後革命派也對此作出了公正的評價：「自嚴氏書出，而物競天擇之理，然當於人心，而中國民氣爲之一變。即所謂言合群言排外言排滿者，因爲風潮所激發者多，而嚴氏之功蓋亦匪細。」⑲

與變法維新的政治運動相結合的文化運動順應了社會發展和文化交流的規律，產生了巨大而深遠的影響。即以變法維新期間而論，第一，它大大地扭轉了「中國人士寡聞成見，專已守殘，數萬年如坐暗室之中」的社會風氣，開創了「家家議維新，人人談西學」的動人局面，推動了變法運動。對此，梁啓超在〈戊戌政變記〉中有過生動

---

⑱　歐榘甲：〈論政變爲中國不亡之關係〉，《戊戌變法》第 3 冊，頁 156。

⑲　漢民：〈述侯官嚴氏最近政見〉，《民報》第 2 號，1906 年 5 月。

的描寫：「於是人人封章，得直達於上，舉國鼓舞歡蹈，爭求上書。
……至是下僚寒士，皆不諳奏摺格式，隨手寫摺，或奏或呈或上書，
或跪或不跪，或上款或下款，種種新式，雜沓可笑。至有野人漁民上
書，紙有二尺長條，言及皇上，亦不抬頭。」[20] 第二，它集結了一大
批從封建士大夫階層分化出來的維新人士，培養了一代新型的知識
者。這些新型的知識精英有著共同的新的政治觀念、文化觀念和行爲
準則，又都掙脫了鄉邑家族的種種束縛而趨向於集中在都市中心，對
社會變革有著舊式士大夫所不可比擬的敏感性，成爲從戊戌到辛亥期
間資產階級政治、文化運動的領導和骨幹，也是語言變革的推動者。
從某種意義上說：這是變法維新運動的最大歷史遺產。

　　變法維新的政治運動和與之相結合的文化運動，既然是要參照西
方資本主義的模式在保存君主的前提下和平地改造封建主義的中國，
就必然會激起頑固派的仇恨和恐懼。在那拉氏的指使和縱容下，頑固
派採取種種卑劣手段，阻撓和破壞變法的實施。一旦時機成熟，那拉
氏又發動政變，把剛剛在一百零三天的日子裡顯出生機的新政浸泡在
血泊之中。作爲政治改革運動，戊戌變法是完全失敗了。

　　清政府雖然血腥鎮壓了戊戌維新運動，但卻無法阻止新思潮的
奔湧，無法阻止歷史車輪的前進。一九○○年八月，八國聯軍侵占北
京，清廷爲了擺脫空前的統治危機，出逃西安的那拉氏不得不「俯
順輿情」，於一九○一年一月以光緒名義發布變法上諭。清政府開始
著手進行政治、經濟、軍事等領域的改革。在教育方面，於一九○三
年公布「奏定學堂章程」，制定了一個包括初、中、高、大學各級教
育的學制體系，頒布「獎勵遊學生章程」、「約束遊學生章程」，鼓

---

[20]　梁啓超：〈戊戌政變記〉，《飲冰室專集》之1，頁44。

勵出國留學。一九○五年又正式宣布停止科舉考試。這樣，二十世紀初，各種新式學堂如雨後春筍般出現在神州大地。如武昌，各類新式學堂多達七、八十所以上，㉑ 江蘇有新式學堂九十九所，四川一百五十餘所，全國在校學生數萬人。㉒ 出國留學方面，以赴日留學者為最多，一八九九年二百人，一九○三年達一千餘人，一九○六年達八千人左右。㉓ 伴隨著這一進程，中國社會中出現了一個引人注目的新興知識者群體。他們較多地接受了西學，眼界更為開闊，對民族危機和國弱民窮的狀況有著更深刻的認識，懷有強烈的歷史使命感，直認：「二十世紀之中國，學生之中國也」，㉔ 並且積極投身到改造中國的鬥爭中去，成為近代文化建設的新的生力軍。

一八九九年冬，留日學生鄭貫一、馮斯欒等在橫濱創辦《開智錄》半月刊，聲稱「專發揮平等自由天賦人權之真理，欲以革命學說灌輸海外保皇會員，為拔趙幟易漢幟之計」，㉕ 是為留日學生創辦宣傳革命反清刊物的濫觴。與此同時，孫中山也提出：「欲喚起國民」，「首須創立宣傳機關」，㉖ 積極推動革命報刊的創辦。兩三年之間，《譯書匯編》、《國民報》、《遊學譯編》、《湖北學生界》、《浙江潮》、《江蘇》、《二十世紀之支那》等刊物紛紛問世，革命輿論因此躍起。

㉑ 許同莘：《張文襄公年譜》，（商務印書館，1943），頁 157。

㉒ 章開沅、林增平主編：《辛亥革命史》上冊，（人民出版社，1980），頁 372。

㉓ 實藤惠秀：《中國人留學日本史》，（三聯書店，1983），頁 1。

㉔ 李書城：〈學生之競爭〉，《辛亥革命前十年間時論選集》第 1 卷，（三聯書店，1978），頁 454。

㉕ 馮自由：《革命逸史》初集，（中華書局，1981），頁 83–84。

㉖ 胡去非：《國父事略》，（商務印書館，1945），頁 37。

　　新興知識者如饑似渴地閱讀和大量譯介外國著作，其中單一九〇
一年到一九〇三年譯介的外國著作就有：

　　介紹西方社會政治學說的著作，如楊廷棟譯《路索民約論》，馬
君武譯《彌勒約翰自由原理》、《斯賓塞社會學原理》、《達爾文天
擇篇》、《斯賓塞女權篇達爾文物競篇合刻》、小顰女士譯《政治思
想之源》，趙蘭生譯《斯賓塞干涉論》，羅伯雅譯《共和政體論》，
馬爲瓏譯《比較國會論》等。

　　介紹歐美近代革命的著作，如《美國獨立戰史》、《佛國革命
戰史》、《法蘭西革命史》、《意大利獨立戰史》、《意大利建國
史》、《希臘獨立史》等。

　　揭露列強侵略和奴役殖民地的書籍，如《波蘭衰亡史》、《印度
滅亡戰史》、《西力東侵史》、《食亞史略》、《二十世紀之怪物帝
國主義》、《帝國主義》等等。㉗

　　二十世紀最初三年通過留日學生譯介的外國書籍無論就數量還
是就廣泛程序而言，都大大超過十九世紀後半期，即如留日學生顧燮
光，一人就曾經「讀譯籍約千餘種」，他編寫的《譯書經眼錄》摘要
輯出的譯著多達五百三十三冊，分政法、哲理等二十五科。㉘所有這
些書籍，或者展示西方民主政體，或者傳送西方學術思想，或者再現
西方生活方式，都極大地開拓了中國人的文化視野，使他們接觸到了
許許多多新的思想，新的觀念。同時也爲漢語輸入了大量新名詞和一
些新的表達方式。

　　在新興知識分子群體崛起的同時，戊戌維新人物也很快重整旗

㉗　馬祖毅：《中國翻譯簡史》，（中國對外翻譯公司，1984），頁 274–275。
㉘　張靜廬輯：《中國近代出版史料》2編，（群聯出版社，1954），頁 96。

鼓，在日本先後創辦了《清議報》、《新民叢報》、《大同日報》等
報刊，與國內的《蘇報》、《選報》、《嶺南報》等報刊相唱和，既
反對「廢立」，反對革命，又宣傳「新民」，宣傳立憲。就其積極的
一面而言，他們也進一步宣揚了西方近代社會政治學說。其聲勢之浩
大，影響之深廣，議論之潑辣尖銳，皆非變法之前可比。特別是梁啓
超，以「誓起民權移舊俗，更研哲理牖新知」自勵，先後發表了〈愛
國論〉、〈盧梭學案〉、〈新民說〉等幾十篇被譽爲「驚心動魄，一
字千金」的文章，以倡民權爲「獨一無二之宗旨」，闡發了「國民」
與「奴隸」、「朝廷」與「國家」、「權利」與「義務」等嶄新的觀
念，並因此而進一步變革書面語言，「新文體」臻於成熟。

　　與此同時，國內翻譯和出版新書新報也頗爲盛行，其中以上海
爲最突出。當時上海的作新社、鏡今書局、國學社、東大陸圖書局、
廣智書局、商務印書館、大同書局等都「競出新籍，如雨後春筍」。
啓蒙思想家嚴復又先後出版了譯著《原富》、《群學肄言》、《群己
權界論》、《社會通詮》、《穆勒名學》等，介紹了西方哲學、社會
學、經濟學，引進了新穎的邏輯學，爲中國知識者提供了一種新的思
維方式和新的世界觀。

　　由於他們的不懈努力，西方文化的許多新學說、新思想得以伴
隨新的器物、新的生活方式「滔滔焉渡重洋，竟灌輸吾國同胞之意識
界」。但是，任何新學說、新思想的傳播、交流，都必須以語言符號
爲其媒介。於是，表達新學說、新思想的「新名詞」，也就與表達新
器物、新生活方式的「新名詞」結隊「滔滔焉渡重洋」而來，並會合
國內誕生的「新名詞」，形成巨流，氾濫於書籍內、報刊中、人們的
交際活動裡，轉化爲時尙。這樣一來，漢語的詞彙又得到了豐富，漢
語的面貌也有所改變，並且一度出現了各路「新名詞」互相競爭和混

用的局面。正如黃遵憲指出的：「新譯之名詞，杜撰之語言，大吏之奏摺，試官之題目，亦剿襲而用之。精神吾不知，形式既大變矣；實事吾不知，議論既大變矣。」㉙

　　如果說，伴隨著大量翻譯外國著作和介紹宣傳新思想而來的，是新名詞的大量出現，那麼，伴隨著新興知識者傳播宣傳工作的深入，中國語文的表達方式也隨之發生更爲廣泛的變化。「新文體」成熟起來，思想家宣傳家們得以用新鮮通俗的詞彙，嚴密靈活的句式，表達新的思想、新的意境；「白話文」運動開展起來，一些農工婦孺得以從自己熟悉的書面語言裡，看到一個新奇的文化世界，或者參與維新、革命的洪流，或者「求一個自立的基礎，自活的藝業」。㉚ 而「新文體」與「白話文」相應合，則又從根本上動搖了文言文的正統地位，帶來了書面語言的一次解放。於是，出現了二十世紀初年《中國白話報》、《智群白話報》、《童子世界》、《中國女報》、《安徽俗話報》、《揚子江白話報》、《競業旬報》等一百多種白話報刊先後湧現的動人局面。㉛ 革命黨人更是以「白話文」或「新文體」作爲闡發革命主張、宣揚革命精神的利器。「革命軍馬前卒」鄒容以「新文體」撰寫《革命軍》、陳天華以「白話文」創作《猛回頭》和《警世鐘》、「風行天下，人人爭看」，「讀者莫不感泣」。㉜

　　本時期社會文化的變遷、核心在於變革封建專制制度，使中國

㉙　黃遵憲：〈水蒼雁紅館主人來簡〉，《新民叢報》第24號，1903年1月。

㉚　秋瑾：〈敬告姊妹們〉，《秋瑾集》，（上海古籍出版社，1979），頁15。

㉛　有人估計，當時白話報逾百種，見《辛亥革命與近代中國》，（中華書局，1994），頁1103。

㉜　章士釗等語，轉引自方漢奇《中國近代報刊史》，（山西教育出版社，1991），頁173。

踏上現代化的道路。中華民國成立不久，即頒布「中華民國臨時約法」，使行政、立法、司法三權分立的原則得以確立，使「中華民國之主權，屬於國民全體」的觀念得以普及；推行了一系列振興實業的法令條例，使民族工業在新的社會條件下獲得了新的活力；頒發了一系列革除「舊染污俗」的政令，禁纏足，改稱謂，易服飾，廢跪拜，提高婦女權力，倡導婚姻自由，加之報紙如風起雲湧，政黨似雨後春筍，民主空氣日益濃厚，大有中華民國國歌所咏唱的「揖美追歐，舊邦新造」的勢頭。一時之間，社會各方面都呈現出新陳代謝的氣象，乃至城市生活中出現了「舞臺名詞興，茶園名詞滅；旅館名詞興，客棧名詞滅」的情況，㉝ 似乎預示著社會與文化的變遷又將進入一個新的時期。

第二節　「新名詞」激烈競爭

我們已經看到，在中國進行文化結構中最具權威性的理論、制度層面的偉大變革的過程中，湧現了一個與這一變革相適應、相配合的翻譯西方近代哲學社會科學名著的熱潮。然而，在那個時代，翻譯西書的活動是不可能有統一的組織與規劃的。從事譯書的人們固然大都是憂國慮民，腐心切齒，但他們見識有高下，居地隔中外，對西方新文化的修養有深淺，對新事物、新概念的理解有出入。在選擇書目上，難免互相重複，在創立譯名上，難免各自為之。另外，由於受著各種社會因素的刺激和影響，這一時期漢語的構詞和詞義等方面也在急劇地變化。許多本來是自由組合的詞組開始凝定為詞了，許多

㉝　〈新陳代謝〉，《時報》，1912年3月5日。

詞的意義在深化、演變或者根本翻新了。這樣一來，在漢語的書面語
乃至口語中，在人們的各種言語交際場合裡，就湧現了一批批來自不
同方向、有著不同風貌的「新名詞」。這些奔湧而來的「新名詞」，
裝載著新的事物、新的觀念，一方面開拓著中國人原有的文化視野，
衝撞著中國人原有的言語交際習慣，碰擊著漢語原有的詞彙體系；
另一方面又互相碰撞，互相競爭。於是當時就有人指出：「泰西之於
中國，亘古不相往來。即一器一物之微，亦各自爲風氣。……至名
號則絕無相通。譯者不能知其詳，以意爲名，往往同此一物，二書名
異。……更有好更新名，強附文義，以爲博通，令人耳目炫亂，不知
所以。」㉞ 這種漢語史上從未有過的「新名詞」大量湧現並且相互
競爭以致「令人耳目炫亂」、從而使漢語詞彙發生了空前劇烈的變動
的語言現象，正是文化交流趨向高潮的標識，社會變動趨於劇烈的反
映。

〔壹〕　來自東西兩路的「新名詞」

翻開這個時期的書籍報刊，從頻繁往來的通訊討論中，從密密麻
麻的作者自注中，我們都能立即看到漢語中湧現出來的「令人耳目炫
亂」的新名詞。這許許多多的新名詞，主要是來自東西兩路。

從西路而來的一支，是一批翻譯家直接從印歐語翻譯西方名著而
創造的意譯詞和引進的外來詞。這批翻譯家以嚴復爲代表。在中國近
現代歷史上，嚴復是一位成就卓著、影響深遠的啓蒙思想家。他爲我
們民族所作的主要貢獻，是帶來了一種新的世界觀。而他的這一偉大

㉞　高鳳謙：〈翻譯泰西有用書籍議〉，鄭振鐸編《晚清文選》，（生活書店，
　　1937），頁578。

貢獻，正出自他的翻譯事業。他選擇翻譯西方哲學社會科學名著作爲終身事業，有著高尚而明確的目的。在給老友張元濟的信中他曾披瀝胸懷：

> 復自客秋以來（即戊戌政變以來——引者），仰觀天時，俯察人事，但覺一無可爲。然終謂民智不開，則守舊、維新兩無一可。即使朝廷今日不行一事，抑所爲皆非，但令在野之人與夫後生英俊洞識中西實情者日多一日，則炎黃種類未必遂至淪胥。即不幸暫被羈縻，亦將有復蘇之一日也。所以屏棄萬緣，惟以譯書自課。㉟

可見，他譯書是爲了吸引和幫助士大夫群眾和青年學子學習改造中國所急需的西方政治社會學說。在他看來，這些人是中國的精英，足以左右時局，但目前又「於新理過於蒙昧」。只有促使他們覺醒，引導他們更新政治思想觀念，中國才能免於淪胥。本著如此崇高的願望，他嚴肅而恰當地選擇原書，務求超越「象數形下之末」，傳達出西方文化「以自由爲體，以民主爲用」的精神；他認真而嚴格地推敲譯術，殫思竭慮，一字不苟，乃至「一名之立，旬月踟躕」；他總結既往，啓迪將來，提出了著名的「信、達、雅」三條翻譯標準。㊱ 從這三條標準體現的時代精神來看，「信」是爲了準確地介紹原書的內容，「達」是爲了以中國讀書人習見的表達方式順暢地傳達出原著的

㉟　嚴復：〈與張元濟書〉，王栻編《嚴復集》第3冊，（中華書局，1986），頁525。

㊱　嚴復：《天演論·譯例言》，王栻編《嚴復集》第5冊，（中華書局，1986），頁1321。

精神，「雅」是爲了以典雅的風格吸引深受傳統文化薰陶的中國士大夫群的注意。

　　理解了嚴復譯書的宗旨和特點之後，我們就可以循此以進，觀察他所創造的「新名詞」，並從幾個方面作些具體的分析。

一、在「新理踵出，名目紛繁，索之中文，渺不可得」的情況下，他「自具衡量，即義定名」，構擬出適量的「新名詞」來㊲

　　所謂「即義定名」，就是準確地把握原書詞語的意義及其文化內涵，選擇恰當的漢語語言材料，精心組織，仔細推敲，創造出富於表現力的新詞語。他所創造的新名詞，有許多深得原著原詞的精神，組織巧妙，感情色彩鮮明。比如「自力」、「自立」、「自存」、「自治」、「自主」、「群性」、「群理」、「群力」、「進化」、「進步」、「競存」、「適存」、「演存」、「天演」、「天擇」、「創造」、「淘汰」、「導言」、「幾何級數」等等。這些詞語既能生動地傳達出西方新思想、新概念的深刻內涵，又有濃郁的民族風格和深厚的語言根基。在救亡圖存的運動中，它們富於刺激性、啓發性和鼓動性，使人們樂於接受，易受感染，便於傳誦，無異於一個個的口號，因而對當時人們的思想、社會的變動，產生了不可忽視的影響。著名學者胡適曾在《四十自述》中以歷史家的筆法記下了自己親身的感受：

　　　　幾年之中，這種思想像野火一樣，延燒著許多少年人的心和

㊲　嚴復：《天演論・譯例言》，王栻編《嚴復集》第5冊，（中華書局，1986），頁1322。

血。「天演」、「物競」、「淘汰」、「天擇」等等術語都漸
漸成了報紙文章的熟語，漸漸成了一班愛國志士的「口頭禪」。
還有許多人愛用這種名詞做自己或兒女的名字。陳炯明不是號
競存嗎？我有兩個同學，一個叫孫競存，一個叫楊天擇。我自
己的名字也是這種風氣底下的紀念品。㊳

胡適先生的感受和改名以及他所記錄的現象，在當時都是很有代表性
的。風氣既已形成，影響就可以想見了。

二、根據自己關於西方哲人「精理微言，用漢以前字法、
　　句法，則為達易；用近世利俗文字，則求達難」㊴
　　的不無偏頗的見解，同時也為了使譯文具有吸引士
　　大夫注意力的典雅風格，嚴復在創立譯名時總是盡
　　可能「用漢以前字法」，而避免採用已經流傳的「利
　　俗文字」

　　雖然，梁啟超曾經勸他譯書「改從通俗」，黃遵憲也曾規勸他：
「以四千餘歲以前創造之古文」，「書寫中國中古以來之物之事之
學，已不能敷用，況泰西各科學乎？」「吾以為欲命之而喻，誠莫如
造新字。」㊵但他似乎並未接受這些合理的建議。比如，在《群學
肄言》和《原富》中，他就多次特地在注中將自己已創立的譯名與「

㊳　胡適：《四十自述》，（東亞圖書館，1939），頁99–100。
㊴　嚴復：《天演論·譯例言》，王栻編《嚴復集》第5冊，（中華書局，
　　1986），頁1322。
㊵　〈黃遵憲致嚴復書〉，王栻編《嚴復集》第5冊，（中華書局，1986），頁
　　1572–1573。

俗語」加以對照，從而表明了自己的態度：「泉市，俗呼根銀」；「酸橙，俗呼檸檬」；「曲線，俗稱拋物線」；「鬮博，俗呼彩票」「胹，俗呼牛奶油」等等。在他的譯著中，像「分功」、「中儈」、「易中」、「齊民」、「力庸」、「圜法」、「玄學」、「格物碩士」、「物性之學」之類「用漢以前字法」造成的詞語俯拾即是。但有時候，求「雅」太過，就不免如張君勱所批評的那樣：「以古今習用之說，譯西方科學中之義理。故文學雖美，而義轉歧」；「好以中國舊觀念，譯西洋新思想，故失科學家字義明確之精神」。㊶ 即以《原富》而論，他將 town council （市議會）譯爲「議曹」，freeman （公民）譯爲「自由齊民」，governor-general （總督）譯爲「都護」，power of exchange （交易能力）譯爲「易權」，就顯得不夠準確明白。在一方面表現出學問嚴重饑荒，一方面表現出熱烈追求新學的當時，他的這種作法所帶來的部分結果是可以想見的：「嚴先生的文字太古雅，所以少年人受他的影響沒有梁啓超影響大。」㊷ 儘管他的思想深度越過了梁啓超。

三、與此相關聯的是，嚴復在譯書過程中，還總是極力避免採用已被引進的日譯詞，而堅持要自造新詞

　　比如，他曾在《群學肄言》的注釋中強調：「部勒，東學稱組織。」「官品，東學稱有機。」後來，在《政治講義》中他又再一次申述了創制「官品」一詞的理由：

㊶　申報館〈最近之五十年〉，轉引自《論嚴復與嚴譯名著》，（商務印書館，1982），頁33。

㊷　胡適：《四十自述》，（東亞圖書館，1939），頁99–100。

按「有機」二字，乃東文取譯西文 Organism。其字原於希臘，本義為器，又為機關。如桔槔乃汲水之器，便事之機關。而耳目手足，乃人身之器之機關，但與前物，生死異耳。近世科學，皆以此字，命有生者。其物有生，又有機關，以司各種生理之功用者，謂之有機體。不佞前譯諸書，遇此等名詞，則翻官品。譬如人為官品，以其在品物之中，而有目為視官，有耳為聽官，手為司執，足為司行，胃為消化之官，肺為清血之官，皮膚為出液之官，齒牙為咀嚼之官，百骸五臟六腑，無一不有其形矣。有形即有其用，此兩間品物中，機官之最為茂密完具者也。官品云者，猶云有官之品物也。有機體云者，猶云有機關之物體也。禽獸之為官品，與人正同，特程度差耳。故曰，人之異於禽獸者幾希。降至昆蟲草木，亦皆官品。如一草，其中必有根荄，為收吸土膏之官；必有皮甲，為上布水液之官；葉司收炭吐養，花司交合結子，是官品也，是有機之體也。官品、有機體二名，原皆可用，然自不佞言，官品二字，似較有機體為優。蓋各種木鐵機器，可稱有機之體，而斷不可稱官品。然則「官品」二字誠 Organism 之的譯矣。[43]

就學理而言，他的話完全正確，「官品」一詞的創立是有理據可言的。然而，無奈當時借用日譯詞已成為一種風氣。這種風氣是在反映多數人意願的基礎上形成的群眾性的社會活動，具有社會心理學稱之為「感染」的作用。所以最後得以流傳的是「有機」，而被淘汰的則是「官品」。有時候，嚴復的這種態度也近乎固執。比如英語 century

---

[43] 嚴復：〈政治講義〉，王栻編《嚴復集》第 5 冊，（中華書局，1986），頁 1255。

一詞，日本人早已譯爲「世紀」，而他卻在《原富》中堅持譯爲「稘」。但「稘」在古漢語中表示一個周期的時間，如《尙書‧虞書》所謂「稘，三百又六旬」，而不是表示一百年，與 century 的意思並不相當。於是，他只好在注中特別說明：「百年爲稘」。儘管如此，借用日譯詞的社會風氣對嚴復個性心理產生的衝擊力和影響還是很大的。在他的譯著中，還是使用了一些諸如「社會」、「政治」、「自然」、「自由」、「市場」之類的日譯詞。透過這種語言現象，我們不但可以窺見「新名詞」競爭的一個側面，而且可以進而探測到那時中西文化交流的盛況。

四、在不宜意譯的情況下，嚴復也在譯著中引進了不少外來詞

　　這大體有三種情況，一是精心組織，音義兼顧，如「烏托邦」、「由氓」（自耕農）、「神駝」等等。二是盡量牽合，半音半意，如「白林海」、「拓都」、「彭尼爾律」、「斯旦稅」等等。三是不作牽合，單純音譯，如「呂宋」、「邏輯」、「涅菩剌斯」（星雲）、「芝不拉」（斑馬）、「亞摩尼亞」（氨）等等。嚴復引進外來詞的工作有一點特別值得注意：有時，對某些外來詞，本來他可以意譯的，或者可以採用相對的日譯詞的，但他仍使用了純音譯的方法。比如，在《原富》的注中，他常常作這樣的說明：「樸柏，譯言教皇」、「彼拉格馬迪，譯言干預」。又如，英語 nerve，早已有「神經」、「腦氣筋」兩種日譯詞傳進來，但他仍譯爲「涅伏」，而且注明：「俗名腦氣筋」。英語 bank，日本人譯爲「銀行」，而他仍然譯爲「版克」，而且注明：「俗名銀號」。他的這種作法，大概與他一貫的追求曲雅風格，避免採用日譯詞的態度有直接關係。

　　從東路而來的一支「新名詞」的洪流，是一批在日本的中國讀書人輾轉從日本語翻譯西方著作和直接翻譯日本著作的過程中引進的外來詞和創造的意譯詞。在當時的中國學人看來，對於西方的令人眼花撩亂的各種書籍，日本人已經作過鑒別和選擇，把其中最有用的一部分翻譯成了日文，而日文又與中文相當切近，並且，日本學者在翻譯西書時常常借用漢字徑造新詞，或者採用漢語舊詞以表達新的概念，所有這些，都給中國人造成了種種方便。所以，「譯西書者，功近而效速。」「若學東洋文，譯東洋書，則速而又速者也。」因而梁任公當時就感嘆：

　　　　我中國英文英語之見重既數十年，學而通之者不下數千輩，而除嚴又陵外，曾無一人能以其學術思想輸入於中國；此非特由其中學之缺乏而已，得毋西學亦有未足者耶？直到通商數十年後之今日，而此事尚有不得不有待於讀東籍之人，是中國之不幸也。然猶有東籍以為之前驅，使今之治東學者，得以斡前此治西學者之蠱，是又不幸中之幸也。㊹

於是，他們紛紛閱讀和翻譯日本書籍，以致「日本文譯本，遂充斥於市肆，推行於學校，幾使一時之學術，浸成風尚，而我國文體，亦遂因之稍稍變矣。」㊺僅從顧燮光《譯書經眼錄》所收錄的譯書目錄來看，從一九○一年到一九○四年，我國學人翻譯出版的各國書籍共有

㊹　梁啓超：〈東籍月旦叙論〉，張靜廬輯《中國近代出版史料》2編，（群聯出版社，1954），頁93。

㊺　諸宗元、顧燮光：〈譯書經眼錄序例〉，《中國近代出版史料》2編，頁95。

五百三十三種，其中英國的五十五種，美國的三十二種，法國的十五種，德國的二十五種，俄國的四種，其他國家的八十一種，而原本爲日本的則多達三百二十一種，占總數的百分之六十多。

大家知道，在古代，日本人曾經長期醉心於成爲中國文明的模仿者。他們不但向中國學習並借用漢字去書寫他們固有的雅言「大和言葉」，而且大量吸收漢語詞彙。中國古代典籍的語彙，尤其是唐宋兩代的語彙，幾乎都可以通用於日本。十九世紀五十年代，當日本人剛剛接觸到西方文明的時候，西方書籍的漢譯本和中國介紹世界歷史、地理和現狀的著作，如魏源的《海國圖志》和徐繼畬的《瀛環志略》，傳入日本後又大受歡迎，並且很快出現了多種翻刻本、訓點本（在漢文旁加上訓讀符號或假名）及和解本（日文譯本）。這樣，經過幾百年的文化積澱，中日語文共用漢字的基礎是趨於穩固了。

明治前後，日本開始直接從荷蘭、英國、法國、德國輸入新文化，翻譯西方名著。由於早已有了共用漢字的基礎，日本學人在翻譯西書時，一般不使用日語、日文，除從漢譯本借取少數漢譯詞如「權利」、「義務」之類以外，他們在創造新詞時主要採用了兩種方法，一是借用書寫漢語詞素或單音詞的漢字，遵循漢語構詞法直接組合新詞。比如組合「哲學」二字對譯 philosophy，創造「學位」一詞表示 academic degree，新構「原則」一詞意譯 principle。其他如：

> 美學、電力、背景、學期、乘客、證券、固體、溫度、舞臺、
> 領土（偏正式）；
> 解放、供給、調整、試驗、組合、免除、偵察、解決、迫害、
> 打消（聯合式）；
> 命題、表決、代理、失踪、宣戰、否認、斷交、動員、破產、

脱黨（支配式）；

說明、改良、出庭、改善、出席（補充式）；

自治、自白、自發、體操、主觀、客觀、主動、心理、民主、思潮（表述式）；

治外法權、最後通牒、消火器、導電體、動脈硬化、有價證券、意識形態、游擊戰、財團法人、人文主義（綜合式）。

二是採用古漢語原有的、意義有某種關聯的詞和詞組，賦予新的意義，使之成為新詞。如：

理性——《後漢書·黨錮傳序》：「導入理性。」

想像——《楚辭·遠遊》：「思舊故以想像兮。」

具體——《孟子·公孫丑》：「冉牛閔子顏淵，則具體而微。」

樂觀——《漢書·貨殖傳》：「樂觀時變。」

分配——《左傳·昭公二十年》：「商羽角徵分配四方。」

政治——《尚書·畢命》：「道洽政治，澤潤生民。」

行政——《史記·周本紀》：「召公周公二相行政。」

封建——《左傳·僖公二十四年》：「封建親戚，以藩屏周室。」

農民——《顏氏家訓·勉學》：「農民則計量耕稼。」

間諜——《史記·李牧傳》：「習騎射，謹烽火，多間諜。」

身分——《宋書·王僧達傳》：「退省身分。」

布景——《宣和畫譜》：「布景致思，不盈咫尺，而萬里可論。」

這兩種方法創造的新詞語，有一個共同的特點，它們所表達的

意義，大都可以從漢字字面意義上求得解釋，或者可以以漢字字面意義爲線索推知其實際涵義。這樣一來，當歷史老人回過頭來召喚當慣了先生的中國人向曾經是學生的日本人學習，並通過他們學習西方新思想的時候，中國人翻開日文書籍看到的，是一個個句子中的主要部分的構成材料名詞、動詞、形容詞、副詞等，幾乎全都是用漢字書寫的，只有少數的動詞詞尾和幾個助詞、代詞才是用日文「假名」記錄的；並且，對於書中紛紛奔赴眼底的那些由日本學人借用漢字直接組合的新詞和採自古代漢語的舊詞，大都似曾相識，一看解說就可以理解，理解之後便容易記憶，只要改變讀音，立即就能當作漢語新詞語使用了。他們利用這種方便，創造了名曰「和文漢讀法」的學習日語速成法，然後根據這一方法，把那些「顛倒」了的漢字依照漢語句法、詞序規則重新排列組合抄正，就可以算是日文的漢譯了。

當然，對於國內讀者來說，這樣「直譯」而成的譯文，總還有些生硬，有些難於索解。因此，《譯書匯編》第七期的「本編告白」就介紹了如下一類活動：「本編所譯各書，間有沿襲外國（其實僅指日本一國 —— 引者注）名目，難於索解之處，閱者盡可函致本編同仁，相與析義問難。」有的則在譯文內加入必要的注釋。比如《譯書匯編》第七期刊登的烏谷都銑太郎原著《政治學提綱》就有類似這樣的譯注（括弧內即爲譯注）：

公使者，為國家元首之代表，故各國皆有特別之禮遇，在治外法權之下（治外法權者，蓋謂不受他國法律之限制，如有罪必使其本國自治，他國不得而治是也），而不受他國法律之支配（支配者，即處置之意）。

君主有法人之性質（人有自然人與法人之別。自然人者，天生

之人；法人者，法律所承認為有人之資格者也，如團體等類皆有法人之性質者也）。⑯

隨著幾年間日本書籍翻譯的迅速增加，日本詞彙的大量引進，一些解釋日語外來詞的辭典應運而生了。當時學人普遍感到：「吾國人士研究政法者，多取道於日本，累年以來，以數千計。學有習得，復編譯新籍，以惠國人，冀以發達其政治思想，普及其經濟觀念，法至善也。所惜者，名詞艱澀，含旨精深，譯者既未敢擅易，讀者逐難免誤解，差之毫厘，謬以千里。辭典工作，其何能已。」⑰ 於是，一九〇三年出版了《新爾雅》，一九〇五年產生了《漢譯新法律詞典》。稍後，《日本法規解字》、《漢譯法律經濟辭典》等書相繼問世。有了翻譯人員的解說和專門辭典，人們對於翻譯的日本書籍及其引進的日語外來詞，更加樂於接受，廣為傳看，因為它們所傳達的正是人們所急於系統了解的新思想、新觀念。據《教育年鑒》的〈教科書之發刊概況〉的記載：一八九八年「廣智書局發行日文翻譯教科書多種，銷路甚佳……惟完全按日人語氣及日本材料者。」⑱

總之，這一時期日本書籍的翻譯是如此的盛行，這些書籍的銷路是如此的暢通，而翻譯人員在翻譯過程中又「未敢擅易」用漢字書寫的日譯詞和日語詞，有時還「完全按日人語氣及日本材料」，由此種種，我們不難想見日語外來詞是以怎樣的速度和規模湧入漢語詞彙中來的。

在這一時期內，日語外來詞除了通過譯著而融進漢語詞彙系統之

---

⑯ 轉引自實藤惠秀：《中國人留學日本史》，（三聯書店，1983），頁298。
⑰ 〈漢譯法律經濟辭典序〉，轉引自《中國人留學日本史》，頁299。
⑱ 〈教科書之發刊概況〉，《中國近代出版史料》初編，頁224。

外，還有很多是由於中國學者熟讀日本書籍，耳濡目染，完全接受下來，然後在自己的著作中自覺不自覺地加以搬用，並造成廣泛影響，從而吸收到漢語詞彙中來的。這可以以梁啓超的文章作爲代表。梁氏長期滯留日本，不但通過日譯書籍吸收西方近代哲學政治經濟學理論，而且常常被日本學者的社會科學著作（如德富蘇峰等人的作品）所感染。在對這些新的理論作了一番消化選擇之後，他總是使之融進自己的論著，然後以他那特有的常帶感情的筆鋒向國內廣爲傳播。遇有國內學人尚未習見新詞彙，即日語外來詞，他就加以注釋，有時還作些比較。現摘引幾例（括號內爲梁氏原注），作爲印證。

> 要之，使其民備有人格（謂成為人之資格也，品行智識體力皆包於是），享有人權，能自動而非木偶……㊾
>
> 美既得新礦產，產金驟增，歐洲泉幣大蒙影響，前此交易（以物換物謂之交易）之制既以絕跡，匯兌漸起……㊿
>
> 於是創倫理學（即侯官嚴氏譯為名學者）以範之。……亞氏又明哲學與科學（中國所謂格致學之類）之別……(51)

給日語外來詞作這樣的注釋，當時相當普遍，這對日語外來詞融會到漢語詞彙中起了重要的作用。從日本引進的外來詞中，還有用漢字音譯而成的音譯詞，如「瓦斯」、「淋巴」、「加答兒」之類；根據漢字的結構特徵創造的新字所記錄的新詞，如「腺」、「癌」、「吋」、「噸」之類，只是爲數很少，可以不作專門論述。

㊾ 梁啓超：〈政治學學理摭言〉，《飲冰室文集》之10，頁60。

㊿ 梁啓超：〈生計學學說沿革小史〉，《飲冰室文集》之12，頁17。

(51) 梁啓超：〈論希臘古代學術〉，《飲冰室文集》之52，頁63。

就這樣，在中國社會發展的轉型時期，伴隨西方文化的激流，大量的「新名詞」傳載著新的文化要素，從東西兩路奔湧而進，並與在中國本土上產生的「新名詞」相匯合，一方面衝擊著中國原有的文化傳統，衝擊著漢語的詞彙體系，另一方面又相互碰撞，形成了前所未有的充滿生氣但又透著紊亂的新局面。

〔貳〕　「新名詞」競爭的態勢

在維新思潮和革命思潮的鼓蕩之下，本時期的「新名詞」競爭實際上是在「新與舊」和「新與新」兩個領域裡展開的，因而有不同的方式，不同的情形，並具有兩種不同的文化意義。

一、「新與舊」的競爭領域

這是指「新名詞」挾新事物、新觀點而進，撞擊著中國人原有的文化視野，撞擊著中國人原有的交際習慣，撞擊著漢語原有的表達形式，因而受到了一部分的抵制，引起了種種論爭，其結果卻仍然是「新名詞」的激流穿山越石，尋路而進，形成了難以阻遏的態勢。請看幾則歷史記載：

> 京諺謂嘲笑人為改人。新名詞有「改良」二字，眾皆習為口頭禪。昔年鐵良長陸軍部，有某司員，陳說軍械須改良。鐵怒曰：「你剛才說什麼？」某懼而謝罪。近聞人言，東督錫良，亦最惡此二字，有人提及，錫必斥之曰：「改什麼良？簡直改

我罷了！」⑫

自日本移譯之新名詞流入中土，年少自喜者輒以之相誇，開口便是，下筆即來，實文章之革命軍也。某曾賦詩四首以嘲之，一云：「處處皆團體，人人有腦筋。保全真目的，思想好精神。勢力圈誠大，中心點最深。出門呼以太，何處定方針。」二云：「短衣隨彼得，扁帽學盧梭。想設歡迎會，先開預備科。舞臺新政府，學界老虔婆。亂拍維新掌，齊聽進步歌。」三云：「歐風兼美雨，過渡到東方。腦蒂漸開化，眼簾初改良。個人寧腐敗，全體要橫強。料理支那事，酣眠大劇場。」四云：「陽曆初三日，同胞上酒樓。一張民主臉，幾顆野蠻頭。細葸曾膨脹，姑娘盡自由。未須言直接，間接也風流。」⑬

司員面對鐵良陳說「改良」，並不是敢於冒犯，實在是由於「眾皆習爲口頭禪」，一時忘了忌諱。這就足以說明，「新名詞」的激流氾濫到了何種程度，連官場中人也「習爲口頭禪」。青年人熟悉並喜愛「新名詞」，不僅「開口便是，下筆即來」，而且還常常「以之相誇」。這又足以說明，在交際場合運用「新名詞」已經成爲時尚，成爲人們表現自我價值的方式。即使是想要抵制「新名詞」的人，作詩嘲諷「文章之革命軍」，自己不也是非常熟悉「新名詞」、能巧妙地運用「新名詞」嗎？ — 這樣看來，「新名詞」競爭的優勢是無庸置疑了。到後來，連抵制者也不能不用「新名詞」表達在不知不覺中變

⑫　《新燕語・改良》，收入沈雲龍主編《中國近代史料叢刊》正編第53輯，（臺北文海出版社）。

⑬　徐珂：《清稗類鈔》第4冊，（中華書局，1983），頁1724。

化了的思想觀念。比如時人記載，「端方其批某生課卷，謂其文有思想而乏組織，惜用新名詞太多」。可他自己卻在一句話中連用了「思想」、「組織」兩個新名詞而不自知，一時傳爲笑談。⑤④

就「新與舊」的競爭領域而言，「新名詞」之所以很快被多數人「習爲口頭禪」，並「以之相誇」，被少數人厭惡，抵制，並加以嘲諷，主要就是因爲它指代的是新事物，表達的是新觀念，而且促使中國人「處處皆團體，人人有腦筋」，「腦蒂漸開化，眼簾初改良」。因此，從這一意義上說。「新名詞」開展的競爭，其實是新文化要素開展的競爭。對此，梁啓超以慧眼而具卓見，早在一九○二年就熱情地宣言：

> 社會變遷日繁，其新現象、新名詞必日出，或從積累而得，或從交換而來。故數千年前一鄉一國之文字，必不能舉數千年後萬流匯沓、群族紛拏時代之名物、意境而盡載之，盡描之，此無可如何者也。言文合，則言增而文與之俱增。一新名物、新意境出，而即有一新文字以應之。新新相引，而日進焉。⑤⑤

「新名詞」是新事物、新現象、新思想的指代符號，它們被大量運用、普遍推廣、徹底消化，正是民族文化能很好的吸收異質的新文化要素，而「新新相引，而日進焉」的標誌。相反，人們如果抱殘守缺，抵制「新名詞」，則「猶於當世應用之新事物、新學理、多所隔閡，此性靈之浚發所以不銳，而思想之傳揚所以獨遲也。」⑤⑥

⑤④ 柴萼：《梵天廬叢談》卷27，（中華書局，1926）。
⑤⑤ 梁啓超：《新民說·論進步》，《飲冰室專集》之4，頁57。
⑤⑥ 梁啓超：《新民說·論進步》，《飲冰室專集》之4，頁58。

二、「新與新」的競爭領域

這是指作爲同實而異名的「新名詞」之間的競爭。同一種新事物，同一個新觀念，由於引進渠道不同，定名人員各異，有的稱爲「資本」、「社會」，有的名曰「母財」、「群」；有人定名「天使」、「總會」，有人譯爲「安琪兒」、「俱樂部」。因爲都是新事物、新觀念的代表者，所以都受到了熱忱的歡迎。開始各自流傳，後來終於碰面，於是造成使用上的混亂，並在混亂之中開始了相互的競爭。大致說來，「新名詞」相互之間的競爭表現在以下幾個方面：⑰

（一）日語外來詞與自造新詞並行的現象：

比如有了嚴復創造的「母財」和「常住母財」，又引進了日譯詞「資本」和「固定資本」；有了日譯詞「化學」，又有了嚴復創造的「質學」。就是日語譯名，也並不統一，如英語的 intuition，日語譯爲「直覺」，也譯爲「直觀」；英語的 nerve，日語譯爲「神經」，也譯爲「腦氣筋」。漢語譯名自然也是不統一的，如英語的 railway，譯作「鐵道」，也譯作「鐵路」；economics，嚴復譯作「計學」，梁啓超譯作「平準學」，還有人譯作「資生學」、「理財學」或「財學」的，這種並行現象在一個時期內是普遍的現象，一併舉例如下：

哲學：	理學、神學、智學、心學、愛智學	共鳴：	感音
倫理學：	名學	歸納：	内籀
演繹：	外籀	市場：	業場

---

⑰　參見北京師範學院中文系漢語教研組：《五四以來漢語書面語言的變遷與發展》，（商務印書館，1959），頁87–91。

勞動：勤動，動力　　　　　汽車：自動車

議會：議院，判院　　　　　學校：學堂，學塾

火車：汽車　　　　　　　　時事：近事

道德學：德行學，道學　　　定義：界說

導火線：藥線　　　　　　　要素：要質

民族：人種　　　　　　　　環境：環象

系數：系率，段數　　　　　社會：群

細菌：微生蟲　　　　　　　偵探：斥候

交涉：關涉　　　　　　　　遠東：極東

分工：分業　　　　　　　　本質：本相

（二）音譯詞和意譯詞並行的現象：

對外語的同一個詞，有人採用音譯的方法，有人採用了意譯的方法；或者先用了音譯，然後又創造出意譯詞，這都造成了當時屢見不鮮的音譯詞和意譯詞並行的現象，如：

銀行：版克　　　　　　　　商標：麥口

力學：代納密斯　　　　　　分子：摩勒

發電機：代那模　　　　　　電話：德律風

甘油：各里司林　　　　　　石臘：巴拉非思

水泥：塞門脫　　　　　　　纖維質：寫留路司

鋼琴：披亞諾　　　　　　　墨水：因克

個體：公匿　　　　　　　　全體：拓都

天使：安琪兒　　　　　　　國會：巴力門

總會：俱樂部　　　　　　　論理學：邏輯

發動機：引擎　　　　　　　　　　汽車：摩托車

（三）詞的單音、雙音、多音未定的現象：

　　漢語詞的雙音化，在這一時期因爲受翻譯的影響，本來是大大加快了，多音化的傾向也十分明顯。但是，一方面由於一些詞正處於凝定的過程，結構還不很固定，另一方面由於「文言」的作怪，許多詞都可以根據所謂的「文氣」和句子的排偶等等，被人隨意拆減，於是就造成了詞的音節不固定的現象。如：

哲學家：哲家　　　　　　　　　　判審官：判官

團體：團、體　　　　　　　　　　近世史：近史

現象：象　　　　　　　　　　　　感覺：感

思念：思　　　　　　　　　　　　原理：理

主義：義　　　　　　　　　　　　人種：種

職業：業　　　　　　　　　　　　速率：邀

恤貧院：貧院　　　　　　　　　　紙卷煙：紙煙

生產物：產物　　　　　　　　　　實驗室：驗室

發起點：起點　　　　　　　　　　工藝院：工院

資本金：資金　　　　　　　　　　腦氣筋：腦筋

（四）詞素次序不固定的現象：

　　這個時期有許多正在凝定過程中的詞，它們的組成成分詞素是固定的，但詞素次序卻不固定。這既是詞彙發展的必然過程，也是由於文言的影響。這種詞素次序不固定的詞，主要是並列結構的，少數是其他結構的。例如：

人民：	民人	競爭：	爭競
路線：	線路	援助：	助援
光榮：	榮光	黑暗：	暗黑
增加：	加增	料及：	及料
介紹：	紹介	物品：	品物
限制：	制限	命運：	運命
平均：	均平	引誘：	誘引
權利：	利權	計較：	較計
聲音：	音聲	覺醒：	醒覺
制裁：	裁制	簡單：	單簡

　　這一時期有著不同來歷的「新名詞」混用與競爭的狀況，還可以從當時專門解釋「新名詞」的辭典的編排方式中觀察得到，這類辭典通常是把指稱對象相同而表達形式不同的新詞語盡可能收集起來，不分主次地加以排列，並貫串起來作出解釋。請看看汪榮寶、葉瀾一九〇三年編著的《新爾雅》中的例子（點號是原有的）：

　　論生財析分交易用財之學科，謂之計學，亦謂之經濟學，俗謂之理財學。（釋計）

　　二人以上之協同生活體，謂之群，亦謂之社會。研究人群理法之學問，謂之群學，亦謂之社會學。敘述群之現象者，謂之靜群學，或謂之社會現象論。推闡人群之推遷者，謂之動群學，亦謂之社會運命論。（釋群）

　　論人心知識之用於推知者，謂之名學，亦謂之論理學。察一

曲而知全體者，謂之內籀名學，亦謂之演繹論理學。據公理以
斷眾事者，謂之外籀名學，亦謂之歸納論理學。（釋名）

在當時的社會文化條件下，各路「新名詞」匯合之後，在一個
不太長的時間內出現使用上的混亂和混亂中的競爭，是必然的。然
而，交際功能是語言的生命力所在，它決定語言的生死存亡。同一種
事物，同一個觀念，長期保留多個不同的名稱，以致造成使用和接受
上的混亂，顯然違反了語言的交際功能，妨礙了語言的健康發展，所
以，「新名詞」的競爭無論如何激烈，最後總會有一個「物競天擇」
而歸於規範的結果。凡是考察或研究過本時期「新名詞」競爭態勢
的人都知道，其結局是來自東路的日語外來詞在「新名詞」的相互
競爭中取得了壓倒的優勢。早在一九○四年，就有人發現：因「其國
文字迻譯較他國文字為便，於是日本文之譯本，遂充斥於市肆，推行
於學校，幾使一時之學術，寖成風尚，而我國文體，亦遂因之稍稍變
矣」。⑱ 一九一一年刊行的《普通百科新大詞典》「凡例」更是明確
指出：「吾國新名詞大半由日本過渡輸入。」稍後的《廣學會三十六
周年紀念冊》又再加證實：「由日本販入之新名詞，人人樂用，何嘗
不反以新為善乎。」⑲

日語外來詞在「新名詞」競爭中獲勝，當然與前面講過的中日語
文早已有了共用漢字的基礎有很大的關係。但是應該說，用中國人的
眼光來看，也有許多日語外來詞並不比嚴復等人在譯書中創造的新詞
語更為「合理」、更容易接受。比如英語的 economics，是「論生財析

---

⑱　諸宗元、顧爕光：〈譯書經眼錄序〉，《中國近代出版史料》2編，（群聯出
　　版社，1954），頁95。

⑲　〈基督教文字播道事業談〉，《中國近代出版史料》2編，頁333。

分交易用財之學科」的名稱，嚴復等人譯爲「計學」或「理財學」，日本人借用古漢語詞語譯爲「經濟學」。可是在古漢語中，「經濟」一直是「經世濟民」的意思。平心而論，「計學」或「理財學」要比「經濟學」更爲確切，甚至更爲通俗。然而，兩三年之後，還是「經濟學」一詞流傳而「計學」、「理財學」兩詞被淘汰。又如「取締」一詞，當時彭文祖在《盲人瞎馬之新名詞》一書中就已憤憤然指出：

> 留學生誰不曰取締規則，取締規則，報紙亦無日不大書取締取締，政界中與學堂中無時不曰非取締不可，非取締不可。尋其義與夫來歷，則茫然不知，咄！是何盲從之深也。殊此二字之魔力甚大，不獨瀰漫全國，響映大多數人之心理。大總統之命令文中，且備其位。民國二年六月某命令中，有「自應嚴加取締」之句，永為將來史書中之一革命文章，其魔力誠可驚矣。雖然褒姒之得寵，由子弧人；取締二字之見用，由於吾國現號稱為大文豪之梁啟超也。梁之文章中，新名詞故多不可數，以《新民叢報》為嚆矢，是其建功於國之第一階也，國人不可不佩服而宗仰者也。今說取締二字之來源。先說取字，取字在日文中毫無意義，所謂接頭語是也。如《左傳》「翳我獨無」之「翳」字，祭文首句「維萬國元年」之維字，同無意思者也。此非據余一面之言，乃據參考者也。日本東亞語學研究會出版之小紅本《漢譯日本辭典》441頁上格取字注下，明言此字加於他字之上，未有意義。凡留學日本者，其初未有不購一冊者也，豈視而不見乎！日文中所謂接頭語接尾語者，不可勝數，大半皆無意思者也。在吾國言接尾語，亦為數甚多。如呦羅嗎等音，皆書不出字，僅表其狀態耳。取字已明，茲再言締字。

據《康熙字典》，則締者，締結也，結而不解也，閉也。日文
取締二字，即取後二者之意思，而結而不解之意，即不放之
意；不放之意，即與閉之義無何差別。再廣解閉字之意思，即
封鎖也；封鎖之意思，即禁止不許動也；禁止不許動之意思，
即拘束也，管束也。所謂取締規則，則管束學生之規則，自應
嚴加取締，即自應嚴加管束（禁止）。警察對於吊膀子之惡
風，所謂非取締不可，即非禁止不可。吾國人是何心理，偏嗜
不倫不類牛蹄馬腿之取締二字，而唾棄光明磊落之禁止管束等
字哉！咄，余欲罵之曰瞎眼盲從。殊大總統猶歡迎之，亦難言
矣。⑥

由此可見，除了中日共用漢字、日本學人習慣借用古漢語的詞語
等語言方面的原因之外，我們還應該從社會變化方面探尋日語外來詞
在「新名詞」競爭中獲得勝利的原因。

在本章第一節中我們已經看到，在二十世紀頭幾年的留學日本
熱潮中，眾多在日本的中國人匯集在一起，形成了一個以救亡圖存、
認真向昨天的敵人日本學習爲主要共同目標的龐大群體。在「革命
保皇二事」尚未「決分兩途」之際，民族危亡使這一群體產生了強大
的凝聚力。他們幾乎一致認爲：通過日本學習西方是一條最爲可行的
捷徑，因爲「若治東學者，苟於中國文學既已深通，則以一年之功，
可以盡讀其書而無隔閡……然則以求學之正格論之，必當於西而不
於東，而急就就法，東固有未可厚非者矣。」⑥ 正是由於這個群體具

---

⑥　轉引自實藤惠秀：《中國人留學日本史》，（三聯書店，1983），頁303。
⑥　梁啓超：〈東籍月旦〉，《飲冰室文集》之4，頁83。

有這種集體心理，所以廣泛閱讀和翻譯日本書籍成爲他們的共同性活動，而引進日語外來詞並大力加以靈活運用則成爲這一時期學界的時尚。當時，〈譯書經眼錄序例〉曾對這種時尚作過描述：「日本文譯本，遂充斥於市肆，推行於學校，幾使一時之學術浸成風尚。」而《盲人瞎馬之新名詞》的作者彭文祖則對這種時尚提出過抗議：日語外來詞暢行於中土，「然我國人及報館漫然不察，人云亦云，惟上帝是從。」彭氏還把這種時尚的興起歸咎於「吾國現號稱爲大文豪之梁啓超」，並且大加嘲諷：「梁之文章中，新名詞故多不可數，以《新民叢報》爲嚆矢，是其建功於國之第一階也，國人不可不佩服而宗仰者也。」如果不計較其態度，那麼我們可以說，彭文祖對當時引進日語詞的時尚的感受，以及他將梁啓超作爲這一時尚的「時髦領袖」之一來看待，都是符合實際的。

　　社會心理學的研究表明，時尚一旦盛行起來，對個人往往具有一種制約力量。個人可能被迫遵從群體，盡可能與之保持一致。所以，當梁啓超等人以其新穎通俗流暢華美的文筆，大量翻譯日文書籍，引進日語詞彙，輸入西方新的哲學政治經濟學理論並互相推崇互相呼應，使之成爲一種時尚的時候，比較一般的群眾在他們的倡導和帶動之下，就會產生一種不加細細思索的行動，認爲梁氏等大家作爲權威的理論信息來源的人物，是值得仿效和相信的，況且已經有那麼多的英俊之士跟在他們的後面。於是這些人也就漸漸失去個性感，淹沒到那一群體中去了。這正如彭文祖指出的那樣：「國人日日同化於人而不覺」，甚至「一效人即更有甚於人者」。即使是那些「時髦領袖」，他們一方面固然促成了時尚的流行，另一方面也免不了要受時尚的制約。有時，他們也感覺到自己的反應並不正確，但同樣也只能遵從群體。比如梁啓超，他雖然專門寫了〈釋革〉一文對「革命」一

詞大加非議，可就在同一時期，他卻又發表了〈中國歷史上革命之研究〉、〈革命！俄羅斯革命〉等文章，鼓吹著「詩界革命」、「小說界革命」等口號，幾乎滿口都是「革命」。他儘管在《新民叢報》第八號上公開表示：「日本所譯諸學之名，多可仍用。『經濟學』、『社會學』二者，竊以爲必當報更求新名。」但是他在同一時期的著作裡，還是不能不使用「社會」、「社會學」、「經濟」、「經濟學」等等詞語。我們認爲，這種時尚的盛行和影響，就是日語外來詞在「新名詞」競爭中取得巨大優勢的主要社會原因。另外，梁容若在《中日文化交流史論》一書的第一編中提到：留日學生「既歸國，成爲中國政治文化上的中堅，日本式的文法與語彙遂氾濫於中國知識界。」⑫ 這可以作爲上述社會原因的一個很好的補充。

　　日語外來詞在競爭中獲勝的社會原因既然已經昭然若揭，那麼，「新名詞」競爭所反映出來的社會變化的若干側面也就清晰可見了，因爲，原因既是造成某一變化過程的最後結果的條件，同時也就反映在那種變化過程之中。

第三節　「新名詞」競爭的文化透視

　　對於十九世紀與二十世紀之交的中國士民來說，本時期所謂的「新名詞」絕大多數並不是原來已有的或已知的事物所改換的新名稱，而是剛剛引進或產生的新事物的指稱符號。從某種意義上說，當時的絕大多數「新名詞」，尤其是那些指稱新觀念、新制度的「新名詞」，都是新的文化要素的標誌物。對於某個「新名詞」的陌生，常

---

⑫　梁容若：《中日文化交流史論》，（商務印書館，1985），頁27。

常就意味著對於一種新的文化要素的陌生；抵制某個新名詞，往往就意味著抵制一種新的文化要素；而對於某一系列「新名詞」的掌握，常常也就意味著對於某種新的文化圖景有了比較全面的認識。因此，當時「新名詞」的競爭，無論是就「新與舊」的競爭而言，還是「新與新」的競爭而言，其實質都是一種新的文化現象，一種新的文化要素融進傳統文化系統之中的文化變遷現象。所以，我們有必要也有可能對「新名詞」的競爭從文化學的角度進行透視，從而揭示出它背後的文化變遷的態勢。

〔壹〕　「新名詞」展示的文化圖景

每種文化都會有特殊的價值，都是一套獨特的理念體系。而民族語言的詞彙體系，正是民族文化理念體系的表達形式。正如每個民族文化的理念體系都是獨一無二的一樣，每個民族語言的詞彙體系也是獨一無二的。因此，當中西文化交流日漸深入到理論制度層面的時候，最使中國人士感到驚異的正是本民族文化所無、西方民族文化所有的文物制度和觀念體系。這些東西一般都反映在西方民族語言的詞彙裡，當然也恰恰是漢語詞彙體系裡沒有加以反映的。先進的中國人既然已經從歷史老人那裡得到了啓示，決心要了解西方文化的文物制度和觀念體系並加以適當的改造和吸收，那麼，他們就必須懂得反映這些東西的外語詞語，並加以引進和運用。現在，許許多多的「新名詞」順著不同的渠道湧了進來並形成競爭的局面，正是西方文化的「新理」通過不同的渠道輸送進來並爲人們所競相吸收的生動反映。根據文化對社會有導向和控制作用的原理，我們可以以「新名詞」爲指示燈，沿著「新詞語湧進 —— 新理念輸入 —— 對社會發生導向和控制

作用」的理論思路，觀察當時「新名詞」爲中國人展示的新的文化圖景以及它經過整合之後在中國社會文化變遷過程中所發生的實際影響。

我們的觀察，可以從當時出版的專門以收集、整理和解釋「新名詞」爲宗旨的新詞典著眼。因爲這類新詞典，是在經過初步選擇的「新名詞」已經大量引進和產生的情況下，爲滿足廣大士民從共同的或各別的目的出發理解新名詞、接受新名詞、運用新名詞、傳播新名詞的緊迫需要而編撰的。在編撰過程中，編撰者又從自己的文化視界出發，以當時的社會需要爲標準，對新名詞重新進行了一番選擇、整理、消化和解釋。所以，從它們所收錄的詞目及其分類中，大體上可以看出哪些是剛剛創造或引進而又被人們普遍注意和使用的新詞語，進而可以看到這些新詞語的文化內涵，亦即所展示的新的文化要素組合起來的新的文化圖景。

汪榮寶、葉瀾編撰的《新爾雅》是一部頗有代表性的新詞典，一九〇三年由上海明權社出版（現爲臺北文海出版社編印的「近代中國史料叢刊」收錄），以收集和解釋當時常見常用的學術「新名詞」爲宗旨，具有收集廣泛、組織明晰、解釋精煉的特點。作者雖然未列目錄，但全書的組織仍然清晰可見。它總體上按次序分爲十四個部分，每一部分按次序分爲若干「篇」（少數部分不分篇），每一「篇」又按次序分爲若干議題，每一議題之內又按次序羅列許多「新名詞」，每個「新名詞」又給予了簡要明確的解釋，有的還具列異名。爲了便於觀察「新名詞」所展示的新的文化圖景，我們將本書十四部分、若干篇、若干議題以目錄的形式整理如下：

釋政

　第一篇　釋國家

　　國家之定義　國家　國家之起源　國家之種類　國家之
　變遷

　第二篇　釋政體

　　德意志之立憲君主政體　英吉利之立憲君主政體　日本
　立憲君主政體　北美合眾國之立憲民主政體　法蘭西之
　立憲民主政體

　第三篇

　　英吉利政府　德意志政府　法蘭西政府　日本政府　合
　眾國政府　議會　民之義務　三權分立　中央行政　地
　方自治行政

釋法

　　通說　憲法　國際法　民法　刑法　商法　民事訴訟法
　刑事訴訟法

釋計

　第一篇　總釋

　第二篇　釋生財

　　生財三要素　分功　創業　戶口蕃息例及報酬遞減例

　第三篇　釋析分

　　租　庸　贏

　第四篇　釋交易

　　交易　物價　貨幣　信用

　第五篇　釋用財

　　用財　保險

為了進一步說明問題，我們仿照抽樣調查的方法，將本書「釋計」部分的「釋生財」篇的「生財三要素」議題中所收錄的「新名詞」詞目轉錄如下，以便管中窺豹：

　　自然　勞力　資本　自然物　自然力　原始之自然力　誘導之
　　自然力　土地　發明　發見　採取　粗制　精制　運送業
　　商業　勤勞（腦力勞動）　生產勞力　不生產勞力　無形資本

　　　　　　有形資本　　固定資本　　流動資本

　　這裡所整理的全書目錄是簡略的，所轉錄的部分詞目是取樣式的，但它仍然能夠以略顯詳，以小示大，引導我們透過本書所收錄的新名詞了解那一時期「新名詞」在分布範圍、內在涵義和內部關聯方面的種種特徵，並進而由此去認識那一時期人們在使用和傳播「新名詞」過程中所顯示出來的意志和行為的焦點，去探查那一時期不斷變化發展的文化圖景。

　　本書名為《新爾雅》，當然是取義於《爾雅》，這就表露出了二者之間的內在聯繫。《爾雅》是我國最早的也是世界上最早的一種詞義分類詞典和百科辭典，編撰於戰國末期，成書於西漢初年，在我國文化史上占有一定的地位。《爾雅》共分為十九篇（大致相當於《新爾雅》的十四部分），其篇名和次序為：釋詁、釋言、釋訓（以上為普通詞語）；釋親（社會關係專名）；釋宮、釋器、釋樂（以上為社會生活詞語）；釋天、釋地、釋丘、釋山、釋水、釋草、釋木、釋蟲、釋魚、釋鳥、釋獸、釋畜（以上為自然萬物專名）。這就大體上反映出了我們民族的文化知識結構。這種文化知識結構形成於從戰國到西漢這一歷史時期，隨後又積澱在民族文化傳統之中，發揮著潛在的然而又是深遠的影響，直到清代末期。

　　我們不能肯定汪榮寶、葉瀾是否有意識地要將《新爾雅》與《爾雅》進行比照，但我們認為，進行這種比照並將它作為文化語言學分析的輔助手段，是有益於問題的探討的。於是我們可以清楚地看到：

　　第一，《新爾雅》的構架，容納了當時新興的各種社會科學和自然科學；《新爾雅》的「新名詞」，遍及了當時新興的社會科學、自然科學的各個方面。有些部分的議題，如「國家之起源」、「三權分

立」、「民法」、「商法」、「信用」、「保險」、「群之發生」、「人群要素」、「命題」、「直接推理」、「彗星流星之動力」、「地球之運行」、「大氣之壓力及其溫度」、「地熱之作用」、「光學」、「電學」、「原生動物」、「植物形態學」等等，不僅是《爾雅》的作者們難以想像的，而且也是清末保守的學士大夫們十分陌生的。這些議題所包含的理念系統，對於中國傳統而言，大都是它過去所基本沒有的，也是它當時所應該具備的。這就說明，《新爾雅》的「新名詞」所顯示的文化圖景，是新穎的，完整的，帶有異質文化的風采；同時又是富於魅力的，可以移植。它可以也必然有助於改造和充實我們民族原有的文化傳統。

第二，《新爾雅》的「新名詞」，較多地分布在「釋政」、「釋計」、「釋群」、「釋地」、「釋格致」五個部分，並且分工明確，相對完整，層次明晰，自成系統，顯然受到了特別的重視。正如著名哲學家恩斯特‧卡西爾指出的：「只有那些以某種方式與意志和行為的焦點相關聯的東西，只有那些證明是生命與活動整個目的的本質的東西，……才能受到語言的特別重視，從而獲得一個名稱。」⑥ 從本章第一節所介紹的社會文化背景中可以知道，政治學、經濟學、社會學、地理學和物理學的基本理論和觀點之所以在當時受到語言的特別重視並因此創造和引進了這許許多多的「新名詞」，正是因為它們與維新志士、革命黨人以及廣大進步青年的「意志和行動的焦點相關聯」，亦即與當時人們變革政體、改良社會、發展科學技術、興辦工商礦業的願望相關聯。這幾部分的許多議題，如「英吉利之立憲君主政體」、「法蘭西之立憲民主政體」、「日本立憲君主政體」、「議

⑥ 卡西爾：《語言與神話》，丁曉等譯，（三聯書店，1988），頁64。

會」、「三權分立」、「生財三要素」、「用財」、「交易」、「人群之理想」、「人群之進化」、「水之作用」、「地熱之作用」、「聲學」、「光學」、「電學」等等，簡直就是當時社會輿論、學校講學乃至人們茶餘飯後閒談的重要話題。這就說明，《新爾雅》「新名詞」所顯示的文化圖景，是中西文化融合的寫照，富於時代氣息，富於實用精神，與廣大士民的「意志和行動的焦點相關聯」，在一定程度上表現了那一時代社會文化變遷的大勢。

第三，值得注意的是，《新爾雅》特設了「釋名」專題，收集了許多邏輯學方面的「新名詞」，而且排列有序，解說精當。即以其中的「釋名詞」這一議題而言，就羅列了「公名（普通名詞）」、「專名」、「總名（合體名詞）」、「散名」、「察名（具體名詞）」、「玄名（抽象名詞）」、「正名（積極名詞）」、「負名（消極名詞）」、「獨立之名（絕對名詞）」、「對待之名（相對名詞）」、「內涵」、「外郛」等等新名詞。這一類「新名詞」之所以值得注意，是因爲它們展示了近代邏輯學的基本構架，表現了中國學人對西方邏輯學的濃厚興趣。自古以來，中國人就擅長於經驗綜合型的主體意向性思維，漢語就富於詩性特質。人們常常津津樂道的，大都是「立象以盡意」、「意以象盡，象以言著」、「得意在志象，得象在忘言」。⑥④ 有時還不免有「無物可比擬，教我如何說」（寒山詩）的感嘆。現在，受新思潮的激盪，人們對西方的理性分析思維和表現這種思維形式的結構的近代邏輯學，產生了如此濃厚的興趣，獲得了如此清晰的了解。這不僅表明了當時人們已經有改進民族思維方式的願望，而且表明了中國傳統文化的認識論和方法開始發生了可貴的轉

---

⑥④ 王弼:〈周易略例・明象〉，《王弼集校釋》，（中華書局，1980），頁609。

變，表明了中西文化的交流開始進入了難以進入的心理層面。

如果說，《新爾雅》在收錄「新名詞」的範圍方面，以其廣泛性和系統性的特徵顯示出了新的文化圖景的構架；那麼，它在解釋「新名詞」的深度方面，則以其深刻性和嚴密性的特徵表現出了新的文化圖景的力度。《新爾雅》解釋「新名詞」，一般不採用訓詁學中常見的那種互訓或遞訓的方法，而採用難度較大的義界的方法，並且盡可能在解說中將幾個相關的「新名詞」組織起來，成為一個系列，宛如一篇篇微型論文。因此，在它的解釋中，往往總結了當時學人和作者自己的認識成果，標明了傳統文化在吸收「新學」方面所達到的程度。

例如名詞「政」，來源於形容詞「正」，是漢語詞彙系統中一個相當受重視的詞。按照孔子在《論語‧顏淵》中的解釋：「政者，正也」；按照《釋名‧釋言語》的解釋：「政者，正也，下所取正也。」在這種解釋裡，蘊含著中國傳統文化的政治觀。現在《新爾雅》首立「釋政」專題，對「政」作全新的解釋：「有人民有土地而立於世界者謂之國，設制度以治其人民土地者謂之政。政之大綱三：一曰國家，二曰政體，三曰機關。」顯然，在這一解釋裡，包含著中國人在西方政治學理論啓示下所具有的全新的政治觀。與傳統文化的政治觀相比，它已發生了根本性的變化。作為「政」的大綱之一的「政體」，在古漢語中也是指稱國家統治機關的組織制度的，但在古人的心目中，除了封建專制政體以外，不知還有別的什麼政體。在沒有比較鑑別的情況下，他們對政體的認識，「政體」一詞的理性意義，當然是不可能全面而深刻的。事實上，一般人也很少注意到它。而《新爾雅》對「政體」卻作了全新的解釋：

　　凡國家必有統治機關，其機關之組織，及舉行之跡象謂之政體。政體有二：一曰專制政體，二曰立憲政體。一人握主權於上，萬機獨斷者謂之專制政體；立憲法議會，以組織國家統治之機關，使人民協贊參與者，是謂之立憲政體。立憲政體又別之為民主立憲、君主立憲。由人民之願望，建立公和國家，舉大統領以為代表，而主權全屬人民者，謂之民主立憲政體。開設議會，與國民以參政之權，令國民之代表者（民舉議員是）出而議法律、監督行政，而主權仍屬君主者，謂之君主立憲政體……（釋政）

　　在當時的中國，處處流行著諸如「政體」、「專制政體」、「民主立憲」、「君主立憲」一類的新名詞，而《新爾雅》又如此簡明扼要地解釋這些新詞語，列舉世界上各種政體的模式，並且在字裡行間寄寓著作者的態度，所有這些，無疑都發揮著很大的啓蒙作用和鼓動作用。至少，它足以說明那個時期中國人的政治注意力集中到了什麼地方。這在鴉片戰爭以前是不可想像的。

　　作為「政」的大綱之一的「國家」，在春秋戰國之際本是一個詞組，是諸侯「國」和大夫「家」的連稱。後來凝定為一個詞，用來作為國的通稱。《孟子‧離婁上》所謂「人有恒言，皆曰天下國家。天下之本在國，國之本在家，家之本在身」，和歷代帝王所津津樂道的「朕即國家」，就是中國古代最有代表性的國家觀的兩個側面，也是一般人所理解的「國家」一詞的意義。到了十九世紀末年，中國學人以「國家」一詞對譯英語中的 state，這就給「國家」一詞賦予了新的涵義，在中國的古瓶中裝進了西方的新酒，所以，《新爾雅》把它看成一個新的詞語作了頗為詳明的解說（其中的點號是原有的）：

有一定之土地，與宰制人民之權力，而為權利義務之主體備
有人格者，謂之國家。（按政治學上所用名詞之意義，最為
繁博深奧，非略加注釋，恐閱者不能盡解，今略釋之：所謂人
格者，謂人所以為人之資格也。有倫理上之人格，有法律上之
人格。倫理上之人格者，人生此世，須發達其天稟之德性，
嚴行其應盡之義務，小而一身一家，大而一國一種，皆須維
持之發達之，竭其本分，以盡人之所以為人者是也。法律上
之人格者，人生此世，必有種種行為，若權利，若義務，凡此
等行為，不能背於國家所定之法律者也。凡在法律範圍之內
者，則有行動之權利，而對於國家則仍有負有義務者也。蓋
義務者，權利之因；權利者，義務之果，二者有密切之關係者
也。權利義務之主體者，即不借他力而能自行其權利，自全其
義務之謂也。權利義務之主體，即於法律上得完全之人格，
……以國家有人格者，蓋擬國家以人也。國家為權利義務之
主體，故有人格。國家對臣民有權利有義務，對外國有權利有
義務，此國家之所以為權利義務之主體備有人格也。國家所行
之權力，自國家成立時即有，非若個人之權利，必依法律而始
得。）（釋政）

「國家為權利義務之主體，故有人格」的觀念，是中國傳統文化理念
體系中所沒有的，因而也是古漢語「國家」一詞所不具備的理性意
義。現在，《新爾雅》如此解說，就說明這一西方近代的國家觀念已
被中國學人所了解、吸收，因而漢語「國家」一詞也就具有了這種理
性意義。從這裡，我們看到了中國人關於國家的觀念開始發生變化的
跡象。

〔貳〕　「新名詞」激起的文化衝擊波

卡西爾在《語言與神話》裡論及「語詞魔力」時，引用過狄特里奇的一段話：

> 名稱的功用在於代理其承受者，提及名稱或許就等於呼喚其
> 人入世；名稱因其是一種眞實的力量而受到畏懼；人們追求對
> 名稱的知識，因為能說出名稱便可賦予知者支配這一力量的能
> 力。⑥⑤

如果說，一般名稱即詞語常常「是一種眞實的力量」；那麼，新事物、新觀念的名稱即「新名詞」，則往往是一種能夠激起新的衝擊的眞實的力量。

新詞語的力量，主要不在於排列開來，展現新的文化圖景，豐富語言的詞彙體系，而在於組織起來，形成話語，釋放新觀念，傳播新思想，打動交際對象，影響交際對象。每當社會劇烈變動、新思潮迅猛興起、時時有人振臂高呼的時候，許許多多新詞語常常就像一個個激動人心的口號，富於啓示性和鼓動性，對社會生活發生明顯的影響。這是因爲，一個新詞語總要表達一個新概念，而新的概念（如「自由」）有時又蘊含著新的觀念，對於人們原有的觀念體系會產生衝擊力量和補充作用。所以，要考察「新名詞」競爭所引起和反映的社會變化，我們還必須深入到那時人們的交際活動之中，著手了解「新

---

⑥⑤　卡西爾：《語言與神話》，頁 76。

名詞」在使用中的情況。案頭的《清稗類鈔》就記有一則軼聞：

> 光緒甲午之役，我敗於日，龔照璵以旅順不守，乃即偕衛達三行。衛被誅，龔久羈於獄，得不死、庚子拳匪亂，遂自出獄，和議成，脫身南歸。是年六月六日，為其六十壽期，乃預定宴客三日。邑人張某素與龔有隙，一日，忽肅衣冠而入，長揖曰：「六哥，今日樂矣！容弟一言可乎？」龔曰：「願承教。」張曰：「弟近閱新書，始知國民乃國家之主體，弟亦國民也，土地之存亡，應負一分之責任。請問六哥：前年以弟之旅順，送向何處去？今日能見還乎？」龔大窘，狂呼逐客。⑥⑥

由於閱讀新書，獲得了新觀念，熟悉了「新名詞」，因而「始知國民乃國家之主體」，並且能夠恰當地運用「新名詞」，使之釋放新觀念，當面斥責逃跑誤國的官員，是何等慷慨，何等痛快！無需多加解說，任何人都可以從中感受到「新名詞」激起的衝擊。

　　王國維是最早注意到「新名詞」的輸入與社會變化、文化交流的關係而予以充分肯定的學者之一。一九○五年，他在〈論新學語之輸入〉中指出：「近年文學上有一最著之現象，則新語之輸入是已。夫言語者，代表國民之思想者也。思想之精粗廣狹，視言語之精粗廣狹為準。」「故我國學術而欲進步系則雖在閉關獨立之時代，猶不得不造新名。況西洋之學術駸駸而入中國，則言語之不足用，固自然之勢也。」⑥⑦像這樣從理論上論述新名詞輸入的必然性和重要性，為新名

⑥⑥　徐珂：《清稗類鈔》第4冊，（中華書局，1983），頁1651。

⑥⑦　王國維：〈論新學語之輸入〉，《教育世界》第96號，1905年4月。

詞正名，可謂有膽識，難能可貴，發人深思。

　　然而，也有人感受到了新名詞那種難以忍受的衝擊力。一九〇四年，當時頗有影響的《東方雜誌》在第十一期「時評」欄裡發表了一篇文章，題曰:〈今日新黨之利用新名詞〉。如果說，這個題目是富於啓示性的，那麼，它的內容也是耐人尋味的:

　　自庚子以後，譯事日興，於是吾國青年各拾數種之新名詞，以為營私文奸之具。慮事不周，率意輕舉，逞其一時之興會，棄信用而不顧。苟有責之，則曰冒險也。此可利用者一。學問寡陋，志趣卑污，不見齒於通人達士，不得已日與二三無賴、四五流氓相征逐。苟有責之，則曰運動下等社會也，又曰人類平等也。此可利用者二。趁一時之風潮，慷慨激烈，不轉瞬間頹然若喪，自居於冷血動物。苟有責之，則曰手段平和也。此可利用者三。熱心利祿，滔事朝貴，氣節不講，廉恥無有。苟有責之，則曰運動官場也。此可利用者四。倫紀不修，天性刻薄，作色於父，敢為忤逆。苟有責之，則曰家庭革命也。此可利用者五。酣歌恒舞，時謂巫風，鄭樂秦聲，詎稱同調，而彼則廢棄百事，日流連於劇場，以為看戲亦吾黨之要事，顏不稍怍。苟有責之，則曰謀戲曲之改良，音樂之改良也。此利用者六。豐衣美食，大廈安居，身本貧賤乃獨不行其素，偶茹小苦，棄之若浼。苟有責之，則曰不適於衛生也。此可利用者七。千年禮法，辨別男女，今也潰堤決防，各思逞其獸行，文明萬事均不暇及，首議結婚。苟有責之，則曰婚姻自由也。此可利用者八。……未有新學，猶有舊之可守，既有新學，並此幾微之舊而蕩亡之矣。孰謂近來風氣之有進步耶! ……

無論作者的觀點和動機如何，我們都要感謝他提供了如此難得的材料。我們還傾向於認為，作者懷著烈烈憂心所指出的情況在很大程序上是可信的：「新名詞」傳達了新思想，不僅可以為「新黨」所利用，從而成為他們「運動下等社會」、進行「家庭革命」、爭取「婚姻自由」的理論根據和力量源泉，而且能夠在某種意義上使「幾微之舊而蕩亡之矣」。通過這種種現象，可以清楚地看到：社會生活的任何變化，都會或多或少地在語言中有所反映；語言的各種言語差異，常常是各種社會因素作用的結果。而已經鞏固在語言詞彙系統中的某些社會特徵也會反過來在民族的精神中得到表現，從而對它和社會的變化產生一定的影響。

一九〇六年，《東方雜誌》在第十二期「社說」欄內又發表了一篇題為〈新名詞輸入與民德墮落之關係〉的文章，又一次用新的材料證實了不斷湧現的「新名詞」對當時的民族精神和社會面貌的某種衝擊作用：

> 自新名詞輸入，中國學者不明其界說，僅據其名詞之外延，不復察其名詞之內容，由是為惡為非者均恃新名詞為護身之具，用以護過飾非，而民德之墮遂有不可勝窮者矣。
> ……不如抵力壓力之名詞，為物理學之恒言。乃今之為學生者，習焉不察，於學校實行規則者，稱為壓力；於生徒破壞校規、抗辱師長者，稱為抵力。而學界之風潮日以多。守舊維新之名詞，為報章中之慣語。今之自命新黨者，空疏不學，不欲施徵實之功，而又欲自文其陋，於是以滅古為趨時，以讀書為無用。而中國之國粹日以亡。不惟此也，如合群為強國之基，而今之所謂合群，則朋比為奸，乃古人所謂阿比也。自由為天

賦之權，而今之所謂自由則肆無忌憚，乃古人所謂放縱也。且世有平等之説出，而後狂妄之民以之助自傲自驕之習。然於在上者，則欲其降尊；於在下者，則欲其服從。有共產之説出，而後無賴之民恃為欺詐銀財之用。

……是新名詞未入之前，中國民德尚未消亡。既有新名詞之輸入，而後宗教不足畏，格言不足守，刑章不足懾，清議不足恃，勢必率天下之民盡為作奸之舉，而蕩檢踰閑之行，不復自引為可羞。殆荀子所謂資名者歟？推其極弊，實為亡國之階也。今也欲求其失，其惟定新名詞之界説而別創新宗教乎！

粗粗看去，作者對「新名詞」衝擊舊道德、舊秩序、舊制度的作用似乎有意誇大了；細細想來，「新名詞」的傳播，確實也增添了一種新生力量，終於使「宗教不足畏，格言不足守，刑章不足懾，清議不足恃」。倭仁之流的道學，不正是在「新名詞」的傳播中「日以亡」的嗎？「推其極弊」，說「新名詞」的傳播為大清帝國「亡國之階」，倒也不算全無根據。不過，作者「俗救其失」的辦法並不高明，目的難以實現，因為新名詞、新觀念、新思想的流傳是不可逆轉的潮流。

手法更不高明的是清朝統治者，一九〇一年，清政府被迫實行教育改革，一九〇三年張百熙、張之洞等又奉旨奏擬了「奏定學堂章程」，這就是所謂的「癸卯學制」。就在這個章程的「學務綱要」中，專門規定了「戒襲用外國無謂名詞以存國文端士風」一條，其中有云：

古人云：文以載道。今日時勢，更兼有文以載政之用。故外國論學治學，率以言語文字所行之遠近，驗權力敎化所及之廣

狹。除化學家製造家及一切專門之學，考有新物新法，因創為新字，自應各從其本字外；凡通用名詞自不宜剿襲攙雜。日本各種名詞，其古雅確當者固多，然其與中國為文辭不相宜者不復不少。近日少年習氣，每喜於文字間襲用外國名詞諺語，如團體、國魂、膨脹、舞臺、代表等字，固欠雅馴。即犧牲、社會、影響、機關、組織、衝突、運動等字，雖皆中國所習見，而取義與中國舊解迥然不同，迂曲難曉。又如報告、困難、配當、觀念等字，意雖可解，然並非必需此字。而捨熟求生，徒令閱者解說參差，於辦事亦多窒礙。此等字樣，不勝枚舉，可以類推。其實，此類名詞，在外國不過習俗沿用，並未嘗自以為精理要言。今日日本通人，所有著述文辭，凡用漢文者，皆極雅馴，仍係取材於中國經史子集之內，從未闌入此等字樣。可見外國文體，界限本自分明，何得昧昧剿襲。大凡文字務求怪異之人，必係邪僻之士。文體既壞，士風因之，夫叙事述理，中國自有通用名詞，何必拾人牙慧。又若外國文法，或虛實字義倒裝，或叙說繁複曲折，令人費解，亦所當戒。儻中外文法，參用雜糅，久之必漸將中國文法字義盡行改變。恐中國之學術風教，亦將隨之俱亡矣。此後官私文牘一切著述，均宜留心檢點，切勿任意效顰，有乖文體，且徒貽外人姍笑，如課本日記考試文卷內有此等字樣，定從擯斥。

苟延殘喘的清朝統治者害怕任何新思想、新事物是必然的，但他們在風雨飄搖之日，內憂外患之中還害怕由於新名詞、新觀念的廣泛傳播而使得封建「學術風教、亦將隨之俱亡」，從「官私文牘一切著述」中對新名詞「定從擯斥」，恰好證實了「新名詞」大量湧現對社會變

革所產生的巨大影響。

　　然而，在當時，面對著「新名詞」的激流及其所形成的衝擊，大多數人是歡迎，是推動，是適應。他們之中的有心人，還自覺地借用或利用「新名詞」的「真實力量」，對處於競爭和混用狀態的新名詞加以認真的、慎重的比較和選擇，推行自己所想要推行的，消除自己所想要消除的，力圖從中獲得「支配這一力量的能力」。其中最典型的例子大概是梁啓超一九〇二年十二月在《新民叢報》上發表的〈釋革〉一文。其開端即曰：

　　「革」也者，含有英語之 Reform 與 Revolution 之二義。Reform者，因其所固有而損益之以遷於善，如英國國會一千八百三十二年之 Revolution 是也。日本人譯之曰改革、曰革新。Revolution者，若轉輪然，從根柢處掀翻之，而別造一新世界，如法國一千七百八十九年之 Revolution 是也。日本人譯之曰革命。「革命」二字，非確譯也。「革命」之名詞，始見於中國者，其在《易》曰：「湯武革命，順乎天而應乎人。」其在《書》曰：「革殷受命。」皆指王朝易姓而言，是不足以當 Revo（省文，下仿此）之意也。人群中一切有形無形之事物，無不有其Ref，亦無不有其 Revo，不獨政治上為然也。即以政治論，則有不必易姓而不得不謂之 Revo 者，亦有屢經易姓而仍不得謂之 Revo 者。今以革命譯 Revo，遂使天下士君子拘墟於字面，以為談及此義，則必與現在王朝一人一姓為敵，因避之若將浼己。而被憑權借勢者，亦將曰是不利於我也，相與窒遏之、摧鋤之，使一國不能順應於世界大勢亦自存。若是者皆名不正言不順之為害也。故吾今欲與海內識者縱論革義。

Ref 主漸，Revo 主頓；Ref 主部分，Revo 主全體；Ref 為累進之比例，Revo 為反對之比例。其事物本善，而體未完法未備，或行之久而失其本真，或經驗少而未甚發達，若此者，利用 Ref。其事物本不善，有害於群，有窒於化，非芟夷蘊崇之，則不足以絕其患，非改弦更張之，則不足以致其理，若是者，利用 Revo。此二者皆大《易》所謂革之時義也。其前者吾欲字之曰「改革」，其後者吾欲字之曰「變革」。

中國數年以前，仁人志士之所奔走所呼號，則曰改革而已。比年外患日益劇，內腐日益甚，民智程度亦漸增進，浸潤於達哲之理想，逼迫於世界之大勢，於是咸知非變革不足以救中國。其所謂變革云者，即英語 Revolution 之義也。而倡此論者多習於日本，以日人之譯此語為革命也，因相沿而順呼之曰：「革命革命」。又見乎千七百八十九年法國之變革，嘗弒其王，刈其貴族，流血遍國內也，益以為所謂 Revo 者必當如是。於是近今泰西文明思想上所謂以仁易暴之 Revolution，與中國前古野蠻爭鬩界所謂以暴易暴之革命，遂變為同一名詞，深入人人之腦中而不可拔。然則朝貴之忌之，流俗之駭之，仁人君子之憂之也亦宜。⑱

　　我們暫時不去追究梁氏於革命浪潮開始高漲之際還在這篇文章中宣揚改良主義的錯誤，而只分析他慎重地比較、選擇、創造新譯名的態度和作法。由於他有著運用「新名詞」傳播新思想的明確目的，又確信「新名詞」有「深入人人之腦中而不可拔」的力量，所以就要

---

⑱　梁啓超：〈釋革〉，《飲冰室文集》之9，（中華書局，1989），頁40–41。

求譯名既要確切，又要能使當時中國的「朝貴」、「流俗」和「仁人君子」都樂於接受，樂於使用。於是，他一方面牢記從中國政治變革的需要出發，一方面又盡力去分析中西社會變革歷史的差異，反覆推敲，才提出自己的意見。他的這一意見，在他自己看來，是符合社會變化的需要的；在我們看來，是反映了社會變化的一個側面的。那就是，中國歷史發展到了這一時期，一方面，就連「朝貴」們也不得不接受以保存清王朝爲前提的「變革」主張；另一方面，康梁們所津津樂道的仍然是不至於「放巢流巍」的「變革」，所竭力反對的則是有可能「馘其王，刈其貴族」的「革命」。更爲重要的是，從他這一意見的提出，我們還發現，像他這樣一個極負盛名的啓蒙宣傳家竟然是如此重視語言與社會兩個變數互相作用、互相影響的共變關係，是富於典型性和啓示性的。如果一定要說有「新黨之利用新名詞」，那麼，梁啓超的這篇名文倒是可以算作一例。至於他「利用新名詞」的效果，則要從他的文章在當時產生的廣泛而深入的影響中去尋找。

第四節　「新文體」自求解放

　　一般說來，民族文化大系統一當發生理論制度層面的變革，那麼，這個變革就必定會震撼文化大系統的每一個子系統，尤其是它的符號系統，使之或遲或早地發生相應的變化。十九世紀與二十世紀之交在中國興起的「新文體」，就是當時中華民族文化大系統在理論層面發生的變革所孕育、所催生的成果。這種「新文體」，以「解放」自期，以「覺世」自任，在當時迅速地風靡全國，在後來啓發了文學革命，實現了對具有兩千年資歷的文言的成功突破，在漢語書面語言的變遷歷程中留下了深遠的影響。

〔壹〕 「新文體」的文化背景和成功道路

自公元前五至二世紀古代漢語書面語 —— 文言開始形成以來，它就一直居於正統地位，既造就過許許多多文化史上的不朽作品，又凝定了世世代代讀書人的思維模式。雖然有封建王朝的更替，有古文運動的興衰，但文言的正統地位沒有發生過大的動搖，基本風貌沒有根本性的改變。直到公元十九世紀中葉以後，統治中國文壇和論壇的書面語言，仍然是文言的兩個支派，即八股文和桐城古文。八股文雖然早已僵化，但憑藉著封建科舉制度，還能拖延其尸居餘氣；桐城古文則因為曾國藩的提倡而處於迴光返照似的「中興時代」。「學非孔孟均邪說，語近韓歐始國文」，⑥⑨ 還是許多讀書人的信條。然而，就在公元十九世紀末年，一種「新文體」卻能旋風般的捲起，自求解放，突破了文言的基本格局，動搖了文言的正統地位，並且使得「差不多所有的舊思想舊風習都好像狂風中的敗葉，完全失掉了它的精采！」⑦⓪ 這不能不說是一個奇蹟；而奇蹟的出現又總會有它特定的社會文化背景和艱辛的成功之路。

「新文體」產生的特定社會文化背景，大致可以從以下幾個角度來觀察：

一、時代的需要

甲午海戰慘敗，洋務運動破產之後，圍繞著民族何以自存、國家

---

⑥⑨ 林紓：〈留別聽講諸子〉，《林畏廬先生年譜》卷 2，（世界書局，1949），頁 62。

⑦⓪ 郭沫若：《少年時代》，（海燕書店，1947），頁 126。

能否變法、民眾如何啟蒙等一系列重大問題，中國的各種政治力量和各種學術流派紛紛應時而起，積極活動，提出自己的政治主張，論證自己的改革方案，傳播自己信奉的思想，組織自己的基本群眾。於是，言論作為最直接、最重要的宣傳手段，受到了從未有過的重視。在這一時期，維新派及其鼓蕩的維新思潮是最為活躍的政治力量。為了向社會廣泛而有力地傳播西方近代的哲學思想、政治學說和科學知識，宣傳自己的變法理論和變法方案，從而喚起輿論，動員群眾，警醒上層社會，維新志士們一方面努力翻譯和評介西方有關書籍，一方面特別注重辦好報紙。他們認為：「新聞報紙最足增人見識，而藉知外事。……今日切要之圖無過此者。」⑦ 還生動地強調渲染：「如果我們把中日戰爭比成使中國震動的一次電擊，那麼我們的報紙就不曾是一個強烈的電流，因為通過這個電流可以把新的思想傳布到全國各地去。」⑦

而要通過辦報刊、譯西書來傳布新思想、抒發新議論，以達到「響導國民」、「監督政府」、推動變法的目的，那麼，書報上的文章起碼就要能較為準確地傳達出西方民主政體和哲學思想的精神，要便於「發其胸中所欲言」，要易於為廣大群眾所理解、所接受並因此而奮起，要富於鼓動力量。因為，「閱報之多寡，與援力之多寡有正比例，與阻力之多寡有反比例。」⑦ 而當時居於正統地位的文言，顯然是不足以當此大任，不足以言此功能。八股文為「功令之文」，但正如維新人士宋恕指出的：是「必極腐陋，又極纖巧，乃為合格。

---

⑦　譚嗣同：〈報貝元徵〉，《譚嗣同全集》，（中華書局，1981），頁221。

⑦　〈字林西報周刊譯稿〉，中國史學會編《戊戌變法》第3冊，（神州國光社，1953），頁497。

⑦　裘廷梁：〈無錫白話報序〉，《時務報》第61冊，1898年4月。

禁引子史，禁涉時政；忌諱深重，法限嚴苛。於是民間塾課，專錮聰明；墨守是督，博覽是戒；……連上犯下，消磨銳氣；細腰高髻，挫折英才；少壯精力，既竭於茲；先入爲主，神昏已久。」[74] 就是有「中興」幻象的桐城古文，也如後來新文化運動後起之秀傅斯年先生剖析的：「桐城家者，最不足觀，循其義法，無適而可。言理則但見其庸訥而不暢微恉也，達情則但見其陳死而不移人情也，紀事則故意顛倒天然之次叙，以爲波瀾，匿其實相，造作虛辭……故學人一經瓣香桐城，富於思想者，思力不可見；博於學問者，學問無由彰；長於情感者，情感無所用；精於條理者，條理不能常。由桐城家之言，則奇思不可爲訓，學問反足爲累。不常思力，而性靈終歸泯滅；不尚學問，而智識日益空流。」[75] 所以，文言必須突破，漢語書面語言應該變革，這是時代的需要。而「新文體」興起，自求解放，正是適應了時代的這一需要。

二、西學的影響

在本時期，無論是維新派，是革命派，還是更廣大的青年學人，他們的主要思想武器，都是「西學」；他們所極力引進的，大力宣講的，全力運用的，主要也都是「西學」。而當時的所謂「西學」，又稱「新學」，主要是指來自西方的哲學觀念、政治學思想、社會學學說、經濟學理論、邏輯學知識和自然科學原理。它們都與西方民族的思維方式相一致，與西方民族的語言系統相協調。現在要由中國人來

---

[74]　宋恕：〈六字課齋卑議・塾課章〉，胡珠生編《宋恕集》，（中華書局，1993），頁 125。

[75]　傅斯年：〈文學革新申議〉，《中國新文學大系・建設理論集》，（良友圖書公司，1936），頁 117。

引進、評介和宣傳，他們很快就感覺到，自己習慣使用的文言「庸訥而不暢微恉」，以致「思力不可見」，「條理不能常」，「學問無由彰」。即使是學貫中西的大家如嚴復者，一旦運用文言翻譯西書，也難免有「新理踵出，名目紛繁，索之中文，渺不可得，即有牽合，終嫌參差」之嘆，⑯ 難免有「以古今習用之說，譯西方科學中之義理。故文學雖美，而義轉歧」之譏。⑰ 所以，要引進西學，傳播西學，就必須突破文言的舊格局，創造合適的新文體。

　　事實上，大多數學人，尤其是留學日本或旅居日本的學人，在翻譯西方書籍、引進西方學理的實際操作過程中，爲了滿足國內對西學如饑似渴的需求，倉卒之間往往多用將外語（主要是日語）的語序前後顛倒、略加變化的直譯方式。有的留日學人甚至還借助「和文漢讀法」，譯書時「就在日本書上鈎鈎勒勒，不再另紙起稿」。⑱ 於是，一種「歐文直譯體」、「日文直譯體」便產生出來並流行甚廣了。這種「歐文直譯體」、「日文直譯體」最大的特點，就是詞法句法的歐化日化，新名詞結隊而來，長句子冠蓋相望、陌生而複雜的構詞方法和造句方法大大突破居於正統地位的文言原有的語法規則和語法習慣。剛剛接觸，總會覺得它特別新奇，生疏，彆扭；慢慢熟悉之後，才能逐漸看出，它雖然不夠流暢，但表達卻比較準確、嚴密，內涵卻比較豐富、深邃，而且別有風味，在文言之外另居一格。無論這樣的「直譯體」是如何粗陋、幼稚，然而卻成爲了突破文言舊格局的急先

⑯　嚴復：《天演論‧譯例言》，王栻編《嚴復集》第 5 冊，（中華書局，1986），頁 1322。

⑰　申報館〈最近之五十年〉，轉引自《論嚴復與嚴譯名著》，（商務印書館，1983），頁 33。

⑱　包天笑：《釧影樓回憶錄》，（香港大華出版社，1971），頁 220。

鋒，有著新奇時髦的事物特有的力量，爲「新文體」自求解放提供了
正反兩方面的借鑒。

三、先驅的啓迪

鴉片戰爭以後，滿清王朝「日之將夕」，民族前途「悲風驟至」。
救亡圖存、變法自強的歷史責任時時刻刻都壓在較早覺悟的中國人心
頭。爲此，一批批富於敏銳眼光、富於革新精神的讀書人，刻苦地鑽
研著新學，勇敢地抒發著議論，並且因此而逐步看清了文言的僵化、
桐城古文的陳舊。他們或者在理論上標新立異，或者在實踐中另闢新
途，都以各自不同的方式開始了變革漢語書面語的嘗試，並且留下了
有益的啓示。

龔自珍是在近代社會「大變忽開」之際，敢於「子子（孜孜）
創新，一空依傍，把向來的格調都解放了」（曾樸《譯龔自珍〈病梅
館記〉題解》）的思想家、文學家，一生都在努力追求文學表現形式
上的解放。他的散文，見識超卓，鬱怒情深，掃空凡猥，具有「心史
縱橫自一家」的特色，善於對社會現實出以巨大的形象概括。他的散
文，擯除套語，刊落膚詞，詞鋒辛辣，論辯奇悍，句式錯綜變化，縱
橫自如，顯現出一種宏肆奇恣的風貌。他以自己的巨大成就，把文言
「向來的格調，都解放了」。

馮桂芬是洋務派的思想家，又被維新派奉爲先導，以撰著政論
散文而爲政治改革作出貢獻。他的散文立論新穎，語言簡潔，形式活
潑，結構嚴密，說服力很強。長期的閱讀寫作實踐，使他成爲文體改
革的倡導者。他的著名文章〈復莊衛生書〉，便是文體改革的宣言。
他公開聲明：「獨不信（桐城）義法之說」，呼喚一種內容廣泛、抒
寫自由、不受陳法約束的新體散文。並且強調：「稱心而言，不必有

義法也；文成法立，不必無義法也。」大膽指責「操觚者以義法爲古文，而古文卑」。⑦ 他的反「義法」理論，實際上成爲了梁啓超「新文體」理論的先聲。

王韜是中國近代很有影響的政論家，他的：《弢園文錄外編》和《弢園尺牘》，是中國歷史上最早的報刊政論散文集。他也是文體改革的倡導者。在文體理論方面，他明確提出：「文章所貴在於紀事述情，自抒胸臆，俾人人知其命意，之所在而一如我懷之所欲吐，期即佳文」；直接宣布：「鄙人作文竊秉斯旨，往往下筆不能自休；若於古文辭之門徑則茫然未有所知，敢謝不敏」。⑧ 在寫作實踐方面，他運用自己文章的影響而使當時報刊上的文章向社會化、多樣化方向發展，從而逐漸形成一種報章日用的新體散文，爲後來「新文體」的產生起到了啟發和促動的作用。

時代氣息是每一個關心民族前途而又思想開明的人都可以感受到的。因此，即使是被奉爲桐城古文「中興」領袖的曾國藩，也很不滿意桐城古文的格調和風尙，因而倡議改造。他的改造，是以「文章與世變相因」爲前提，在理論上將「經世致用」的口號注入新的內容，用以取代桐城派「義理、考據、詞章」體系中「義理」的首要位置；⑧ 在實踐上直紹韓、柳，上追西漢，力圖爲古文帶來一種縱橫恣肆的奇瑰之氣。然而曾國藩對桐城古文的改造，並不能療治其保守、僵化，挽救其衰頹、沒落。但唯其如此，所以能從一個特殊的角度給梁

⑦ 馮桂芬：〈復莊衛生書〉，《顯志堂稿》卷5，校邠廬1876年刊本。

⑧ 王韜：《弢園文錄外編・自序》，《弢園文錄外編》，（中華書局，1959），頁3。

⑧ 曾國藩：〈歐陽生文集序〉、〈聖哲畫像記〉，《曾文正公全集》，（上海九州書局，1935），文集卷3。

啓超他們提供殷鑒，使他們下決心尋求新的自我解放之路。

四、首創者的努力

歷史事實表明，「新文體」的興起是與其首創者梁啓超的遠見卓識和崇高追求分不開的。梁啓超自幼就受到良好教育，以其過人的聰慧而對中國舊學中的歷史、哲學、文學和佛學都有很深的造詣。但自投身維新運動之日起，他就「以覺天下爲任」，[82] 有「思易天下之心」，刻苦地鑽研西方新學，自覺地撰作「覺世之文」，以「播文明思想於國民」爲大業，而不暇獨造無益於當世的「傳世之文」、「爲藏山不朽之名譽」計。在他看來，「覺世之文」與「傳世之文」在表達方式和語言風格上有很大的不同：「傳世之文，或務淵懿古茂，或務沈博絕麗，或務瑰奇奧詭，無之不可；覺世之文，則辭達而已矣，當以條理細備、詞筆銳達爲上，不必求工」，只求即時生效，爲當時群眾所理解。[83] 有了如此正大而明確的旨趣，無論是閱文還是作文，他都首先著眼於社會效果，而將語言和技巧的運用，服從於文章的社會效果，「過其時，則以覆瓿爲可也」。但中國古代讀書人卻一向把「文」看得很重，「蓋文章者，經國之大業，不朽之盛事」。[84] 凡有著作，即使當世不傳，也要「藏之名山，傳之其人」，以求流芳百世。梁啓超之所以養成了與傳統截然不同的價值觀，主要是因爲他「以覺天下爲任」。這正是啓蒙思想家的使命感，啓蒙思想家的宏偉抱負。

[82] 梁啓超：〈湖南時務學堂學約〉，《飲冰室文集》之2，（中華書局，1989），頁27。

[83] 梁啓超：〈湖南時務學堂學約〉，《飲冰室文集》之2，（中華書局，1989），頁27。

[84] 曹丕：《典論·論文》。

　　作爲啓蒙家和宣傳家，梁啓超認爲，要使文章「播文明思想於國民」而「以求振動已凍之腦官」，⑧⑤ 就不能襲用文言，不能屈服於文言的正統地位。這是因爲，文言「於當世應用之新事物、新學理，多所隔閡」，難以表現新學的新意境；⑧⑥ 文言「太務淵雅，刻意摹仿先秦文體，非多讀古書之人，一翻殆難索解」，難以將新學理、新思想，傳播於廣大民眾。⑧⑦ 所以，撰著者必須另闢新徑，別創新體。在他探索、試驗的過程中，日本明治初年的國語改良運動給了他巨大的啓迪和鼓舞。明治初年，受西方學術思想的刺激，日本思想界空前活躍，翻譯界異彩紛呈，並由此引發了國語改良運動。許多日本學者都深切地感到：「隨社會之累年發展，人事益趨繁密。故以往代舊時之文體，敘記現世之新事物，甚感局束。故將歐美之進步、且敘記繁密世事毫無遺漏之語法、文體移入，用於我現代文，極感便宜。余深信，日後歐文直譯體侵入我現代文勢必益盛。」⑧⑧ 於是，他們推行「歐文直譯體」，試驗「俗語文體」，大力改良日本國語，取得了明顯的成效。梁啓超避日本後，對此感受極爲親切。這不僅使他認識到「歐美、日本諸國文體之變化，常與其文明程度成比例」，⑧⑨ 從而堅定

---

⑧⑤　梁啓超：〈與嚴幼陵先生書〉，《飲冰室文集》之1，（中華書局，1989），頁108。

⑧⑥　梁啓超：《新民說·論進步》，《飲冰室專集》之4，（中華書局，1989），頁57。

⑧⑦　梁啓超：〈紹介新著·原富〉，《新民叢報》第1號，1902年2月。此語原是就嚴復以古文譯西書而發，但亦可看作他對文言的批評。

⑧⑧　矢野龍溪：〈文體論〉，轉引自夏曉虹《覺世與傳世》，（上海人民出版社，1991），頁248。

⑧⑨　梁啓超：〈紹介新著·原富〉，《新民叢報》第1號，1902年。

了突破文言文、創造「新文體」的決心和信心；而且使他找到了改革書面語言的範式，從而獲得了改進「新文體」使之不斷成熟的入手方法。

上述種種社會文化條件是相互聯繫、相互作用的，並且在特定的時代形成了一種巨大的合力。正是在這種合力的作用之下，「新文體」終於誕生了，成熟了，並且獲得了很大的成功。然而，任何文體的產生與演變，都是一個漸進和過程。在人口眾多、文化傳統力量強大的中國，在文言居於正統地位達兩千多年的中國，文體的演進尤其如此。因此，不難理解，「新文體」由產生而成熟，也有一個漸進的過程。

「新文體」曾經被一些學人稱爲「時務體」，或稱爲「新民體」，二者分別由梁啓超先後任主筆的《時務報》和《新民叢報》而得名。我們認爲，這兩個名稱是不確切的。「時務體」只能是「新文體」早期的形成形態，「新民體」只能是「新文體」後期的成熟形態，二者相加，才是完整的「新文體」。不過，這兩個不確切的名稱倒是正確地勾勒出了「新文體」由形成而成熟的漸進過程。

十九世紀六十年代以後，西方人在中國各地辦報紙、譯西書的活動進入了一個新的階段。他們之中有些報紙的主編人，如林樂知、李提摩太、李佳白、丁韙良等，不僅能講中國話，讀中國書，有中國名，而且還能用中文寫出流暢的文章，並都自稱是「中國之老友」，樂於以辦報紙、譯西書、寫文章的方式爲中國「輸入最近知識，振起國民精神，廣布基督恩綸」，在當時中國的政界和學界造成了廣泛的影響。⑨ 他們用中文譯西書、寫文章，當然顧不上「古文義法」。所

---

⑨　參見方漢奇：《中國近代報刊史》，（山西教育出版社，1981），頁23–29。

使用的詞彙，自然較多新名詞；所構造的長句，自然會有印歐語法的印痕；所運用的表達方式，自然免不了西洋韻味。這樣的書籍文章數量日多，流傳日廣，就自然而然地形成了一種新的特殊的文體。這種文體格調新奇，對桐城古文天然地有一種衝擊力量，引起了一些著名的中國政論家如鄭觀應等的喜愛。他們引爲借鑒，加以融化，再著新文，使這種體式逐漸完備起來。

一八九六年八月，梁啓超等在上海創建《時務報》。梁親自擔任主筆，開始了他宣傳家的事業。以他對新事物特有的敏感，以他與李提摩太等人的深厚關係，梁啓超在「日困於賓客，每爲一文則必匆迫草率，稿尚未脫，已付鈔胥」⑨¹ 的繁忙情況下，自然會注意到並喜愛上這種既富於表現力又可以縱筆舒卷的特殊文體。他和他的同志徐勤、麥孟華、歐榘甲等引爲參照，加以改造，注入自己的精神，融進自己的風格，創造出屬於他們自己的文體，然後破門而出，以此撰寫一系列著名的政論文章，如堅石擊水，如旋風掠地，被當時的人們稱爲「時務文體」。這類文章不容易裁章摘句以爲範例，勉強割取一個片段陳列如下：

> 道莫善於群，莫不善於獨。獨故塞，塞故愚，愚故弱；群故
> 通，通故智，智故強。星地相吸而成世界，質點相切而成形
> 體。數人群而成家，千百人群而成族，億萬人群而成國，兆京
> 陔秭壤人群而成天下。無群焉，曰鰥寡孤獨，是謂無告之民。
> 虎豹獅子，象駝牛馬，龐大傀碩，人檻之駕之，惟不能群也。
> 非洲之黑人，印度之棕色人，美洲、南洋、澳島之紅人，所占

---

⑨¹　梁啓超：〈與嚴幼陵先生書〉，《飲冰室文集》之 1，（中華書局，1989），
　　頁 107。

之地，居地球十六七，歐人剖之鈐之，若檻獅象而駕駝馬，亦
曰惟不能群之故。

群之道，群形質為下，群心智為上。群形質者，蝗蚊蜂蟻之
群，非人道之群也，群之不已，必盡天下，而卒為群心智之人
所制。蒙古、回回種人，皆以眾力橫行大地，而不免帖耳於日
耳曼之裔，蝗蜂蚊蟻之群，非人道之群也。群心智之事則賾
矣。歐人知之，而行之者三：國群曰議院，商群曰公司，士群
曰學會。而議院、公司，其識論業藝，罔不由學；故學會者，
又二者之母也。學校振之於上，學會成之於下，歐洲之人，以
心智雄於天下，自百年以來也。⑨

從中可以窺見到，「時務體」的基本句式，還是屬於道地的漢語句
型結構，但已經開始有了變化。如「卒為群心智之人所制」一句，以
「群心智」為定語修飾中心語「人」，又一起充當被動句中的主動
者，構成非常複雜的語法關係，在古代漢語書面語即文言中是難以見
到的。而「時務體」最顯著的特點則是：不避佛學詞語，不避詩詞典
故，大量地運用「新名詞」，如「質點」、「形質」、「心智」、「
議院」、「公司」之類；不避排偶，不避長比，大膽地創造一些新的
表達方式，如「國群曰議院」、「故學會者，又二者之母也」之類；
不避鋪張，不避直露，較多地注入作者特有的痛快議論的精神。這就
表現出了對文言的初步解放。

「時務體」一露頭角，就引起了強烈的反響，受到了廣大學人的
熱烈歡迎，梁啟超也因此而聲名大振。當時人稱讚他的文章「議論精

⑨　梁啟超：〈變法通議‧論學會〉，《飲冰室文集》之1，（中華書局，
1989），頁31。

審」，能使「草野爲之歆動」（羅振玉）；「雖天下至愚之人，亦當爲之蹶然奮興，橫涕集慨而不能自禁」（汪恩聖）。⑬ 以致報紙「一時風靡海內，數月之間銷行至萬餘份，爲中國有報以來所未有，舉國趨之，如飲狂泉」。⑭ 持重如嚴復者，亦評爲「述作率皆採富響閎，譬如扶桑朝旭，氣象萬千，人間陰噎，不得不散，適人木鐸之義，正如此耳。風行海內，良非偶然」⑮ 並「以覺世之責相督」。⑯ 但是，激烈地反對、抨擊「時務體」的也大有人在。如著名的守舊人物葉德輝就曾痛加指責：「自梁啓超、徐勤、歐榘甲主持《時務報》、《知新報》，而異學之詖詞，西文之俚語與夫支那、震旦、熱力、壓力、阻力、愛力、抵力、漲力等字觸目鱗比，而東南數省之文風日趨於詭僻，不得謂之詞章。」⑰ 這正好從反面加深了我們對「時務體」的特徵和影響的認識，尤其是「東南數省之文風日趨於詭僻」一句，不應輕輕放過。

儘管特徵比較顯著，影響如此廣泛，但「時務體」還只是「新文體」的早期狀態。「新文體」的真正成熟，是在梁啓超因戊戌政變亡命日本以後的四五年時間裡，其標誌是「新民體」的初試鋒芒。⑱

梁啓超一生，對日本人的認識經歷了從前期「覺日人之可愛可

---

⑬ 參見方漢奇：《中國近代報刊史》，頁83。

⑭ 丁文江、趙豐田：《梁啓超年譜長編》，（上海人民出版社，1983），頁68。

⑮ 嚴復：〈與梁啓超書〉，王栻編《嚴復集》第3冊，（中華書局，1986），頁514。

⑯ 梁啓超：〈與嚴幼陵先生書〉，《飲冰室文集》之1，（中華書局，1989），頁108。

⑰ 葉德輝：〈長興學記駁義〉，《翼教叢編》卷4，（1898年武昌重刻本）。

⑱ 以下關於這一問題的論述參考了夏曉虹《覺世與傳世》（上海人民出版社，1991）中的材料和意見，謹此說明。

欽」到後期「發現日人之可畏可怖而可恨」的變化過程。⑨⑨ 「戊戌
亡命日本時，親見一新邦之興起，如呼吸凌晨之曉風，腦清身爽。親
見彼邦朝野卿士大夫以至百工，人人樂觀活躍，勤奮勵進之朝氣，居
然使千古無聞之小國，獻身於新世紀文明之舞臺。」⑩⑩ 更令他興奮不
已的是，終於可以身歷其境自由自在地感受日本明治文化，並通過日
本明治維新成果去體認西方文化了。於是，一方面，「肆日本之文，
讀日本之書，疇昔所未見之籍，紛觸於目，疇昔所未窮之理，騰躍於
腦，如幽室見日，枯腹得酒，沾沾自喜」，⑩ 在精神上，心理上獲得
極大滿足；另一方面，因「廣搜日本書而讀之，若行山陰道上，應接
不暇，腦質爲之改易，思想言論，與前若出兩人」，⑩ 在思想觀念上
有一個明顯的飛躍。

　　此外，值得我們特別注意的是：第一，初到日本，梁啓超就刻苦
地學習日文，並在學習過程中發明了「和文漢讀法」。「和文漢讀
法」的要義與訣竅在於，「通其例而顛倒讀之，將其脈絡詞、語助詞
之通行者，標而出之，習視之而熟記之，則已可讀書而無窒閡矣」。
⑩ 這是他學習日文的要訣，也未嘗不是翻譯日文書籍的方法。「習
視之而熟記之」，必然會影響到他的寫作。第二，剛到日本，梁啓超
正好趕上日本的「國語改良」亦即「文體改良」運動的收穫時期，其
小說中的言文一致作品從一八九八年的百分之四十五，又上升到一八

⑨⑨ 吳其昌：《梁任公先生別錄拾遺》，轉引自夏曉虹《覺世與傳世》，頁177。
⑩⑩ 吳其昌：《梁任公先生別錄拾遺》，轉引自夏曉虹《覺世與傳世》，頁178。
⑩ 梁啓超：〈論學日本文之益〉，《飲冰室文集》之4，頁80。
⑩ 梁啓超：〈夏威夷遊記〉，《飲冰室專集》之22，頁186。
⑩ 梁啓超：〈論學日本文之益〉，《飲冰室文集》之4，頁81。

九九年的百分之五十七。⑩ 這至少使他和他的同志獲得了兩點深刻
的認識：一是文體必須隨民族文化變遷而變遷，「歐美、日本諸國文
體之變化，常與其文明程度成比例」，中國也不應例外；二是日本「
文體改良」的經驗，尤其是日本學人不以「歐文直譯體」「侵入」爲
非的態度，都是值得借鑑的。

　　因此，一八九八年底，《清議報》創刊，梁啓超開始在新的宣傳
陣地上大量撰寫文章時，他並不諱言自己「仿效日本文體」、追求
「日本式的文氣」的行爲。在〈論中國人種之將來〉一文的「撰者自
誌」中，他坦然地告訴讀者：

　　　日本某大政黨之機關報，其名曰《大帝國》，徵文於余，草此
　　　應之，因並以告我四萬萬同胞，各壯其氣焉。篇中因仿效日本
　　　文體，故多委蛇沓復之病，讀者幸諒之。⑩

檢視其全文，「仿效日本文體」而構造的句子時時可見。如劈頭的一
句「歐人中國分割之議」，即仿依日語賓語在動詞之前的語序；如「
今日中國之現狀，其受他力之橫加」，即仿效日本語的造句方式和表
達方式；如「且不寧惟是而已，他日於二十世紀，我中國人必爲世界
上最有勢力之人種，有可豫斷言者」，恐怕還是依照日本當時流行的
「歐文直譯體」的句式構造出來的倒裝句子。

　　對於這種由於仿效日本文體、追求「日本式的文氣」而形成的文
體風格，你可以認爲它摹仿痕跡太重，有「委蛇沓復之病」，顯得不

⑩　據〈日本近代文學大事典〉「言文一致」條，轉引自夏曉虹《覺世與傳世》，
　　頁245。
⑩　梁啓超：〈論中國人種之將來〉，《飲冰室文集》之3，頁48。

夠成熟；但你不能否認，它與「時務文體」已經有了明顯的差別，而
且其差別還主要表現在深層次的語法結構和表達方式上。它表明，作
者是有意要借助外部力量從中國舊的古文體中解放出來，是在自覺地
進行漢語書面語的變革。事實上，作者和他的同志後來又在不斷地努
力，將這種由於仿效日本文體而形成的文體風格進一步醇化、昇華，
到了一九〇二年以後的《新民叢報》時期，一種更爲純正、更爲成熟
的「新民體」終於誕生了。「新文體」已經完成了它由「時務體」到
「新民體」的發展過程。請看梁啓超先生自己的總結：

> 啓超既亡居日本，……復專以宣傳爲業，爲《新民叢報》、《
> 新小說》等諸雜誌，暢其旨義，國人喜讀之；淸廷雖嚴禁，不
> 能遏；每一冊出，內地翻刻本輒十數。二十年來學子之思想，
> 頗蒙其影響。啓超夙不喜桐城派古文，幼年爲文，學晚漢魏
> 晉，頗尙矜煉，至是自解放，務爲平易暢達，時雜以俚語韻語
> 及外國語法，縱筆所至不檢束，學者競效之，號新文體。老輩
> 則痛恨，詆爲野狐。然其文條理明晰，筆鋒常帶情感，對於讀
> 者，別有一種魔力焉。⑩

這一總結態度公允，敘事淸晰，分析全面，結論科學，本身就體現了
「新文體」的風采，已爲七十年來的學術界所公認，無需我們再加贅
語。

---

⑩　梁啓超：〈淸代學術槪論〉，《梁啓超論淸學史二種》，（復旦大學出版社，
　　1985），頁70。

〔貳〕　「新文體」的基本特徵和歷史價值

以梁啓超一八九九 — 一九〇六年的散文爲典型樣式的「新文體」，是漢民族思維方式和漢語發展到一定的階段，以梁啓超爲代表的人們在社會的急劇變化之中，根據變革民族文化的理論制度層面的需要，根據傳播新思想、表達「新境界」的需要，自覺地變革漢語書面語言的階段性成果。「新文體」本身也是一種複雜的文化現象，其基本特徵和歷史價值，既可以從語體風格的角度看，也可以從文章風格的角度看；既可以從它突破文言格局的角度看，也可以從它啓迪文學革命的角度看；既可以從它傳播新思想表達「新境界」的方式的角度看，也可以從它使「舉國趨之，如飲狂泉」的效果的角度看。還可以有其他更多的觀察角度。在這裡，我們還是從梁先生本人的總結所啓示的角度，來探討「新文體」的基本特徵和歷史價值。

「新文體」的基本特徵，主要在自求解放中表現出來，最突出的有：

一、大量地運用「新名詞」和「口語詞」

語言的詞彙，通常都是特定民族所認識所創造的事物的名稱，都是民族文化要素的標誌物。古代漢語書面語即文言的詞彙系統，是漢民族傳統文化的符號系統。一八九五年以後，面對著從西方如潮水般湧進的新事物、新觀念、新思想，文言的詞彙顯得如此陳舊而又貧乏。儘管許多詞語的意義被引申被扭曲，仍然不足以指稱新事物、表達新思想。爲了能有效地指稱新事物、表達新思想，「新文體」大

量地採用了多音節的涵義精確的「新名詞」和生動的口語詞，加以巧
妙的組織，並使它們廣布人口、長期流傳，成爲了漢語的新的基本詞
彙，成爲了民族文化的新的表達符號。關於這一特徵，我們只要隨手
摘出一兩段文字就能夠加以證實。如：

由此觀之，數百年來世界之大事，何一非以「自由」二字爲
之原動力者耶？彼民之求此自由也，其時不同，其國不同，其
所需之種類不同，故其所來者亦往往不同，要其用諸實事而
非虛談，施諸公敵而非私利一也。試以前所列之六大問題，
覆按諸中國：其第一條四民平等問題，中國無有也，以吾自戰
國以來，即廢世卿之制，而階級陋習，早已消滅也。其第三條
屬地自治問題，中國無有也，以其無殖民地於境外也。其第四
條信仰問題，中國更無有也，以吾國非宗教國，數千年無教爭
也。其第六條工群問題，他日或有之，而今則尚無有也，以其
生計界尚沈滯，而競爭不劇烈也。然則今日吾中國所最急者，
唯第二之參政問題，與第四之民族建國問題而已。（〈新民說
・論自由〉一九〇二年）

重視人民者，謂國家不過人民之結集體，國家之主權即在個人。
其說之極端，使人民之權無限，其弊也，陷於無政府黨，率
國民而復歸於野蠻。重視政府者，謂政府者國家之代表也，活
用國家之意志而使現諸實者也，故國家之主權即在政府。其說
之極端，使政府之權無限，其弊也，陷於專制主義，困國民永
不得進於文明。故構成一完全至善之國家，必以明政府與人
民之權限為第一義。（〈論政府與人民之權限〉一九〇二年）

以上兩段文字中，底下有點號的詞語都是與新理論體系中的新概念相對應的新名詞或口語詞彙。正是它們的大量湧現和被吸收，充實了漢語的詞彙體系，豐富了漢文化的符號系統，並且從一個角度促進了漢語原有語法規則的變化，提高了漢語的交際功能，使之能不斷地適應社會文化變遷的需要。

二、適當引進和吸收「外國語法」

作為語言的組合法則，語法既是人類思維長期抽象化工作的成果，又是幫助人類思維進行綜合的工具。因此，特定民族語言的語法規則，總是與該民族的思維方式特徵相聯繫、相適應、相一致的；語法具有民族性。當不同民族的人們運用語法規則組詞成句，以闡釋概念、進行推理、論述學理的時候，這一點表現的尤為明顯。為了更準確地闡述來自西方的並與西方民族思維方式特徵相一致的新觀念、新學理，「新文體」的創造者和應用者們常常引進和吸收「外國語法」，使之與漢語原有的語法規則相銜接、相融合，從而增長句子的附加成分，改變句子的結構方式，擴大其內涵，使漢語句子的結構複雜化，嚴密化，以便增強文章的表現力量和邏輯力量。這一特徵在梁啓超的論著中尤為突出。

（一）增長句子的附加成分：

漢語句子的附加成分是在不斷發展的。在「新文體」中，句子的附加成分比以往任何時候都更為發達，許多句子的豐富而深刻的內容，正是通過附加成分表達出來的。先看梁啓超論著中的幾處篇章的標題：〈近世文明初祖二大家之學說〉、〈托辣斯獨盛於美國之原因〉、〈論法律上信教自由之理〉、〈就優勝劣敗之理以證新民之結果而論及取法之所宜〉、〈封建制度之漸革由地方分權趨於中央集

權〉、〈貴族政治之消滅由寡人政治趨於一人政治〉、〈來喀尼士以後斯巴達之國勢〉。這樣的標題在「古文」中是難以找到的。它們之所以能夠清晰而準確地概括篇章的主要內容，揭示作者的基本觀點，並且在讀者最先的一瞥之中就留下周到、嚴密、富於邏輯力量的初步印象，主要是因為加長了其中的定語、狀語、補語等附加成分，使得語段中的中心詞得到了很好的限制、修飾、補充和說明，因而使深刻而複雜的意思得以組織在標題之中。再看〈敬告我國國民〉一文中的三個句子「某不敏，謹因正月初吉，寓書於《新民叢報》讀者諸君，冀以間接力得普達於我所敬、所愛、所戀、所崇拜、所服從之四萬萬國民」；「以數百年來所含擾亂之種子，磅礴以發泄於今日，其終非現時漂搖脆弱之政府所能善其後，有識者所同信也」；「嗚呼！我國民甚念諸，此後之中國，其所謂小破壞，無意識之破壞者，不出五年，而必將遍於國內」。在這類句子裡，定語的複雜程度，時間表示的精確程度，都是值得我們注意的，它是漢語表達能力進一步提高的標誌。此外，我們當然也不應忘記，作者通過增長附加成分，把一些在文言裡和口語裡可能分為幾句的話，改變組織方式，作為一句話說了出來，因此使句子的結構顯得緊湊而嚴密的事實。

（二）運用行為名詞：

在漢語特別是文言的語法傳統裡，行為用動詞表示，動詞一般用作謂語。要把一個聯貫而複雜的意思表達清楚，常常是一個行為用一個敘述句。而在「新文體」裡，則開始較多地運用行為名詞。先看幾個篇章的標題：〈中國史上革命之研究〉、〈中國封建之制與歐洲日本比較〉、〈羅馬共和國之建設及其滅亡〉，再看〈敬告我同業諸君〉一文中的兩個句子：「監督之道不一，約而論之，則法律上之監督，宗教上之監督是也」；「若立法，司法兩權之獨立、政黨之對

峙，皆其監督之最有效者也」。像「監督」、「獨立」、「對峙」、「研究」、「建設」這樣的行爲名詞的應用，就化零爲整，把原來需要幾個叙述句才能表達出來的意思組織到一個句子裡，使得文句涵義豐富，簡練嚴整，富於表現力，體現了思維方式的進步，體現了漢語句子構造方式發展的方向。

（三）構造多重複句:

複句是由兩個或兩個以上在意義上有某種關聯的單句組合而成的比較複雜的句子。這種句子容量大，表現力強，在論文中能表達具有複雜的邏輯結構的推理，常常具有說理周密，概括性強; 轉折剖析，抉擇分明; 條分縷析，捭闔自如等方面的表達效果。古漢語（文言）中的複句是大量存在的，但一般都是比較簡單的單層複句。而在梁啓超的論著中，結構複雜的多重複句卻大量存在。我們且拈出〈敬告我同業諸君〉一文⑩ 中的三個複句作點具體的分析:

　　政府者受公眾之委託，而辦理最高團體之事業者也，非授以全權，則事固不可得舉; 然權力既如此重且大，苟復無所以限制之，則雖有聖智，其不免於濫用其權，情之常也。故數百年來政治學者之所討論，列國國民之所競爭，莫不汲汲焉以確立此監督權爲務。

　　在泰西諸國，立法權、司法權既已分立，政黨既已確定者，而其關係之重大猶且若是，而況於我國之百事未舉，惟恃報館爲獨一無二之政監者乎? 故今日吾國政治之或進化，或墮落，其功罪不可不專屬諸報館。

---

⑩　梁啓超: 〈敬告我同業諸君〉，《飲冰室文集》之11，頁37。

報館者非政府之臣屬，而與政府立於平等之地位者也。不寧惟是，政府受國民之委託，是國民之雇傭也，而報館則代表國民發公意以為公言者也。故報館之視政府，當如父兄之視子弟，其不解事也，則教導之；其有過失也，則撲責之，而豈以主文譎諫畢乃事也。

每個讀者在文章中看到這類複句，都會感到它們都有剖析深刻、對照鮮明、推論有力、說理周密等特點，都是在曲折多變之中逐步地、巧妙地展現了統一而又完整的觀點。如果進一步觀察它們各自的內部結構，又都會看到這些多重複句中的每個分句之間，有連貫、假設、轉折、因果、讓步、選擇、遞進等多種關係，一種關係往往就是一層推理，許多有特定關係的分句按照一定的層次組合起來，就從不同的角度揭示了事物的辯證關係，形成了一股頗有威力的邏輯力量。從思維發展的角度看，人們都經常性地借助語言的幫助，進行這般環環相扣層層深入的推理活動，對於民族思維方式的不斷完善，無疑有著良好的促進作用。從漢語發展的角度看，人們都經常性地構造這般關係多樣、層次多重的複句，對於句法的精密化，當然會有深遠的影響。所有這些，在一定的意義上說，都是「雜以外國語法」的成果。

因此，所謂「雜以外國語法」，從表層上看，是引進和吸收若干外國語的語法規則，用來補充和完善漢語的語法規則；而從深層裡看，則是引進和吸收若干外國人的思維方法，用來補充和完善漢民族的思維方式。就當時的社會文化環境而言，這有助於更好地闡釋、消化和吸收西方文化的學術理論；而就民族的歷史發展而言，這又有益於漢民族心理素質的不斷提高。對此，我們不能單純著眼「文體改良」而等閑視之。

三、明晰的條理與充沛的情感相融貫

「新文體」的創建者們，特別是其傑出代表梁啓超，擅長運用推理的方法，在論述一個問題時，或者先就其情勢引出一個論點，或者先就其特性給出一個準確定義，然後引用許多具體的例證，按照邏輯分析的次序組織起來，逐步推導，環環相扣，有時以前提兼結論，有時變結論爲前提，再雜以一連串的比喻，一系列的排比，直到問題論證完畢。他們「筆鋒常帶情感」，善於聯綴感情色彩較濃的形象化詞語，採用感嘆、激動的名詞，將讀者引入文章特定的氛圍之中，與作者共呼吸、同哀樂，渾然連成一片，而忘記了自己的讀者身分。任何看了〈少年中國說〉、〈呵旁觀者文〉、〈過渡時代論〉等文章的人，相信都會在一定程度上有這樣的感覺。僅此而言，他們就已經突破了文言慣常的格調，創立起了嶄新的文章風格。

然而，更爲難能可貴的是，他們還往往將明晰的條理與充沛的情感融貫起來，將理智與感情融貫起來，使文章既富有邏輯力量，又富有感染力量，自有一種淋漓之氣充溢其間，使人聯想到孟子所說的「浩然之氣」。正如胡適先生在《四十自述》中指出的：他們是「抱著滿腔的血誠，懷著無限的信心，用他那枝『筆鋒常帶情感』的健筆，指揮那無數的歷史例證，組織成那些能使人鼓舞，使人掉淚，使人感激奮發的文章。」[108]

現節取《新民說・論進步》中的一段，略作分析，以資印證：

新民子曰：吾不欲復作門面語，吾請以古今萬國求進步者獨一

---

[108]　胡適：《四十自述》，載錄《胡適自傳》，（黃山書社，1986），頁49。

無二不可逃避之公例，正告我國民。其例維何？曰破壞而已。不祥哉，破壞之事也；不仁哉，破壞之言也。古今萬國之仁人志士，苟非有所萬不得已，豈其好為椒詭涼薄，憤世嫉俗，快一時之意氣，以事此事而言此哉！蓋當夫破壞之運之相迫也，破壞亦破壞，不破壞亦破壞。破壞既終不可免，早一日則受一日之福，遲一日則重一日之害。早破壞者，其所破壞可以較少，而所保全者自多；遲破壞者，其所破壞不得不益甚，而所保全者彌寡。用人力以破壞者，為有意識之破壞，則隨破壞隨建設，一度破壞而可以永絕第二次破壞之根，故將來之樂利，可以償目前之苦痛而有餘。聽自然而破壞者，為無意識之破壞，則有破壞無建設，一度破壞之不已而至於再，再度不已而至於三，如是者可以歷數百年、千年，而國與民交受其病，至於魚爛而自亡。嗚呼，痛矣哉破壞！嗚呼，難矣哉不破壞！

此雖為長篇之一段落，卻自具相對完整的結構和風格。第一層就其情勢引出論點，破壞為進步之公例，卻曰「不欲復作門面語」，「正告我國民」，表明論點是帶著滿腔血誠而出的。第二層照顧國民心理，後退一步，先言破壞之不祥、不仁，卻又為下文蓄勢。第三層借所蓄之勢，申言破壞終不可免，並變結論為前提，就勢論述了早破壞的意義。第四層在前面的基礎上進一步分論兩種破壞，在強烈的對比中說明有意識破壞之益，無意識破壞之害。這就既完成了對論點的論證，又向「我國民」貢獻出了可以採取的策略，是點睛之筆。最後以兩個感嘆句排比而來，將論證推向深層，同時也將情感推向高潮。既要說服讀者，又要感動讀者，既要訴諸理性，又要扣動心弦。然而，出人意料的是，就〈論進步〉全節來看，整個這一段又只是提出論點，下

文又將指揮那無數的歷史例證來作進一步的論證，大有峰迴路轉、波瀾迭起之勢。這或許可以從一個側面顯示出「新文體」將明晰的條理與充沛的情感相融貫的可貴。

「新文體」的特徵還有很多，而且都是那麼引人注目。這就使它「對於讀者，別有一種魔力焉」。當時黃遵憲就描述過這種魔力：

> 以公之才識，無論著何書，必能風靡一世。吾有一三十年故友，謂公之文，有大吸力，今日作此語，吾之腦絲筋隨之而去；明日翻此案，吾之腦絲筋又隨之而轉。蓋如牽傀儡之絲，左之右之，惟公言是聽，吾極贊其言。⑩

後來嚴復還追述過這種魔力：

> 至於任公妙才，下筆不能自休，……其筆端又有魔力，足以動人。主暗殺，則人因之而慨然暗殺矣；主破壞，則人又群然爭為破壞矣。⑩

當然，受主客觀條件的限制，以梁啓超文章爲代表的「新文體」，缺憾也是人所共知、人所共惜的：它在書面語言的變革上有其軟弱性和妥協性，半文半白，有精有蕪，語句時時雷同，用詞不免堆砌，行文偶而拖沓，論證時或隨意，準確性稍差，謹嚴性不夠等等。

「新文體」的歷史價值，我們認爲，主要可以從以下幾個角度考

---

⑩ 黃遵憲：〈與飲冰主人書〉，《梁啓超年譜長編》，（上海人民出版社，1983），頁350。

⑩ 嚴復：〈與熊純如書〉，《嚴復集》第3冊，頁632。

察：

「新文體」的歷史價值，首先表現在當時的社會文化背景下，它能開思想之新風，「激民氣之暗潮」。⑪ 正當國難頻仍，仁人志士為尋找民族前途、變革制度文化困擾、焦灼而需要新的啟示的時候，「新文體」將一整套西方近代民主思想體系，以嶄新的、富於表現力的、能較好地傳達出新精神、新境界的言語方式，引進來，加以闡釋，予以傳播，變成新的文化觀念或改革方案，使各階層的廣大讀者樂意接受，容易消化，從中獲見新的世界觀、新的思維方法，最終加速了變革中國制度文化的進程。那一時代的文苑新秀、論壇新兵以及廣大的熱血青年，從邵飄萍到張季鸞，從胡適到魯迅，從陳獨秀到民國諸公，無不有過一段崇拜梁啟超，熱愛「新文體」的熱烈時期。幾十年後，胡適先生還在《四十自述》裡深情地說：「嚴先生的文字太古雅，所以少年人受他的影響沒有梁啟超的影響大。梁先生的文章，明白曉暢之中，帶著濃摯的熱情，使讀的人不能不跟著他走，不能不跟著他想。有時候，我們跟他走到一點上，還想望前走，他倒打住了，或是換了方向走了。在這種時候，我們不免感覺一點失望。但這種失望也正是他的大恩惠。因為他盡了他的能力，把我們帶到了一個境界，原指望我們感覺不滿足，原指望我們更朝前走。跟著他走，我們固然得感謝他；他引起了我們的好奇心，指著一個未知的世界叫我們自己去探尋，我們更得感謝他。」郭沫若也能以他自己所習用的語言，比較客觀地描述那時青年一代的共同感受：「平心而論，梁任公地位在當時確實不失為一個革命家的代表。他是生在中國的封建制度被資本主義衝破了的時候，他負戴著時代的使命，標榜自由思想

---

⑪　梁啟超：〈清議報一百冊祝辭並論報館之責任及本館之經歷〉，《飲冰室文集》之6，頁55。

而與封建的殘壘作戰。在他那新興氣銳的言論之前，差不多所有的舊思想、舊風習都好像狂風中的敗葉，完全失掉了它的精采。二十年前的青少年，換句話說，就是當時有產階級的子弟 —— 無論是贊成或反對，可以說沒有一個沒有受過他的思想或文字的洗禮的。」⑫

「新文體」的歷史價值也表現在當時它引得「學者競效之」，從而在很大範圍內取代了文言的統治地位。「新文體」旋風捲起以後，從《清議報》出版之後到文學革命之前的將近二十年的時間裡，一般有地位、有影響的大報都拋棄了慣用的文言，採用了梁啓超式的語言。具體地說，當時鄒容的《革命軍》、宋教仁的諸多社論；稍後中國新聞史上第一個以採寫新聞出名的記者黃遠庸開創的風靡一時的解釋性通訊；《中國日報》和《時報》創辦得虎虎生風，因而各報競起模仿的「時評」；二十世紀初年在各報副刊上剛剛露頭角的「雜文」，在語言風格上都是對「新文體」的繼承和發展。威力所及，如黃遵憲所云：「乃至新譯之名詞，杜撰之語言，大吏奏摺，試官之題目，亦剿襲而用之。精神吾不知，形式既大變矣；實事吾不知，議論既大變矣。」⑬ 即使「以前罵康梁爲離經叛道的，至此卻不知不覺都受梁的筆鋒驅策作他的學舌鸚鵡了。」⑭ 這就說明，「新文體」已從根本上動搖了桐城古文的正統地位。更爲有趣的是，由於當時科舉考試廢八股而改試策論，「新文體」作品又成爲熱衷功名的士子們應考的枕中秘籍，《新民叢報》即被考生夾帶入場以應考試。⑮ 這又說明，「新文體」已奪取了八股文的特殊席位。

---

⑫　郭沫若：《少年時代》，（人民文學出版社，1979），頁112。

⑬　黃遵憲：〈水蒼雁紅館主人來簡〉，《新民叢報》第24號，1903年1月。

⑭　李劍農：《戊戌以後三十年中國政治史》，（中華書局，1965），頁38。

⑮　《新小說》第1號〈考試新笑話〉三則記載並諷刺此事，1902年11月。

　　「新文體」作爲自覺變革書面語言的階段性優秀成果，其歷史價值還在於，從理論上和實踐上徹底地動搖了文言的正統地位，爲白話運動和文學革命運動掃除了重要的障礙，提供了寶貴的借鑒，從而發揮了漢語書面語「過渡時代之英雄」的作用。人們有時會疑惑，梁啓超他們爲什麼終於沒有表現得更激進、更徹底一些，爲什麼沒有直接使用白話文寫作呢？我們認爲，這固然有其主觀的局限，同時也有其客觀的原因：由古白話演變而來的晚清白話文，作爲「俗語文體」，還處於「在野地位」，還不爲一般讀書人特別是粵語閩語吳語地區的讀書人所習用，因而難以很快地引進大量的「新名詞」，尤其難以吸收適當的「外國語法」，所以也就不可能立即適應闡釋新思想、表現「新意境」、記錄新時期中西文化交流的需要。作爲思想家和宣傳家，梁啓超的體驗是：「若用純白話體做說理文，最苦的是名詞不夠。若一一求其通俗，一定弄得意義淺薄，而且不正確。」⑯ 在當時的情況下，還有必要以讀書人習用的文言爲基礎，大量引進「新名詞」並「雜以外國語法」，從而創造出一種「新文體」來充當闡釋新思想、新理論，表現「新意境」、新精神的應急工具，以便及時而有效地宣傳群眾，激發群眾，組織群眾。所以「新文體」實際是以其理論和實踐成果，爲進一步變革漢語書面語言提供了必不可少的借鑒。夏曉虹認爲：「晚清的白話文不可能直接轉變爲現代白話文，只有經過梁啓超的『新文體』把大量文言詞彙、新名詞通俗化（引者按：還應加上把適當的『外國語法』中國化），現代白話文才超越了語言自身緩慢的自然進化過程而加速實現。」⑰ 是有一定道理的。

---

⑯　梁啓超：〈晚清兩大家詩鈔題辭〉，《飲冰室文集》之43，頁69。
⑰　夏曉虹：《覺世與傳世》，（上海人民出版社，1991），頁279。

　　事實上前人早已對此有深刻的認識。文學革命運動的闖將錢玄同在一九一七年就曾強調：「鄙意論現代文學之革新，必數及梁先生。」[118] 後來，鄭振鐸在〈梁任公先生〉中又指出：「新文體」「最大的價值，在於他能以他的『平易暢達，時雜以俚語、韻語及外國語法』的作風，打倒了奄奄無生氣的桐城派的古文，六朝體的古文，使一般的少年們能肆筆自如，暢所欲言，而不再受已僵死的散文套式與格調的約束，可以說是前幾年的文體改革的先導。」[119] 陳子展從中國文學史的角度考察「新文體」的歷史作用，也得出了相似的結論：「這種文體正從桐城派八股文以及其他古體文解放而來，比桐城派古文更爲有用，更爲合適於時代的需要。而且，這種解放是『文學革命』的第一步，是近代文學發展上必經的途徑。」[120]

　　有理由肯定，梁啓超首創的「新文體」的歷史價值已爲幾代學人所公認。他辭世以後，有一輓聯的上聯正是：「文開白話先河，自有勛勞垂學史」。[121]

第五節　白話文初試鋒芒

　　在「新文體」打破文言文的桎梏而成長起來並漸漸煥發出絢麗的光彩的同時，早期白話文運動在維新志士、革命黨人的大力倡導、認真嘗試和不斷推動之下，也合著新思潮湧動的節拍而逐步展開，由東

---

[118]　錢玄同：〈寄陳獨秀〉，《新青年》第 3 卷第 1 號，1917 年 3 月。

[119]　鄭振鐸：〈梁任公先生〉，《鄭振鐸文集》第 6 卷，（人民文學出版社，1988），頁 367。

[120]　陳子展：《中國近代文學之變遷》，（中華書局，1931），頁 122。

[121]　丁文江、趙豐田編：《梁啓超年譜長編》，（上海人民出版社，1983），頁 1207。

南沿海地區發展到全國大部分省市，與「新文體」風氣相呼應，形成了近代的第一次浪潮。白話刊物蓬勃興起，白話語體初試鋒芒，爲普及新思想、新觀念，爲促進漢語書面語的變革，加速漢民族共同語的成熟，貢獻了不可低估的力量。

〔壹〕　早期「興白話」的運動

　　文言之所以在唐宋以後逐漸失去生命力，日益爲廣大民眾所厭棄，不能很好地表達和傳播新思想，主要是因爲它越來越脫離了民眾的新鮮活潑的口語，詞彙系統趨於封閉，語法系統趨於凝定，造成了「語言與文字的分離」、士人社會與「下層社會」的隔離。所以，在十九世紀與二十世紀之交，變革漢語書面語的根本途徑，就是努力使書面語與口頭語盡可能地一致，使士人社會與「下層社會」的隔閡盡可能地消除，這是白話文運動的根本依據。

　　有一件不大的歷史事實，卻能給人們一點啟示。一八七六年三月，「申報」館創辦了一種白話報，名曰《民報》。「它的特點是在用白話寫的，每一句的末尾都空著一格，人名和地名的旁邊均以豎線號和點線號表明之。」目的「是使它可以達到《申報》所不能及於的階級，譬如匠人、工人和很小的商店裡的店員等」。⑫ 實現書面語與口頭語的最大一致，使白話文達到文言文所「不能及於的階級」，正是白話文運動的目標。然而，《申報》《民報》並沒有自覺地提倡「語言與文字合」，更不可能呼喚「興白話」的運動。

　　十九世紀末期，最先提倡「語言與文字合」而成爲白話文運動

---

⑫　《上海研究資料續集》，收錄於沈雲龍主編《近代中國史料叢刊》3 編第42 輯，（臺灣文海出版社），頁321。

先導的，是啓蒙主義者黃遵憲。早在一八八二年完成的名著《日本國志》中，他就專門設立了〈學術志〉，對日本進行文字改革、文體改革的改革情況進行認真的總結。爲了從比較研究中引出可供借鑒的東西，他還連帶探討了中國語言、文字、文體演變的某些規律。最後，他得到的結論是：「文字者，語言之所從出也」，「言有萬變，而文止一種，則語言與文字離矣」。「語言與文字離，則通文者少，語言與文字合，則通文者多，其勢然也」。從這一正確結論出發，他鄭重地提出了變革漢語書面語言的主張：「欲令天下之農工商賈婦女幼稚皆能通文字之用，其不得不於此求一簡易之法」，不得不「變一文體」，使之「適用於今，通行於俗」，成爲傳播新思想的利器。⑫ 很明顯，他是從「文字」即書面語言與社會思潮的關係，與「天下之農工商賈婦女幼稚皆能通文字之用」的關係中提出這一主張的。那麼，究竟如何「變一文體」，使「語言與文字合」呢？他的〈雜感〉詩提供了具體的意見：「我手寫我口，古豈能拘牽？即今流俗語，我若登簡編，五千年後人，驚爲古爛斑。」他所謂的「流俗語」，已經很接近後來人們所說的「白話」了。

　　維新思潮興起之際，梁啓超以他啓蒙宣傳家特有的敏感提出了建立「俗語文體」的主張。在他看來，要動員群眾，普及新的思想，改良舊的社會，就必須使語言與文字重新統一，必須採用「俗語文體」寫作民眾易於接受的通俗文章。他曾對人說「俗語文體之流行，實文學進步之最大關鍵也。各國皆爾，吾中國亦應有然。」⑫ 他還進一步認爲：「苟欲思想之普及，則此體（俗語）文非徒小說家當採

⑫　黃遵憲：《日本國志・學術志》卷33，轉引自《近代史資料》第 2 期，（中華書局，1963），頁 114–116。

⑫　楚卿：〈論文學上小說之位置〉，《新小說》第 7 號，1903 年 9 月。

用而已，凡百文章，莫不有然。」⑫ 他鄭重提出：「中國文字，衍形不衍聲，故言文分離，此俗語文體進步之一障礙，而即社會進步之一障礙也，爲今之計，能造出最適之新字，使言文一致者上也……。」⑫ 他將言文一致作爲促進社會進步的重要步驟。

　　第一個正式提出「廢文言、興白話」的富有戰鬥性的口號，並爲開展白話文運動而全力奮鬥的是維新士人裘廷梁。他原是無錫的一名舉人，後來撤棄科舉，轉而致力於西學。在維新思潮的鼓蕩之下，他逐步認識到，要改良政治制度，改革社會風氣，就必須普及西學、開啓民智；而要普及西學，開啓民智，就必須首先興辦報紙，而要使人人都能讀懂報紙，就必須從提倡白話、開辦白話報紙著手。一八九七年底，他邀約再從侄女裘梅侶，用白話演繹《格致啓蒙》，又約侄孫裘劍岑，用白話演繹《地球養民關係》，印刷送人，義務宣傳。一八九八年，他在《蘇報》上發表了著名的〈論白話爲維新之本〉的論文，從理論上闡述了書面語言的變革與維新運動的互動關係，論證了吸取世界各發達國家的歷史經驗，「廢文言、興白話」的重大意義。其中強調：

　　　　有文字爲智國，無文字爲愚國；識字爲智民，不識字爲愚民，
　　　　地球萬國之所同也。獨吾中國有文字，而不得爲智國，民識字
　　　　而不得爲智民，何哉？裘廷梁曰：此文言之爲害矣。
　　　　人類初生，……因音生話，因話生文字。文字者，天下公用之
　　　　留聲器也。文字之始，白話而已矣。……後人不明斯義，必取

⑫　〈小說叢話〉飲冰語，《新小說》第 7 號，1903 年 9 月。
⑫　楚卿：〈論文學上小說之位置〉，《新小說》第 7 號，1903 年 9 月。

古人言語與今人不相肖者而摹仿之，於是文與言判然為二。一
人之身而手口異國，實為二千年文字一大厄。
……由斯言之，愚天下之具，莫如文言；智天下之具，莫如白
話。若吾中國而不欲智天下，斯已矣。苟欲智之，而猶以文言
樹天下之的，則吾前所云八益者，以反比例求之，其敗壞天下
才智之民亦已甚矣。吾今為一言以蔽之曰：文言興而後實學
廢，白話行而後實學興。實學不興，是謂無民。⑫

基於「白話為維新之本」的認識，同年，他又毅然約集里中同志
顧述之、吳蔭階等，發起組織「白話學會」，力圖從維新運動的根本
處下手，身體力行，從事白話文運動的實際工作，並創辦了全國第一
家白話報《無錫白話報》。他還專門撰寫了〈無錫白話報序〉，著重
指出：

無古今中外，變法必自空談始。故今日中國將變未變之際，
以擴張報務為第一義。閱報之多寡，與愛力之多寡有正比例，
與阻力之多寡有反比例。甲午以後，報章盛行，惟日報摭拾細
碎，不變前式，披沙揀金，百才一二。外此旬報、月報、七日
報，皆當代通人主持報務，痛哭流涕，大聲疾呼，天下感動。
然每期銷報，最多者萬四千冊而止，曾不逮中國民數萬分之
一。職是之故，朝野上下非不漸生動力，而一愛萬阻，終於無
成；幸而成之，終於無效。……天下萬事萬物，皆生於民，成
於民。民智未啓，偶有興辦，患無專精之才，合群之助，保護

⑫ 原刊於 1898 年 7 月《蘇報》，轉引自《近代史資料》第 2 期，（中華書局，
1963），頁 120–123。

之方，堅守之力，識時之士。……欲民智大啓，必自廣興學校
始；不得已而求其次，必自閱報始。報安能人人而閱之，必自
白話報始。⑫

由於指導思想明確，該報認真嘗試白話文，以白話文「演古」、「演
今」、「演報」、「取中外近事，取西政西藝，取外人論說之足以藥
石我者，談新述故，務擷其精，間涉詼諧，以博其趣」。⑫ 因而發
行廣泛，影響很大，效益顯著。爲了能號召全國，後來又改名《中國
官音白話報》，將白話置於「官音」（即漢民族共同語語音）的基礎
上，使當時的白話接近後來的普通話，表現了創辦者裘廷梁的遠見卓
識。

　　與此同時，爲了互相呼應，壯大聲勢，裘廷梁主持的白話學會還
準備籌建「白話書局」，商定的宗旨是：「廣譯中西有用書，以餉天
下，務令識字之民，皆能開拓見聞，激發志氣，研究學術，舉二千年
來文人魔障一掃而空之。」與黃遵憲、梁啓超相比，裘廷梁把白話的
社會交際功能提到了一個更高的地位。可惜，由於條件限制，「白話
書局」最終沒有能夠建成，他們的宏大抱負未能得以實現。

　　然而，提倡白話文，進行書面語言的變革，並不是只要登高一呼
就能使天下雲集響應的，「二千年來文人魔障」也決非那麼容易「一
掃而空之」的。爲了排除保守意見，掃清運動阻力，裘廷梁曾經就文
言與白話優劣問題與同鄉友人鄧似周發生口舌之爭，與錢子泉發生筆
墨之爭。這種「白」「文」之爭，雖然規模很小，但已開「五四」白

---

⑫　裘廷梁：〈無錫白話報序〉，《時務報》第 61 冊，1898 年 5 月。
⑫　裘廷梁：〈無錫白話報序〉，《時務報》第 61 冊，1898 年 5 月。

話文運動的先河了。

　　一八九九年，著名教育家陳榮袞在《知新報》上發表題爲〈論報章宜改用淺說〉的文章，大力提倡報章改用白話，並批評若干：

> 　　維新諸君，縱橫議論，一言及秦始皇、明太祖，則怒髮衝冠，肆口謾罵，幾欲埋之於黑暗屎尿地獄而心始安者。此何故耶？爲此二君者以愚民爲定盤針耳。其愚民之旨，務欲使國民不識不知耳。然試問斥愚民之君主者諸君也，何以自作論說，又專用國民不曉之語，而甘作愚民之文乎？維新者固如是乎！ ⑬⓪

批評是辛辣的，意見是正確的，用心是友善的，影響所及，白話報大量出現，其他報刊也向語言的通俗化邁進了一大步。一九〇一年六月，杭州舉人項藻馨辦起了《杭州白話報》，鼓吹維新新政，提倡男女平權，促進移風易俗。一位熱心的讀者，某紳士家的鍾老太太，還響應號召，帶頭放足，並由此而促成了「杭州女子放足會」的成立，⑬① 特別爲白話語體的社會功能提供了一個例證。

　　歷史剛剛進入二十世紀，以孫中山先生爲核心的廣大革命者，就在海內外掀起了創辦革命刊物、發行革命書籍的宣傳熱潮。歷史的經驗和自身的體驗，使他們高度重視白話文傳播革命理論、動員廣大民眾的特殊功用，因而大力創辦各種白話報刊，撰著大量白話書籍，從而爲白話文運動增添了強勁的生力軍，使白話文運動以新的態勢向前發展。

---

⑬⓪　陳榮袞：〈論報章宜改用淺說〉，《近代史資料》第 2 期，（中華書局，1963），頁 127。

⑬①　參見方漢奇：《中國近代報刊史》，（山西教育出版社，1991），頁 263。

　　一九〇三年夏，革命者孫翼中接任了《杭州白話報》的總編輯，大刀闊斧，實施改造，以更爲新鮮活潑的白話文，抨擊清廷的媚外行徑，訴說民眾的悲苦生活，啓發讀者的革命思想。請看它的一則新聞和一則討論：

> 北京紀聞
>
> 皇城南海裡面，造洋樓一座，現在就好完工，太后近日催辦電燈機器。聽說這座大洋樓，專爲宴會各國公使之地。太后的待外人總算巴結呢！（一九〇三年第二十期）
>
> 我們做百姓的苦
>
> 據做報人的眼睛看來，覺得我們中國的百姓，沒有一刻它不在苦中作樂，沒有一刻它能夠自由自在。政府作威，百姓遭難，已是不平得很，還要借著賠款的名目，到處搜刮，無微不至。我們做百姓的，爲什麼要苦到這種地步呢？爲什麼單是我們做百姓的受苦呢？列位且想一想。（一九〇三年第二十九期）

像這樣敏銳的眼光，深刻的思想，純淨而親切的白話，自然會引起廣泛而熱烈的反響。

　　一九〇三年多，革命者林白水（白話道人）在上海創建了《中國白話報》，以生動潑辣的白話文，向讀者剖析迫在眉睫的瓜分形勢，闡發黃宗羲、王夫之的「攘夷」學說，傳播「思想自由，言論自由，出版自由」和「天賦人權，人類平等」等新思想，放言高論，震聵發聾，給予民眾以極大的啓發和鼓舞。特別值得注意的是，他對白話文社會功能的認識和做白話文的出發點，已經與裘廷梁等維新人士有明顯的不同：

......大家都道沒有別的法子，只好做白話報罷，内中用那刮刮叫的官話，一句一句說出來，明明白白，要好玩些，又要叫人容易懂些。儻使這報館一直開下去，不上三年包管各位種田的、做手藝的、做買賣的、當兵的以及孩子們、婦女們，個個明白，個個增進學問，增進見識，那中國自強就著實有望了。⑬

顯然，他們與「種田的、做手藝的、做買賣的、當兵的」走得更近了。

　　自覺地把白話文章變成一枚枚炸彈，投向黑暗的社會，真正實現了自己「作書報以警世」的宏大志願的革命宣傳家，是青年陳天華。他少年時即喜歡閱讀《二度梅》、《陶澍私訪南京記》等彈詞小說，「間嘗摹擬，仿其文體作通俗小說或山歌小調」。⑬⑬ 這使他很早就能體驗到「俗語文體」的特殊傳播功能，能熟練地運用「俗語文體」表達思想。因此，後來在革命思潮的鼓蕩下，又能寫出像《猛回頭》、《警世鐘》這樣足以讓「革命之思潮，幾不可遏止」⑬⑭ 的傑作，請看《警世鐘》裡的一段：

快呀！快呀！快呀！我這個人人笑罵個個欺凌將要亡的中國，一朝國勢弄得蒸蒸日上起來，使他一班勢利鬼，不敢輕視，

---

⑬　林白水：〈中國白話報發刊詞〉，轉引自《辛亥革命前十年間時論選集》第 1 卷，（三聯書店，1978），頁 604。

⑬⑬　楊源濬：〈陳天華殉國記〉，《湖南歷史資料》第 1 期，（湖南省政治協商會議文史資料委員會，1959），頁 127。

⑬⑭　曹亞伯：《武昌革命真史》，（上海書店影印本，1982），頁 4。

倒要恭維起來。見了中國的國旗，莫不肅然起敬，中國講一句話，各國就奉為金科玉律。無論什麼國，都要讚嘆我中國，畏服我中國，豈非可快到極處嗎？我這全無知識全無氣力要死不死的人，一朝把體操操得好好兒的，身子活活潑潑，路也跑得，馬也騎得，槍也打得，同著無數萬相親相愛的同胞，到了兩軍陣前，一字兒排開，炮聲隆隆，角聲嗚嗚，旌旗飄揚，鼓聲雷動，一聲喊起，如山崩潮湧一般，衝入敵陣，把敵人亂殺亂砍，割了頭顱，回轉營來，沽酒痛飲，豈非可快到極處嗎？
⑬

這裡，震撼人心的，除了作者那熾烈的愛國激情以外，還有融貫著這激情的語言。它既與口語一致，又是口語的提煉，表現了當時白話文的風采。

十九世紀末二十世紀初興白話浪潮的標誌，是白話報刊的大量湧現。在這一時期，先後創辦起來的白話報刊還有《蘇州白話報》、《常報》、《揚子江白話報》（以上江蘇）；《白話新報》、《京話報》、《京話時報》、《京話日報》、《勸業白話報》、《京津白話報》、《官話簡字報》、《簡字報》、《正宗愛國報》、《官話北京實報》、《京話實報》、《白話國民報》、《北京官話報》、《正宗白話報》（以上北京）；《新中國白話報》、《智群白話報》、《白話報》、《啓民愛國報》、《愛國白話報》（以上上海）；《浙江白話報》、《白話新報》、《湖州白話報》、《寧波白話報》、《紹興白話報》（以上浙江）；《安徽白話報》、《蕪湖白話報》（以上安

⑬　陳天華：《警世鐘》，引自《中國通史參考資料》近代部分下冊，（中華書局，1980），頁279。

徽）；《南潯通俗報》、《江西新白話報》（以上江西）；《武昌白話報》、《通俗報》（以上湖北）；《湖南通俗報》、《長沙演說通俗報》、《通俗教育報》、《俚語日報》（以上湖南）；《正俗白話報》、《成都啓蒙通俗報》（以上四川）；《山西白話報》、《晉陽白話報》（以上山西）；《直隸白話報》（河北）；《福建俗話報》（福建）；《濟南白話報》（山東）；《桂林白話報》（廣西）；《廣東白話報》、《嶺南白話報》、《潮州白話報》、《潮聲》（以上廣東）等，就連外事方面也有《外交俚語報》，西北邊陲也辦起了《伊犁白話報》（新疆）、《蒙古白話報》（蒙古），日本的東京也出現了《新白話報》、《白話》等。⑬ 這些白話報刊互通聲氣，相互轉載文章，造成了很大的聲勢。而作爲過渡狀態，還有許多非白話報刊，由於受「興白話」浪潮的影響，也發表了一系列白話文章，例如戊戌變法運動期間湖南維新派主辦的《湘報》就發表過皮嘉祐的〈平等說〉、〈醒世歌〉和吳鳳笙的〈大家想想歌〉等生動活潑的白話作品，產生了很大的反響。再如一九〇二年《大公報》也刊登了不少白話文章。在該報六月十七日登出的白話文章〈講看報的好處〉的後面，編者還特意寫了這樣一道〈附語〉：「近有許多西友囑本館演一段白話附在報上，爲便文理不深之人觀看，未嘗非化俗美意。本館不嫌瑣碎，得便即用官話寫出幾條。」儘管語氣有些輕慢，但他們抵擋不住「興白話」浪潮的衝擊，卻是明明白白的事實。

---

⑬ 關於本時期白話報刊的數量，方漢奇《中國近代報刊史》說：「從十九世紀末到二十世紀初，國內陸續創辦的各種政治傾向的白話報紙不下五十種」（第263頁）。陳萬雄在〈革命派與清末民初的文學革新運動〉中認爲：「清末最後約十年時間，出現過逾百份白話報和雜誌」（《辛亥革命與近代中國》，中華書局1994年出版，頁1103）。

　　值得注意的是，這一時期的白話報刊有很多還常常發表一些有
關兒童文學的論文和作品。《杭州白話報》的編者認爲：「兒童幼時
智識，至老不忘，教師最好把些愛國的故事，爲人的箴言，替兒童演
說，就可以養成兒童愛國心，陶鑄兒童天良性。」林白水在《中國白
話報》的「發刊辭」中申明：本報開闢「歌謠」專欄，做些歌謠，「
送把各位阿哥姑娘們唱唱，雖是些俗語，卻比那尋常的小兒謠好的多
了。」劉光漢在《中國白話報》十一期（一九〇四年四月一日）刊載
的歌謠〈美哉中國歌〉的前記中特別強調：「現在的中國人，雖曉得
說愛國，但中國從前的好處，還是一點兒不曉得，那裡能夠愛國。我
曉得這弊病，正想做幾首愛國的歌謠，給你們小孩子唱。」「歌謠的
好處」，就在於「影響很大」，可以促使讀者「愛國的心自然油然而
生」。白話文運動波及到廣大「阿哥姑娘們」的心靈裡，足以說明它
已經開始向縱深發展了。

　　白話文運動興起以後，很快就開始與教育改革結合起來，其主
要結果是首批「便幼學」的白話教科書的出現。維新運動的骨幹，教
育改革的積極奉行者廣東陳榮袞是中國編印通俗小學教科書的第一
人。早在一八九五年，在救亡運動的推動下，他就試行編寫了非常通
俗的《婦孺須知》二卷，並且在〈例言〉中指出：「中國士人向不講
逮下，……今日編書，宜爲極貧極愚之國民設法，乃爲有補大局。」
一八九八年，他東渡日本，考察小學教育，調查小學教材，受到了很
大的啓發。回國後立即著手編印白話小學讀本。戊戌變法失敗後，他
又在澳門創辦了蒙學書塾，並以這所學校爲基地，大力改革教育。他
一方面廢止小學讀經的舊規，一方面採用日常生活題材編印白話教
材供師生使用。他編印的書刊多達三十六種，其中有《婦孺三字書》
一卷，《婦孺新讀本》八卷。同時，他還提出了「至淺至顯」的編寫

小學教材的原則和標準，在當時是一個很有意義的創舉。浙江教育家
施崇恩在主持上海彪蒙書室的工作時，也編印了大量的具有新內容、
新思想的白話教科書。他編印的書，如《繪圖識字實在易》、《繪圖
蒙學造句實在易》等，都有一幅幅圖畫，有「白話解說」和「文話解
說」，圖文並茂，便於初學，在推廣白話文方面取得了很好的效果。
另外還出版有用白話譯文對照的《四經新體速成讀本》，銷行二十多
版，各地小學都用作課本，但卻遭到清政府通令禁用，因為它有傳播
維新思想的嫌疑。⑬⑦

　　這一時期在「小說界革命」中不斷湧現出來的白話小說，也為早
期白話文運動大長了聲勢。隨著戊戌前後資產階級文化運動的高漲
和西方文學理論的輸入，人們對「小說與群治之關係」有了全新的認
識。他們一反前人輕視小說的傳統觀念，轉而重視小說對於讀者的「
熏（感染）、浸（浸潤）、刺（刺激）、提（同化）」的作用。梁啓
超還大聲疾呼：「今日欲改良群治，必自小說界革命始；欲新民，必
自新小說始。」⑬⑧ 於是，一大批暴露舊社會、宣傳新思想、反映改
革要求的「新小說」不斷湧現出來。這些小說大都以城市市民階層為
主要讀者對象，因而採用了富於表現力量，為群眾喜聞樂見的白話形
式。據估計，這一時期比較流行的白話小說有一千五百種以上，⑬⑨ 「
政治小說」絕大多數都是採用白話寫作的。我們只要翻閱一下這一時
期最有影響的小說如《官場現形記》、《二十年目睹之怪現狀》、《
老殘遊記》等等，對此就可以有一個深刻的印象。白話成就了這些小
說，同時又隨著這些小說的廣泛流行而得到大力推廣，隨著這些小說

---

⑬⑦　材料引自譚彼岸：《晚清的白話文運動》，（湖北人民出版社，1956）。
⑬⑧　梁啓超：〈論小說與群治之關係〉，《飲冰室文集》之 10，頁10。
⑬⑨　譚彼岸：《晚清的白話文運動》，（湖北人民出版社，1956），頁 3。

的影響的擴大而提高其地位。

在白話文運動日益獲得廣大民眾的支持和同情的時候，上海出現了一部《繪圖白話字彙》（無出版年月、著者姓名）。這是第一部最通俗的白話字典。其編輯方法是：每字先注四聲，後注同音字，加插繪圖，再作白話解釋。例如，「丈，上聲，十尺叫一丈。又妻的父親叫丈人。又凡長輩通叫丈。又凡長輩叫丈。又函丈是業師的稱呼。又方丈是和尚所住的地方。」「橙，平聲，音澄。新會的橙，同橘子一類的果品。」白話字典的產生，不但反映了社會下層學習的需要，而且說明了白話文運動已經發展到了比較深入的程度。此外，當時有程佑甫其人，編寫《論說入門》，其中不僅有〈白話序〉，而且還對「作文法十六條」每條都用白話解說。這也從一個角度顯示出「興白話」浪潮影響之深遠。

最後，應該大書一筆的是，後來的新文化運動領袖、「革命文學」的首倡人陳獨秀和胡適之，也以朝氣蓬勃的姿態參加了本時期的白話文運動，取得了引人矚目的成績。

一九○四年三月，陳獨秀在安慶創辦了《安徽俗話報》（不久遷往蕪湖）。在〈開辦安徽俗話報的緣故〉中，他申言：「第一是要把各處的事體，說給我們安徽人聽聽，免得大家躲在鼓裡，外面事體一件都不知道」；「第二是要把各項淺近的學問，用通行的俗話演出來，好教我們安徽人無錢多讀書的，看了這俗話報，也可以長點見識」。並強調：「要用頂淺俗的話說，教大家好通達學問，明白時事，並不是說些無味的俗話」。⑭為了實現使「無錢多讀書的」「明白時事」、接受新學的宗旨，他為該報特設了論說、新聞、歷史、地

---

⑭　陳獨秀：〈開辦安徽俗話報的緣故〉，《安徽俗話報》第 1 期，1904 年 8 月發行。

理、教育、實業、小說、詩詞、閑談、行情、要件、來文等欄目，以通俗活潑的白話，控訴西方列強掠奪安徽礦山資源的行徑，激發廣大讀者的愛國思想，在社會上引起了強烈的回響，終於因爲言論激烈而被地方政府勒令停刊。

一九〇八年八月，年僅十七歲的中國公學學生胡適，接任了頗有聲譽的《競業旬報》主編。該報爲旬刊，一九〇六年十月由傅君劍等創辦於上海，「專以提倡民族主義爲宗旨」，並完全以白話寫作。在任主編前後，胡適以流利的白話寫作了大量的文章，闡釋科學知識，倡議教育改革，宣揚愛國主義，擴大了該報的範圍和影響，他自己也因此得到了白話文的訓練。他自豪地說過：「白話文從此成了我的一件工具，七八年之後，這件工具使我能夠在中國文學革命的運動裡，做一個開路工人。」⑭ 從這裡，我們可以清楚地看到早期白話文運動與後來的文學革命運動之間的內在關聯。

〔貳〕 早期白話文的鋒芒

在文言居於正統地位達兩千年的情況下，在桐城古文「中興」的彩影還沒有消失的情況下，「廢文言，興白話」之所以能夠形成一股股很有衝擊力的浪潮，首先當然是由於它適應了時代的需要，與變革民族制度文化的活動即維新變法運動和民主革命運動有著較爲一致的運動節奏；由於它有一定的社會文化基礎；但同時，也是由於它一當脫穎而出，即能顯露鋒芒，爲社會各階層所注目。

早期白話文的鋒芒，是在與文言文、與舊思想、舊觀念的論爭中

---

⑭　胡適：《四十自述》，引自《胡適自傳》，（黃山書社，1986），頁62。

顯露出來的，主要表現在理論和運作兩個方面。

一、白話文理論的鋒芒

　　早期白話文運動的倡導者們，從裘廷梁一類的維新者，到林白水一類的革命者，大都有著對於文言的正統地位的挑戰精神，在書面語言變革方面和語言與文化關係方面提出過一系列有一定理論深度的觀點。如果將這些觀點加以整理，就可以顯現出它自己在特定態勢中的鋒芒：

（一）倡導者們自覺地使白話文運動服務於改造中國的政治文化運動：

　　語言運動常常是與思想運動、社會變革緊密相聯的，它們之間往往有著一種互動或共變的關係。早期白話文運動的倡導者們的言論和實踐都在一定程度上適應，並且發展了這種關係。一八九八年裘廷梁不但在《蘇報》上發表文章，明確提出「白話為維新之本」的論斷，而且在〈無錫白話報序〉中公開申明自己的宗旨：「無古今中外，變法必自空談始，故今日中國將變未變之際，以擴張報務為第一義。閱報之多寡，與愛力之多寡，有正比例；與阻力之多寡，有反比例。……欲民智大啟，必自廣興學校始。不得已而求其次，必自閱報始。報安能人人而閱之，必自白話報始。」這就是說，自己提倡白話，根本目的是為了普及西學，廣開民智，在「中國將變未變之際」為變法增添愛國力，排除阻力。他還滿懷信心地說：「以話代文，俾商者、農者、工者、及童塾子弟，力足以購報者，略能通知中外古今及西政西學之足以利天下，為廣開民智之助。他縣有踵行者乎？余日望之。」由此即可看出，他們思想之明確，宗旨之正大，願望之急切，是很使人感動的。經過戊戌變法的洗禮，到了一九○一年，在北

京創刊的《京話報》在創刊號的「緣起」中，更是從更廣闊的社會
文化背景上進一步指出：提倡白話，創立白話報，就是基於「要望中
國自強，必先齊人心；要想齊人心，必先通語言」的道理。這一番道
理，已經達到了較高的理論水準，包含了豐富的理論內涵。

　　如果說，在維新志士的心目中，改造中國的政治運動不能不具有
改良的性質，因而他們倡導白話文的目的還有將儒家經典「譯以白
話，間附今義，發明精奧，庶人知聖教之大略」⑭ 的成分，那麼，在
革命黨人的心目中，改造中國的政治運動就不能不具有革命的性質，
因此他們倡導白話文的目的，就是要使之成爲動員民眾、推翻清朝的
利器。林白水在《中國白話報》的〈發刊詞〉中就明確提出：倡導白
話文就是爲了使「各位種田的、做手藝的、做買賣的、當兵的」「個
個增進學問，增進識見」，而「我們不讀書的這輩英雄，倘然一天明
白起來，著實利害可怕得很」。他還在《中國白話報》第十一期上異
常興奮地說：「巴不得我這本白話報變成一枚炸彈，把全國種種腐敗
社會炸裂了才好！」這當然不是林白水個人的觀點，而是革命黨人的
共同願望，陳天華的《猛回頭》、《警世鐘》不就是一枚枚投向黑暗
社會的炸彈嗎？

（二）倡導者們自覺地吸收歐洲文藝復興的歷史經驗，將白話文作為
　　　思想啟蒙的工具：

　　早期白話文運動是在中西文化剛剛開始在理論、制度層面衝突
的背景下發生的。當時中國先進的知識者們，在極力參照西方模式
和平地改造中國政治制度的同時，還努力學習西方的各種社會科學
理論和歷史，以便探尋走向富強的道路，並對中國的傳統文化作些修

---

⑭　裘廷梁：〈論白話爲維新之本〉，《辛亥革命前十年間時論選集》第 1 卷，（
　　三聯書店，1978），頁 40。

正和補充。所以，他們的視覺很自然地觸及到了歐洲文藝復興時期語言變革的歷史和意義，而這又正好暗合了語言運動的某些共同規律。在《日本國志‧學術志》中，黃遵憲曾經告誡人們：「余聞羅馬古時僅用臘丁語，各國以語言殊異，病其難用。自法國音以法音，英國易以英音，而英法諸國文學始盛。」梁啓超在〈沈氏音書序〉中也特別指出：「西人既有希臘拉丁之字，可以稽古，以待上才，復有英法德各國方音，可以通今，以逮下學。使徒用希拉古字而不濟以今之方音，則西人文言之相離，必與吾同。」⑭⑬而裘廷梁在〈論白話爲維新之本〉中闡述得更加清晰：「泰西人士既悟斯義，始用埃及象形字，一變爲羅馬新字，再變爲各國方言，盡譯希臘、羅馬之古籍，立於學官，列於科目，而新書新報之日出不窮者，人無智愚，各皆讀之。是以人才之盛，橫絕地球，則歐西用白話之效。」

後來，林白水主編的《中國白話報》和蔡元培主編的《警鐘日報》又分別進一步指出：

> 他們外國人把文字分做兩種：一種是古文，就是希臘拉丁的文；一種是國文，就是他們本國的文字了。本國文字沒有一人不通的，因他那種文字和說話一樣，懂了說話，便懂文法，所以隨便各種的書報，無論什麼人都會看了。那種古文，不一定個個要學他，所以平常的人就是不懂古文也不要緊。⑭⑭
>
> 歐洲當十六世紀以前，學校之教科，僅誦古人之書籍，而本國之言卒未見用於文學。自達泰氏以本國語著書而國民精神因之

---

⑭⑬　梁啓超：〈沈氏音書序〉，《飲冰室文集》之2，頁2。

⑭⑭　林白水：〈中國白話報發刊詞〉，《辛亥革命前十年間時論選集》第1卷，頁604。

　　暢達，此固西人言文合一之證也。⑭

　　所有這些議論，不僅大體上符合歐洲文藝復興時期語言運動的實際，而且從中比較正確地引出了當時中國學人應該借鑒的東西。胸懷是寬闊的，態度是正確的，針對性是很強的，很能代表本時期白話文運動倡導者們相聯貫的思想認識，在當時無疑有啓發作用。

（三）倡導者們對語言發展的規律有所認識，能從理論上揭露文言的危害，論證白話的合理：

　　要救中國，就要變法；要變法就要廣開民智；而要廣開民智，就要提倡白話。因爲「愚天下之具，莫如文言；智天下之具，莫如白話」，所以「欲稍以新學之事理，激刺其腦部，而變換其知識，厥途有三：曰白話報，曰宣講，曰戲曲。」⑭ 這是當時白話文運動倡導者們的共同認識和流行說法。教育家陳榮袞甚至對「維新諸君」提出了這樣的詰問：「然試問斥愚民之君主者諸君也，何以自作論說，又專用國民不曉之語，而甘作愚民之文字乎？維新者固如是乎！」⑭ 裘廷梁更是對文言大加撻伐，對白話備致讚揚。他在〈論白話爲維新之本〉中不但大聲疾呼：「有文字爲智國，無文字爲愚國。識字爲智民，不識字爲愚民，地球萬國之所同也。獨吾中國有文字，而不得爲智國，民識字而不得爲智民，何哉？裘廷梁曰：『此文言之爲害矣』。」⑭ 而且從「省日力」、「便貧民」等八個方面論述了白話之

---

⑭　〈論白話報與中國前途之關係〉，《警鐘日報》，1904 年 4 月 25 日。

⑭　〈天津學務總董林兆翰等稟提學司改良戲劇文〉，引自《近代史資料》第 2
　　期，（中華書局，1963），頁 138。

⑭　陳榮袞：〈論報章宜改用淺說〉，引自《近代史資料》第 2 期，頁 127。

⑭　裘廷梁：〈論白話爲維新之本〉，引自《近代史資料》第 2 期，頁 120。

益，以中外歷史上語言變革的事實證明了白話之效。特別難能可貴的是，倡導者們還初步探討了語言的起源和演變的規律，從語言學理論的高度論證了白話的合理性。

一八九七年，陳榮袞在〈俗話說〉中曾經強調：「講話無所謂雅俗也。雅俗既無定，使必重雅而輕俗，不可解也。使必求雅而棄俗，尤不可解也。古人因俗話而後造字，今人尋古俗話之字而忘今俗話之字，是相率爲無用之學也。」⑭ 一年以後，裘廷梁的〈論白話爲維新之本〉則進一步指出：「人類初生，匪直無文字，亦且無話。咿咿啞啞，啁啁啾啾，與鳥獸等，而其音較鳥獸而繁。於是因音生話，因話生文字。文字者，天下公用之留聲器也。文字之始，白話而已矣。」在正確而又明白地揭示了文字和書面語言的產生及其功用之後，他又告訴人們：上古帝王的「文告皆白話，而後人以爲佶屈難解者，年代綿邈，文字不變而言語變也。」這本來是漢語演變過程中的事實，可是「後人不明斯義，必取古人言語與今人不相肖者而摹仿之，於是文與言判然爲二。一人之身而手口異國，實爲二千年來文字一大厄。」⑮ 應該說，他們的這些論述，論點是正確的，論據是可靠的，推理是符合邏輯的，在當時有著很大的說服力。

一九〇二年，無名氏作〈論中國文章首宜變革〉，又從另一個角度作了補充論證：「夫《左》《國》時代有《左》《國》之文，《史》《漢》時代有《史》《漢》之文。……欲用數千年前有限之死語，寫今日無數活事，安能悉中肯綮哉！」⑮ 以歷史主義的觀點立論，公然宣判文言爲「死語」，確認古代的「死語」不能表述今日的

---

⑭　陳榮袞：〈俗話說〉，引自《近代史資料》第 2 期，頁 116。

⑮　裘廷梁：〈論白話爲維新之本〉，《近代史資料》第 2 期，頁 120。

⑮　闕名：〈論中國文章首宜變革〉，《近代史資料》第 2 期，頁 130。

活事，這在思想理論上是一個可喜的飛躍。一九〇六年，《競業旬報》第一期發表了以「大武」署名的文章〈論學官話的好處〉，明確斷言：「要救中國，先要聯合中國的人心。要聯合中國的人心，先要統一中國的言語，這才是變弱爲強的下手第一著。」⑭ 將「統一言語」看作是「聯合人心」的必要前提，其理論觸覺顯然觸及了「語言與文化」特別是書面語言與文化心理的關係問題，在理論上達到了可貴的深度。這些觀點對十五年後發動文學革命運動的胡適、陳獨秀等都是很好啓示。

當然，早期白話文運動的倡導者們，主要是維新人士，在思想理論上的局限是應充分注意到的。正如胡適在〈文學革命運動〉一文中指出的：「這些人可以說是『有意的主張白話』，但不可說是『有意的主張白話文學』。他們的最大缺點是把社會分作兩部分：一邊是應該用白話的『他們』，一邊是應該做古文詩的『我們』。」⑮ 所以，一九〇八年八月在《北京新聞匯報》上刊登出來的〈創辦京話報章程〉明確宣稱：辦白話報的目的是「爲中人以下者說法」。同年，《正宗愛國報》第五一五期上發表的丁國珍的〈替各家白話報請命〉還反覆聲稱：「文話報敢說監督政府，小小白話報紙，也就是開通民智嘍。……已智者看文話報，未智者看白話報。未智者由看白話報而智，白話報是開通民智的，更無疑嘍。」⑯ 這種思想理論上的局限，必然會在一定程度上影響到白話文的使用和白話文運動的深入開展。但是，我們更應該看到，維新派思想認識上的這種局限，到了民主革命派那裡，已經有了很大程度上的克服。在革命派看來，「現在中國

⑭　大武：〈論學官話的好處〉，《競業旬報》第 1 期，1906 年 10 月。

⑮　胡適：〈五十年來中國之文學〉，《胡適文存》第 2 集，頁246。

⑯　丁國珍：〈替各家白話報請命〉，《近代史資料》第 2 期，頁141。

的讀書人沒有什麼可望了！可望的都在我們幾位種田的、做手藝的、做買賣的」，「我們不讀書的這輩英雄」一旦多看了白話報刊，「知道了天下的大勢，看透了中國的時局，見得到便做得到」，「著實利害可怕得很」。⑮ 因此，他們是把白話報刊作為武裝包括「我們」在內的民眾頭腦的武器，炸裂腐敗社會的炸彈，把白話作為這種炸彈的導火線。

二、白話文運作的鋒芒

　　從某種意義上說，早期白話文運動是社會現實「逼」出來的。十九世紀與二十世紀之交的中國，處於一個變動的時期，戰鬥的時期。維新者、革命者要救亡圖存，要變法革命，就要用新思想、新學說啓發群眾，動員群眾；而要用新思想新學說啓發群眾、動員群眾，就要多辦報、多出書。然而，如果遵循舊習，都用文言作文著書，「中國五萬萬人之中，試問能文言者幾何？」⑯ 為能使占全國人口百分之九十五以上的「不讀書的這輩英雄」能讀書看報，從而「明白起來」，行動起來，就只有「廢文言，興白話」，實行漢語書面語言的變革。所以，在當時的情勢下，白話文實際是應戰鬥者的緊迫呼喚而產生的，是帶著戰鬥任務而興起的，並且也是在戰鬥中形成運動、趨於成熟的。這就決定了白話文必然有其戰鬥的鋒芒！更何況，當時的倡導者和創作者們，大都具有自覺的戰鬥意識，具有明確的指導思想；他們鍛鍊了白話文的鋒芒，又不斷地磨礪著白話文的鋒芒。

　　白話文的鋒芒，是在對黑暗社會的刺激裡顯示出來的，是在對反

---

⑮　林白水：〈中國白話報發刊詞〉，《辛亥革命前十年間時論選集》第 1 卷，（三聯書店，1978），頁 605。

⑯　陳榮袞：〈論報章宜改用淺說〉，《近代史資料》第 2 期，頁 125。

動說教的批駁中顯示出來的，是在啓蒙民眾思想、轉變民眾觀念時顯示出來的。而最能顯示白話文鋒芒的，則是當時革命志士的白話文著作。

青年革命宣傳家陳天華的白話著作《猛回頭》、《警世鐘》，更是顯露白話文鋒芒的典型之作。兩書發行後，有如霹靂破空，震動全國。真如《民報》刊登的一篇文章所描寫的：「一字一淚，沁人心脾，談復仇而色變，歌愛國而聲歇！」⑰　在湖北，革命黨人在新軍中的代表，以它們爲政治教材，分送給新軍士兵傳閱，用以啓發他們的覺悟。由於白話韻文「動人聽聞，便於唱口」，幾乎能爲所有閱讀者順口唱誦，起著「使動其憤怒復仇之心，而堅其反清革命之念」的重要作用。⑱　在湖南，各學堂集資翻印，「備作課本傳習」，受到學生和民眾的熱烈歡迎，以致「三戶之市，稍識字之人，無不喜朗誦之」。⑲　於是「學界革命之思潮，幾不可遏止矣」。⑳　而對於反動統治者和侵略者，二書又如同雙劍，使之無不「爲之心悸」。清政府誣之爲「逆書」，明令嚴厲禁止。然而，一九〇六年，浙江金華龍華會員曹阿狗，冒死四出公開演說《猛回頭》，直到慘遭殺害。但統治者的高壓政策，反而使二書得到更加廣泛的傳播，「索觀此書之人益多，鄉人多輾轉向上海購閱」。㉑

革命者的白話文著作在轉變人們觀念過程中所發揮的作用，不僅

⑰　〈祭陳星臺先生文〉，《民報》第2號，1906年5月。

⑱　朱峙三：〈辛亥武昌起義前後記〉，《辛亥首義回憶錄》第3輯，（湖北人民出版社，1957），頁128。

⑲　楊源濬：〈陳天華殉國記〉，《湖南歷史資料》第1期，頁129。

⑳　曹亞伯：《武昌起義真史》前編，（上海書店影印本，1982），頁2。

㉑　馮自由：《中華民國開國前革命史》中卷，頁130。

是轟轟烈烈的，而且是深入細緻的。在這方面，為刺殺五大臣而犧牲的青年吳樾，留下了一段真實而又珍貴的記載：

> ……逾時，某君又假予以《清議報》。閱未終篇，而作者之主義，即化為我之主義矣。日日言立憲，日日望立憲，向人則曰西后之誤國、今皇之聖明，人有非康梁者則排斥之，即自問亦信梁氏之說之登我於彼岸也。又逾時，閱得《中國白話報》、《警鐘報》、《自由血》、《孫逸仙》、《新廣東》、《新湖南》、《廣長舌》、《壤書》、《警世鐘》、《近世中國秘史》、《黃帝魂》等書，於是思想又一變，而主義隨之，乃知前些梁氏之說，幾誤我矣。……予於是念念在排滿。⑯

先前「信梁氏之說之登我於彼岸」，與「新文體」無不關係；後來「思想又一變，而主義隨之」，有白話文的感染之功。吳樾以自己的親身體驗，證明了在當時的背景下「新文體」所產生的宣傳效果和白話文所具有的感人力量，無疑很有說服力。

一九〇四年四月二十五日，蔡元培先生主編的《警鐘日報》鄭重地發表了一篇「社說」，題為〈論白話報與中國前途之關係〉，試圖從更高更廣的角度說明白話文的社會文化價值：

> 近歲以來，中國之熱心教育者漸知言文不合一之弊，乃創為白話報之體以啟發愚蒙。自吾觀之，白話報者，文明普及之本也。白話報推行既廣，則中國文明之進步固可推矣；中國文明

---

⑯ 吳樾：《暗殺時代·自序》，《辛亥革命前十年間時論選集》第 2 卷，頁715。

愈進步，則白話報前途之發達又可推矣。

……

白話報之善：

一曰救文字之窮也。中國自近歲以來，所創之報日增，而閱報之人僅占國民之一小部分。豈國民之不嗜報與？則以中國發行之報皆用文言，僅適於學士大夫之目，而不適於農工隸卒之目也。……何其與文明普及之旨相背歟……昔李定國閱《三國演義》而愛國思想油然而生，此則俗語感人之效也。何獨於白話報而不然？其善一。

二曰救演說之窮也。……中國自近世以來，演說之風雖漸發達，然各省方言參差不一，方隅既隔，解語實難；且演說之設僅可收效於一鄉，難以推行於極遠，是演說之用有時而窮。若白話報之設雖與演說差殊，然收效則一。以通俗之文助覺民之用，上至卿士下至齊民，凡世之稍識字者皆可以家置一編，而覺世之力愈廣矣。⑯

將白話文看作是「文明普及之本」，認定它與中國前途有密切關係，評價不可謂不高。作者以當時人說當時事，既有關於白話文功效的親身感受，又有關於白話文前途的樂觀推測，無疑也很有說服力。

　　白話文作爲表達工具在社會效益上取得的巨大成功，使得清朝的一些統治者也眼睛發紅了。他們之中的一些人出於自己的需要也放下架子擠上來利用白話文了。一九〇五年，四川總督岑春煊發布過白話的〈勸戒纏足示諭〉；一九〇八年，社會上出現了《繪圖女四書白話

---

⑯　〈論白話報與中國前途之關係〉，《警鐘日報》，1904 年 4 月25 日。

解》和白話的《會文堂新記》。其他諸如白話《巡捕應變須知》、白話《看守班房須知》之類，更是各地都有，屢見不鮮。

如果說，從變革制度文化的角度看，白話文具有上述即時的戰鬥鋒芒，那麼，從促進漢語發展的角度看，白話文運動則同時又具有另一種歷史意義：有益於漢民族共同語的建立。大家知道，現代漢民族共同語──現代漢語，是在近代漢語的基礎上形成的。從近代漢語的歷史發展中可以看到，宋元以後，有兩種明顯的趨勢在北方話的基礎上發生：一種表現在書面語方面，就是白話文學的產生和發展。長期以來，「白話」雖然被排除在「大雅之堂」之外，但卻產生了像《水滸傳》、《儒林外史》、《紅樓夢》這樣偉大的文學作品。這些作品的語言雖然都或多或少地帶有地方色彩，但總的說來，基本上屬於北方話。另一種趨勢表現在口語方面，就是「官話」逐漸滲入各個方言區域。「官話」是以北京話為基礎的標準話。因為北京是元、明、清歷代的政治中心和文化中心，所以北京話也就成為各級官場的交際語言，並隨著政治影響逐漸傳播到全國各地。據清代學者俞正燮《癸巳存稿》記載，清政府曾經規定：舉人、生員、貢監、童生不會官話的，不准送試。這更加速了「官話」的傳播，使之取得了各方言區之間的交際工具即「通語」的地位。十九世紀末年到二十世紀初年開展起來的這場白話文運動和與之相結合的國語運動，實際上是上述兩種趨勢即書面語的「白話」與口頭語的「官話」在新的歷史條件下的會合。也就是說，白話文運動所要求的，正是繼承和發揚以往白話文學的傳統，運用白話文來堂堂正正地記錄正在取得準「國語」地位的「官話」，創作出為民眾喜聞樂見的作品，從而使書面語「白話」盡可能與口頭語「官話」相一致，並獲得正統書面語言的地位，從而取代文言。

　　為了對此能有點實際感受，明瞭作爲書面語的白話文是怎樣表達「官話」的，我們可以看看《中國白話報》第一期刊載的林白水〈做百姓的身分〉中的一段：

> 你看那做官的，他別的都不怕，頂怕是我們百姓罷市，為什麼呢？因為我們太協心了。我們大家協心，動起公憤，不要說他們做官的害怕，就是外國人也頂害怕的哩。……所以我們既做了百姓，無論什麼事大家都有關係的，有一件好，是大家的好；有一件歹，就是大家的歹。你不要光看著眼前，也該把將來的禍害，預先防備防備才好呢。要防備禍害，只有閒著沒事時候大家相照顧，相來往。今天我來幫他，明天他自然也來幫我，所以雖是我替別人做事，其實就是做自己的事。這個道理，外國人叫做「合群」。這「合群」的利益，我這本白話報內說得頂清楚頂詳細，請你列位常常的往下看就明白了。⑭

　　娓娓道來，親近貼切，無論是用詞還是造句，是敘事還是說理，都如同尋常口語，都貼近通用「官話」。但同時，它又是口語的初步提煉，又能使「官話」通行到每一個地區。這就是當時的書面語「白話」與口頭語「官話」高度一致的「白話」。

　　劉師培，這位先前是參加過革命活動的無政府主義者、後來是反對文學革命的「國故派」骨幹的國學家，一九○四年也曾以「激烈派第一人」的筆名在《中國白話報》上發表過一篇題爲〈論激烈的好處〉的文章。鼓吹的是激烈行動，使用的是道地白話，沒有梁啓超

⑭　林白水：〈做百姓的身分〉，《辛亥革命前十年間時論選集》第 1 卷，（三聯書店，1978），頁608。

「新文體」的那種對仗排比，筆鋒卻也透著情感，因而顯得熱情、潑辣。劉師培家學淵源深遠，自幼就徜徉於儒家經典之中，耳濡目染，盡是「古文」與「八股」。現在也能嫻熟於農工皂隸所習見的「白話」，應該是具有典型意義的，因此特轉錄一段如下：

> 說空話的人是比不上做實事的，但這一種的人，於現在的中國也很有益。從前法國有兩個文豪，一個叫做盧梭，一個叫做孟得斯鳩，他說的話都是激烈不過的，那巴黎的革命，就是被他鼓動起來的。又日本有兩個志士：一個叫高山正之，一個叫做蒲生秀實，他說的話也是激烈不過的，那日本的「尊王攘夷」，也是被他鼓動起來的。所以這一種著書、出報、演說的人，宗旨也要激烈。你看國學社創辦的時候，上海創辦《蘇報》，東京創義勇隊，這幾種事情的宗旨，都是激烈不過的，雖說內地沒有大影響，但東南各省的人，被他們感動的也很少，就是現在倡排滿革命的人，也大半是受他們影響的，就是激烈派的效驗了。他們政府裡頭，看見這一種激烈的人，不說他是妖言惑眾，就說他是喪心病狂，極力的要共他們為難，可不是政府也狠恐怕激烈的麼！」[165]

在這裡，我們看到了兩節白話文，同時似乎也聽到了兩段「官話」，「語言」與「文字」真正相「合」了，這是幾代有識之士所夢寐以求的！在維新思潮和革命思潮的鼓動之下，經過一些有遠見卓識的人們的倡導，廣大知識者和民眾的共同努力，剛剛興起的國語

---

[165] 劉師培：〈論激烈的好處〉，《辛亥革命前十年間時論選集》第 1 卷，（三聯書店，1978），頁889。

運動的促進，這兩種趨勢即書面語「白話」與口頭語「官話」會合以後，相互依存，相互提攜，聲譽日益隆盛，地位日益提高，力量日益壯大，影響日益廣泛，從一個方面加速了漢民族共同語的形成過程，在漢語發展史上有著重要的貢獻。

當然，我們也應該注意到，早期白話文運動中湧現出來的白話文，基本上是「官話」口語的記錄，它的確能使廣大「種田的、做手藝的、做買賣的、當兵的」「看一句懂一句」。例如《杭州白話報》一九〇一年六月五日一則〈出會驅瘟〉消息：

> 福建廈門地方，現在的瘟疫多得很。
>
> 有一天棺材店裡賣出棺材一百三十餘具，廈門人著急了，用中國驅瘟疫的老法子，把那泥塑木雕的菩薩，抬出來出會。出會那一天，很熱鬧，抬閣的有五十多架，足足花費三四兩銀子。
>
> 唉，這銀子，可惜的很。

但是，如果把這類白話文與梁啓超「新文體」的文章比較一下就可以看出，它對口語的提煉不夠，沒有注意對文學性的追求，缺乏中國古典文學語言精煉、聲韻鏗鏘的形式美，也不適合當時大多數知識者的閱讀習慣和興趣。更爲重要的是，當時的白話文基本上沒有「雜以外國語法」，因而也就不能作必要而適當的吸收。長句不多，句法變化太少，不很適合闡釋和表達人們所渴求的新理論；新詞語明顯不夠，而新詞語「不夠用，這是作『純白話體』的人最感頭痛的一樁事。……我們若用純白話體做說理之文，最苦的是名詞不夠。若一一求其通俗，一定弄得意義淺薄，而且不正確。」⑯

---

⑯　梁啓超：〈晚清兩大家詩鈔題辭〉，《飲冰室文集》之43，頁69。

　　因此，在本時期內，白話文在闡釋新理論、宣傳新思想方面，還不能與「新文體」相抗衡，加之倡導者們實際上也並沒有以白話完全取代文言的明確方向和堅強決心，因此，真正推倒文言的正統地位也還要等到下一個歷史時期。

第六節　國語運動從民間興起

　　與白話文運動同時產生並且一直互相影響、互相促進因而有如孿生兄弟的，是國語運動。國語運動，包括漢字改革和國語統一兩個相互依存、相互推進的方面。而漢字改革，又包括漢字的拼音化活動和漢字的簡化活動；國語統一則是將北京話作爲漢民族共同語的活動。所有這些活動，亦即整個的國語運動，在十九世紀末年和二十世紀初葉，都是以普及教育、動員民眾、挽救危亡、富強國家爲基本目的，而實際上又有完善民族文化符號系統，促進民族文化革新和發展的意義。國語運動從民間起步，逐漸推進，經歷了九十餘年的艱難困苦，由開始少數有識之士提倡、試驗，發展到後來廣大群眾支持、參加，取得了引人注目的成果，對漢語的發展、漢民族共同語的建立、華夏文化的發展，都具有十分重要的意義。

　　本來，中國自東漢以來，就有了「反切」和「改良反切」的拼音活動；自南北朝以來，就有了「正音」即規範語音的活動；自盛唐以來，就有了用外族或外國字母給漢字注音的活動。在歷代封建統治者中，也有人基於推行和維護王朝政令教化的需要，注意到推廣「北語」、一從「正音」的問題。即以清代而論，也曾經有過舉人、生員、童生等不會官話則不准送試的規定。但真正的國語運動，包括改革漢字和建設漢民族共同語，是隨著中國近代救亡運動和維新思潮的

興起而興起、伴著中國現代革命運動和革命思潮的發展而發展的，是
中國近現代社會文化與漢語共變的結果。而在本時期，國語運動主要
表現爲注音運動和簡字運動。

〔壹〕 國語運動早期理論

　　一八九二年，國語運動的先驅者盧戇章在廈門出版了中國切音字
的第一本著作：《中國切音新字廈腔：一目了然初階》（通常稱《一
目了然初階》）。書中安有一幅插圖，畫著一個讀書人，依伏書案，
一手按書，一手執筆，正在苦苦思索。畫面右上方有一句非常醒目的
畫龍點睛式的題辭：「思入風雲變態中！」「思入風雲變態中」，這
是國語運動先驅者們的精神寫照，也是我們理解和把握他們關於國語
運動的一切理論和實踐的關鍵。

　　洋務運動受挫，甲午戰爭慘敗，中國瓜分之禍迫在眉睫。中華民
族何以自立於世界民族之林，成了當時每一個愛國者思索得最多、
議論得最烈的問題。人們各自本著自己的文化視界，從不同的角度，
以不同的方式，紛紛提出各式各樣的救亡圖存、自新自強的方案。如
果說，革命黨人提出的政治綱領是「建立民國」，維新志士擬定的努
力目標是變更大法，那麼，還有更多的人則更爲注重減少文盲、開啓
民智、普及實學，「立強國無形之實基」。在設想廣建學校、廣立學
會、廣譯外國書籍的同時，他們特別注意到方言分歧、文字繁難因而
民眾思想不能啓蒙，所以又加深了中國的落後狀態的問題。與此相對
照，西方富強文明之狀況、日本明治維新之道路以及與之相適應的語
言文字形態，又給了他們以新的刺激和啓發。他們深感：

國之富強，基於格致。格致之興基於男婦老幼皆好學識理。其
所以能好學識理者，基於切音為字，則字母與切法習完。凡字
無師能自讀，基於字話一律，則讀於口遂即達於心；又基於字
畫簡易，則易於習認、亦即易於捉筆，省費十餘載之光陰。將
此光陰專攻於算學、格致、化學，以及種種之實學，何患國不
富強也哉！⑯

泰西承用羅馬字母，雖各國音讀互殊，要皆以切音為主。尋常
語言，加以配合貫串之法，即為文字。自上至下，由男及女，
無事不有學，無人不有學。其一丁不識者，不數覯也。加以快
字，一人可兼數人之力，一日可併數日之功，其為用不益宏
哉！⑱

⋯⋯惜今人鄙俗言，弄文字，玩月吟風，胸無實際。何如於文
字之外復加拼音之字，拼切方言，便男女易習，立強國無形之
實基。日本重我國之文，並用本國方言之字，廣習西學，人民
智而國強，已有足徵者。⋯⋯夫泰西之強，先本於上下誠，男
女學也。此不求，徒效外美，何異於截花插瓶，目前香艷。⑲

這是第一批先驅者「思入風雲變態中」以後獲得的最初認識，也是他
們敢為天下先，首先試驗漢字改革、倡導國語運動的原動力。他們的
一切理論和實踐，都從這裡產生，也都帶上了這裡的烙印。

⑯　盧戇章：《中國第一快切音新字‧原序》，引自《清末文字改革文集》，（文
　　字改革出版社，1956），頁2。
⑱　蔡錫勇：《傳音快字‧自序》，引自《清末文字改革文集》，（文字改革出版
　　社，1956），頁4。
⑲　王炳耀：《拼音字譜‧自序》，引自《清末文字改革文集》，（文字改革出版
　　社，1956），頁12。

隨著維新思潮的湧起，人們對中西文化的比較分析，範圍在逐漸擴大，程度在逐漸加深；而變法運動的迅速崛起和迅速失敗，又使一部分維新志士的文化視野慢慢擴大，注意到了「齊氓」、「細民」在改造國家中的作用。因此，第二批先驅者們在「風雲變態」之中得到了新的認識：

> 今歐美各國，教育大盛，歐藝日興，以及日本號令之一、改變之速，固各有由，而初等教育言文為一，容易普及，實其主要之原。余今奉告當道者，富強治理，在各精其業、各擴其識、各知其分之齊氓，不在少數之英俊也。……今余私制此字母，純為多數愚稚便利之計，非敢用之於讀書臨文，庶幾於朝野一體之治化不無小補焉。[170]

以慈禧爲首的頑固派可以用暴力扼殺變法運動，卻無力遏止維新思潮。在幾番新的「風雲變態」之後，狼狽不堪的慈禧不得不表示要「變法自強」、頒行「新政」。然而，「枝枝節節」的改良，已經遠遠不能滿足人們急欲改變國家貧弱面貌、實行根本性政治變革的心理需求。於是，君主立憲作爲一種政治思潮與革命思潮同時在中國興起了。這番新的「風雲變態」，又爲國語運動注入了新的動力。第二批先驅者們的見解是：

> 立憲之國，必識字者乃得為公民。中國鄉民，有闔村無一人識字者，……將比里連鄉無一人能及公民資格。何以為立憲

之始基乎？……（今創制簡字）果以國家全力行之，數年之
內，可以通國無不識字之人。將見山陬海澨，田夫野老，婦人
孺子，人人能觀書，人人能閱報。凡人生當明之道義，當知之
世務，皆能通曉。彼此意所欲言，皆能以筆札相往復；官府之
命令，皆能下達而無所舛誤；人民之意見，皆能上陳而無所壅
蔽。⑰

　　這樣，稍一回顧就能夠發現，「思入風雲變態中」，其實也正好
可以看作是國語運動早期歷程的寫照。
　　初步理解了國語運動先驅們的精神和早期歷程的實質之後，我們
庶幾可以致力於從總體上分析歸納國語運動先驅們的理論要點了：

一、語言文字是各種文化要素或文化現象的媒體，是文化系統的符號體系，對於民族文化的形成、發展起著十分重要的作用

　　即以先驅們所處的時代而論，李文源在《形聲通・跋》中明確
指出：

　　蓋二十世紀之舞臺，一切新制度、新理想、新器械之發達，無
　　不借語言文字為媒介。故各國歷史的所載，於語言文字之沿革
　　綦詳，亦以其興衰治亂之原因皆繫乎此。⑫

⑰　勞乃宣：〈進呈簡字譜錄摺〉，引自《清末文字改革文集》，（文字改革出版
　　社，1956），頁79–81。
⑫　李文源：《形聲通・跋》，《清末文字改革文集》，頁50。

「一切新制度、新理想、新器械之發達，無不借語言文字爲媒介」，
是對語言爲文化之符號的具體說明；「亦以其興衰治亂原因皆繫乎
此」，可以看作是對語言在民族文化形成發展進程中作用的強調。
有時候，先驅們對語言與文化的關係的觀察，似乎還涉及到了更深
的領域，儘管沒有作進一步的論述。比如，作爲文化的符號，語言文
字有述說的功能，能「使人類得以以述說或傳說的形式反思歷史經
驗，傳播已有知識」，⑬ 而用馬體乾的話來說，就是「人借文字表
真理」，「人借文字以顯真理」，「無異丹青家之借五色以彰顯其美
心田也」；⑭ 語言文字有構建的功能，能使人「超越現實世界的事事
物物及其組合秩序，去按照人自己的理想藍圖」，「構想一幅在現實
中並未存在，在觀念上和邏輯上又都具有合理性的美好的社會圖景，
並使這個理想的圖景，浮現在眼前，激發起自己的嚮往之情和努力的
信念」，⑮ 而用馬體乾的話來說，就是「文字之導人入高上理想，一
如塗術之引人入五都市也。」

　　作爲表達文化的符號，同時又作爲記錄語言的符號，文字又有其
特殊的功能。對此，王炳耀的見解是：

　　　夫人有音，本於天性也。有音即有言語，有言語然後有文字。
　　言語之用達心意，而文字之用代言語耳。自聖人出，制字立
　　義，以字義作口聲，使言由目入，遠可聞千古之語，近可聽
　　四方之言，百官以察，萬民以治，治道之隆，豈不賴乎文字
　　哉！⑯

---

⑬　劉守華、周光慶等：《文化學通論》，（高等教育出版社，1992），頁146。
⑭　馬體乾：〈談文字〉，《清末文字改革文集》，頁86。
⑮　劉守華、周光慶等：《文化學通論》，（高等教育出版社，1992），頁146。
⑯　王炳耀：《拼音字譜·自序》，《清末文字改革文集》，頁83。

「遠可聞千古之語」，是文字突破了語言在時間上的局限，加強了語言符號的標誌功能；「近可聽四方之言」，是文字突破了語言在空間上的局限，擴大了語言符號的標誌功能。文字正是因爲具有了如此重要的社會作用，才能促使人類脫離蒙昧，跨入文明的門檻，進而「百官以察，萬民以治」，促進文明的不斷進步，「治道之隆，豈不賴乎文字哉」！而王照的看法似乎更爲具體：

> 世界各國之文字，皆本國人人通曉。因其文言一致，拼音簡便，雖極鈍之童，解語之年，即爲能讀文之年。以故凡有生之日，皆專於其文字所載之事理，日求精進。……根基如此，故能政教畫一，氣類相通。日進無已，其朝野自然一體。而吾國則通曉文義之人，百中無一。專有文人一格，高高在上，……文人與眾人如兩世界。舉凡個人對於社會、對於國家、對於世界，與夫一己生活必不可少之知識，無由傳習，政治家所云教民，皆屬空談。請爲之清夜詳思，與東西各國對鏡，應知其進化難易之大相懸，絕有由然也。⑪

他所強調的不一定都很正確，但他由分析中西語言文字的差異入手，進而考察其文化發展的路徑與程序不同，在當時是很有意義的。其意義主要就在於爲人們觀察語言文字問題設置了一個新的視角。這樣，人們自然就能夠獲得新的認識。

如果將國語運動先驅們的見解合而觀之，使之相互印證，相互發明，那麼就應該承認，從總體上說，他們對文字與語言、文字語言與

---

⑪ 王照：《官話合聲字母・原序》，《清末文字改革文集》，頁20。

文化的關係的認識，在當時是難能可貴的。他們之所以能「思入風雲變態中」，見人之所未見，行人之所未行，根基正在這裡。

二、文字是語言的代用品，是在不斷發展變化的

千百年來，聖人倉頡造字「而天雨粟鬼夜哭」的傳說一直盤踞在人們的心頭，直到十九世紀九十年代，還有人鄭重地對盧戇章說：「子真撼樹之蚍蜉也！漢字神聖，一點一畫無非地義天經，豈後儒所能增減？」[178] 然而盧氏卻能「一笑置之」，不爲所動。因爲在他和國語運動其他倡導者們的頭腦裡，文字觀念也發生了根本性的變化。王炳耀在〈《拼音字譜》自序〉中表示堅信：「夫人有音，本於天性也，有音即有言語，有言語然後有文字。言語之用達心意，而文字之用代言語耳。……顧言資乎耳，字資乎目，而文字之妙能代言語。」可見，他們對於文字與語言的關係，文字的本質和功能，都有著比較明確的認識。既然文字是語言的代用品，而語言又是不斷變化的，那麼，人們當然會根據適用的原則時時改良文字，使之不斷發展。所以盧戇章特別指出：「字體改變，古時用雲書鳥跡，降而用蝌蚪象形，又降而用篆隸八分，至漢改爲八法，宋改爲宋體字，皆趨易避難也。」[179] 這段話裡一連出現三個「用」字和兩個「改」字，充分表現了他的變化發展的觀點。沈學在分析了中西文字發展的各種情況以後特別強調：「然則漢字處今日，有不得不變之勢，又有不能遽變之情。」[180] 在他們看來，作爲漢語代用品的漢字，過去不斷地在變，

[178]　倪海曙：〈中華首創音字之元祖盧戇章先生〉，《語文雜談》，（新知識出版社，1957），頁169。

[179]　盧戇章：《中國第一快切音新字·原序》，《清末文字改革文集》，頁20。

[180]　沈學：《盛世元音·自序》，《清末文字改革文集》，頁11。

今日也不能不變，而「由繁趨簡」則是漢字變化的基本規律。今後，人們只要能順應這個規律，就還可以使漢字有一個更大的變化。

特別值得注意的是，王炳耀的胞弟王炳堃還進一步指出：

> 今斐洲部落，尚有猓狖之族，披髮文身，茹毛飲血，因無字學，流之為野。中國字學繁瑣，失之為史。皆非中道。夫中國之所以得成為中國者，在於文字；而中國之所以僅成中國者，亦在於文字。文網之密，字學之繁，實為致弱之基。埃及不振久矣，中國亦近為外國憑陵，其故何哉？[181]

立論固然片面，結論固然有失準確，但他極力把人們的眼光引向歷史，引向世界，使人們從更悠長的時間，更廣闊的空間裡看待文字改革的問題，自有其高明之處，表明了先驅們的文化視界是開闊的。

三、應該「改良文字，使文字悉統於聲音」

這個口號是一九〇五年，楊瓊、李文治在《形聲通》一書中正式提出來的。在這個口號裡，凝聚著當時漢字改革乃至整個國語運動的共同性綱領。「改良文字」是突破傳統文化觀念的局限，根據近代社會的實際需要而採取的變革已有幾千年歷史的漢字系統的重要行動。「使文字悉統於聲音」，即「以字母記語言是也」，是在世界各國拼音文字的啓示下，根據他們所理解的漢字發展規律而確定的改革漢字的方向和手段。

後來，《中國音標字書》的著者劉孟揚，從中西文字對比的角度

---

[181]　王炳堃：《拼音字譜・序》，《清末文字改革文集》，頁13。

闡述了「使文字悉統於聲音」的理論依據:

> （漢字之窮）非窮於義，蓋窮於音也。考文字有象形、指事、
> 會意、諧聲、轉注、假借之分，其用意類皆微妙難明。且《說
> 文》部首五百四十四，字典部首二百十四，為字四萬有餘。我
> 中國人能盡識其字者，有之乎? 無有也。所以不能盡識者，以
> 其非音標字耳。中國人讀書之難，進化之遲，蓋由於此。西國
> 文字簡而易明。其字母只二十餘，無論何字，皆由此二十餘母
> 拼合而成，能熟習其用法即不難貫通一切之文。故泰西各國人
> 皆少於中國而識學者反較中國為多。……蓋其文與言相合，由
> 音生義，音辨而義自明。中國言自為言，文自為文，而且一字
> 或兼數音，一音或兼數義，絕不能專以音求，故難易判然矣。
> ⑱

他從對比中引申出一種結論，指明了漢字一切缺點的根源: 「非音標
字耳」。因此，漢字改革的根本方法，他認爲就是「悉統於聲音」。
而勞乃宣又以事實和經驗爲依據，說明了「使文字悉統於聲音」的必
要性:

> 是故今日欲救中國，非教育普及不可; 欲教育普及，非有易識
> 之字不可; 欲為易識之字，非用拼音之法不可。前數年，京師
> 拼音官話書報社，定有官話字母，以五十母十二韻四聲輾轉相
> 拼，得二千餘音，包括京師語言。其取音用合聲之法，與國書

---

⑱　劉孟揚: 《中國音標字書・弁言》，《清末文字改革文集》，頁84。

> 字頭相表裡，而字體則取漢字筆畫相合而成，與漢字相表裡，
> 一時風行，易識易解，性敏者數日而可通，即極鈍之資，至遲
> 數月無不解者。[183]

就「文字悉統於聲音」而言，「文字為語言之表識」是理論基礎，「主聲則字少」是其優越性，「輾轉相拼」就可「包括京師語言」是其可行性。這就是「改良文字」的主要內涵。

四、必須「統一語言以結團體」

國語運動最初而又最直接的目標，就是製簡便易學的拼切語音的新字，用以注釋難認難寫的漢字，並與之分工並行。可是中國地域遼闊，人口眾多，漢語又有「官話」與方言之別，那麼，新字所要拼切的語音是「官話」的還是方言的呢？字母創製者們的認識隨著社會的發展而有所發展。王照在《官話合聲字母》「新增例言」中首次明確提出：第一，「語言必歸劃一，宜取京話。因此北至黑龍江，西逾太行宛洛，南距揚子江，東溥於海，縱橫數千里，百餘兆人，皆解京話。……京話推廣最便，故曰官話。官者公也，公用之話，自宜擇其占幅員人數多者。」第二，新字母應該拼寫「北人俗話」，而不能拼寫「文話」。「專拼北人俗話，肖之即不誤矣」，「若用以拼文話，則諸者有混淆誤解之弊，是可不必」。這兩條意見，對於明確國語運動的方向，促進國語運動與白話文運動緊密結合，是有很大意義的。一九〇二年，著名的桐城派古文家、京師大學堂總教習吳汝綸奉命去日本考察學制。在日本，他親身感受到了「普及教育」、「統一語

---

[183]　勞乃宣：〈進呈簡字譜錄摺〉，《清末文字改革文集》，頁80。

言」的重要性。回國後，他立即寫信給管學大臣張百熙，勸其將《官話合聲字母》「頒行於小學，以利普通教育」，並鄭重指出：「此音盡是京城聲口，尤可使天下語音一律。今教育名家，率謂一國之民，不可使語言參差不通，此爲國民團體最要之義」。⑱ 以吳汝綸的身分，能這樣大力支持國語運動，還注意到消除「語言參差」以促成「國民團體」的問題，是十分難得的，並且也因此在當時形成了很大的影響。從這時候起，國語運動理論又在「普及教育」、「言文合一」的基礎上，注入了「統一語言」的新內容。

　　在清末社會變革曲折而複雜的過程中，人民群眾力量之巨大、團結之重要，被越來越多的有識之士所認識到。而「統一語言」口號的深入人心，又使這一認識增加了新內涵。「統一語言以結團體」的主張，終於由民眾中的先覺者提出來。一九○三年，直隸大學堂學生何鳳華、王用舟等六人上書直隸總督袁世凱，要求奏明公布官話字母，並且闡述了「統一語言以結團體」的重大意義：

　　　　統一語言以結團體也。吾國南北各省，口音互異，甚有隔省之人不能通姓名之弊。夫國人所賴以相通相結者，語言也。言不類則心易疑，此渙散之本也。彼泰西各國，類皆文言合一，故團體最固。至於日本，尤以東京語為普通教育，誠握要之圖也。我國無事不規仿泰西、步武日本，獨於此漠然置之，可惜孰甚。今誠用此字母，則上等之人彼自有高深之學，即庸眾婦女，亦能以言語自達矣。以字母定口音，則南北一致；以語言

---

⑱　王照：《官話合聲字母》，（文字改革出版社，1957），頁43。

傳文字，則上下相通。⑱

這就基於語言與文化關係的認識，把「統一語言」的問題，提到了結團體、通上下、固國本的高度，標誌著國語運動理論進入了一個新的階段。一九〇六年，盧戇章論〈頒行切音字書之益〉時，又重申「統一語言，以結團體」的主張，認爲「統一語言，以結團體，乃保全國粹之要件」。⑱ 同年，二十四歲的學人朱文熊在《江蘇新字母》書末〈附論各省音之變遷及舉例〉一文中，正式提出了「統一國語」的口號。他說：

> 夫吾之所以望同胞者，能自立於生存競爭之世界耳。顧文字不易，教育終不能普及；國語不一，團結力終不能堅固。此文字（指江蘇新字母）乃中國文字之改革，而先試之於江蘇者也。江蘇以蘇州為省會之一，故以蘇音為標準，他日國語統一之目的能達，……而終至於國語統一。⑱

以「改革文字」與「統一國語」相輔而行，先試行於各省，最終實現「國語統一」民眾團結的目標，認識是新穎而清晰的，設想是具體而完整的，標誌著國語運動理論達到了一個新的高度。值得注意的是，他還在書中首次提出了「普通話」的名稱，並給它下了這樣的定義：「各省通行之話」。從此，「改革文字」、「統一國語」並推行「普通話」，就逐漸成爲一代代有識之士的努力目標。

---

⑱　〈上直隸總督袁世凱書〉，《清末文字改革文集》，頁36。

⑱　盧戇章：〈頒行切音字書之益〉，《清末文字改革文集》，頁72。

⑱　朱文熊：《江蘇新字母》，（文字改革出版社，1957），頁28。

就這樣，隨著社會變革的日漸深入和新思潮的日益高漲，十九世紀與二十世紀之交，國語運動理論在不斷產生，在趨向成熟：起於民間而達於上層，來自實踐而用於實踐，從注釋漢字到「改革漢字」，從注重「俗語」到看齊「官話」，從主張「以一腔爲主腦」到提倡「統一國語」，從以「普及教育」爲動力到以團結民眾爲目標，並且發出「國語不一，團結力終不能堅固」的呼喊，都表現出了語言文字與社會文化共變關係的深切體驗，煥發出了「思入風雲變態中」的激昂精神。

〔貳〕　國語運動的起步

關於國語運動從民間興起的實踐歷程，黎錦熙的《國語運動史綱》、倪海曙的《清末漢語拼音運動編年史》以及方師鐸的《五十年來中國國語運動史》等著作，或分期論列，或編年敘述，或重點分析，合而觀之，可算是已有翔實的論述。爲避免重複，我們在這裡只以他們的成果爲基礎，就國語運動整體的幾個側面作剪影式的勾勒，以期有所補充，有所發揮。

一、感人肺腑的奮進精神

無論從理論特徵還是從實踐歷程上看，國語運動的基本精神都是「思入風雲變態中」。先驅們的這種精神，積澱著對文化傳統的深刻反思，蘊含著對社會現實的沈痛認識，凝聚著對民族前途的熱誠期待。試看：

余世讀詩書，幼攻舉業，四戰棘圍，始離席帽；南宮三上，又遇罡風。其於文字之甘苦，既已親嘗。及今曠觀世變，遍覽西書，始悔三十年以前之精神皆消磨於無用之地。而不謂當世士大夫依然大夢未覺，一若地可割，款可賠，而文字終不可變，坐視神州陸沈，聖裔種滅。此誠忠臣義士太息痛哭而莫可如何者也！ ⑱

自倉頡造字，至今四千五百餘年，……士人常用者惟四五千字，非誠讀十三經不得聰明，非十餘年功夫不可。人生可用者有幾次十年？因是讀書者少，融洽今古、橫覽中外者更少。既文事凌夷，外患蜂動，當此痛巨創深之際，莫不欲自強為計。竊謂自強陳跡有三，……三者莫不以切音為富強之原。 ⑲

國朝功令以文字取士，鄉會二場取以文，殿試朝考取以字。有因一點之誤，半畫之訛，竟遭勒帛，以字學之難也。士人窮一生之力，在於文字，何暇及於他學也。嘗見鄉陬老生，帖括之外，叩以時事，茫然不知。英美不知在何部洲，中外不知有何和約。人才如此，何能興國！……家兄煜初因中敗於日，有見於是，參用中西二法而變通之，勞心歷月，擬成新字，名為《拼音字譜》。 ⑲⓪

　　這種植根深遠、內涵豐富的精神，在啓蒙與救亡雙重變奏的激蕩之下，昇華為脫俗的人格，轉化為驚世的行為，值得後人永遠紀念。

---

⑱　溫灝：《拼音字譜・序》，《清末文字改革文集》，頁 14。

⑲　沈學：《盛世元音・自序》，《盛世元音》，（文字改革出版社，1956），頁 5。

⑲⓪　王炳堃：《拼音字譜・序》，《清末文字改革文集》，頁 13。

　　江蘇蘇州沈學，字曲莊，原是上海梵皇渡書院（即後來的聖約翰大學）的醫科學生，深悉醫學，精通英文，本來多的是獵取富貴的技藝。然而，他卻痛感「文事凌夷，外患蜂動」，念念「以自強爲計」、「思以所學易天下」。他覃心鑽研，創造出一套新的切音字母，創製出一種書寫字母的自來水筆，撰寫出著名的《盛世元音》。爲了推行切音字，他「常以西人安息日（星期天），在海上（上海）之『一林春』茶樓，挾技以待來者而授焉」。[191] 當時所謂的茶樓，其實是底層妓女辛酸賣笑的場所。沈學以大學醫科畢業生的身分，就是在這樣的「課堂」裡教授切音字，「志在廣播傳證」，一切都是免費。最後終於用盡家產，乞食街頭，餓死而不改其志。

　　河北寧河王照，字小航，少時即愛讀時務書，做詩文「不屑謹遵程式」，對八股「我行我法」，「親族鄉人以爲有魔氣」。一八九八年參加變法，上書言事，被光緒許爲「勇猛可嘉」。政變後得到「革職拿辦逮捕家屬，查抄家產」的處分，幸而逃亡到了日本。一九〇〇年春，他喬裝僧人，秘密回國，居住天津，完成《官話合聲字母》初稿。在此其間，他頂著「奉旨嚴拿之罪犯」的帽子，「詭稱姓趙」，「潛踪京、津、保一帶，宣傳拼音新字」。[192] 同年九月，他還到北京潛謁李鴻章，試圖陳說《官話字母》之效益。一九〇三年，又冒險到北京設立「官話字母義塾」。次年，他被迫自首入獄，三個月後獲釋，繼續全力從事官話字母的推行工作，備極艱辛，直到暮年。

　　沈曲莊、王小航的事跡是典型的，而他們的奮進精神在先驅們胸懷裡卻是普遍的。它融貫到了早期國語運動的各個側面。

---

[191]　梁啓超：〈沈氏音書序〉，《飲冰室文集》之2，頁2。

[192]　王照：《官話合聲字母・原序》，《小航文存》卷1，沈雲龍主編《中國近代史料叢刊》第27輯，（文海出版社），頁31。

二、異彩紛呈的改革方案

在普及教育、富強國家的使命感的激勵之下，國語運動初期，人們較多地注意構擬改革漢字的方案。從一八九二年到一九一〇年，人們構擬或提出的改革方案達二十多種。爲了閱讀的方便，我們將倪海曙《清末漢語拼音運動編年史》書中的〈清末漢語拼音方案一覽表〉略加省改，移植如下：

產生年代	構擬人	著作名稱	字母形體	語音標準	拼音方法	推　行
1892	盧戇章	《一目了然初階》《新字初階》	拉丁文字母及其變體	廈門音漳州音泉州音	雙拼制	個人推行，比較廣泛
1895	吳稚暉	《豆芽字母》	漢字筆畫	不詳	不詳	不詳
1896	蔡錫勇	《傳音快字》	速記符號	官話音	雙拼制	個人推行
1896	沈 學	《盛世元音》	速記符號	吳音	雙拼制	個人推行
1896	力捷三	《閩腔快字》	速記符號	福州音	雙拼制	
1897	王炳耀	《拼音字譜》	速記符號	以粤音爲主	雙拼制	個人推行
1900	王 照	《官話合聲字母》	漢字筆畫	官話音	雙拼制	推行十年，成立有學堂、團體、書報社等。
1901	田廷俊	《數目代字訣》	數 碼	湖北音	音節制	個人推行
1902	力捷三	《無師自通切音官話字書》	速記符號	官話音	雙拼制	無
1903	陳 虬	《新字甌文七音鐸》《文音匯》	漢字筆畫	溫州音	雙拼制	個人推行，辦有學堂。
1904	李元勛	《代聲術》	漢字筆畫	不詳	不詳	無
1904	劉孟揚	《天籟痕》	漢字筆畫	官話音	不詳	無
1905 1906	勞乃宣	《增訂合聲簡字譜》《重訂合聲簡字譜》《簡字全譜》《簡字叢錄》	漢字筆畫	寧音吳音閩廣音	雙拼制	在南方推行五年，辦有學堂。
1906	盧戇章	《中國字母北京切音教科書》	漢字筆畫	官話音漳泉音福州音	雙拼制	個人推行

產生年代	構擬人	著作名稱	字母形體	語音標準	拼音方法	推　行
1906	朱文熊	《江蘇新字母》	拉丁字母	吳　音	音素制	無
1906	田廷俊	《拼音代字訣正音新法》	漢字筆畫	湖北音	三拼制	個人推行
1908	江亢虎	《通字》	拉丁字母	不詳	音素制	無
1908	劉孟揚	《中國音標字書》	拉丁字母	官話音	音素制	個人推行
1908	馬體乾	《串音字標》	漢字筆畫	官話音	雙拼制	個人推行有出版物
1908	章太炎	《駁中國改用萬國新語説》	漢字筆畫	韻書(?)	雙拼制	無
1909	宋　恕	《宋平子新字》	漢字筆畫	不　詳	不　詳	無
1909	劉世恩	《音韻記號》	自造符號	官話音	雙拼制	無
1909	黃虛白	1.《漢文音和簡易識字法》	漢字筆畫	官話音	雙拼制	無
		2.《拉丁文臆解》	拉丁字母	官話音	音素制	無
1910	鄭東湖	《切音字説明書》	漢字筆畫	韻書(?)	雙拼制	無

這些改革方案，各具特色，異彩紛呈。例如，盧氏的《一目了然初階》，最早批評神聖的漢字，最早貢獻切音字母，最早倡導「不自異於萬國」，開創了風氣，奠定了基礎。蔡氏的《傳音快字》，最早拼寫以「北方話爲基礎方言，以北京語音爲標準音」的國語即民族共同語，最早提出部分的「詞類連書」辦法，最早貢獻速記符號，開拓了早期國語運動的途徑。王炳耀的《拼音字譜》，最早創議「別類分義」的編制方法，最早構擬一套新氏標點符號，最早定有旗語、燈語和拼音電碼方案，爲早期國語運動提供了新的思路。王小航的《官話合聲字母》，首創用漢字偏旁作字母，首先實行雙拼制，首先明確規定拼寫「白話」，拼寫北方官話（京話），以實現「語言統一」爲目標，成爲國語運動中的範例。朱文熊的《江蘇新字母》，首先提出「普通話」和「文字改革」的說法，首先採用國際通用的拉丁字母，首先肯定一個漢字只等於一個音節，因而實行「詞素連寫，詞間分開」的寫法，爲國語運動增添了新的內容，明確了應有的方向。勞乃宣的

《簡字全譜》，本著「言文一致」的原則，力主「先各習本地方音以期易解，次通習京音以期統一」，認爲「欲文字簡易，不能遽求語言之統一；欲語言統一，則必先求文字之簡易」，[193] 爲國語運動注入了現實主義精神，使之更能健康地發展。

　　在這些異彩紛呈的漢字改革方案中，標點符號的創構是別具一格的。標點符號是書面語中用來表示停頓、語氣以及詞語性質和作用的標記。中國的古籍，只有所謂的「句讀」，而沒有標點符號。直到十九世紀六十年代，張德彝在《再述奇（歐美環遊記）》中才首先向國人介紹西方語文的標點符號及其用法，但沒有引起人們應有的注意。王炳耀是我國自行構擬新式標點符號的第一人。在一八九七年出版的《拼音字譜》中，他創構「句義表」亦即標點符號十種：

，	一讀之號	‧	一句之號
。	一節之號	﹀	一段之號
：	句斷意連之號	一	接上續下之號
！	慨嘆之號	¡	驚異之號
？	詰問之號	「」	釋明之號

顯然，他的這套標點符號，是以我國古籍原有的斷句方法爲基礎，吸收了西方新式標點符號的精神。這對促進漢語書面語言的變格，有著不可忽視的作用。

---

[193]　勞乃宣：〈致中外日報館書〉，《清末文字改革文集》，頁57。

三、別具一格的學堂和報紙

　　早期國語運動是從民間興起的，這既表現在各種漢字改革方案創構的過程裡，又更爲突出地表現在這些方案的試驗、推行的過程裡。國語運動的倡導者們，在普及教育、富強國家的目標所激勵下，大都不僅富於突破傳統，創制改革方案的勇敢精神，而且充滿克服險阻、推行改革方案的可貴熱情。戊戌變法前，他們較多地作個人奮鬥。例如盧戇章，四處奔走，「有從而問字者，不惜焦唇敝舌以誘之」，終於不僅使廈門士民多用其法，「只須半載，便能持筆抒寫其所欲言」，而且使「旅閩西人亦多傳其學，稱爲簡易」。⑭ 進入二十世紀以後，隨著社會和社會風氣的急速變化，國語運動的倡導者們則較多地設法勸誘官府、聯絡同志、創辦各種別具一格的學堂和報社，用靈活的教學、通俗的圖書去吸引和影響廣大群眾，取得了顯著的社會效益，從而使國語運動真正成爲頗具聲勢的群眾性活動。

　　一九〇三年，王照冒著被清廷緝拿的危險，在北京租賃房屋，設立「官話字母義塾」，用門人王璞爲教員，自己則隔屏聽之，幕後指導。

　　一九〇四年，王照出獄後又去保定創辦「拼音官話書報社」，後遷北京，出版《初學拼音官話書》多種，創刊《拼音官話報》一種。這裡所謂的「官話」，是「北人俗語」，亦即白話。國語運動與白話文運動的互相促進的關係，由此也可以看到。後來，王照又在大佛寺開辦「官話字母第一號義塾」。這類義塾後來增設到二十四號之多。幾年以後，王照作過一番比較客觀的回顧和總結：「十年之中，堅

---

⑭　倪海曙：《語文雜談》，（新知識出版社，1957），頁 177。

忍進行，傳習至十三省。拼音官話書報社……編印之初學修身、倫理、歷史、地理、地文、植物、動物、外交等拼音官話書，銷至六萬餘部。」⑲ 在那個時代，這就是很了不起的成績。

一九〇五年，河北大名縣知縣嚴以盛因「購閱拼音官話書報，喜其教法簡易，口授旬日即能讀拼音之書」，於是在閱報公所內設立「官話拼音學堂」。第一期三十五人，分兩班：一班文盲，一班巡警，學習半月。第二期報名人數更多，效果十分顯著。

同年，南京的「簡字半日學堂」在兩江總督周馥等奏准後成立。學校先開師範班，學員都是舉貢生監。先「用寧音以譜，以寧人為師，教以江寧土音」，學生「學之甚易」。後「又由京都延一都中人士為官話師，教以官話」，學生「學之亦極易」。「三月畢業，簡字皆已熟」。師範畢業逐專收學生，改為四月畢業。⑯

一九〇六年，直隸提學司在天津設立簡字學堂，並研究如何把合聲簡字列入師範和小學課程。這樣，南北呼應，互相推動，造成了清末國語運動的全國規模的局面。

同年，南京「簡字師範學堂」師範班畢業學員劉照藜等在成都設立「簡字師範學堂」，由四川提學司批准立案。由此可以窺見「簡字」傳播的途徑和速度。

就在南京「簡字半日學堂」，兩年間畢業十三屆，發文憑數百人，「畢業者又轉相接受，推廣於江浙各屬，通曉者甚夥」，乃至「人士婦孺，互相授受，街衢牆壁，均書簡字，尋常通信，均用簡字」。熱河成立了「官話字母學堂」和「官話字母師範學堂」，共畢

---

⑲ 王照：《官話合聲字母·原序》，《小航文存》卷1，頁33。
⑯ 轉引自倪海曙：《清末漢語拼音運動編年史》，（上海人民出版社，1959），頁130。下同。

業一百八十餘人；重慶成立了「簡字官話學堂」，畢業數班。兩年以後，漢口又成立了「官話簡字師範學堂」，畢業人數甚多。

　　這些先後在各地創立的學堂和報紙，宗旨明確，內容、方法都與一般不同而別具一格，因此，其教學或宣傳效果也就格外引人注目。請看勞乃宣於一九〇八年給清廷呈送的一個報告的片段：

> 前數年，京師拼音官話書報社，定有官話字母，以五十母十二韻四聲輾轉相拼，得二千餘音，包括京師語言。其取音用合聲之法，與國書字頭相表裡，而字體則取漢字筆畫相合而成，與漢字相表裡。一時風行，易識易解。性敏者數日而可通，即極鈍之資，至遲數月無不解者。光緒三十一年，前署兩江總督周馥設簡字學堂於江寧省城，即以京師原譜為本，而增加母韻，訂為寧音吳音各譜。期合南音，以便習學。俟南音學成，再學京音，以歸統一。奏明奉旨飭部立案。兩年以來，畢業多次，給憑者數百人。畢業者又轉相授受，推行於江浙各屬，通曉者甚夥。素不識字之婦女村氓，一旦能閱書報，能作函札，如盲者之忽爾能視，其欣快幾無可名狀。明效大驗，彰彰可睹。並聞前直隸總督袁世凱暨前盛京將軍趙爾巽，皆已推行於直隸奉天等省。[197]

這個報告是可信的。拼音報紙則「一時風行，易識易解」；簡字學堂則推行各地，「通曉甚夥」；受教者則「能閱書報，能作函札」；「畢業者又轉相授受」；總的來看，整體性效果則是「明效大驗，彰彰

---

[197]　勞乃宣：〈進呈簡字譜錄摺〉，《清末文字改革文集》，頁80。

可睹」。從這裡，人們已經看到，一個初步具有全國性規模的國語運動從民間興起了。

四、起步中的挫折與成果

在新的社會變革和文化思潮的帶動下，經過先驅們艱苦卓絕的努力，國語運動從民間起步了。然而，在起步過程中，國語運動經歷了許許多多的困難和挫折，當然也留下了不少的經驗和成果。

自一八九二年第一種切音字方案誕生以來，先驅們都是憑著個人的力量在小範圍內艱苦地工作，慢慢地推行。好容易盼到一八九八年維新變法運動趨向高潮，光緒在維新派的鼓動下發布「除舊布新」的命令，聲稱要「廣開言路」，「獎勵新著作、新發明」。受到這種形勢的激勵，盧戇章的同鄉官工部虞衡司郎中林輅存，以「字學繁難，請用切音以便學問」為理據，呈請都察院代奏切音字。呈文在據實陳述了盧、蔡、沈、力、王五家漢字改革方案的社會效益之後，還著重論證了切音字的重要作用，並且大膽提出：

> 敢請……進呈御覽，察奪頒行。庶幾極難之學業，變為極易；而四百兆人民無不知學，則我國富強未始不從此致也。中國字學，原取象形，最為繁難。今之字典三萬餘字，仍留為典要，能者從之，不必以此責令舉國之人從事講求，以疲其精力，則幸甚矣。⑲⑧

這種在一般民眾中以切音字代替漢字而讓漢字「留為典要，能者從

---

⑲⑧ 林輅存：〈上都察院書〉，《清末文字改革文集》，頁18。

之」的建議的提出，如果不是維新變法運動的激勵，在當時是難以想像的。

　　林輅存的呈文由人代奏以後，軍機處「面奉上諭：林輅存奏請用切音一摺，著交總理各國事務衙門調取盧戇章等所著之書，詳加考驗具奏」。總理各國事務衙門是當時辦理外交和各種新學新政的權力機關，事情本來是可能取得進展的，但一聲霹靂，政變爆發，切音運動也像其他所有新學新政一樣，受到了封建頑固派的破壞。

　　以慈禧爲首的封建頑固派並不能撲滅新思想的火焰。一九〇〇年，隨著救亡運動和啓蒙運動在新的歷史條件下的繼續發展，國語運動也很快從挫折中奮起，在全國各地相繼展開。新的拼音方案，推廣國語和字母的學堂、書社紛紛湧現出來。然而，清政府幾乎沒有絲毫的關注和支持。

　　一九〇二年，吳汝綸「遣門人賚書呈管學大臣張百熙，勸其頒行（官話字母）於小說，以利普通教育」。但管學大臣看到這封信卻「蓋怪之」，⑲ 不予採納。次年，在國語運動的影響日益廣泛的情況下，張百熙等奏定「學堂章程」，才規定「茲以官音統一天下之語言，故師範以及高等小學堂，均於國文一科內，附入『官話』一門。」不過對於用什麼工具來教官話，卻沒有說明。但有了這個規定，官話字母出版物的銷路卻是大大增加了。

　　一九〇八年，清廷發表「憲法大綱」十四條，同意預備立憲。慈禧還裝模作樣地召見了勞乃宣。勞乃宣要求「將所著譜錄進呈御覽，敕部核議，欽定頒行」，並且事後又呈送了一個〈普行簡字以廣教育摺〉，結果遭到清廷「深閉固拒」。幾乎與此同時，王照的「拼音官

⑲　王照：〈挽吳摯甫先生聯語並序〉，《官話合聲字母》，（文字改革出版社，1957），頁37。

話書報社」遭受了更大的厄運。當時攝政王載灃當國，「因《拼音官話報》觸其忌諱，乃悍然發令，飭各省嚴禁傳習官話字母，並飭京師巡警局封閉拼音官話書報社。」⑳ 這個專制統治者就是這樣因爲個人的些微利害而不惜破壞國語運動，竟使得王照「十年苦心，付之東流」。

　　一九一○年十月，爲清廷「立憲」裝點門面的資政院正式開場了。就在這一年冬，爲抗議清政府查禁官話字母，直隸保定官話拼音教育會韓德銘等一百八十七人向資政院提交說帖，要求議奏在全國範圍內另辦官話簡字學堂，頒行官話簡字；「拼音官話書報社」編譯員，各號「官話字母義塾」教員教習等一百十一人，陳請資政院頒行官話簡字；候選道度支部郎中韓印符等八名官吏給資政院提出說帖，要求頒行簡字，並建議民人不識漢字者，「遞呈准用官話簡字」；江寧程先甲等四十五位漢語拼音工作者給資政院送交提案，重慶簡字官話學堂教務長劉照藜等也給資政院送交提案，都要求頒行官話簡字。在六個抗議的「說帖」向資政院提出以後，資政院就成立了一個特任股員會，推嚴復爲股員長，負責審查這些提案，於是嚴復就此提出了一份報告書，報告書綜述了各件提案的理由、辦法，然後對官話簡字作出結論說：

> 簡字足以補漢字之缺，爲範正音讀拼合國語之用，亦復無疑。且今日籌備立憲，方謀普及教育，統一國語，則不得不急圖國語教育，謀國語教育，則不得不添造音標文字。

---

⑳　王照：《官話合聲字母・原序》，《小航文存》卷1，頁33。

接著又提出四項實施辦法：1.正名（簡字當改名音標）；2.試辦；3.審擇標準；4.規定用法（用法有二：範正漢文讀音，拼合國語）。㉑

　　這個報告書當時就在會上通過，但是學部卻不肯會奏。直到清王朝滅亡前夕，學部才召開「中央教育會議」，由張謇任會長，通過了會員王劭廉等提出的「統一國語辦法案」。然而，武昌起義的槍聲打響了，腐朽的清政府已不可能實施這個辦法案了。

　　儘管如此，這一時期國語運動在艱難與挫折之中逐步開展，所取得的重要成果是應該予以充分肯定的。雖然我們在前面實際上已經分別論述，但在這裡仍然有必要集中概述如下：

　　第一，在人們的思想上，打破了沿襲兩千多年的「漢字神聖，一點一畫無非地義天經」的傳統觀念，初步輸進了漢字應該改革也可以改革的新觀點。保定官話拼音教育會韓德銘在給資政院的說帖中描述過國語運動所帶來的新興氣象：官話拼音字母在「各地私相傳習，一人旬日而通，一家兼旬而遍，用以讀書閱報，抒寫議論，莫不歡欣鼓舞頂禮禱祝。雖地方官慢之，勸學員擠之，而塞之仍流，禁之仍行，於艱難窮困之中具有自然擴充之力」。㉒ 這種新的氣象，正是人們傳統觀念發生改變的結果。

　　第二，在漢語發展史上，從理論上確認了「官話」的「國語」地位，在實踐中促進了「國語統一」，爲建設漢民族共同語作出了新的貢獻。拼音官話書報社編輯員等在給資政院的說帖中曾經再一次強調指出：「前有某議員著論，謂不能以偏隅之語爲官話，此大謬也。夫語言於人，非出於地也。地有偏隅，人無偏偶。凡京師所在人皆趨

㉑　〈資政院特任股員會股員長嚴復審查採用音標試辦國語教育案報告書〉，《清末文字改革文集》，頁134。
㉒　〈陳請資政院頒行官話簡字說帖〉《清末文字改革文集》，頁120。

之；千百年會萃磨練，而成此一種京話，斯即中央而非偏隅也。且原
與京話大略相同者，已有直隸、奉天、吉林、黑龍江、山東、河南、
甘肅、雲南、貴州、四川、陝西十一省，及江蘇、安徽之兩半省矣。
……京話非北京人私有之語，乃全國人共有之語。」⑳ 這番話表現
了當時參加國語運動的人的共同認識，各地推廣官話字母的活動都可
以說是這種認識的行動化。

　　第三，提出並推廣了各種漢語拼音方案，爲民國初年的「注音字
母」的制訂和頒行累積了經驗，開闢了道路，打下了基礎。這是本時
期國語運動最具體的成果，我們將在下一章中作具體的論述。

　　除此以外，國語運動當然還有很多成果，例如對白話文運動的補
充和促進，又如勞乃宣在解決當時文言與共同語問題時提出的通過方
音與官話語音的對應規律來學習官話的意見，⑳ 都是值得重視的，
限於篇幅，我們不再一一作具體的論述。

---

⑳　〈陳請資政院頒行官話簡字說帖〉，《清末文字改革文集》，頁126。
⑳　1905 年勞乃宣在南京「簡字學堂」開學典禮上發表的演說中首次正確地指
　　出：「學南音，非但不與北京相反，而且相成，何也？南方語言，既可以簡字
　　拼之，由是而覽北方之書報，不覺恍然大悟曰：『此一字吾讀某音，今北方則
　　讀某音；此一音吾所有，今北音則無之；僅須一轉移之功，而北音全解。北音
　　全解而國語全通矣，所謂相反而適相成也。』」（《清末文字改革文集》，頁
　　56）

第四章　浪潮澎湃（上）

（一九一三～一九二六）

第一節　本時期文化變遷與漢語發展

中國歷史終於翻開了新的一頁，然而新的一頁卻是色彩斑駁的。

專制殿堂的崩坍，中華民國的成立，民主法令的頒布，在一個極短的時期內使整個社會，特別是思想文化領域，呈現出一派生機勃勃的景象。經濟上，出現了振興實業、提倡國貨的熱潮，民族資本主義的發展形成了新的勢頭。政治上，民主潮流高漲，民主憲政在實驗之中。各種民辦報紙如雨後春筍，各種民主黨派成競爭之勢。文化上，教育開始改革並得到發展，各種學術思想可以自由討論。所有這一切，都使得許多人的頭腦中民主意識明顯增長，以致「官府之文告，政黨之宣言，報章之言論，街巷之談說，道及君主，恒必以惡語冠之隨之。」① 然而，一般人的心理結構和價值觀念並沒有因此而發生根本的變化。

辛亥革命勝利了，但這個勝利又是短暫的。舊的土地所有制沒有任何變動，農民最關心的問題沒有得到解決；舊的軍事官僚機器沒有徹底打碎，復辟的基礎依然存在。孫中山等革命領袖由愛國而革命，

---

① 梁啓超：〈異哉所謂國體問題者〉，《飲冰室專集》之33，頁94。

注重「爲國家爭自由」，卻以爲「個人不可太自由」，② 因而革命前沒有發動起一個像法國大革命前的那種思想啓蒙運動，對根深柢固的封建意識形態沒有進行大規模的掃蕩，人們還談不到有「最後之覺悟」。加之臨時政府缺乏足夠的軍事力量和經濟力量作爲自己的支柱，同盟會又日漸失去它原有的革命政黨的作用，所以，隨著一九一二年孫中山的辭職和臨時政府的北遷，僞裝擁護共和的陰謀家袁世凱篡奪了革命的勝利果實，國家政權很快由民主革命派轉移到了軍閥封建專制者手中。辛亥革命遭到了嚴重的挫敗。

袁世凱竊取國家政權之後，就一步緊一步地把辛亥革命的果實毀蕩全無。他時而玩弄國會，時而解散國會，由臨時總統而正式總統，由內閣制而總統制，由任期總統而終身總統。他公然廢除「臨時約法」而代之以「中華民國約法」，把「臨時約法」規定的人民的一切基本自由和民主權利剝奪殆盡。此時的中國，只剩下「民國」的一塊空招牌。在這塊空招牌下，袁世凱與帝國主義進一步勾結，承認日本滅亡中國的「二十一條」，以便有恃無恐地復辟帝制。

歷史老人常常會嘲弄那些違反歷史法則的昏人，袁世凱和康有爲，本爲宿敵，並且政治信條各異，但在辛亥革命之後，一個野心日大，乘時竊柄，夢想做新皇帝；一個墮落日深，夢想保舊皇帝，終於在尊孔復古上找到了共同點。一九一二年十月，康有爲授意陳煥章等人在上海發起成立了孔教會。第二年孔教會聯名上書眾、參兩院請定孔教爲國教，極力把尊孔活動推向高潮。一九一三年，袁世凱通令恢復學校祀孔，並親率百官到孔廟祭祀。次年又下令全國恢復祭孔。一九一五年，袁世凱正式恢復學校的尊孔讀經，又親到孔廟、天壇祭

---

② 　孫中山：〈民權主義〉，《孫中山選集》下卷，（人民出版社，1956），頁
　　689。

孔祀天，再一次利用孔子的名字，把復古逆流引向極端。與此相伴隨的，是文言有了迴光返照，白話文運動遇到新的挫折。

尊孔復古的把戲開鑼不久，袁世凱就迫不及待地調遣復辟帝制的先鋒們上場了。一九一五年八月，總統府顧問古德諾率先拋出〈共和與君主論〉，推銷「中國如用君主制，較共和制爲宜」的論調。緊接著，御用「籌安會」正式出籠，公開鼓吹復辟帝制。

面對著這一陣又一陣的尊孔復古、復辟帝制的黑浪，全國民眾震驚了、憤怒了。老革命黨人開始利用各種方式進行倉促的還擊。孫中山「以掃除專制政治，建設完全民國爲目的」，在日本組建了中華革命黨；黃興在美國多方揭露袁世凱「有帝制自爲的野心」；章太炎親臨總統府之門，「大詬袁世凱的包藏禍心」。但是，他們沒有找到新的先進思想武器，因而他們的鬥爭缺少力量。原立憲派人也參加了反帝制的活動，梁啓超的〈異哉所謂國體問題〉就是傳誦一時的文章。但他們的批判比孫黃更加缺乏新意，更加軟弱無力。

所以，到一九一五年前後，隨著帝制活動的加緊，中國思想界已是烏烟瘴氣瀰漫，民主氣象消滅，全國各界群眾大都心裡只有痛楚的失望，眼前只有深沈的黑暗。有人在嘆息，有人在咒罵，也有人在苦苦思索。爲什麼播下的是民主共和的龍種，而收到的卻是專制、復辟的跳蚤？爲什麼這一陣子孔子的名字如此走運？封建倫理道德該如何看待？國家的前途何在？個人的希望何在？在黑暗中徘徊、摸索的人們，渴望得到對這些問題的根本性解答。

中國思想界、文化界又經歷了一個陰暗而沈悶的時期。然而，中西文化的交流畢竟已由物質層面、制度層面而逐漸接近於心理層面；在這一領域裡，畢竟撒播了嚴復引進的自由主義的種子，畢竟回響過梁啓超「新民爲當務之急」的吶喊，畢竟發生過革命黨人爲爭取民

主、共和而進行的戰鬥。經過黑暗政治的煎熬，先進的中國人終於摸索到問題的核心 —— 文化的覺醒、思想的啟蒙、人格的覺悟，這才是振興民族改造中國的關鍵。一九一五年一月，以創辦《少年中國》著稱的「新中國三少年」之一的藍公武，發表〈辟近日復古之謬〉，率先向乘復古逆流滾滾而來的封建禮教發起進攻，倡言「中國之禮教所謂忠孝節義者，無一不與近世國家之文化相背反」，「改革之道不在復古，而在革新；不在禮教，而在科學；不欲以孔孟之言行為表率，而欲奉世界之偉人為導師」。並且強調：「今世文化之中核」在於獨立的人格觀念，「有獨立之人格，而後有自由之思想，而後有發展文化之能力，而後有平等受治之制度」。③「新中國三少年」的另一位黃遠庸，同年九月致信章士釗，明確提出：中國問題的「根本救濟，遠意當從提倡新文學入手。綜之，當使吾輩思潮，如何能與現代思潮相接觸，而促其猛省。而其要義，須與一般之人生出交涉；法須以淺近文藝，普遍四周。史家以文藝復興，為中世改革之根本，足下當能悟其消息盈虛之理也」。④ 他們讚美「獨立人格」，倡言文學改革，呼喚「文藝復興」，奏起了新文化運動的前奏曲。

一九一五年九月，《青年》雜誌（後改名《新青年》）破空而出了！以陳獨秀為代表的一批青年激進民主主義者在懷疑和思索中醒覺了，崛起了。他們「如初春，如朝日，如百卉之萌動，如利刃之新發於石刑」，勇敢地擎起了「民主」、「科學」的大旗，發出了「打倒孔家店」的呼嘯，以「再造文明」相號召，在兩條戰線上與兩類對手展開論戰，終於掀起了一場具有偉大歷史意義的新文化運動。

---

③　藍公武：〈辟近日復古之謬〉，《大中華》第 1 卷第 1 期，1915 年 1 月。
④　黃遠庸：〈致甲寅雜誌記者〉，《遠生遺箸》第 4 卷，（商務印書館，1927），頁 189。

　　一九一六年二月，陳獨秀發表了題爲〈吾人最後之覺悟〉的文章，試圖回答時代性的問題，規劃新文化運動的方向。他提出：

> 自西洋文明輸入吾國，最初促吾人之覺悟者爲學術，相形見
> 絀，舉國所知矣；其次爲政治，年來政象所證明，已有不克守
> 缺搶殘之勢。繼今以往，國人所懷疑莫決者，當爲倫理問題。
> 此而不能覺悟，則前之所謂覺悟者，非徹底之覺悟，蓋猶在惝
> 恍迷離之境。吾敢斷言曰：倫理的覺悟，爲吾人最後覺悟之最
> 後覺悟。⑤

何以必須有「倫理的覺悟」呢？他指出：

> 倫理思想，影響於政治，各國皆然，吾華無甚。儒者三綱之
> 說，爲吾倫理政治之大原，共貫同條，莫可偏廢。三綱之根
> 本義，階級制度者也。所謂名教，所謂禮教，皆以擁護此別尊
> 卑、明貴賤之制度者也。近世西洋之道德政治，乃以自由、平
> 等、獨立之說爲大原，與階級制度極端相反。此東西文明之一
> 大分水嶺也。
> 吾人果欲於政治上採用共和立憲制，復欲於倫理上保守綱常階
> 級制，以收新舊調和之效，自家衝撞，此絕對不可能之事。蓋
> 共和立憲制，以獨立、平等、自由爲原則，與綱常階級制爲絕
> 對不相容之物，存其一必廢其一。倘於政治否認專制，於家族
> 社會仍保守舊有之特權，則法律上權利平等、經濟上獨立生產

---

⑤　陳獨秀：〈吾人最後之覺悟〉，《獨秀文存》，（安徽人民出版社，1987），
　　頁41。

　　之原則，破壞無餘，焉有並行之餘地？

這其實就是新文化運動的基本綱領。它不僅回顧了自明代中葉以來
中西文化相碰撞相衝突，「凡經一次衝突，國民即受一次覺悟」的歷
史進程，而且提出了新文化運動的根本任務；促成國民的「倫理的覺
悟」。如果能從一個特定的角度說，洋務運動是中西文化物質層面碰
撞的反應，它要解決的主要是技藝的覺悟；維新運動、辛亥革命是中
西文化制度層面衝突的反應，它要解決的主要是「政治的覺悟」；那
麼，新文化運動就是在特定的社會背景下中西文化心理層面衝突的反
應，它要解決的則主要是「倫理的覺悟」。而所謂「倫理的覺悟」，
參合新文化運動領袖們陳獨秀、胡適和周氏兄弟等人的其他言論和實
踐來看，就是重新評價傳統文化，改造國民性，實現「人」的解放。
事實上，新文化運動中的歷次主要論戰，也都是圍繞這一中心而展開
的。

　　一八九五年，嚴復以「物競天擇、適者生存」進化論思想爲基
礎，率先提出過「鼓民力，開民智，新民德」的口號，⑥ 接觸到了改
造國民性的問題。一九〇二年，梁啓超進一步創造性地提出了「新
民說」，指出堂堂正正、具有自主性和獨立性的「新民」爲變革禦侮
強國之本，第一次比較系統地思考了改造國民性的問題，造成了深
遠的影響。但是，真正從文化心理的角度論述改造中國國民性的重要
意義，並進而呼喚「人」的發現，追求個性解放，尋求最後擺脫專制
主義而進入現代文化的根本道路，則是新文化運動的領袖們。從改造
國民性、解放個性出發，新文化運動還深入到民族的和個人的價值觀

---

⑥　嚴復：〈原強〉，《嚴復集》第 1 冊，（中華書局，1986），頁27。

念、思維方式等方面。這既是新文化運動興起的內在動因，也是新文化運動成就的歷史價值。

　　新舊文化的衝突越是深入到心理層面，這種衝突就越是具有範圍廣泛的特徵，越是具有短兵相接的性質，越是具有觀念形態的色彩。在當時的中國，要呼喚個性解放，就必須解除封建綱常的束縛、實現價值觀念的轉變；而要解除封建綱常的束縛，實現價值觀念的轉變，又必須批判歷代統治者以闡釋儒家經典的形式在改造孔子學說的基礎上「層累地造成」的「孔教」，並且必然會涉及到中國人心目中的聖人孔子。爲在中國呼喚「人」的發現，首先卻要批判歷代統治者塑造的「孔子」，新文化運動的革命性和艱難性由此可以想見。

　　千百年來，「孔教」因與皇權結合而政治化，皇權因與「孔教」結合而倫理化。歷代統治者，包括異族統治者，對此都悠然心會。那些夢想復辟帝制的復辟派和留戀封建秩序的守舊派也恰恰是從尊崇孔教、保守綱常方面著手活動的。在當時中國的思想界，尊孔復古是最爲張狂、最爲有害的一股危及民主共和制度的逆流。所以，新文化運動領導者們首先就與之開戰，並且「單刀直入，肉搏問題之中心」，主要從以下三個方面進行批判：

一、是提倡獨立的人格，還是灌輸奴隸的道德

　　「新文化運動」之「新」，首先在於它重新發現了「個人」，提倡獨立的人格。早在一九一五年，陳獨秀就在《青年》雜誌創刊號上向新青年發出呼籲：要自我解放，「脫離夫奴隸之羈絆，以完其自主自由之人格」。「自認爲獨立自主之人格以上，一切操行，一切權利，一切信仰，唯有聽命各自固有之智能，斷無盲從隸屬他人之

理」。⑦ 在中國，這是石破天驚的一聲，震撼了無數青年人的心靈。
後來，吳虞發表〈家族制度爲專制主義之根據論〉，將封建社會裡思
想上的倫理學說，政治上的專制制度與社會組織上的家族制度貫串起
來，作爲三位一體的東西加以考察分析，從而一針見血地指出：「儒
家以孝弟二字爲二千年來專制政治與家族制度聯結之根幹」，從根本
上說是違反人道的，因爲「其主張孝弟，專爲君親長上而設。但求君
親長上免奔亡弒奪之禍，而絕不問君親長上所以致奔亡弒奪之故，及
保衛尊重臣子卑幼人格之權」。⑧ 胡適發表〈易卜生主義〉，指控「
專制社會最大的罪惡莫過於摧折個人的個性，不使他自由發展」，召
喚人們「使個人有自由意志」，「使個人擔干係，負責任」，養成健
全的、獨立的個性和人格。⑨

　　如果說，中國在封建大一統的綱常秩序確立之前，也曾有過充蕩
生氣的、顯示個性的士文化，那麼，自秦漢以降，雖然有不少忠臣義
士、節烈英雄，但要尋找一個個性鮮明、人格健全的典型，卻是非常
之難的；如果說，在民主自由的社會裡，獨立人格是每一個人都應該
具備的品性，那麼，作爲社會良心的知識者，就尤其要有獨立精神和
原創能力，要有評判現實社會和現有價值觀念的眼光和膽氣。只有理
解了這一切，我們才能更好地理解八十年前新文化創造者們倡導獨立
人格的深遠意義。

---

⑦　陳獨秀：〈敬告青年〉，《獨秀文存》，頁4。
⑧　吳虞：〈家族制度爲專制主義之根據論〉，《新青年》第2卷第6號，1917
　　年2月。
⑨　胡適：〈易卜生主義〉，《胡適文存》第1集，（遠東圖書公司，1985），頁
　　644。

二、孔教是否適用於現代

關於孔子之道是否合乎「人道」的論戰涉及到雙方賴以立論的更爲深刻的普遍原則：人類的倫理道德觀念是否會隨著社會的變化而變化？孔子之道是否適用於現代生活？陳獨秀在〈孔子之道與現代生活〉一文中表示堅信：「宇宙間精神物質，無時不在變遷即進化之途，道德彝倫，又焉能外？」接著，他又從不同的角度證明了「孔教不適現代日用生活」，並指出：「孔子生長封建時代，所提倡之道德，封建時代之道德也，所垂示之禮教，即生活狀態，封建時代之禮教，封建時代之生活狀態也；所主張之政治，封建時代之政治也。」可是，

> 現代生活，以經濟爲之命脈，而個人獨立主義，乃爲經濟學生產之大則，其影響遂及於倫理學。故現代倫理學上之個人人格獨立，與經濟學上之個人財產獨立，互相證明，其說遂至不可動搖；而社會風紀，物質文明，因此大進。中土儒者，以綱常立教。爲人子爲人妻者，既失個人獨立人格，復無個人獨立之財產。⑩

這是新文化運動批孔的重要原因，也是有力的理論依據。

三、孔教與專制制度、共和制度的關係

新文化的倡導者們看破了尊孔復古的真實目的，始終沒有忘記維

---

⑩　陳獨秀：〈孔子之道與現代生活〉，《獨秀文存》，頁83。

護共和國的政治原則是判明是非的前提。陳獨秀首先指出：「孔教與
帝制，有不可離散之因緣」，而與共和制則「爲絕對不可相容之物，
存其一必廢其一」。⑪ 以最早點名批判孔子而著名的易白沙，從孔
學自身內容與封建專制主義內在聯繫的角度，對歷代帝王的「尊孔」
活動進行分析，得出了他們不過是「利用孔子爲傀儡，壟斷天下之思
想」以鞏固其統治的結論。然後筆鋒一轉，指出「孔子以何因緣被彼
野心家所利用，甘作滑稽之傀儡，是不能不歸咎於孔子之自身」：

> 孔子尊君權，漫無限制，易演成獨夫專制之弊。
>
> 孔子講學不許問難，易演成思想專制之弊。
>
> 孔子少絕對之主張，易為人所借口。
>
> 孔子但重作官，不重謀食，易入民賊牢籠。⑫

批判假孔子，論及真孔子，有根據、有分寸，分析深入、結論合理，
因而說服力很強，在當時引起了很大的震動。

　　孔子是中國傳統社會的精神象徵，儒家文化是中國傳統文化的
主要骨幹。批判歷代統治者塑造的「孔子」和締造的「孔教」，必然
要走向對中國傳統文化的重新評估。而要對中國傳統文化進行重新
評估，又必然要以他國異質文化爲參照系統。事實上，有了對洋務運
動、維新運動、辛亥革命運動的深切理解之後，當時新文化運動領袖
們批判孔子與「孔教」，重新評估中國文化，都是自覺地以西方現代
文化爲參照系統的；他們呼喚「人」的發現，追求個性解放、高揚「

---

⑪　陳獨秀：〈吾人最後之覺悟〉，《獨秀文存》，頁41。

⑫　易白沙：〈孔子平議〉上，《青年》第1卷第6號，1916年2月。

科學」、「民主」大旗，也都是受西方現代文化啓示的。因此，中西
文化的全面比較與評判，自然也就成爲當時人們關注和議論的焦點。
更何況，陳獨秀早已聲明：「欲建設西洋式之新國家，組織西洋式之
新社會，以求適今世之生存，則根本問題，不可不首先輸入西洋式社
會國家之基礎，所謂平等人權之新信仰，對於與此新社會新國家新信
仰不可相容之孔教，不可不有徹底之覺悟，猛勇之決心，否則不塞不
流，不止不行！」⑬於是，中西文化的比較與評判，成爲新文化運動
的另一條戰線，並形成了激進與調和兩派。激進派以陳獨秀、胡適、
魯迅、周作人、吳虞爲代表，調和派以杜亞泉、梁漱溟、梅光迪爲代
表。

　　但是，中西文化衝突畢竟已經經歷了物質層面、制度層面而進入
了心理層面，中國社會歷史畢竟已經經歷了洋務運動、維新運動、辛
亥革命而進入了新文化運動，所以，正如杜亞泉指出的：「今日之所
謂新者，較之曩時講求西藝、倡言新法者，固有進步；即所謂舊者，
亦非曩時視歐美爲夷狄、斥新學爲異端者，所可同日而語矣。」⑭「
新者」在進步，「舊者」也在進步，因而當時他們之間關於中西文化
的論戰，主要集中在兩個問題上：

一、關於中國文化與西方文化基本特性的判斷

　　一九一五年，陳獨秀在〈東西民族根本思想之差異〉一文明確提
出：「東西洋民族不同，而根本思想亦各成一系。」東方民族的特點
是「以安息爲本位」，「以家族爲本位」，「以感情爲本位」，「以

---

⑬　陳獨秀：〈憲法與孔教〉，《獨秀文存》，頁79。
⑭　傖父：〈再論新舊思想之衝突〉，《東方雜誌》第 13 卷第 4 號，1916 年 4
　　月。

虛文爲本位」，而西洋民族的特點是「以戰爭爲本位」，「以個人爲本位」，「以法治爲本位」，「以實力爲本位」。根據這種粗疏的比較，他對東方固有文明提出了大膽的挑戰，以爲對於西方民族，「東洋民族或目爲狂易；但能肖其萬一，愛平和尙安息，雍容文雅之劣等東洋民族，何至處於今日之被征服地位？」⑮此論一出，立即在中國文化論壇上引起了軒然大波。

　　一九一六年，曾獲「中國科學界的先驅」之譽的《東方雜誌》主編杜亞泉此時卻趨向調和，對陳獨秀的文章作出了反應，他以「傖父」爲筆名，發表〈靜的文明與動的文明〉，認爲：中西兩種文明「乃性質之異，而非程度之差。而吾國固有之文明正足以救西洋文明之弊，濟西洋文明之窮者。」在後來的〈迷混之現代人心〉一文中，他更加直接了當地宣稱不要受西方物質文明的「眩惑」，不要把科學之論視爲「信條」，而主張以儒家思想爲舉國上下衡量是非的統一標準，「救濟之道，在統整吾固有之文明，基本有系統者則明瞭之，其間有錯出者則修整之。一面盡力輸入西洋學說，使其融合於吾固有文明之中。西洋之斷片的文明如滿地散錢，以吾固有文明爲繩索，一以貫之」。⑯陳獨秀以鬥士的姿態在〈質問東方雜誌記者〉一文中反駁了杜亞泉把「儒術」當作中國不可動搖的「國基」，把「名教綱常」說成是永不可變的「信條」，因而排斥先進的「西洋文明」的種種論調，然後一則質問：「共和政體之下，所謂君道臣節名教綱常，當作何解？謂之迷亂，謂之謀叛共和民國，不亦宜乎？」再則質問：「傖父君之意，頗以中國此時無強有力者以強力壓倒一切主義主張爲憾；

---

⑮　陳獨秀：〈東西民族根本思想之差異〉，《獨秀文存》，頁27–28。

⑯　傖父：〈迷混之現代人心〉，《東方雜誌》第15卷第4號，1918年4月。

然則洪憲時代，頗有此等景象，儉父君曾稱快否？」在這嚴厲而有力的質問聲中，人們不難領悟到這場論戰與共和制度的微妙關係。

二、對吸收中西方文化的態度

杜亞泉曾經指責西方文化的輸入造成了「人心之迷亂」，他對吸收中西方文化的態度是不言而喻的。此外，他還在《東方雜誌》提出過一種「國性論」：因為中國與西方「國性」不同，因而中西文化也就「居於衝突之地位，絕不容言合」，難相為謀。⑰一種「調和論」：「盡力輸入西洋學說，使其融合於吾國固有文明之中。」根據「調和」論，杜亞泉還發表過一些實際上有損於共和制的文化主張：「政體雖改，而政治原理不變，故以君道臣節名教綱常為基礎之固有文明，與現時之國體融洽而會通之，乃為統整文明之所有事。」⑱

對於「國性論」和「調和論」，陳獨秀等人的批駁是直接而又痛快的。他說：「若是決計革新，一切都應該採用西洋的新法子，不必拿什麼國粹、什麼國情的鬼話來搗亂。」「中國目下一方面既採用立憲共和政體，一方面又唱尊君的孔教，夢想大權政治，反對民權；一方面設立科學的教育，一方面又提倡非科學的祀天」。這必然會造成「政治上社會上的矛盾、紊亂、退化，終久不可挽回！」⑲這種淋漓盡致的批判，雖然不無粗疏、片面的毛病，但卻充分地表現出他們與「國性論」、「調和論」，與封建禮教絕不兩立的戰鬥精神。

---

⑰　儉父：〈再論新舊思想之衝突〉，《東方雜誌》第 13 卷第 4 號，1916 年 4 月。

⑱　儉父：〈答新青年雜誌記者之質問〉，《東方雜誌》第 15 卷第 12 號，1918 年 12 月。

⑲　陳獨秀：〈今日中國之政治問題〉，《獨秀文存》，頁 153。

　　無庸諱言，從論戰中的文章來看，新文化的倡導者們對文化的認識上有很大的不足，態度上有明顯的偏頗，論爭方式有時近乎武斷；但是，他們本著知識者的「社會良心」，體會到時代的需要，敢於重新評價傳統文化，首倡再造新的文明，激發「最後覺悟」，高揚民主精神，建構獨立人格，以戰鬥的姿態推進新文化運動向前發展，歷史功績是不可磨滅的。

　　新文化運動在兩條主要戰線上很快都取得了引人注目的勝利，使人們的思想獲得了初步的解放。因此，《新青年》的威望和影響也迅速加強，被廣大讀者譽爲青年界之「明星」、「金針」和「良師益友」。⑳《新青年》的發行，也從創刊時的一千冊增加到一九一七年的一萬六千冊。㉑

　　李大釗說得好：「由來新文明之誕生，必有新文藝爲之先聲；而新文藝之勃興，尤必賴有一二哲人，犯當世之不韙，發揮其理想，振其自我之權威，爲自我覺醒之絕叫。」㉒新思潮重新湧起，新文化即將誕生，激動著每一個思想敏銳的中國人的心靈，也呼喚著最能適應自己需要的符號系統。遠在大洋彼岸留學的青年胡適，深切地感覺到：「新潮之來不可止，文學革命其時矣！」㉓基於這種感受，一九一七年一月，他在《新青年》上發表了〈文學改良芻議〉一文，吹響了「文學革命」的號角。緊接著，陳獨秀刊出了〈文學革命論〉一文，舉起了「文學革命」的大旗。「文學革命」，究其實質，是要

⑳　〈通信〉，《新青年》第 2 卷第 5 號，1917 年 1 月。

㉑　戈公振：〈民國初期的重要報刊〉，《中國近代出版史料》2 編，（群聯出版社，1954）頁 316。

㉒　李大釗：〈晨鐘之使命〉，《李大釗選集》，（人民出版社，1959），頁 61。

㉓　胡適：〈逼上梁山〉，《胡適自傳》，（黃山書社，1986），頁 108。

變革人們的文學觀念和文化觀念，改進人們的思維方式和思維習慣，完善民族文化的符號體系和「人」的個性的表現手段。它以其示範意義，爲新文化運動注入了新內容，增添了新的聲勢，拓寬了新的道路。

新文化倡導者們的初衷是不「批評時政」，而專注於文化的批判。但自新文化運動開展之日起，科學、民主的主題就與救亡、愛國的主題相碰撞、相交織，文化批判又復歸到政治鬥爭之中。因此，新文化運動一開始就在反封建專制鬥爭中產生了積極的影響。

一九一六年元旦，袁世凱改元洪憲，而與此同時，蔡鍔在雲南發動「護國戰爭」。其結果，是袁世凱在眾叛親離的窘境中被迫撤銷帝制。一九一七年六月，張勳率辮子軍乘虛進入北京，抬出溥儀，宣布復辟，但僅僅十二天就迅速破產。段祺瑞上臺後，拒絕恢復「臨時約法」和國會，於是孫中山在廣州組成軍政府，開始了「護法」戰爭。從文化的角度看，以上兩年間走馬燈似的歷史事件，無論是正劇還是丑劇，都不僅說明了辛亥革命前缺少一個像法國大革命前那種思想啓蒙運動的後遺症是如何的嚴重，說明了容納封建主義邪惡的專制制度本身坍塌以後，那些邪惡在舊的政治文化規範已經破碎、新的政治文化規範尚未建立的情況下，是怎樣的放蕩和難以容忍；同時也還說明了辛亥革命作爲文化的制度層面的重大變革，畢竟在全國民眾心裡撒下了「共和意識」，說明了新文化運動作爲思想啓蒙的補課，其影響已經很快在政治鬥爭中表現出來。

當人們進入一九一八年以後，就越來越強烈地感覺到：隨著中國現代工業資本主義乘第一次世界大戰之機一度得到良好發展，隨著兩條戰線上論戰的節節勝利，隨著文白之戰的逐漸展開，新文化運動不斷奮進，躍入了一個新的階段。在新的階段裡，除新舊鬥爭日趨激烈、尖銳之外，新文化運動主要呈現出了如下兩大特點：

一、形成了一個頗爲壯觀的新文化陣營

一九一七年元月，蔡元培就任北京大學校長，「循思想自由原則，取兼容並包主義」，對北大進行了重要的改革，許多新文化人物因此聚集到了北大。自一九一八年元月起，李大釗、胡適、錢玄同、劉半農、魯迅、周作人等許多著名人物都先後參加了《新青年》編輯部，成爲新文化運動的核心力量。而在他們的周圍，又結集著許許多多勇敢的撰稿人和熱誠的讀者群眾。

一九一九年一月一日，一個新的雜誌《新潮》誕生了。它是由一群在新文化運動中成長起來的青年學生傅斯年、羅家倫、顧頡剛、毛子水、俞平伯等，在陳獨秀、胡適的指導和支持下創辦的。他們爲這個雜誌取了一個英文名字 Renaissance，意思是「文藝復興」。這既表現了他們對新文化運動的理解和希望，又表現了他們有志於「文藝復興」的抱負和才華。這個雜誌後來的表現已經證明，它無愧於這個名字，無愧於《新青年》的戰友。與此同時，在全國各地，有更多更多的青年，受新文化運動的啓迪和激勵，也紛紛投袂而起。他們分別在各地區各學校組織起很多社團，並創辦了各具特色的刊物，如《湘江評論》、《少年中國》等，在《新青年》的帥旗之下，互相呼應、互相推進，在新舊思想大激戰中發揮了巨大的作用，爲五四愛國運動作了組織準備和思想準備。

二、進一步高舉起民主科學的旗幟，對封建禮教展開了更加猛烈的攻擊

三年來新舊思想的鬥爭，使新文化的倡導者們更加堅信，民主

與科學是「再造文明」的基石。面對社會上的「大驚小怪、八面非難」，他們毅然布告天下：「我們現在認定只有這兩位先生，可以救治中國政治上、道德上、學術上一切的黑暗。若因爲擁護這兩位先生，一切政府的迫壓，社會的攻擊笑罵，就是斷頭流血，都不推辭！」[24] 民主與科學的口號，凝聚著幾代先進戰士的希望，扣動了億萬民眾的心靈，很快流行開來，成爲廣大先進青年和群眾的思想武器和奮鬥目標，化作新文化運動的兩面光輝的旗幟。

民主和科學，不僅是揚棄文化傳統的理論依據，而且是重建現代價值的現實目標，是新文化運動的靈魂。正如陳旭麓提出的：「高揚民主和科學之旗，包含著八十年中西文化論爭所積累起來的認識成果，又體現了認識的一種飛躍。它由古今中西新舊之爭而來，又是對古今中西新舊之爭的歷史概括。中國人因此而找到了一個最重要、最本質的是非標準，而後才可能有完全意義上的近代中國和近代中國人。」[25] 直到今天，民主和科學也還是我們國家我們民族所迫切需要的。李澤厚說的對：「儘管新文化運動的自我意識並非政治，而是文化」，但其「啓蒙的目標，文化的改造，傳統的扔棄，仍是爲了國家民族，仍是爲了改變中國的政局和社會的面貌。」[26] 加之進入新的發展階段之後，新文化運動又具有上述兩大特點，所以，在一定的歷史條件下，它很容易與批判舊政權的政治運動相結合，並因此引起反動派的仇視和守舊派的抨擊。一九一九年春，新舊文化、新舊文學、新舊書語的鬥爭日趨激烈。少數守舊派人物一面放出影射小說、公開信

---

[24] 陳獨秀：〈本誌罪案之答辯書〉，《獨秀文存》，頁 243。

[25] 陳旭麓：《近代中國社會的新陳代謝》，（上海人民出版社，1992），頁 398。

[26] 李澤厚：《中國現代思想史論》，（東方出版社，1987），頁 12。

件，對新文化倡導者進行醜化和謾罵，一面又與把持中央政權的安福系軍閥暗通聲氣，企圖利用舊政權來壓制新文化運動。一時之間，北京形勢大變，謠諑叢生，壓迫隨至。對此，新文化運動主將們進行了勇敢的還擊。隨即，偉大的五四運動爆發了！科學民主的主題又一次與救亡愛國的主題互相碰撞，互相推動。

五四運動作爲一次徹底的反對帝國主義和封建主義的群眾愛國運動，其直接政治目標當然是「外抗強權」，拒簽巴黎和約，「內懲國賊」，罷免曹、章、陸等人。但它呈現出來的精神，卻是覺醒之後衝決網羅的精神，是同一切傳統實行徹底決裂的精神。這種反抗傳統的戰鬥精神，正是新文化運動所培育出來的果實。五四運動的發起者是處於新文化運動中心的北京大學的學生，五四運動的最有號召力的宣言即「五四北京學界全體宣言」的執筆者是新文化運動的青年骨幹、《新潮》雜誌編輯羅家倫，五四遊行隊伍的總指揮之一是新文化運動中頗負盛名的人物、《新潮》雜誌主編傅斯年，李大釗走在遊行隊伍的行列中，後來並且還多次散發傳單，陳獨秀於六月十日因散發傳單而被捕。所有這一切都不是偶然的，它足以說明：新文化運動啓迪和推動了五四運動，並爲之提供了思想、人才和隊伍。

五四運動席捲全國，在中國歷史上具有劃時代意義。在運動期間，演講小隊有如璀璨的群星，閃爍在全國一百五十多個大中小城市的街頭巷尾；白話報刊，真像雨後春筍，煥發出嶄新的衝破一切壓迫和阻力的精神；口號和傳單，更是鋪天蓋地，震撼著神州大地。所有這些，像催化劑，促使全國各階層的群眾把愛國熱情轉化爲愛國行動，因而形成了一股氣壯山河的反對帝國主義和封建主義的強大力量；像播種機，把新文化的種子撒播到全國每一個城市和廣大鄉村，因而爲新文化的滋生和新文化運動的深入創造了新的良好條件。不

過，在讚揚這種催化劑和播種機的偉大作用時，我們不要忘記白話文。沒有全國民眾喜聞樂見的白話文，這種催化劑將失去效用，播種機將難以耕作，五月四日那一天，許德珩起草的文言宣言就沒有羅家倫起草的白話宣言所具有的鼓動力量和崇高聲望，就足以證明這一點。所以，新文化運動以白話文運動為羽翼，在啓迪和推動了五四愛國運動的同時，又借助五四愛國運動而大張其聲勢。五四運動不僅是空前規模的愛國運動，而且是空前規模的普及新文化的運動，同時也是空前規模的推行白話文的運動。

新文化運動既挾五四風雷而大增其聲勢，排山倒海，席捲神州大地，所以在稍後的一兩年裡，它就能粉碎守舊派章士釗等人竭力散布的「新舊調和論」，壓倒梁啓超在第一次世界大戰後片面觀察歐洲形勢所引出的「西方文化破產論」，對梁漱溟的整個世界只有「中國文化是救時靈藥」的新儒家觀點進行有力的批評，同時也使馬克思主義在中國的影響日益擴大、加深。

當然，隨著國際國內形勢的急劇變化，「五四時期啓蒙與救亡並行不悖相得益彰的局面並沒有延續多久，時代的危亡局勢和劇烈的現實鬥爭，迫使政治救亡的主題又一次全面壓倒了思想啓蒙的主題。」㉗ 新文化運動沒有能夠繼續深入發展下去，因而留下了許多沒有能夠完成的課題，以致到現在還使人深深地感到惋惜。但這已超出了我們考察白話文運動所必須涉及的範圍。

㉗　李澤厚：《中國現代思想史論》，頁32。

第二節　激動人心的文白之戰

歷史現象常常如同難以猜透的謎。正因爲它難以猜透，所以對於研究者才具有永久的魅力。

新文化運動，公認是一場空前的觀念形態的革命，可是就當時的實際情形來看，最激動人心的論戰卻是發生在這一運動中的「文學革命」一隅；而「文學革命」，公認是一次反對舊文學提倡新文學的文學變革，可是就當時的實際情形來看，最激動人心的論戰卻是發生在這一革命中的「語言形式」即文白之爭一隅。

當文白之戰的緊張場面剛剛出現時，論戰一方的代表人物林紓曾經高聲喝叫：

> 昨日寓書諄勸老友蔡鶴卿，囑其向此輩道意。能聽與否，則不敢知。至於將來受一場毒罵，在我意中。我老廉頗頑皮愍力，尚能挽五石之弓，不汝懼也，來，來，來！㉘

論戰另一方的大將李大釗曾經正言相告：

> 須知中國今日如果有眞正覺醒的青年，斷不怕你們偉丈夫的摧殘；你們的偉丈夫，也斷不能摧殘這些青年的精神。當年俄羅斯的暴虐政府，也不知用盡多少殘忍的心性，殺戮多少青年的

㉘　林紓：《演歸氏二孝子・跋》，轉引自張俊才《林紓評傳》，（南開大學出版社，1992），頁252。

志士。哪知道這些青年犧牲的血，都是培植革命自由花的肥料
……㉙

而論戰雙方之外的公眾也曾吶喊助威：

> 吾願提倡革新諸君，自覺其責任之重，知舊勢力之大，力與奮
> 鬥，百折不撓，具獨立之志趣，有犧牲之精神，真理所在，生
> 死以之。吾知最後之勝利，必屬於革新之諸君矣！㉚

關於文言與白話的論戰，竟然要言及「犧牲的血」，竟然要準備「生
死以之」，由此可以想見其劍拔弩張之勢態，激動人心之力量。這都
是為什麼？要猜透這一歷史之謎，首先必須了解論戰緣起，察看論戰
進程。

〔壹〕　論戰的背景和緣起

　　伴隨著新文化運動而興起的文白之戰，發生在一九一七 — 一九
一九年間，但如果要正確地揭示其背景和緣起，卻必須追溯到很遠很
遠。
　　胡適先生晚年在回顧總結文白之戰的歷史時曾說：「事實上語
言文字的改革，只是一個『我們』曾一再提過的更大的文化運動之
中的，較早的、較重要的和比較更成功的一環而已。這個更廣大的文

㉙　李大釗：〈新舊思潮之激戰〉，《李大釗選集》，頁156。
㉚　《北京大學暗潮之感想》，原載浙江《教育周報》，引自《五四運動文選》，
　　（三聯書店，1979），頁240。

化運動有時被稱爲『新文化運動』」，「我本人則比較歡喜用『中國
文藝復興』這一名辭」。㉛ 而「中國文藝復興運動」，不過是宋代以
來，「這個一千年當中，中國文藝復興運動的歷史當中，一個潮流、
一部分、一個時代、一個大時代裡面的一個小時代」。㉜ 這一番話不
一定全都精當，但卻是富於啓示性的。這樣，文白之戰的背景和緣起
主要就在於：

一、在中國，白話著作已經有悠久的歷史和優秀的成果

　　正如胡適指出的：「一千年前，就有許多詩人用白話做詩做詞
了；八九百年前，就有人用白話講學了；七八百年前，就有人用白話
做小說了；六百年前，就有白話的戲曲了；《水滸》、《三國》、《
西遊記》、《金瓶梅》，是三四百年前的作品；《儒林外史》、《紅
樓夢》，是一百四五十年前的作品。我們知道，這幾百年來，中國社
會裡銷行最廣、勢力最大的書籍，並不是《四書》、《五經》，也不
是程朱語錄，也不是韓柳文章，乃是那些『言之不文，行之最遠』的
白話小說！……已經在社會上養成了白話文學的信用了，時機已成
熟了」，「故一千年的白話文學種下了近年文學革命的種子；近年的
文學革命不過是給一段長歷史作一個小結束；從此以後，中國文學
永遠脫離了盲目的自然演化的老路，走上了有意的創作的新路了」。
㉝ 這一段話，雖然不無小疵（例如，「程朱語錄」卻是白話作品），
但大體上是正確的，它道出了漢語文學和漢語書面語發展的「自然趨

㉛　唐德剛編譯：〈胡適的自傳〉，引自《胡適哲學思想資料選》下，（華東師範
　　大學出版社，1981），頁180。

㉜　胡適：〈中國文藝復興運動〉，引自《胡適哲學思想資料選》上，頁540。

㉝　胡適：《白話文學史》，（岳麓書社，1986），頁2–7。

勢」。

二、在中國，十九世紀與二十世紀之交的早期白話文運動、「新文體」運動和國語運動，已經打下了基礎，積累了經驗

特別是白話文運動的先驅一九〇二年提出的文言爲「數千年前有限之死語」，不能「寫今日無數活事」的見解，[34] 更是直接啓發了胡適、陳獨秀諸人的思路。關於這些，前面有關章節已有論述。需要補充說明的是，一些古文家的寫作實踐和文言作品，也從一個特定的角度留下了可供借鑒的正面或反面的經驗。嚴復是卓越的翻譯家，也是著名的古文家，他堅持以文言翻譯西書，結果卻喟嘆：「海外讀吾譯著，往往以不可猝解，訾其艱深。不知原書之難且實過之。理本奧衍，與不佞文字固無涉也。」[35] 說原書「理本奧衍」是確實的，說「與不佞文字固無涉也」則未必。以嚴公大才而人「訾其艱深」，只能說明文言是該廢棄的。否則，無論怎樣好怎樣新的思想，都難以得到很好的闡釋和傳播。再以林紓而論，他以古文翻譯外國小說，卻又不得不起用民眾口語詞語，引進外來詞語，雜以外國語法 ── 這都是「古文」的禁品。例如：

> 屉中藏……烟卷數枚、紙條數張，及爆竹、舊鞋、 大蒜頭、抹布、針線、糖餌，雜亂無章。（《黑奴籲天錄》第 18 章）

---

[34] 闕名：〈論中國文章首宜變革〉，引自《近代史資料》第 2 期，（中華書局，1963），頁 131。

[35] 嚴復：〈群己權界論・譯凡例〉，《嚴復集》第 1 冊，（中華書局，1986），頁 134。

神乃弗旺，此反動之力也。（《塊肉餘生述》第 12 章）

汝告爾之安琪兒，吾甚欲一見。（《塊肉餘生述》第 37 章）

侍者叩扉曰：「先生密而華德至」。（《迦茵小傳》第 5 章）

我……思上帝之心，必知我此一副眼淚實由中出，誦經本諸實心，布施由於誠意，且此婦人之死，均余搓其目，著其衣冠，扶之入柩，均我一人之力也。（《巴黎茶花女遺事》第 83 頁）

　　林紓不得不使用「烟卷」、「紙條」、「大蒜頭」一類的口語詞，「反動之力」、「安琪兒」一類的外來詞，最後兩例的歐化句式，㊱ 足以說明：「數千年前有限之死語」，確實不能「寫今日無數活事」；文言的變革是必須的，也是可能的。

三、在中國，十九世紀與二十世紀之交的現代化運動提供了新的社會基礎

　　自十九世紀六十年代以後，中國的社會文化在西方文化的碰撞下，從物質層面、制度層面到心理層面都逐漸發生了日益深刻的變化，開始慢慢地朝著現代化的方向挪動。在啓蒙思潮的衝擊下，清政府被迫於一九〇二年正式廢止了八股，於一九〇五年正式廢止了科舉，文言的正統地位因此而失去了最後的制度支柱，士人的文體觀念因此而得到了最大的解放，白話的發展前途因此而獲取了最重要的機遇。在啓蒙思潮的激盪下，「中等社會」和「下等社會」日漸覺醒，逐步具有了程度不同的社會變革意識和政治參與意識；辛亥革命初步勝利以後，民眾的這些意識更加活躍起來，並因此而表現出了對作為

㊱　參見錢鍾書：〈林紓的翻譯〉，《錢鍾書論學文選》第 6 卷，（花城出版社，1990），頁 124。

宣傳利器的白話文的強烈需求，因此而促進了通俗文化的繁榮。這在中國，是有特別意義的新的社會變動趨向。與此相伴隨，是新聞事業有了飛躍的發展。在全國範圍內，出現了一個前所未有的辦報高潮。據統計，僅武昌起義後的半年內，全國的報刊就由十年前的一百多種激增至近五百種，總銷數量高達四千二百萬份。[37] 在這眾多的報刊中，還有相當一部分是民間社團或名流個人創辦的，其中有的以「鼓吹共和」、「監督政府」爲己任，具有新鮮活潑的風格。所有這些，都構成了白話文運動的堅實的社會基礎。此外，陳獨秀認爲：「中國近來產業發達，人口集中，白話文完全是應這個需要而發生而存在的」；胡適之則指出：「幸而帝制推倒以後，頑固的勢力已不能集中作威福了，白話文運動雖然時時受點障害，究竟還不到『烟消灰滅』的地步。這是我們不能不歸功到政治革命的先烈的」。[38] 兩位先生都各從一個特定的角度揭示了白話文運動的社會文化背景，值得我們重視。

四、中國新文化的有力激發

作爲中國走向現代化的啓蒙運動，維新變法運動、民主革命運動，特別是本時期的新文化運動，相繼興起，逐步推進，層層積累，在吸收西方文化、改造傳統文化的歷程中，一定程度上創造出了一種富於現代特色的新文化。這種新文化，表現在民族心理方面，就是開放的意識，競爭的意識，新的世界觀念，新的思維方式等等；表現在觀念形態方面，就是民主的精神，科學的精神，進化的觀念，共

---

[37]　參見方漢奇：《中國近代報刊史》，（山西教育出版社，1991），頁 676。

[38]　胡適：《中國新文學大系・建設理論集・導言》，《中國新文學大系・建設理論集》，（良友圖書公司，1936），頁 16。

和的意識等等；表現在語言文學方面，則是「詩界革命」，「文界革命」，「小說革命」，「新文體」，早期白話，各種漢字改革方案和「國語統一」等等。在新的歷史條件下，這種新文化又有力地激發了新的白話文運動。比如，白話取代文言，從本質上說是一次思想和語體的大解放。正如李大釗在一九二〇年就強調的：「一切解放的基礎，都在精神解放。」㉟ 而人們的「精神解放」，正是創造新文化的目的和結果。又如，「要擁護德先生又要擁護賽先生，便不得不反對國粹和舊文學」，㊵ 而要「反對國粹和舊文學」，首先又不得不對國粹和舊文學的表達形式文言發起攻擊。又如，「先要做到文字體裁的大解放，方才可以用來做新思想新精神的運輸品」，㊶ 毫無疑問，只有用白話取代文言，才是「文字體裁的大解放」，「才可以用來做新思想、新精神的運輸品」。正因爲如此，新文化運動、新文學運動、新白話文運動才會在新的歷史條件下有機地結合在一起，互相促進、互相補充，也互爲基礎。

五、世界新文化的多方影響

早在一八二七年，歌德就曾經預言：「世界文學的時代已快來臨了。」㊷ 二十年後，馬克思恩格斯又斷言：「各民族的精神產品成了公共的財產，民族的片面性和局限性日益成爲不可能。」㊸ 從中國新文化運動的歷史來看，他們的見解是正確的。世界新文化對中國本時

㉟ 李大釗：〈精神解放〉，《李大釗選集》，（人民出版社，1959），頁309。
㊵ 陳獨秀：〈本誌罪案之答辯書〉，《獨秀文存》，頁243。
㊶ 胡適：《嘗試集·自序》，《胡適文存》第1集，頁202。
㊷ 《歌德談話錄》，朱光潛譯，（人民文學出版社，1978），頁113。
㊸ 《馬克思恩格斯選集》第1卷，（人民出版社，1972），頁255。

期的「文學革命」和白話文運動確實有過巨大的、多方面的影響。例
如「平民主義」。李大釗以激動的心情指出過：「『平民主義』，崛
起於歐洲，流被於美洲，近更借機關槍、輪船、新聞、電報的力量，
挾著雷霆萬鈞的聲勢，震撼了數千年間沈沈睡夢於專制的深淵裡的亞
洲。……無論是文學，是戲曲，是詩歌，是標語，若不導以平民主義
的旗幟，他們決不能被傳播於現在的社會，決不能得群眾的謳歌。」
㊹ 這種世界範圍的「平民主義」思潮，湧進中國新文化運動進程裡，
就轉化爲對於「下層文化」的提倡，對於「國民文學」的提倡，對於
白話文的提倡。胡適、陳獨秀當時就明確地提出：文學革命，白話文
運動，就是要「用這種老百姓的語言、街坊的語言作爲教育工具，並
且用它來做文學媒介的改革」，㊺ 並且將它推許「爲中國文學之正
宗，又爲將來文學必用之利器」；㊻ 就是要「推倒雕琢的阿諛的貴
族文學，建設平易的抒情的國民文學」。㊼ 在他們當時的言行裡，
「平民主義」是清晰而完整的，自覺而堅定的。

又如，「文學革命」和新白話文運動的主要目標之一，就是要建
設「國語的文學、文學的國語」。胡適多次聲明，他提出這一目標是
接受了西歐各國國語歷史的啓示，是接受了世界新文化的影響：

> 我這幾年來研究歐洲各國國語的歷史，沒有一種國語不是這
> 樣造成的。……義大利國語成立的歷史，最可供我們中國人

㊹　李大釗：〈平民主義〉，《李大釗選集》，頁407。
㊺　《胡適的自傳》，引自《胡適哲學思想資料選》（下），（華東師範大學出版
　　社，1981），頁151。
㊻　胡適：〈文學改良芻議〉，《胡適文存》第1集，頁17。
㊼　陳獨秀：〈文學革命論〉，《獨秀文存》，頁95。

的研究。為什麼呢？因為歐洲西部北部的新國，如英吉利、法蘭西、德意志，他們的方言和拉丁文相差太遠了，所以他們漸漸的用國語著作文學，還不算希奇。只有義大利提倡用白話代拉丁文，眞正和中國提倡用白話代漢文有同樣的艱難。……所以那時的新文學家，一方面努力創造國語的文學，一方面還要做文章鼓吹何以當廢古文，何以不可不用白話。有了這種有意義的主張，又有了那些有價值的文學，才可造出義大利的「文學的國語」。[48]

我們的海禁開了，和世界文化接觸了，有了參考比較的資料，尤其是歐洲近代國家的國語文學次第產生的歷史，使我們明瞭我們自己的國語文學的歷史，使我們放膽主張建立我們自己的文學革命。[49]

　　收集和分析新文化運動領袖們當時的和後來的言論，我們可以清楚地看到世界新文化對於「文學革命」和新白話文運動的啓示、激勵作用。

　　由以上從五個角度對背景和緣起的揭示與分析中，我們已經感覺到，文白之戰，文學革命，是不可避免了，是即將來臨了，是氣勢不凡的了！一九一六年八月，李大釗在《晨鐘報》創刊號上抒寫了他的預感：「由來新文明之誕生，必有新文藝為之先聲，而新文藝之勃興，尤必賴有一二哲人，犯當世之不韙，發揮其理想，振其自我之權

---

[48]　胡適：〈建設的文學革命論〉，《胡適文存》第 1 集，頁 61–62。

[49]　胡適：《中國新文學大系‧建設理論集‧導言》，《中國新文學大系‧建設理論集》，（良友圖書印刷公司，1936），頁 16。

威，爲自我覺醒之絕叫，而後當時有眾之沈夢，賴以驚破。」⑤　果然，在新文化的激發下，這種敢於「犯當世之不韙」，「爲自我覺醒之絕叫」的「一二哲人」出現了，他們就是年輕的胡適和陳獨秀。

胡適是當時「爲自我覺醒之絕叫」的第一人。但他的「自我覺醒」卻有一段感人的歷程。這一段關係甚大的歷程完成在他留學美國期間，大致可以分爲五個階段，稍作疏理，簡述如下：⑤

一九一二年春，胡適本著個人的愛好和「執筆報國」的心願，放棄農科，改學哲學和文學。這年九月，他將法國都德的短篇小說〈最後一課〉首次譯爲中文，使用的是白話。八十年來，特別是抗日戰爭時期，〈最後一課〉一直是中國政府和民眾所推重的愛國主義教材，哺育過千千萬萬的青少年。稍後，他又用白話翻譯了拜倫的名作〈哀希臘歌〉。這兩篇譯作，不僅寄托了他的愛國熱忱，而且表現了他在語言文學觀念方面高出嚴復、林紓的眼光，當得起「出手不凡」四字。

一九一五年春，中國在美國「留學生監督處」的書記鍾文鰲，自發地爲留學生寄送宣傳傳單，鼓吹「廢除漢字，取用字母」。胡適大不以爲然，去信表示反對；但同時，又萌發了「應該用點心思才力去研究這個問題」的想法。當時恰好留美的中國學生會剛剛成立了一個「文學科學研究部」，要擬定年會討論課題。他於是與後來成爲著名語言學家的趙元任商量，把「中國文學的問題」作爲選題，分頭進行研究。趙元任的研究結果，是主張採用拼音字母。胡適的研究結果，是發現「白話是活文字，古文是半死的文字」。這是一個驚人的發

⑤　李大釗：〈晨鐘之使命〉，《李大釗選集》，頁61。
⑤　以下論述，引文全部採自胡適〈逼上梁山〉一文，見《中國新文學大系·建設理論集》，（良友圖書印刷公司，1936）。不另作注。

現，一個有重大意義的發現。它標誌著胡適思想有了重要的轉變，標誌著一個新的理論有了良好的開端。

　　一九一五年夏，胡適與任叔永、梅光迪、楊杏佛等在美國綺色佳過夏，討論中國文字和中國文學問題。他的「古文是半死的文字」的觀點遭到了梅光迪的激烈反駁，迫使他進一步認真而嚴肅地進行思考。在深沈的思考過程中，他感受到了國內新文化運動的巨大影響，因而觀點「倒漸漸變的更激烈了」。九月十七日，他做了一首長詩送給梅光迪，勇敢地發布了「文學革命」的宣言：

> 梅生梅生毋自鄙；神州文學久枯餒，
> 百年未有健者起。新潮之來不可止；
> 文學革命其時矣！吾輩勢不容坐視。
> 且復號召二三子，革命軍前杖馬箠，
> 鞭笞驅除一車鬼，再拜迎入新世紀！

這一宣言觀點是鮮明的，態度是嚴正的，氣度是豪邁的，表現了他的「自我覺醒」。不料，卻引來了任叔永等的嘲笑，胡適沒有氣餒，而是進一步思考，並且「又寫了一首很莊重的答詞」，再次表明了自己的觀點和態度：

> 詩國革命何自始？要須作詩如作文。
> 琢鏤粉飾喪元氣，貌似未必詩之純。
> 小人行文頗大膽，諸公一一皆人英。
> 願共僇力莫相笑，我輩不作儒腐生。

在這首短詩裡，他特別提出了「詩國革命」的問題。「並且提出了一個『要須作詩如作文』的方案，從這個方案上，惹出了後來做白話詩的嘗試。」

　　爭論在繼續，思考在深入，對世界文化的了解在加強。一九一六年春，胡適的「思想上起了一個根本的新覺悟」：發現「一部中國文學史只是一部文字形式（工具）新陳代謝的歷史，只是『活文字』隨時起來替代了『死文字』的歷史。文學的生命全靠能用一個時代的活的工具來表現一個時代的情感與思想。工具僵化了，必須另換新的，活的，這就是『文學革命』。」基於這一發現，他又進一步「認清了中國俗話文學（從宋儒的白話語錄到元朝明朝的白話戲曲和白話小說）是中國的正統文學，是代表中國文學革命自然發展的趨勢的。」「到此時才敢正式承認中國今日需要的文學革命是用白話替代古文的革命，是用活的工具替代死的工具的革命。」用今天的學術眼光來審視，他的這兩個「文學革命」的基本觀念，自然有些簡單化，有些偏頗；然而不能不承認，在當時，這兩個基本觀念是創新的，是獨到的，是深刻的，是富有革命意義的。正是因爲具有了這兩個基本觀念，才形成了他後來的系統的「文學革命」理論和戰略，產生了他發動「文學革命」的勇氣和信心。這年四月十三日，他寫有一首〈沁園春·誓詩〉，抒發了他「準備搴旗作健兒」的豪邁氣概：

　　　更不傷春，更不悲秋，以此誓詩。
　　　任花開也好，花飛也好，月圓固好，日落何悲？
　　　我聞之曰，「從天而頌，孰與制天而用之？」更安用，爲蒼天歌哭，作彼奴爲！
　　　文學革命何疑！

　　且準備奪旗作健兒。

　　要前空千古，下開百世，收他臭腐，還我神奇。

　　為大中華，造新文學，此業吾曹欲讓誰？詩材料，有簇新世界，供我驅馳。

　　胡適的抱負是遠大的，態度卻是踏實的。他深知「自古成功在嘗試」，因而寫信給任叔永表示：「我自信頗能用白話作散文，但尚未能用之於韻文。私心頗欲以數年之力，實地練習之。」於是，「實地練習」開始了。他試作了幾十首白話詩，在《留美學生季報》上發表，供世人評議。因為該刊在上海中華書局發行，所以在國內外都產生了很大的影響。著名的〈蝴蝶〉詩，就是一九一六年八月試作的。經過一段時間的精心試驗和認真討論，他開始總結寫作白話文的經驗，探索「文學革命」的突破點。一九一六年八月十九日，他在給朱經農的信中便提出了作為「新文學之要點」的「八事」（詳後）。

　　這一段嘗試的成功，這「八事」的提出，標誌著他走完了「自我覺醒」的歷程，標誌著他即將「為自我覺醒之絕叫」，即將吹響「文學革命」的號角，同時也標誌著中國新文化運動就要進入一個新的發展階段。

〔貳〕　論戰的進程和特徵

　　古老的神州大地上，「文學革命」大旗的立起，「文白之戰」號角的吹響，是在公元一九一七年一月。

　　一九一六年八月，胡適根據自己「新潮之來不可止，文學革命其時矣」的體驗，從美國給陳獨秀寫信，首次公開提出了「文學革命」

的口號，闡述了自己關於「文學革命」的綱領性意見：

> 年來思慮觀察所得，以為今日欲言文學革命，須從八事入手。
> 八事者何？
> 一曰不用典。
> 二曰不用陳套語。
> 三曰不講對仗。（文當廢駢，詩當廢律。）
> 四曰不避俗字俗語。（不嫌以白話作詩詞。）
> 五曰須講求文法之結構。
> 此皆形式上之革命也。
> 六曰不作無病之呻吟。
> 七曰不摹仿古人。語語須有個我在。
> 八曰須言之有物。
> 此皆精神上之革命也。⑤

陳獨秀閱信以後，「以為今日中國文界之雷音」，即在《新青年》上發表，並要求胡適「詳其理由，指陳得失，衍為一文，以告當世」。⑤

　　一九一七年一月，胡適按照陳獨秀的要求，將上述八項主張「詳其理由，衍為一文」，在《新青年》第二卷第五號上發表了〈文學改良芻議〉，打出了「文學革命」的「一個發難的信號」。與以往宣布的意見相比，此文從標題到內容有兩點值得注意的變化：一是改變

---

⑤　《新青年》第 2 卷第 2 號〈通訊〉，1916 年 10 月。
⑤　此為陳獨秀覆信語，亦載《新青年》第 2 卷第 2 號〈通訊〉。

了八項主張的次序。有意將「須言之有物」一項提到最前，以強調「文學以有思想而益貴，思想亦以有文學的價值而益貴也」；將「不避俗字俗語」一項放在最後，「其實是很鄭重的提出我的白話文學的主張」。(54) 二是改變了提法，將「革命」改變爲「改良」，而且加上了一個「芻議」。據《胡適的自傳》說，這是「爲考慮到那無可懷疑的老一輩保守分子的反對」，故而讓題目「寫得溫和而謙虛」。儘管如此，由於〈文學改良芻議〉提出了建設一種有思想有感情、反映現時代中國社會生活的白話文學的主張，闡發了文學「隨時代而變遷」，「一時代有一時代之文學」的發展觀念，正式宣判了封建古文是「死文字」，強調了下層白話文學爲「活文學」，「爲中國文學之正宗，又爲將來文學必用之利器」，字裡行間洋溢出進化的觀念，獨立的人格，「平民主義」的精神，科學的態度，「前空千古，下開百世」的氣勢，所以仍然給當時的中國文化界帶來了強烈的震撼！

最先響應胡適的是陳獨秀，他在《新青年》第二卷第六號上發表了〈文學革命論〉。與胡適的「溫和而謙虛」相反，陳獨秀卻是「不顧迂儒之毀譽，明目張膽以與十八妖魔宣戰」。他強調：

> 余甘冒全國學究之敵，高張「文學革命軍」大旗，以為吾友之聲援。旗上大書特書吾革命軍三大主義：曰推倒雕琢的阿諛的貴族文學，建設平易的抒情的國民文學；曰推倒陳腐的鋪張的古典文學，建設新鮮的立誠的寫實文學；曰推倒迂晦的艱澀的山林文學，建設明瞭的通俗的社會文學。
>
> 際茲文學革新之時代，凡屬貴族文學、古典文學、山林文學，

(54) 胡適：〈逼上梁山〉，《中國新文學大系・建設理論集》，頁25。

均在排斥之列。……所謂宇宙，所謂人生，所謂社會，舉非
其構思所及，此三種文學共同之缺點也。此種文學，蓋與吾阿
諛、誇張、虛偽，迂闊之國民性互為因果。今欲革新政治，勢
不得不革新盤踞於運用此政治者精神界之文學。㊺

全文壯懷激烈，虎虎生風，提出了以推倒貴族文學、建設國民文學為
中心的「三大主義」，揭示了語言文學與社會、與人生、與國民性的
內在關係，從內容與形式的結合上概括地指明了「文學革命」的戰
鬥目標和建設任務，使運動一開始就具有銳不可當的革命氣勢。五年
以後，胡適還情不自禁地提起：「陳獨秀的勇氣恰好補救（他自己）
這個太持重的缺點」；陳獨秀的「這種態度，在當日頗引起一般人的
反對。但當日若沒有陳獨秀『必不容反對者有討論之餘地』的精神，
文學革命的運動決不能引起那樣大的注意。反對即是注意的表示。」
㊻ 從這番話裡，既可以看出胡適先生的胸懷，也可以了解陳獨秀先
生在當時的不可替代的作用。

　　無論從發表過程還是從實際內容來看，胡適的八項主張與陳獨秀
的「三大主義」，都是互相配合，互相補充的。他們齊聲呼喚著中國
文學思想內容與語言形式的全面革新。這兩篇文章，是倡導白話文反
對文言文、倡導新文學反對舊文學的理論綱領，是掃除一切文言文和
舊文學流弊的戰鬥檄文，是推動新文化運動的響亮號角。

　　然而，四十年來，一直流傳著一種說法，認為胡適的「主張本
身也有形式主義傾向」，八項主張「大多著眼於形式上的名副其實

㊺　陳獨秀，〈文學革命論〉，《獨秀文存》，頁95，98。

㊻　胡適：〈五十年來中國文學〉，《胡適文存》第 2 集，頁249–250。

的點滴的『改良』，沒有真正接觸到文學內容的革命。」由此，他們斷言：「胡適後來大言不慚地把自己吹嘘爲整個新文學運動的發難者」，「是對歷史的歪曲」。(57) 但我們認爲，可以在這裡順便提及幾點歷史事實：是陳獨秀，在〈文學革命論〉中第一個將胡適推許爲「首舉義旗之急先鋒」；是魯迅，在一九二七年仍堅持認爲，「文學革命」是「胡適之先生所倡導的」；(58) 是毛澤東，直到三十年代還表示，自己年輕時「非常欽佩胡適和陳獨秀的文章」，把他們當成了自己的「楷模」。(59)

似乎預料到後人可能有種種的攻擊和批評，早在一九一九年，胡適就在《嘗試集·自序》裡「留下答覆」了：

> 近來稍稍明白事理的人，都覺得中國文學有改革的必要。即如我的朋友任叔永他也說：「嗚呼！適之！吾人今日言文學革命，乃誠見今日文學有不可不改革之處，非特文言白話之爭而已。」甚至於南社的柳亞子也要高談文學革命。但是他們的文學革命論只提出一種空蕩蕩的目的，不能有一種具體進行的計畫。他們都說文學革命決不是形式上的革命，決不是文言白話的問題。等到人問他們究竟他主張的革命「大道」是什麼，他們可回答不出了。這種沒有具體計畫的革命，無論是政治的是文學的，決不能發生什麼效果。我們認定文字是文學基礎，故文學革命的第一步就是文字問題的解決。我們認定「死文字定

(57) 唐弢主編：《中國現代文學史》第1冊，（人民文學出版社，1985），頁45。

(58) 魯迅：〈無聲的中國〉，《魯迅全集》第4卷，（人民文學出版社，1981），頁13。

(59) 歐德加·斯諾：《西行漫記》，董樂山譯，（三聯書店，1979），頁125。

不能產生活文學」，故我們主張若要造一種活的文學，必須用
白話來做文學的工具。我們也知道單有白話未必就能造出新文
學；我們也知道新文學必須要有新思想做裡子。但是我們認定
文學革命須有先後的程序：先要做到文字體裁的大解放，方才
可以用來做新思想新精神的運輸品。我們認定白話實在有文學
的可能，實在是文學的唯一利器。⑩

在〈談新詩〉一文裡，胡適又說：

> 文學革命的運動，不論古今中外，大概都是從「文的形式」一
> 方面下手，大概都是先要求語言文字文體等方面的大解放。
> ……初看起來，這都是「文的形式」一方面的問題，算不得
> 重要。卻不知道形式和內容有密切的關係。形式上的束縛，使
> 精神不能自由發展，使良好的內容不能充分表現。若想有一種
> 新內容和新精神，不能不先打破那些束縛精神的枷鎖鐐銬。因
> 此，中國近年的新詩運動可算得是一種「詩體的大解放」。因
> 為有了這一層詩體的解放，所以豐富的材料，精密的觀察，高
> 深的理想，複雜的感情，方才能跑到詩裡去。五七言八句的律
> 詩決不能容豐富的材料。二十八字的絕句決不能寫精密的觀
> 察，長短一定的七言五言決不能委婉表達出高深的理想與複
> 雜的感情。⑪

---

⑩　胡適：《嘗試集·自序》，《胡適文存》第 1 集，頁 202。
⑪　胡適：〈談新詩〉，《胡適文存》第 1 集，頁 165–166。

　　應該如何評價胡適的八項主張和這份「答覆」呢？我們認爲，就其理論而言，從現在看，大體是正確的；從當時看，完全是先進的。對此，將在下節作具體的論述。就其方略而言，是適應客觀條件的，是適應時代需要的，是發揮了指針作用的。我們沒有理由不看到：

　　第一，胡適是在新文化運動已經不斷發展但還需要拓寬道路、擴大影響的背景下，在「民主」、「科學」的新精神需要新的闡釋方式加以正確闡釋、新的傳播工具加以迅速傳播的情況下，提出這八項主張的。八項主張的理論內涵，正是這份「答覆」所闡發的東西。第二，正如歐洲文藝復興的偉大先驅但丁在〈論俗語〉中早已指出的：「最好的語言就適合於最好的思想」，「那些最偉大的主題……應該用最偉大的俗語加以處理」，「最輝煌的作家無不全用俗語來歌咏這些主題」。⑥在當時的中國，白話就是最適合「民主」「科學」這些主題的「最偉大的俗語」。五四運動期間羅家倫起草的白話文宣言在影響和威望上大大超過了許德珩起草的文言文宣言，就是最好的證明。事實上，從胡適到蔡元培，從陳獨秀到李大釗，當時都在不同程度上主張借鑒歐洲文藝復興的歷史經驗，自認「以白話文爲文學革命的條件，正與但丁等同一見解」。⑥因此，當時陳獨秀、李大釗諸人也是在承認必須首先變革文學形式的前提下才指出變革文學內容的重要性的。

　　這樣，我們就不能不承認，胡適早年的八項主張，是爲適應「文學革命」的客觀環境和自身規律而提出來的綱領性意見，既有勇敢發

---

⑥　但丁：〈論俗語〉，見伍蠡甫主編《西方文論選》上卷，（上海譯文出版社，1979），頁171，172。

⑥　蔡元培：《中國新文學大系‧總序》，《蔡元培選集》，（中華書局，1959），頁322。

難的作用，又有運動策略的考慮，目標遠大，步驟清晰。他首先提出文學「須言之有物」，「語語須有個我在」，並指出「文學以有思想而益貴，思想亦以有文學的價值而益貴」，正是從個性解放出發，以「民主」、「科學」的精神，進行「文學內容的革命」。二十世紀初年的中國文學需要這樣的革命，二十世紀後期的中國文學，也仍然需要這樣的革命。在上述前提之下，他再強調文學形式的解放，目的正是使文學形式的解放與文學內容的革命相輔相成，進而用這種解放了的新形式更好地「做新思想新精神的運輸品」。

　　當然，從〈文學改良芻議〉看，胡適是多了一點對於反對派的顧慮，少了一些青年戰士的勇猛。這是他自己早有反思的。在爲《中國新文學大系‧建設理論集》這樣的歷史性文獻作〈導言〉時，他就坦然地說過：「他這種態度太和平了。若照他這種態度做去，文學革命至少還須經過十年的討論與嘗試。但陳獨秀的勇氣恰好補救了這個太持重的缺點。」

　　幾乎與陳獨秀率先響應胡適的同時，林紓第一個發表了明確反對的意見，一九一七年二月八日，他在上海《民國日報》刊出了題爲〈論古文之不宜廢〉的文章。林紓一生，清介耿直，在民族危亡迫在眉睫之時，他曾經是「日爲叫旦之鷄，冀吾同胞警醒」的愛國者；在戊戌變法之前，他曾經是鼓吹「救時良策在通變，豈抱文章長守株」的維新者，富於「轉移風氣」的熱情。一八九七年，他曾採用通俗的歌謠體創作《閩中新樂府》，聲播南國；一八九九年，他曾在杭州的白話日報上發表白話道情，風行一時；一九一二年，他的百篇《諷諭新樂府》問世，幾乎全是用白話口語寫成。他的翻譯事業，更是成就輝煌。但他卻從來沒有想到需要接受白話文爲正宗的事實。辛亥革命以後，林紓的思想日益陳舊僵化，以「清舉人」自居，堅守「學非孔孟

均邪說，語近韓歐始國文」的信條，倡言「名爲中國人，斷無拋棄其
國故而仍稱國民者」，⑥ 儼然以「力延古文之一線」爲己任。⑥ 因
此，他第一個站出來反對「文學革命」是很自然的。也許是由於胡適
的態度溫和而謙虛，所以此時林紓的態度也比較平和。他只是提出：
興白話而廢文言，是「國未亡而文字已先亡」；並且援引西方人講求
維新卻不廢拉丁文爲例，向胡適表示：

> 知臘丁之不可廢，則班馬韓柳亦有其不宜廢者。吾識其理，乃
> 不能道其所以然，此則嗜古者之痼也。

此後一段時間，林紓不屑於再發表文章與新文化陣營的後生小子在理
論上交鋒，卻去舉辦古文講習會、選評《古文辭類纂選本》、從事「
力延古文之一線」的實際工作了。

緊隨陳獨秀響應胡適的，是錢玄同、劉半農和傅斯年等。錢玄同
本爲國學大師章太炎的弟子，因爲深受新思潮的影響，此時也積極倡
導漢字的改革和漢語書面語的改革，並且持一種非常激進的觀點。他
接連發表〈寄陳獨秀〉、〈寄胡適〉、〈論應用之文亟宜改良〉等文
章，逐條闡發胡適的八項主張，注入新的革新內容；率先提出應用文
改革的問題，構擬出第一個系統而具體的應用文改革方案，將白話文
運動由文學領域引向了整個社會；並且大膽宣言：

> 玄同年來深慨於吾國文言之不合一，致令青年學子不能以三五
> 年之歲月通順其文理以適於應用，而彼選學妖孽與桐城謬種方

---

⑥　林紓：《文科大辭典‧序》，《畏盧續集》，（商務印書館，1916），頁11。
⑥　林紓：〈送大學文科畢業諸學士序〉，《畏盧續集》，頁20。

欲以不通之典故與肉麻之句調戲賊吾青年，因之時興改革文學之思。⑥⑥

從此，打倒「選學妖孽」和「桐城謬種」的口號，廣泛流傳於青年學子口中。劉半農是語言學家，此時自覺地投入了白話文運動，首篇論文就是〈我之文學改良觀〉。他從爲「文學」作新的界說入手，全面而深入地探討了運用白話創作散文、詩歌、戲曲的一般原則和具體方法，並進而提出了「改造新韻」、「以今語作曲」、使用標點等具體的建議，從而充實了「文學革命」理論的內容。傅斯年在〈文學革新申議〉裡指出，「破壞一端，尙未完全過去」，因而必須加強對封建舊文學的批判，並且提出三項批判策略：

> 1.為理論上之研究。就文學性質上以立論，而證其本為不佳者。2.為歷史上之研究。泛察中國文學升降之歷史，而知變古者恒居上乘，循古者必成文弊。3.為時勢上之研究。今日時勢異乎往者。文學一道，亦應有新陳代謝作用。為時勢所促，生於茲時也。⑥⑦

胡適吹響了號角，陳獨秀舉起了大旗，錢玄同諸人熱烈響應，林紓則明確地反對 ── 文白之戰進行了第一個回合。在這一回合裡，雙方主將都已照面，亮刃，但氣氛卻比較平和。在平和的氣氛裡，「文學革命」在向前推進。很快，又有越來越多的知識者和青年學生踴躍

---

⑥⑥　錢玄同：〈寄胡適之〉，《中國新文學大系‧建設理論集》，頁78。
⑥⑦　傅斯年：〈文學革新申議〉，《中國新文學大系‧建設理論集》，頁111。

地加入了「文學革命」的行列。以白話文取代文言文的正宗地位繼續成爲人們探討的中心議題。於是，一場具有歷史意義的白話文運動與文學革命運動交織在一起，伴隨著新文化運動的發展而蓬勃興起了。

　　一九一八年四月，胡適在《新青年》上發表了著名的〈建設的文學革命論〉。文章簡要地總結了《新青年》同仁一年多來對文學革命和白話文運動的討論，並在此基礎上，從「語言是表現思想的器具」的基本認識出發，明確提出「『建設新文學論』的唯一宗旨只有十個大字：『國語的文學，文學的國語』。」他解釋說：「我們所提倡的文學革命，只是要替中國創造一種國語的文學。有了國語的文學，方才可有文學的國語。有了文學的國語，我們的國語才算得真正的國語。」⑱　根據這一「宗旨」，並針對當時有些人所持有的「如今沒有標準的國語，如何能有國語的文學」的顧慮，胡適爲人們指出了文學革命發展的途徑和白話文運動前進的方向：「我們可盡量採用《水滸》《西遊記》《儒林外史》《紅樓夢》的白話，有不合今日用的，便不用他；有不夠用的，便用今日的白話來補助；有不得不用文言的，便用文言來補助。這樣做去，決不愁語言文字不夠用，也決不用愁沒有標準白話。中國將來的新文學用的白話，就是將來中國的標準國語。」

　　蔡元培曾經強調指出：「民元前十年左右，白話文也頗流行，……但那時候作白話文的緣故，是專爲通俗易解，可以普及常識，並非取文言而代之。主張以白話代文言，而高揭文學革命的旗幟，這是從《新青年》時代開始的。」⑲　胡適提出的「國語的文學，文學的

⑱　胡適：〈建設的文學革命論〉，《中國新文學大系·建設理論集》，頁128。
⑲　蔡元培：《中國新文學大系·總序》，《蔡元培選集》，頁321。

國語」的唯一宗旨，基本上成爲了《新青年》同仁的共同主張。從促使文學革命同白話文運動緊密結合這一角度看，〈建設的文學革命論〉「是一篇文學革命的最堂皇的宣言」，⑦ 而從促使白話「取文言而代之」，從而有別於早期白話文運動的角度看，這篇文章又是白話文運動的綱領。

　　但是，只有宣言和綱領是不夠的。白話要真正成爲文學的正宗，成爲「文學的國語」，還必須在白話文學創作上做出實實在在的成績，向舊文學示威。《新青年》同仁們正是在這方面付出了艱苦的努力，開創了良好的開端。

　　早在一九一五年，當胡適在美國第一次提出「文學革命」並開始倡導白話文的時候，梅光迪等一些留美學生就以「白話有白話用處，然不能用之於詩」爲理由反對白話文，這使胡適認識到，「待到白話征服這詩國時，白話文學的勝利就可說是十足的了」。⑦ 於是，他本著「實驗主義」的精神，不顧人們的反對和嘲笑，發誓「用全力去實驗作白話詩」。他的主張和嘗試，得到了陳獨秀、劉半農等人的響應與讚賞。一九一八年一月，《新青年》首次公開發表了胡適、沈尹默、劉半農的九首白話新詩。這是新文學呱呱墜地的第一聲。用今天的文學眼光來看，這九首詩自然不能算是上乘之作，但在當時卻是非常勇敢的嘗試，每字每句都刻滿了披荊斬棘的艱辛。與此同時，在蔡元培的倡導下，北京大學還發起了採集歌謠運動，對創建白話自由詩產生了積極的影響。

　　一九一八年四月，《新青年》又刊登了李大釗的白話散文〈今〉，

---

⑦　鄭振鐸：《中國新文學大系・文學論爭集・導言》，《中國新文學大系・文學論爭集》，頁4。

⑦　胡適：〈逼上梁山〉，《中國新文學大系・建設理論集》，頁19。

在優美流暢的白話中貯滿了抒情的意趣，初步打破了「美文不能用白話」的迷信。這年五月，《新青年》又推出了魯迅的《狂人日記》。《狂人日記》是新文學的第一篇小說。它前無古人地通過文學形象揭露了幾千年封建宗法制度、封建禮教的「吃人」的本質，顯示了作者勇猛的氣概和非凡的筆力，顯示了白話文的巨大優勢，奠定了「國語文學」發展的基礎。同月，《新青年》以身作則，全部改用白話。緊接著，白話的《每周評論》和《新潮》先後創刊，北京《國民公報》也發表了「響應白話」的文章。這就標誌著以白話取代文言正宗地位的鬥爭已經取得了初步的勝利。同年十二月，《新青年》又登載了周作人的〈人的文學〉和〈平民文學〉，在人們面前展示了一個嶄新的以人道主義為主導思想的文學觀念，對文學革命的發展起過重要推動作用（詳下節），被胡適譽為「是當時關於改革文學內容的一篇最重要的宣言」。⑫ 也就在這一年，《新青年》同仁還積極用白話翻譯了西方近代和現代的文學名著，出版了《易卜生專號》，介紹了當時「《新青年》社的一班人共同信仰的『健全的個人主義』」，⑬ 形成了對舊文化、舊文學的強有力的衝擊波。總之，新的「國語的文學」一誕生，就顯示出了它作為最佳的「新思想、新精神的運輸品」的強大生命力，使文學革命和國語運動增強了發展的勢頭。

　　任何思想文化領域裡的革命或革新運動，都只有在平等而激烈的論戰中，才能有真正的逐步深入，取得真正的豐碩成果。「文學革命」開始以來，古文大家如嚴復、林紓等，雖然都感受到了一定的

---

⑫　胡適：《中國新文學大系・建設理論集・導言》，《中國新文學大系・建設理論集》，頁29。
⑬　胡適：《中國新文學大系・建設理論集・導言》，《中國新文學大系・建設理論集》，頁28。

威脅，都憤恨胡適、陳獨秀鼓吹白話，但又都認爲他們「亦如春鳥秋蟲，聽其自鳴自止可耳」。⑭　因而不屑於正面論戰。這樣一來，倒使得鬥志旺盛的大將們感到未曾遇上勁敵，彷彿盡在空中揮拳，自己的見解不能發揮盡致。於是，一九一八年三月十五日，《新青年》上演了一場意在「誘敵深入」的「雙簧戲」：一方面由錢玄同托名王敬軒，用古奧的文言寫了一封來信，歷數新文學和白話文的「罪狀」，集中了守舊派對「國語文學」的攻擊詆毀之詞；另一方面由劉半農以「記者」的名義，用流暢的白話覆了一封公開信，對「王敬軒」的論點逐一痛加駁斥，申述了革新者倡導「國語文學」的理由，並且還特別以調侃的語氣點林紓之名而加以批評，指責其文言文「還是半點兒文學的意味也沒有」——這就是在「叫陣」了。這一曲「雙簧戲」在社會上產生了很大的反響。

一九一九年初，由於新文化運動日益向縱深發展，並開始與政治運動相結合，文學革命和白話文運動取得了巨大的成績，增強了發展的勢頭，守舊派終於按捺不住而開始反攻了。

在新文化運動中心北京大學內部，幾位文化觀念守舊的教授如劉師培等，辦起《國故》月刊，在提倡中國固有學術的同時，大肆攻擊白話文學運動。而號稱「北大頂古怪的人物」的辜鴻銘，在拋棄西裝革履，穿起長袍馬褂之後，也用英文在上海《密勒氏遠東評論》上發表文章，反對新文化和白話文學。

在北京大學之外，赫赫有名而又木強多怒的老林紓無法保持不屑論戰的姿態了。到了一九一九年，他終於正式站出來，充當起衛道統、衛古文的角色來了。一九一九年二月和三月，他接連在《新

---

⑭　嚴復:〈與熊純如書〉,《嚴復集》第3冊,（中華書局, 1986）, 頁699。

申報》爲他特設的專欄裡發表了影射小說《荊生》和《妖夢》。《荊生》寫「皖人田其美」（影射陳獨秀）、「浙人金心異」（影射錢玄同）和「新歸自美洲」的「狄莫」（影射胡適）同遊京師之陶然亭，倡言「去孔子，滅倫常」，「廢文字以白話行之」，激怒了住在陶然亭西廂的「偉丈夫」「荊生」（諧音「經生」，理想中的衛道英雄）。「荊生」破壁而入，怒斥三人，加以拳足，三人抱頭逃去。而在《妖夢》中，林紓更進一步夢想有一個「羅睺羅阿修羅王」將提倡白話、創辦白話學堂的人全部吃掉——他正是以此來宣泄對於新文化運動和白話文運動的憎恨！

一九一九年三月十八日，林紓又在《公言報》上發表了致北京大學校長蔡元培的公開信即〈致蔡鶴卿太史書〉。此舉別有深心。因爲新文化運動和白話文運動的領袖和主將陳獨秀、胡適、錢玄同、劉半農諸人都是北京大學的教授，而且深得蔡元培的信賴和支持。集中攻擊蔡元培，可以收「擒賊先擒王」之效。況且，當時正是北方軍閥政府與南方革命政府對峙的時期，蔡元培是有影響的老革命黨人，北洋政府正要尋隙迫害他，林紓在公開信裡並沒有提出具有理論水平的見解，其中值得注意的只有如下幾段：

> 晚清之末造，慨世者恒曰：去科舉，停資格，廢八股，斬豚尾，復天足，逐滿人，撲專制，整軍備，則中國必強。今日凡皆遂矣，強又安在？於是更進一解，必覆孔孟、鏟倫常為快。嗚呼！因童子之羸困，不求良醫，乃迫責其二親之有隱療逐之，而童子可以日就肥澤，有是理耶！
>
> 若云死文字有礙生學術，則科學不用古文，古文亦無礙科學，……若盡廢古書，行用土語為文字，則都下引車賣漿之徒，所

操之語，按之皆有文法，不類閩廣人為無文法之啁啾，據此則
凡京津之稗販，均可用為教授矣。……總之，非讀破萬卷，不
能為古文，亦並不能為白話。⑦

一個月以後，林紓又在《文藝叢報》登出一篇〈論古文白話之相消
長〉的評論，起筆即曰：「名曰古文，蓋文藝中之一，似無關於政
治，然有時國家之險夷繫彼一言，……無涉於倫紀，然有時足以動
人忠孝之思。」他也承認：「至白話一興，則喧天之鬧，人人爭撤古
文之席，而代以白話」；但仍然強調：「古文者，白話之根柢，無古
文安有白話！」「能讀書閱世，方能為文，如以虛枵之身，不特不能
為古文，亦並不能為白話。」最後，他深深嘆息：「吾輩已老，不能
正其非；悠悠百年，自有能辨之者。」⑦

　　撇開泄憤謾罵之辭，通觀林紓的議論，我們認為：第一，他是有
意識地將文言與孔孟之道、與皇權政治、與封建倫常聯繫起來，以為
文白之爭絕非「無關於政治」、「無涉於倫紀」，可見他已經在一定
程度上體會到了文言作為舊文化的符號系統對於維持舊文化的重要作
用；第二，他是有意識地將白話與「京都引車賣漿之徒」聯繫起來，
以為此輩「亦知白話」，任其滋蔓，必「引掖以背叛倫常為自由」，
可見他已經在一定程度上將白話視為「下層文化」的符號系統，決心
阻止它奪取正統地位；第三，他從來不反駁「死文字有礙生學術」的
觀點，只是提出「古文無害於科學，科學亦不用乎古文，兩不相涉」

⑦　林紓：〈致蔡元培書〉，張若英編《中國新文學運動史資料》，（光明書局，
　　1934），頁101–102。
⑦　林紓：〈論古文白話之相消長〉，張若英編《中國新文學運動史資料》，（光
　　明書局，1934），頁97–100。

的設想，可見他已經在一定程度上承認文言對於思維方式的束縛、對於闡釋科學理論的阻礙，亦即默認提倡白話對於改善思維方式、傳播科學理論的意義。綜合以上分析，我們可以得出一個結論性的看法：林紓是堅決反對提倡白話文的，但不是全面反對寫作白話文的；他是為了維持封建道統而反對提倡白話文的，是為了維護「上層文化」的統治地位而反對提倡白話文的。只要不危及封建道統，只要不推倒以古文為表徵的「上層文化」，只要不爭奪正統地位，他是可以容許白話文在「下層」存在的。他曾經表白：

> 吾與此輩無仇，寸心天日可表。若云爭名，我名亦略為海內所知；若云爭利，則我賣文鬻畫，本可自活，與彼異途。且吾年七十，而此輩不過三十。年歲懸殊，我即老悖顛狂，亦不至偏衷狹量至此。而況並無仇怨，何必苦苦跟追？蓋所爭者天理，非閑氣也。⑦⑦

我個人認為，從林紓一生的言行看，他的這一表白是可信的。但唯其如此，他的觀點和思想才有代表性，才應該群起批判，蓋所爭者民族傳統文化之革新，非閑氣也。

　　林紓的影射小說和公開信發表之後，立即在社會的各方面、各階層引起了強烈的反應。也許並非湊巧，作為皖系軍閥安福系的言論機關的《公言報》，在刊載林紓的公開信的同時，還發表了〈請看北京學界思潮變遷之近狀〉的長篇評論，為林紓助陣，指責新文化運動「禍之及於人群，直無異於洪水猛獸。」也許並非湊巧，與此同時，

---

⑦⑦　林紓：《演歸氏二孝子・跋》，轉引自張俊才《林紓評傳》，（南開大學出版社，1992），頁252。

安福系參議員張元奇等向教育總長傳增湘表示，如果不立即撤去蔡元培的校長職務，如果不將陳獨秀、胡適、錢玄同等人逐出北大，就要對傳進行彈劾。而江蘇省長齊耀琳也公然電令各縣，嚴禁傳閱《新青年》等新文化刊物。也許並非湊巧，就在一九一九年三、四月間，北京政府總統徐世昌幾次召見宴請傳增湘和蔡元培等，「磋商調和新舊兩派衝突之法」，向北京大學施加壓力。於是傳言四起，消息混亂。有人將「偉丈夫」「荆生」坐實爲皖系軍閥的幹將徐樹錚，有報紙傳說陳、胡諸公已被驅逐出北京大學。猜揣成風，人心浮動，輿論嘩然，整個社會氣氛，爲之一變。所有這些，又都使社會各方面、各階層對於林紓言論反應更加強烈了。

面對守舊派的攻擊和誹謗，面對反動派的恫嚇和干涉，面對緊張而又混亂的社會氣氛，新文化運動的領袖們堅毅果敢，沈著鎮定，互相攜手，作出了有力的回擊。

蔡元培在林紓公開信發表的當天，就撰寫了〈致公言報函並附答林琴南君函〉，要求《公言報》全文照載，以明辨是非。由於所處地位關係，蔡先生還不能在信中直接闡發新文化運動和白話文運動的意義，而是實施保護新文化及其領袖的策略。他一方面指出《新青年》「初非直接與孔子爲敵」，另一方面又嚴正地表示要堅持思想自由、兼容並包的方針，「無論爲何種學派，苟其言之成理，持之有故，尚不達自然淘汰之運命者，雖彼此相反，而悉聽其自由發展。」[78] 李大釗則針鋒相對，發表〈新舊思潮之激戰〉一文：

正告那些頑舊鬼祟、抱著腐敗思想的人：你們應該本著你們所

---

[78] 蔡元培：〈致公言報函並附答林琴南君函〉，《蔡元培選集》，（中華書局，1959），頁76，79。

信的道理，光明磊落的出來同這新派思想家辯駁、討論。公眾
比一個人的聰明質量廣、方面多，總可以判斷出來誰是誰非。
……你們若是不知道這個道理，總是隱在人家的背後，想抱
著那位偉丈夫的大腿，拿強暴的勢力壓倒你們所反對的人，替
你們出出氣，或是作篇鬼話妄想的小說快快口，造段謠言寬寬
心，那真是極無聊的舉動。須知中國今日如果有真正覺醒的青
年，斷不怕你們那偉丈夫的摧殘。⑦⑨

陳獨秀一方面發表〈編輯部啓事〉，正式聲明：「我們的議論完全歸
我們自己負責，和北京大學毫不相干」，⑧⓪ 以減輕北京政府對蔡元培
的壓力；另一方面又匯集京、滬、浙、川四省市十四家大報有關這場
論戰的二十七篇文章，以〈特別附錄：對於新舊思潮之輿論〉爲題，
刊登在四月十三日、二十七日出版的兩期《每周評論》上，以動員民
眾，反擊守舊派的進攻。

　新舊思潮之戰，文言白話之戰，激動著全國各方面、各階層人
們的心弦，很快影響到每一個省份，每一個都市。廣大讀者紛紛投
書《新青年》、《新潮》和《每周評論》，以激憤的心情批評嘲笑守
舊派，反抗、批判反動派。全國各省市有影響的報刊，也競相傳播消
息，發表評論，主動參加論戰，爲新文化、爲白話文搖旗吶喊，推波
助瀾，使正義得到伸張，使運動得以擴大其影響。現摘要列舉如下：

　《晨報》：學問獨立，思想自由，爲吾人類社會最有權威之兩

---

⑦⑨　李大釗：〈新舊思潮之激戰〉，《李大釗選集》，（人民出版社，1959），頁
156。

⑧⓪　《新青年》第6卷第2號，1919年2月。

大信條。有敢蹂躪之者，吾儕認為學術界之大敵、思想界之蠹賊，必盡吾儕之力，與之奮戰苦鬥，以擁護之。在昔帝王專制時代，往往因個人之愛憎，濫用權力，壓迫思想。然其結果，反動愈烈，卒莫之何。誠問今日何時，舊派乃欲以專制手段阻遏世界潮流，多見其不知量耳。（淵泉：〈警告守舊黨〉）

《國民公報》：其實古代聖哲的議論，未必句句都是，就算句句都是，也還因為時代變遷，未必一成不變。你看梭格拉底，至今有人稱道他的學說。正因為西洋沒有人禁止批評梭氏的學說，所以他的學說長處短處都顯出來，較能歷久彌光。吾國孔子的學說，只因禁止批評，所以變成一種錮蔽思想的枷鎖，連他學說的本來面目也都失去。（毋忘：〈最近新舊思潮衝突之雜感〉）

《北京新報》：近時北京大學教員陳獨秀、胡適之、劉半農、錢玄同諸君，提倡中國新文學，主張改用白話文體，且對於我們二千年來障礙文化、桎梏思想最甚之孔孟學說及駢散文體為學理上之析辨，而認為違反世界進化之公例，亟應自根本上廓清更張，聲宏實大，確衷至理。……（遺生：〈最近之學術新潮〉）

《北京新報》：近來新派學者發起文學革命，以學理上活潑的、健全的理由，攻破舊派所據之壁壘，而代立以因應時勢、發揮實用之文學之基礎。吾人苟無與世界思潮交通之希望及自身因時改良之志願，則對於此種主張，盡可漠然無動，甚或因而□種種反抗之運動，否則惟有絕對的贊成而已。（遺生：〈時勢潮流中之新文學〉）

《神州日報》：這種事體，依我看來，不過是新舊思潮的開始

決鬥。以後彼此決鬥的事，尚多著呢。……我希望我國青年的腦筋要冷靜，要明晰，要遠大，要新鮮。不要被那般舊派的人迷惑住。（〈新舊思潮之開始決鬥〉）

成都《川報》：從此《新青年》的價值愈增高了！陳、胡、傅、錢的聲名，也是愈增高了！惟願陳、胡、傅、錢四位，脫離不了自由的地位，仍然繼續著做這奮鬥的事業，不要因這小小障礙。便認為時機未熟，廢然而止。（因明：〈對北京大學的憤言〉）[81]

以上各報的言論，只是許許多多同類言論中較有代表性者。全國各地、各階層的這許許多多言論，既充分地反映了新文化運動、白話文運動的巨大影響，又有力地推動著新文化運動、白話文運動走向高潮。它們與論戰雙方主將們的言論共奏交響，形成了有名的「新舊思潮之大激戰」——亦即文白之戰的第二個回合。這一次激戰是如此氣勢不凡，是如此激動人心，為促進中國社會的轉型增添了重要力量。這在春秋戰國「百家爭鳴」以後的中國文化史上，還是非常罕見的。其性質上已經顯示，其勝負已經分明，其歷史意義已經載於典籍。

八十年後反觀這一次「新舊思潮之大激戰」，這一次激動人心的文白之戰，我們認為，它的最重要的、最值得進一步研究的特徵，還不在於它參戰人員之眾多、牽動方面之廣泛、提出問題之深刻、激烈程度之出人意外；還不在於雙方目標鮮明對立，難以調和折衷，一方要推倒文言的正統地位，以白話代之，一方則要「拚我殘年，極力衛

---

[81]　以上各報言論，均見《每周評論》第17、19兩號〈對於新舊思潮的輿論〉的「特別附錄」，為陳獨秀所輯錄。

道，必使反舌無聲」；⑧ 而在於這一切所充分顯示出來的語言與文化之間、書面語言變革與民族文化變革之間的內在的、必然的密切關係。語言的發展，書面語言的變革，並非無關於政治，並非無關於倫理，並非無關於民族文化的變革，這既是西方文化巨人們的創見，也是中國文化巨人們的理論；這既是胡適、陳獨秀們的觀點，也是林紓們的認識，同時也是全國各地思想敏銳的人們的共同感受。所以我們不能認爲，「文白之戰」只是爲漢語書面語言而展開的，我們甚至很難分辨清楚這一場大論戰，到底是屬於新文化運動的，還是屬於「文學革命」的，還是屬於新白話文運動的。更何況，這一場大論戰，直接爲五四運動奠定了基礎、開闢了道路。

第三節　白話的歷史性勝利

　　正當文白之戰在第二個回合裡形成激動人心的高潮之際，偉大的五四運動爆發了。五四運動狂飆驟起，對於新文化運動思想啓蒙的主題，產生了一定的干擾作用，使之留下了若干難以彌補的歷史遺憾。然而，從另一方面來看，五四運動又是新文化運動的巨大成果，並且還將新文化運動引向了更加廣闊的領域，更加輝煌的境界。

　　在五四運動的進程裡，白話文運動給予了有效的配合，也得到了有力的推動。五四期間，許許多多的學生團體，爲適應迅速傳播新思想、介紹新形勢和廣泛發動民眾、組織民眾的急需，紛紛創辦各種白話小報，組織各種演講小隊，飛遍全國各地，深入街頭巷尾，用通俗、流暢而生動的白話，講解新的形勢、闡述新的觀念，直接與工農

---

⑧　林紓：〈林琴南再答蔡子民書〉，見《新申報》，1919 年 2 月 26 日。

商兵交流思想感情。羅家倫起草的著名的〈北京學界全體宣言〉，更是點燃了愛國學生和廣大民眾心中的怒火，體現了白話文的強大感染力量。〈宣言〉全文如下：

> 現在日本在萬國和會要求併吞青島、管理山東一切權利，就要成功了！他們的外交大勝利了！我們的外交大失敗了！山東大勢一去，就是破壞中國的領土！中國的領土破壞，中國就亡了！所以我們學界今天排隊到各公使館去要求各國出來維持公理，務望全國工商各界，一律起來設法開國民大會，外爭主權，內除國賊，中國存亡，就在此一舉了！今與全國同胞立兩個信條道：
> 中國的土地可以征服而不可以斷送！
> 中國的人民可以殺戮而不可以低頭！
> 國亡了！同胞起來呀！

只要是考察了五四運動的具體過程，人們就會感到，如果當時沒有工農民眾喜聞樂見的白話作爲有效的「新思想、新精神的運輸品」，就很難在短短幾天的時間內喚醒和鼓動廣大民眾踴躍參加轟轟烈烈的反帝反封的愛國運動，因而也就很難有五四運動的最後勝利。由於白話文顯示了如此奇異的闡述新思想、傳播新精神的社會效果，因而得到了包括多數知識者在內的廣大人民的喜愛和運用。

在五四運動之後，「全國青年皆活躍起來了，不只是大學生，縱是中學生也居然要辦些小型報刊來發表意見。只要他們在任何地方找到一架活字印刷機，他們都要利用它來出版小報。找不到印刷機，他們就用油印。在一九一九至一九二〇年之間，全國大小學生刊物總共

約有四百多種。全是用白話文寫的。……對傳播白話文來說，『五四運動』倒是功不可沒的。它把白話派了實際的用場。在全國之內，被用來寫作和出版」—— 這是胡適先生的回憶。[83]

通過長期的實踐，通過激烈的論戰，通過偉大的五四運動，白話贏得了歷史性的勝利！八十年後的今天，是我們用學術的眼光全面分析和評價白話的歷史性勝利的時候了。

〔壹〕 理論建設的勝利

剛剛站出來反對白話文運動的時候，林紓是有決心、有豪氣的。你聽：「我老廉頗頗皮憨力，尚能挽五石之弓，不汝懼也，來，來，來！」然而，一當交鋒，幾個來回，他就心驚了，氣餒了。你聽：「古文一道，已屬消爐滅之秋，何必再用革除之力」；「吾輩已老，不能為正其非，悠悠百年，自有能辨之者」。[84] 是什麼因素使得耿直而倔強的老古文家消盡了豪氣呢？我們認為，可以說，是白話文倡導者「必不容反對者有討論之餘地」的激進精神，是全國各省各市人們紛紛響應的運動氣勢；更主要的，則是白話文倡導者們提出的新穎、深刻、富於說服力的理論。正是這些理論，使林紓感到無力「為正其非」。白話的歷史性勝利，首先是理論建設上的勝利。

新白話文運動的理論建設，有一個不斷加強、不斷充實、不斷地集眾人之智慧，而使之系統化的過程。按照筆者今天的看法，綜合言

[83] 見《胡適的自傳》，引自《胡適哲學思想資料選》（下），（華東師範大學出版社，1981），頁172–173。

[84] 林紓：〈論古文白話之消長〉，張若英編《中國新文學運動史資料》，（光明書局，1934），頁99，100。

之，主要有以下幾個方面：

一、關於語言是人類交際工具和思維工具的觀點

　　守舊的古文家們對於漢語言文字的基本性質往往認識不清，有時甚至還有一種盲目崇拜的心理。而白話文運動的倡導者們，很早就明確指出：

> 一切器物制度都是應用的。因為有某種需要，故發明某種器物，故創造某種制度。……語言文字也是應用的。語言文字的用處極多，簡單說來，1.是表情達意，2.是記載人類生活的過去經驗，3.是教育的工具，4.是人類共同生活的唯一媒介物。[85]
>
> 語言是表現思想的器具，文學又是表現語言的器具。惟其都是器具，所以都要求個方便，都不要因陋就簡，安於不方便。[86]

可見，在他們的心目中，語言是人類交際的工具，思維的工具。在當時的中國，它是很新穎、很先進、很有啓示性的語言觀。由這種語言觀出發，他們又引申出如下觀點：

（一）語言既是人類的交際工具，就有一個是否最為方便、是否最為有效的問題；語言既是人類的思維工具，就有一個能否在思維過程中發揮出最大應用力的問題：

---

[85]　胡適：〈國語的進化〉，《中國新文學大系・建設理論集》，（良友圖書印刷公司，1936），頁237。

[86]　傅斯年：〈漢語改用拼音文字的初步談〉，《中國新文學大系・建設理論集》，（良友圖書印刷公司，1936），頁148。

　　人們應該根據這一點來確立語言的評價標準：「表情達意的能力增加了嗎？記載人類經驗更正確明白嗎？還可以做教育的利器嗎？還可以作共同生活的媒介物嗎？這幾種用處增加了，便是進步；減少了，便是退化。」[87]

（二）以漢語而論，「文言的種種應用能力久已減少到很低的程度，故是退化的；白話的種種應用能力不但不曾減少，反增加發達了，故是進化的」：[88]

　　因此，「我們反對古文，大半原為他晦澀難解，養成國民籠統的心思，使得表現力與理解力都不發達」。[89] 因此，「我們認定文學革命須有先後的程序：先要做到文字體裁的大解放，方才可以用來做新思想、新精神的運輸品。」

　　無論是在當時，還是在今天，語言是人類的交際工具、思維工具的觀點，都是對語言基本屬性的最好揭示，具有無可懷疑的正確性。由這一語言觀派生出來的上述兩個觀點，一個是運用這一語言觀觀察語言應用所得到的普遍性結論，一個是運用這一語言觀觀察漢語語體所得到的個別性結論，都是符合邏輯的，符合實際的，因而同樣具有難以辯駁的正確性。這些觀點互相聯繫、互相發明，構成了白話文運動的理論基礎。

---

[87]　胡適：〈國語的進化〉，《中國新文學大系・建設理論集》，（良友圖書印刷公司，1936），頁237。

[88]　胡適：〈國語的進化〉，《中國新文學大系・建設理論集》，（良友圖書印刷公司，1936），頁238。

[89]　周作人：〈思想革命〉，《中國新文學大系・建設理論集》，（良友圖書印刷公司，1936），頁200。

二、關於語言是不斷變化、不斷發展的觀點

守舊的古文家所堅持的信條之一，是「語近韓歐始國文」，是「宇宙古今之要美，無以易吾文者」（王樹枬：〈故舊文存自序〉）。在他們看來，古文是至美的，定型的，不可變易的。而白話文運動的倡導者們則強調語言是不斷變化、不斷發展的，一個時代有一個時代的語言：

> 一個時代的大文學家至多只能把那個時代的現成語言，結晶成文學的著作；他們只能把那個時代的語言的進步，作一個小小的結束；他們是語言進步的產兒，並不是語言進步的原動力；有時他們的勢力還能阻礙文字的自由發達。至於民間日用的白話，正因為文人學者不去干涉，故反能自由變遷，自由進化。⑩

他們關於語言是不斷變化發展，一個時代有一個時代語言的觀點的正確性、先進性是不言而喻的。應該特別指出的是，他們的這種語言觀是其語言理論的一個要素，並且有其哲學理論作基礎的，那就是產生於十九世紀的歐洲並由嚴復系統地引進中國的進化論。正因為如此，胡適特為撰寫〈國語的進化〉一文，力圖運用這一語言觀揭示漢語變化發展的動力和規律。果然，他得到了兩大發現：

（一）漢語變化發展的基本動力：

「中國語言的逐漸改良，逐漸進步，都是靠那些無量數的『鄉曲

---

⑩　胡適：〈國語的進化〉，《中國新文學大系‧建設理論集》，（良友圖書印刷公司，1936），頁236。

愚夫，閭巷婦稚』的功勞!」「那些沒有學問的『鄉曲愚夫，閭巷婦稚』雖然不知不覺的做這種大膽的改良事業，卻並不是糊里糊塗的一味貪圖方便，不顧文法上的需要。最可怪的，就是他們對於什麼地方應該改變，什麼地方不應該改變，都極有斟酌，極有分寸。」因此，「莫要看輕了那些無量數的『鄉曲愚夫，閭巷婦稚』，他們能做那些文學專門名家所不能做又不敢做的革新事業!」

（二）漢語變化發展的基本規律：

「從古代的文言，變爲近代的白話，這一大段歷史有兩個大方向可以看得出：1.該變繁的都漸漸變繁了。2.該變簡的都變簡了。」從其具體論述、具體例證來看，這裡所謂的「從古代的文言，變爲近代的白話」的趨向，完全可以理解爲從古代漢語變爲現代漢語的趨向；所謂的「變繁」，主要是指漢語詞彙的不斷增加，不斷雙音化和漢語語法的不斷發展，不斷細密化；所謂的「變簡」，則主要是指漢語詞彙不斷地淘汰已死的古語詞和語法規範化。直到現在，漢語歷史語言學所不斷強調的，也仍然是「變繁」、「變簡」的兩大發展規律，只不過是更加全面、更加深入罷了。

胡適先生不以漢語研究爲專業，但他的這兩大發現，在漢語研究的學術歷史上，是富有開創意義的，富有啓發意義的。在當時，不要說守舊的古文家，就是一般的語言研究者，也難得有此見識。

作爲白話文運動的倡導者，胡適特別著意將自己的語言發展觀用於對漢語「詩體」的考察，因爲這是當時人們公認的難點。他著有〈談新詩〉一文，反覆強調：「我們若用歷史進化的眼光來看中國詩的變遷，方可看出自《三百篇》到現在，詩的進化沒有一回不是跟著詩體的進化來的。」而「詩體的進化」，從《三百篇》到現代新詩，又經歷了四次大的解放。「這種解放、初看去似乎很激烈，其實只是《

三百篇》以來的自然趨勢」。現在所開展的「文學革命」，實際上不
過是「用有意的鼓吹去促進」這「自然趨勢」的實現。⑨

　　顯然，關於語言是不斷變化發展的觀點，是白話文運動的理論根
據之一。

三、關於文言與「上層文化」相適應、白話與「下層文化」相適應的觀點

　　「文言」與「白話」，在二者相對立的意義上說，本來只是魏晉
以後漢語曾經擁有過的兩種書面形式。或者說，古代和近代的漢語自
魏晉以後都可以劃分爲兩個系統：一個是「文言」，它以先秦兩漢口
語爲基礎而形成，一直爲後代文人所沿用，並且缺少變化，因而越來
越脫離口語，卻又始終居於正統地位；一個是「白話」，它在魏晉以
後的北方話基礎上形成，一直比較接近口語，並且最終隨口語變化而
變化，卻又始終未能居於正統地位。總之，「文言」、「白話」原本
都是沒有「階級性」的。然而，千百年來，「文言」主要爲士大夫們
所偏愛，用來作爲他們「表情達意」、「記載人類生活的過去經驗」
的工具，漸漸與「上層文化」相適應、相聯繫，並因此而成爲「上層
文化」的表徵，居於正統地位；「白話」則爲平民百姓和一部分下層
文士所喜愛，用來作爲他們「表情達意」、「記載人類生活的過去經
驗」的工具，漸漸與「下層文化」相適應、相聯繫，並因此而成爲「
下層文化」的表徵，處於在野地位。新文化運動時期，無論是白話文
的倡導者或反對者，都不約而同地承認這一歷史事實。

---

⑨　胡適：〈談新詩〉，《中國新文學大系·建設理論集》，（良友圖書印刷公
　　司，1936），頁298–299。

　　就白話文倡導者們而言，他們正是因爲承認這一歷史事實，才懷著扶植「下層文化」的目的，更加努力地倡導白話文。從一開始，陳獨秀就亮出了「推倒雕琢的阿諛的貴族文學，建設平易的抒情的國民文學」的大旗。稍後，周作人專門撰著〈平民文學〉一文，對此作了較爲具體的闡述：

> 就形式上說，古文多是貴族的文學，白話多是平民的文學。……古文的著作，大抵偏於部分的，修飾的，享樂的，或遊戲的，所以確有貴族文學的性質。⑨

後來，陶孟和又進一步指出：

> 中國文學的通俗化，對於人民一方面是使他們得到一個新的發表意思的工具，幾千萬以先緘默的人如果學到三五百字就可以發展他們單簡的意思，而對於士的階級一方面正是剝奪了他們唯一的武器。他們所寶貴的奧秘完全為人所唾棄了。老先生們反對白話文不是無意識的；那正是他們最末次的奮鬥，他們生命最終的光焰。⑨

爲此，美國學者格里德在研究了中國新文化運動之後認爲：

---

⑨　周作人：〈平民文學〉，《中國新文學大系‧建設理論集》，（良友圖書印刷公司，1936），頁210。

⑨　唐鉞：〈告恐怖白話文的人們〉所引，《中國新文學大系‧建設理論集》，（良友圖書印刷公司，1936），頁254。

　　（文言）這種書面語言，與其他任何制度一樣，維護了傳統中
國中統治者和被統治者之間的等級界限。甚至在舊的政治制度
於一九一一年崩潰之後，古文言的遺存不僅確保了傳統文化的
存留，而且保證了傳統社會態度的永久延續性。所以，這場文
學革命的目標就遠遠超出了對一種文學風格的破壞。這場革命
的反對者所保護的是一完整的社會價值體系。⑭

我們沒有理由不承認，他對「文學革命」亦即白話文運動的意義的分
析是十分中肯的

四、關於白話文的價值與地位的觀點

　　要倡導白話文，首先必須認識並論述白話自身的價值和應有的
地位。維新時期早期白話文運動的先驅們是這樣作的，現在新白話文
運動的倡導者們也是這樣作的。只是，他們不再僅僅將白話看作是「
便幼學」、「便貧民」的「智天下之具」，而是從歷史發展的角度表
達功能的角度甚至於形成思維成果的角度，論述白話優勝於文言的價
值，論述白話必然取代文言居於正宗地位的道理。

　　從歷史發展角度進行的論述，當然要以胡適的專著《白話文學
史》爲代表。這本書開宗明義的第一問便是；「我爲什麼要講白話文
學史呢？」作者自己給出的回答便是：第一，「我要大家知道白話文
學是有歷史的，是有很長又很光榮的歷史的。我要人人都知道國語
文學乃是一個幾百年歷史進化的產兒」。第二，「我要大家都知道白
話文學史就是中國文學史的中心部分」，「這一千多年中國文學史是

---

⑭　格里德：《胡適與中國的文藝復興》，魯奇譯，（江蘇人民出版社，1989），
　　頁81。

古文文學的末路史，是白話文學的發達史」。作者提出的研究結論則是：「故一千多年的白話文種下了近年文學革命的種子；近年的文學革命不過是給一段長歷史作一個小結束：從此以後，中國文學永遠脫離了盲目的自然演化的老路，走上了有意的創作的新路了」。⑨⑤從現在看來，作者規定的「白話文學」的範圍，是過大了一些，作者闡述的「白話文學就是中國文學史的中心部分」的見解，是偏執了一些，然而，作者提出的研究結論，卻是正確的，有開創性的，有指導意義的。白話應該具有這樣的歷史地位。

　　從表達功能角度進行的論述，應該以朱希祖的專論〈白話文的價值〉為例。作者認為，白話的文本質上的價值有二：1.「一代的文學，總須表現一代社會的現象。文言的文只能偽飾貴族文人；至於社會全體的真相，非白話俗語，不能傳神畢肖。社會全體的真相不明，則文學家雖欲指陳他的利弊，而無從開口。所以白話的文的領土，既能容納一國的全社會，又能容納外國的各社會，運用自在，活潑潑的；文言的文，既然以古為質，範圍又狹，與現代社會現代人生不相應，雖有文學而實無用，竟與死一樣。」2.「文學之對於人生與食物同。文言的文與白話的文滋養的多少，皆非一定。……惟講到消化，白話的本質，彷彿就是粥、飯、麵包、牛乳、鷄子。文言的文，消化的容易，遠不及白話文了。」⑨⑥論述並不很精采，但見解卻是正確的。

　　更深刻的論述，還是胡適以「詩體」為例，從形成思維成果的角度提出的：

---

⑨⑤　胡適：《白話文學史‧引子》，（上海新月書店1928年版，岳麓書社1986年影印），頁1，3，7。

⑨⑥　朱希祖：〈白話文的價值〉，《中國新文學大系‧文學論爭集》，頁93。

　　　　形式上的束縛，使精神不能自由發展，使良好的内容不能充
　　　　分表現。若想有一種新内容和新精神，不能不先打破那些束縛
　　　　精神的枷鎖鐐銬。因此，中國近年的新詩運動可算得是一種「
　　　　詩體的大解放」。因為有了這一層詩體的解放，所以豐富的材
　　　　料，精密的觀察，高深的理想，複雜的感情，方才能跑到詩裡
　　　　去。⑨

有助於「精密的觀察」，能幫助組織「豐富的材料」，可以更好地表
達「高深的理想，複雜的感情」，進而促進思維方式的不斷完善，確
實是白話優勝於文言的價值，它既表現在詞彙裡，如創造新詞語，引
進外來詞，產生大量的複合詞；又表現在語法裡，如擴大句子的修飾
成分，建造多重複句，增多句子的層次；還表現在表達方式裡，如創
造新的修辭格，借用新的表達方式，改進行文習慣等等。

五、關於以白話為基礎建設民族共同語即國語的觀點

　　文學革命運動、白話文運動與國語運動三者的結合是必然的；運
動越是深入，這種結合越是緊密。早在一九一八年四月，在綱領性的
專論〈建設的文學革命論〉裡，胡適就以高屋建瓴的姿態提出了「國
語的文學，文學的國語」「十字方針」，並且強調指出：

　　　　我們提倡新文學的人，盡可不必問今日中國有無標準國語。我
　　　　們盡可努力去做白話的文學。我們可盡量採用《水滸》、《西
　　　　遊記》、《儒林外史》，《紅樓夢》的白話；有不合今日的用
　　　　的，便不用他；有不夠用的，便用今日的白話來補助；有不得

---

⑨　胡適：〈談新詩〉，《中國新文學大系·建設理論集》，頁295。

不用文言的，便用文言來補助，這樣做去，決不愁語言文字不
夠用，也決不愁沒有標準白話。中國將來的新文學用的白話，
就是將來中國的標準國語。⑱

稍後，他又以歐洲近代各國國語發展歷史的借鑒，進一步提出：

> 凡是國語的發生，必是先有一種方言比較的通行最遠，比較的
> 產生了最多的活文學，可以採用作國語的中堅分子；這中堅分
> 子的方言，逐漸推行出去，隨時吸收各地方言的特別貢獻。同
> 時便逐漸變換各地的土話：這便是國語的成立。有了國語，有
> 了國語的文學，然後有些學者起來研究這種國語的文法、發音
> 等等；然後有字典、詞典、文典、言語學等等出來：這才是國
> 語標準的成立。⑲

這是對上述「十字方針」的充實和完善，它們共同構成了當時建設民
族共同語的綱領性意見。事實上，八十年來新文學的創作和發展，普
通話亦即國語的確立和建設，都已經從不同的角度證明了，這一綱領
性意見在方向上是正確的，在實踐中是可行的，直到現在，它仍然沒
有失去其理論價值和指導意義。

一九一八年十二月，傅斯年基於對白話文實踐的總結，就胡適的
意見提出了兩點極為重要的補充意見：一是「乞靈說話 —— 留心自己
的說話，留心聽別人的說話」；二是「直用西洋文的款式、文法、詞
法、句法、章法、詞枝……一切修詞學上的方法造成一種超於現在

---

⑱ 胡適：〈建設的文學革命論〉，《中國新文學大系・建設理論集》，頁131。
⑲ 胡適：〈國語講習所同學錄序〉，《中國新文學大系・建設理論集》，頁
259。

的國語，歐化的國語，因而成就一種歐化國語的文學」。⑩ 第一點中的所謂「乞靈說話」，就是向民眾的口語學習，吸收其一切合理的、富於表現力的詞彙、語法和表達方式，使白話充滿著「源頭活水」，永遠保持著生命活力。第二點中的所謂「歐化」，其實是借鑒西方民族的語言，吸收其一切合理的、富於表現力的、能融進漢語之中的詞彙、語法和表達方式，使白話的詞彙更加豐富，語法更加精密，表達方式更加多樣化，從而更加適應在新的社會文化條件下闡釋深奧理論、界定複雜觀念、進行邏輯推理的需要。「歐化」建議的提出，是以對當時漢語「白話」的一種評估爲根據的：他「仔細觀察我們的語言」，發現「有的事物沒有名字，有的意思說不出來；太簡單，太質直；曲折少，層次少，……只多單句，很少複句。層次極深，一本多枝的句調，尤其沒有了」。⑩ 然而，他對當時漢語「白話」的這種評估以及以此爲根據提出的「歐化」建議，曾經引起過長時間的爭論。對於那場爭論，我們在這裡不能作專門的分析和評判，但可以強調一個人所共知的事實：無論人們贊成與否，事實上，八十年來，「我們的語言」總在不停地「歐化」── 糾正，進一步「歐化」── 再一次糾正；「歐化」了有必要「歐化」的，糾正了過分「歐化」的。正是在這一進程中，「我們的語言」有了不斷的變化，得到了不斷的發展。

　　新白話文運動倡導者們上述五個方面的觀點和理論，有的是在文白論戰中「逼」出來的，有的是在「嘗試」新文學作品過程中「試」出來的，有的則是從西方文化的相關理論中「借」過來的。今天，我

---

⑩　傅斯年：〈怎樣做白話文〉，《中國新文學大系・建設理論集》，頁219–223。

⑩　傅斯年：〈怎樣做白話文〉，《中國新文學大系・建設理論集》，頁223。

們有理由認爲它不夠系統，不很成熟，片面偏執的毛病未能倖免；然而，我們卻沒有理由低估其重要意義。這些觀點和理論的重要意義，不僅表現在即使用現代語言學的眼光來看，其基本精神和主要觀點也都是正確的，是有生命力的，而且表現爲：第一，在中國語言學史乃至在世界語言學史上，它以嘗試進行語言與文化共變關係的研究爲特色，增寫了創造性的一頁。其材料、其方法、其成果都應該引起語言研究者和語言學史研究者的注意；第二，在當時，這些觀點和理論在論戰中贏得了多數人的理解和贊同，因而排除了干擾，顯示了方向，動員了群眾，推動了不斷向前發展的白話文運動、「文學革命」運動和國語運動；第三，在後來，它的權威性和指導作用一直存在，許許多多從事文學創作的人們，從事國語建設的人們，從事文化教育的人們，都自覺不自覺地遵循或參照它所確立的原則進行各自的實踐，因而又在一定程度上影響了現代文學發展的趨向，影響了現代漢語發展的軌跡。王力先生在《中國現代語法》第六章「歐化的語法」裡，從「歐化」的角度論及「歐化」理論對現代漢語的現有面貌所產生的影響，讀者可以參看。

　　正因爲在理論建設上取得了如此重要的成績，所以「文學革命」運動和新白話文運動後來能順利地粉碎學衡派和甲寅派的反攻。

　　五四運動前後，如果說北京的北京大學和《新青年》雜誌是新文化運動的大本營，那麼，南京的東南大學和《學衡》雜誌就是反對新文化運動的根據地。「學衡派」中，反對文學革命和白話文運動最早、最力的是胡先驌。早在一九一九年，胡先驌就發表〈中國文學改良論〉（上）一文，打出了反攻的信號。但他並沒有提出有分量的見解，其主旨「只是與白話文學吵嘴」；其中心論點只是：「白話不能全代文言」，「即或能代之，然古語有云，利不十，不變法」，所以

不能「以白話推倒文言」；而其最重要的論據則只是「詩家必不能盡用白話」。⑩

　　對於自稱「學貫中西」的胡先驌，白話文倡導者們給予了有力的批駁和應有的嘲諷。其中最有代表性的是羅家倫的〈駁胡先驌君的中國文學改良論〉一文。他指出：「胡君此文的全體，名爲〈中國文學改良論〉，實是自己毫無改良的主張和辦法。只是與白話文學吵嘴。而且意義文詞，都太籠統，不著邊際」。於是只好針對「白話不能全代文言」的論點提出反駁，並借此闡述白話的固有價值：

> 用白話文學不但可以表現批評人生，施用藝術，而且可以講明一切的學理。白話文學自有白話文學本身的價值，巨大的作用，決不是僅爲「通俗教育」而設的。教育普及乃是國語的文學成立後一部分當然的效果。我們做白話文學，是要去做「人的文學」，作人類知識全部分的解放。……白話可以把人生表現批評得眞切，而且聲韻亦近自然：白話詩可以比文言詩好，亦無疑義。⑩

　　幾次交鋒之後，「學衡派」便被時代的潮流沖下陣去，在當時人們的心目中，成爲「反對文學革命的尾聲了」。經過這次論爭，白話文運動更加深入人心，白話文的正宗地位更加趨於穩固。隨之而來的就是，白話文開始大批進入中小學教材，教科書也由「國文」改名爲

---

⑩　胡先驌：〈中國文學改良論〉，《中國新文學大系・文學論爭集》，頁104–106。
⑩　羅家倫：〈駁胡先驌君的文學改良論〉，《中國新文學大系・文學論爭集》，頁115，119，125。

「國語」。

　　然而，鬥爭並未有盡期。一九二五年，在國民黨與共產黨攜手合作的推動下，中國新的革命高潮正在形成。全國各階層民眾普遍要求召開國民會議，而把持中央政權的段祺瑞在做出歡迎孫中山先生北上姿態的同時，卻一面悍然召開善後會議，使其軍閥統治合法化，一面使用暴力鎮壓民眾的反帝反封運動。在文化領域，軍閥政府極端憎惡新文化，總在尋找機會撲滅它。而在新文化陣營一方，新文學又正好落向低潮。當時有一種說法：「白話文試驗了幾年，現在已經到了『強弩之末』。」⑭ 在這樣的背景之下，段祺瑞政府的司法總長兼教育總長章士釗披掛上陣，向新文化和白話文發起了新的一輪反攻。

　　章士釗早年也曾傾向革命，與革命黨人有所往還，又深研邏輯學，寫得一手雅潔謹嚴的古文，因而在當時有一定的影響。一九二三年八月，他就在《新聞報》上端出了〈評新文化運動〉一文，詆毀當時的白話文「不成文理，味同嚼蠟」。但因為沒有更多的新貨色，被胡適評為「不值駁」，受到了冷遇。一九二五年二月，他在上海約胡適合影，並在相片上用白話題詩贈給胡適。詩云：「你姓胡，我姓章；你講什麼新文學，我開口還是我的老腔。你不攻來我不駁，雙雙並坐，各有各的心腸。將來三五十年後，這個相片好作文學紀念看。哈，哈，我寫白話歪詩送給你，總算老章投了降」。⑮ 然而，三個月後，他又不「投降」了，反而借《甲寅》雜誌復刊，又聯絡幾個人，「牢牢的抱住幾條大綱，幾則經義，決心在『邪說橫行』的時代裡替往古爭回一個地盤」，⑯ 從而發揮「某種特定作用」。他不僅將已受

---

⑭　唐鉞：〈文言文的優勝〉所引，《中國新文學大系・文學論爭集》，頁 252。

⑮　胡適：〈老章又反叛了〉，《中國新文學大系・文學論爭集》，頁 205。

⑯　徐志摩：〈守舊與「玩」舊〉，《中國新文學大系・文學論爭集》，頁 231。

冷遇的〈評新文化運動〉重新發表，而且又推出了〈答適之〉、〈評新文學運動〉等文章。有一位瞿宣穎，也拿出了〈文體說〉，配合章士釗攪起了一股逆流。

憑著特別的敏感，「甲寅派」將主攻目標對準了白話文。當年唐鉞曾經將章士釗等復古派攻擊白話文的理由歸納爲六點：一謂白話文之詞筍太儉，二謂白話文文法太無變化，三謂白話文之詞語太俚，四謂白話文之字句太冗，五謂白話文絕對擯棄文言字句，六謂白話文大殺文思。⑩ 這一歸納是全面的。但是，這六條理由，有的來自對白話的誤解，有的源於對文言的偏愛，只有「詞筍太儉」、「文法太無變化」兩點比較接近事實。然而，這兩點是與文言共有的毛病，是新的社會文化條件襯托出來的漢語發展應該注意的問題，而且早已爲白話文倡導者們所正視，並早已提出克服的辦法：「乞靈說話」，不避「歐化」。所以，他們的反攻，就學術性而言，仍然是「不值一駁」的。

可是，章士釗本人既有一點影響，又代表著一股復古思潮，因此，當時進步「思想界聯合起來」進行了「分頭迎擊」。他們或者巧妙地將政治批判同文化批判結合起來，揭露章士釗作爲一個「實際政家」，「只是爲某種特定作用而姑妄言之的一套，背後本來沒有什麼思想的誠實，面前也沒有什麼理想的光彩」；⑩ 或者直接地指出復古派的必然結果：「老先生們反對白話文不是無意識的，那正是他們最

---

⑩　唐鉞：〈告恐怖白話文的人們〉，《中國新文學大系・文學論爭集》，頁255-259。

⑩　徐志摩：〈守舊與「玩」舊〉，《中國新文學大系・文學論爭集》，頁232。

末次的奮鬥，他們生命最終的光焰」。⑩ 最後，在一片「打倒國語運動的攔路『虎』」的怒吼聲中，正如魯迅冷峻地指出的：甲寅派也「不過以此當作訃聞，公布文言文的氣絕罷了」。⑩

〔貳〕　實踐領域的勝利

還在一九一八年八月，新白話文運動的倡導者胡適，就以堅定而自信的聲音向國人表示：

> 我們若要使中國有新文學，若要使中國文學能達今日的意思，能表今人的情感，能代表這個時代的文明程度和社會狀態，非用白話不可。我們以為若要使中國有一種說得出聽得懂的國語，非把現在最通行的白話文來作文學不可。⑪

從一九一七年到一九二六年的十年間，新白話文運動的節節勝利，尤其是實踐領域裡的成績，都從不同的角度證明，白話取代文言居於正宗地位並成為「國語」，不僅能夠「代表」而且有助於改進「這個時代的文明程度和社會狀況」。

從給中國人帶來「個人」解放的新文化的角度看，白話作為最合適的表達形式和構成基礎，促進了新文化的構成、傳播和發展；從推

---

⑩ 唐鉞：〈告恐怖白話文的人們〉引陶孟和語，《中國新文學大系・文學論爭集》，頁254。

⑩ 魯迅：〈答KS君〉，《魯迅全集》第3卷，（人民文學出版社，1981），頁112。

⑪ 胡適：〈答黃覺僧君折衷的文學革新論〉，《中國新文學大系・文學論爭集》，頁69–70。

進中國社會轉型的五四運動的角度看，白話作爲最佳的宣傳工具，配合和推動了五四運動的發展、深入；從具有現代型特徵的新文學的角度看，白話最佳的語言形式幫助了新文學從舊文學的桎梏下解脫出來，成爲一種「活的文學」，它有力地撥動了新文學作者的思維的琴弦，鼓動了新文學讀者的聯想的翅膀，並有效地發揮了新文學教育民衆、喚起民衆的社會功能；從最深刻地反映了漢民族新的特徵的國語運動的角度看，白話的勝利促進了國語的形成和發展，加快了國語標準化統一化的步伐；從關係到民族素質的改善和提高國民教育的角度看，白話的勝利，推動了國民教育的根本變革和廣泛普及，使教育向平民化靠近；在某種意義上說，更爲重要的是，從民族的思維方式的角度看，因爲語言記錄著思維的成果，具有促進思維抽象度和思維靈活度的功能，語言的變化往往能促進思維方式的變革，所以，白話取代文言，有助於中國人更新傳統的思維方式，給漢民族思維方式的發展注入了活力因素，促進了漢民族思維的發達，特別有利於現代意識的複雜性和心理結構的多層次的表達。總之，我們有理由認爲，白話勝利地取代文言，對於中國文化來說，實際是一場深刻的革新，它從一個角度反映了中國現代的民族覺醒。

要具體羅列從一九一七年到一九二六年的十年間特別是五四運動以後的白話在實踐領域裡的勝利果實是不可能的，那只能用「不計其數」一語來概括。不得已求其次，我們只好從「白話文應用」與「白話文學創作」兩個大的方面作些粗線條的描寫。

一、白話文應用方面

這十年間，隨著白話文運動的節節勝利，特別是隨著五四運動的全面勝利，白話文逐漸風行全國，應用範圍極爲廣泛，大有不可阻擋

之勢。其中表現最爲突出、影響最爲深遠的，主要又是報刊雜誌和中小學教材。

（一）全國報刊雜誌：

　　基於白話文的社會功能的直接感受和爭取市民讀者的需要，一九一五年，鴛鴦蝴蝶派小說的主要園地之一的《小說畫報》在「例言」中宣布：「小說以白話爲正宗。本雜誌全用白話體」。從一個側面向公眾顯示了白話文的優長。但真正自覺地從促進新白話文運動的角度實行語體革新的，還是《新青年》。一九一七年，錢玄同致信陳獨秀，鄭重地提出：

> 我們絕對主張用白話體做文章，則自己在《新青年》裡作的，便應該漸漸的改用白話。我從這次通信起，以後或撰文，或通信，一概用白話，就和適之先生做《嘗試集》一樣意思。並且還請先生，胡適之先生和劉半農先生都來嘗試嘗試。此外列位在《新青年》裡撰文的先生和國中贊成做白話文的先生們，若是大家都肯嘗試，那麼必定成功。自古無的，自今以後必定會有。⑪

陳獨秀欣然接受這一倡議，從一九一八年一月起，就實行革新，把《新青年》改爲完全刊載白話文，並使用新式標點。接著，新創刊的《每周評論》、《新潮》等刊物，也都改用白話文，採用新式標點。白話文憑藉著有影響的報刊，開始像一股清新的風吹向全國。隨著五四運動的爆發、推進，這股清新的風又變爲強勁的風，很快漫捲神州

---

⑪　《新青年》第 3 卷第 6 號〈通訊〉，1917 年 8 月。

大地。原有的報刊紛紛改用白話，新創的報刊更是以白話相標榜。白話文成了時興，新白話文運動具有了澎湃的氣勢。在日本奴役下的臺灣，愛國志士們也奮起響應五四愛國運動和新白話文運動。一九二〇年七月，蔡惠如、林呈錄等人起而仿效《新青年》，創辦了《臺灣青年》（一九二二年更名爲《臺灣》），大力傳播新思想，提倡白話文。一九二二年，《臺灣》刊登了黃呈聰的〈論著及白話文的新使命〉和黃朝琴的〈漢文改革論〉，鼓吹臺灣也應採取白話文，以爲普及文化，促使社會進步的工具。⑬ 由於新文化運動的影響和他們的努力，臺灣的新思潮和白話文運動也逐漸形成了一定的聲勢，發揮了良好的作用。

五四運動剛剛結束，胡適便在總結性專論〈文學革命運動〉中欣然指出：

> （五四運動其間）各地的學生團體裡忽然發生了無數小報紙，形式略仿《每周評論》，內容全用白話。此外又出了許多白話的新雜誌。有人估計，這一年（一九一九）之中，至少出了四百種白話報。內中如上海的《星期評論》，如《建設》，如《解放與改造》，如《少年中國》，都有很好的貢獻。一年以後，日報也漸漸的改了樣子了。從前日報的附張往往記載戲子妓女的新聞，現在多改登白話的論文、譯著、小說、新詩了。北京的《晨報》副刊，上海《民國日報》的「覺悟」，《時事新報》的「學燈」，在這三年之中，可算是三個最重要的白話文的機關。時勢所趨，就使那些政客軍人辦的報，也不能不尋

---

⑬　參見陳碧笙：《臺灣地方史》，（中國社會科學出版社，1982），頁291。

幾個學生來包辦一個白話的附張了。民國九年以後，國內幾個
持重的大雜誌，如《東方雜誌》、《小說月報》，……也都漸
漸的白話化了。⑭

胡適的這一總結雖然並不細緻，但也勾畫出了全國報界大形勢發展的
趨向，使我們領略到了白話的強勁風氣。

一九二〇年，持重的《東方雜誌》第十七卷第八號上刊登了後來
成為語言學家的蔣善國的一篇文章，題為〈我的新舊文學觀〉。其中
詳細地開列了「近年所看到的白話報刊」：

周刊：學生周刊、共進、奮鬥周刊、南洋、導言、南開校風、
輔德周刊、救國（唐山）、星期評論、新生活、救國周
報（雅禮）、明德周報、體育周報、河南省立第一師範
周刊、社會教育星期報、每周評論、新社會、民心、平
民、武昌中華大學周刊、龍溪通俗周報、自覺周報、北
京平民周報、固始學生聯合會周刊、春鳥秋蟲、救國
周刊（安徽）、民聲、閩潮周刊、星期日、新湖南、平
民周刊、女界鐘、一農、醒世、岳雲周刊、獨見、威克
烈、民風周刊、平民教育、寰球中國學生會周刊、育德
周刊、南昌學生聯合會周刊、川至校刊、北洋大學周
刊、正議周刊、岳麓周刊、江西第三師範周刊、北京大
學學生周刊、新蘭溪周刊
日刊：民風日刊、正報、民國日報、時事新報、南開日刊、全

⑭ 胡適：〈五十年來中國之文學〉，《胡適文存》第2集，頁255。

國學生聯合會日刊、天津學生聯合會日刊、南洋公學日
刊、上海中華新報、晨報

月刊：新青年、少年中國、新潮、新中國、國民雜誌、少年世
界、醫事月刊、太平洋雜誌、建設、教育潮、曙光、新
教育、湖南教育月刊、工學、青年進步、新群、天籟、
黑潮

半月刊：調查半月刊、解放與改造、新生命、少年、新婦女、工
讀、聖約翰學生報、小學生、科學的唐山

旬刊：教育旬刊、新社會、社會新聲、青年旬刊

　　作者「近年所看到的白話報刊」，自然不一定很全面，卻可以作
爲胡適上述總結的注解和說明，使我們對當時全國報刊雜誌應用白話
文有一種較爲具體的了解。

（二）全國中小學課程和教材：

　　從一九一八年春天胡適〈建設的文學革命論〉發表以後，新白話
文運動就與國語運動相互呼應、相互配合，「呈雙潮合一之觀」，然
後又憑藉著五四運動的勁風，很快漫捲了全國各省區的中小學。小學
的「國文科」改換爲「國語科」，中小學的「國文教材」改換爲「國
語教材」，大量優秀的白話著作走進中小學教材。白話文因此而發揮
出新的作用，國語運動因此而呈現出新的勢頭。我們將在第五章第二
節對此作具體的論述。

二、白話文學創作方面

　　早在胡適發動「文學革命」亦即新白話文運動的前一年，持反對
意見的梅光迪就直接進言：「如足下之言，則人間材智，教育，選擇

諸事，皆無足算，而村農傖夫者足爲詩人美術家矣」。⑮而在「文學革命」、亦即新白話文運動興起的後一年，堅決的反對者林紓就公開聲言：「若盡廢古書，行用土語爲文字，則都下引車賣漿之徒，所操之語，按之皆有文法，……凡京津之稗販，均可用爲教授矣。」⑯反對者先後發言如放錄音機，足以說明「文學革命」、新白話文運動能否取得成功，關鍵在於能否拿出一批白話文學佳作。用胡適當時的話來說就是，「自古成功在嘗試！」而嘗試白話文學的突破口，又在詩歌方面。因爲，當時白話文的反對者聲音最響的一個話題，就是白話不可爲詩。所以胡適早就指出：「待到白話征服這個詩國時，白話文學的勝利就可說是十足的了。」⑰

（一）白話新詩：

　　早在一九一六年，胡適就懷著「自信頗能用白話作散文，但尙未能用於韻文。私心頗欲以數年之力，實地練習之。倘數年之後，竟能用文言白話作文作詩，無不隨心所欲，豈非大快事？我此時練習白話韻文，頗似新闢一文學殖民地」的宏願，⑱率先嘗試創作白話新詩，爲發動文學革命作準備。他的名作〈蝴蝶〉，是中國第一首白話新詩。

　　胡適的可貴嘗試得到了陳獨秀、錢玄同、劉半農等人的熱情支持。一九一八年一月，《新青年》第四卷第一期開始全面革新，首次開闢新文藝欄目，集中發表了三位文學革命先驅的九首白話新詩，首開新風，打破了由個人嘗試白話新詩的冷清局面，爲白話新詩的

⑮　胡適：〈逼上梁山〉，《中國新文學大系・建設理論集》，頁15。

⑯　林紓：〈致蔡元培書〉，張若英編《中國新文學運動史資料》，頁103。

⑰　胡適：〈逼上梁山〉，《中國新文學大系・建設理論集》，頁19。

⑱　胡適：《嘗試集・自序》，《胡適文存》第1集，頁199。

創作闢出了一個新的園地。這九首白話新詩是：胡適的〈鴿子〉、
〈人力車夫〉、〈一念〉、〈景不徙〉，沈尹默的〈鴿子〉、〈人力
車夫〉、〈月夜〉，劉半農的〈相隔一層紙〉、〈題女兒小蕙周歲日
造像〉。它們以勇敢的姿態攜手問世，爲「詩體的大解放」作出了首
批的貢獻。其中有的並且已經開始清除舊詩的痕跡，「具備新詩美
德」。如沈尹默的〈月夜〉：

> 霜風呼呼的吹著，
> 月光明明的照著，
> 我和一株頂高的樹並排立著，
> 卻沒有靠著。

清新，鮮涩，稚嫩，卻在字裡行間流露出披荆斬棘的艱辛。

　　從此以後，《新青年》不斷推出白話新詩，在創業的道路上留下
一批一批的新鮮果實。至一九一九年五月發行的第六卷第五期，它一
共就發表了六十多首。如胡適的〈老鴉〉、〈新婚雜詩〉，沈尹默的
〈落葉〉、〈大雪〉、〈三弦〉，劉半農的〈車毯〉、〈學徒苦〉、
〈賣蘿蔔人〉，陳獨秀的〈丁巳除夕歌〉，李大釗的〈山中即景〉，
魯迅的〈夢〉、〈愛之神〉、〈人與時〉，周作人的〈小河〉、〈路
上所見〉、〈北風〉等等。與此相呼應，一九一九年一月由傅斯年、
羅家倫等人創辦的《新潮》月刊，也陸續發表了周作人、葉紹鈞、俞
平伯、康白情、胡適、羅家倫，傅斯年等人的白話新詩。它們一起掀
起了白話新詩熱潮。

　　在新文化運動的激盪之下，白話新詩的嘗試終於逐步形成了風
氣。這塊一向被稱爲「文學中的文學」的領域，打開了一個缺口。嘗

試者越來越多，詩作的數量和質量也有了相應的提高。就內容而言，出現了富有「那樣細密的觀察，那樣曲折的理想」的〈小河〉一類的佳作。就體式而言，不僅有半解放式的白話詩，而且有完全解放的自由體白話詩；不僅有翻譯的白話自由體詩，而且有獨立嘗試的散文詩。從總體上看，它們大都以清新、流暢、優美的白話，或深或淺地表現出了新的時代精神，或濃或淡地透露出了新的生活氣息，因而初步顯示出了白話新詩的生命力。

如果說：「五四」運動爆發以前的白話新詩運動主要處於發難、嘗試的階段，那麼，「五四」運動的狂飆捲起以後，白話新詩運動就達到了一個新的階段，呈現出一些新的特點。

「五四」以後，白話新詩理論的探討更加深入更加全面，詩學研究被提到了議事日程。繼俞平伯發表〈白話詩的三大條件〉以後，胡適推出了〈談新詩〉，這篇文章後來被公認為是初期白話詩最完備的綱領。一九二〇年二月和三月，《少年中國》率先行動，連續出版兩期「詩學研究專號」，把理論討論推向高潮。緊接著，《星期評論》、《時事新報‧學燈》也連續發表了一批白話新詩論文。重要的論著有：康白情的〈新詩底我見〉、宗白華的〈新詩略談〉、周無的〈新詩的將來〉（均載《少年中國》詩學研究專號）；俞平伯的〈社會上對於新詩的各種心理〉（載《新潮》第三卷第一號）；朱執信的〈詩的意節〉（載《星期評論》一九二〇年二月一日勞動號）；郭沫若的〈論詩通信 —— 致宗白華〉（載《時事新報‧學燈》）等等。

關於新詩的語言形式，是討論的中心話題。俞平伯提出白話新詩的三個條件：1.用字要精當，做句要雅潔，安章要完密；2.音節務求諧適，卻不限定句末用韻；3.說理要透徹，表情要切至，敘事要靈

活。⑲ 胡適則強調音節對於新詩的重要性，指出新詩與舊詩音節上的區別就在於：新詩是「自然的音節」，而舊詩是固定的人造的音節。⑳ 後來在《嘗試集・再版序言》裡，他又進一步將新詩「自然的音節」規定爲：「詩的音節必須順著詩意的自然曲折，自然輕重，自然高下」；或者說，「凡能充分表現詩意的自然曲折，自然輕重，自然高下的，便是詩的最好音節」。㉑ 而康白情的話最能發人深思：「美在詩裡底形式的表現，屬於空間的是詞句，是體裁；屬於時間的是音節，是風格。」㉒ 這些重要的意見，不僅對於「詩體的大解放」，而且對於白話的鍛鍊和提高，都有深遠的意義。

「五四」以後，白話新詩的創作有了初步的繁榮。《新青年》、《新潮》繼續大力提倡並發表新詩創作，成爲白話新詩的主要園地。胡適、劉半農、周作人、沈尹默、俞平伯、康白情、朱自清等人都是這兩塊主要園地的辛勤耕耘者，各自都有豐盛的收穫，並初步形成了自己的風格。上海創辦的《星期評論》、《少年中國》和「覺悟」、「學燈」兩副刊，也都成爲新詩的發祥地，劉大白、沈玄廬、宗白華、田漢、周無、黃日葵、黃仲蘇、曾琦、王光祈、應修人、鄭伯奇等都是在這裡成長起來的詩人。據統計，《星期評論》在一九一九年六月至一九二〇年六月間，共發表白話新詩五十餘首；《少年中國》從一九一九年七月至一九二四年五月，共發表白話新詩一百二十餘首。此外，北京《新社會》、長沙《湘江評論》、成都《星期日》也

---

⑲　俞平伯：〈白話詩的三大條件〉，《中國新文學大系・文學論爭集》，頁263-264。

⑳　胡適：〈談新詩〉，《中國新文學大系・建設理論集》，頁304。

㉑　胡適：《嘗試集・再版序言》，《中國新文學大系・建設理論集》，頁319。

㉒　康白情：〈新詩底我見〉，《中國新文學大系・建設理論集》，頁337。

都發表了不少白話新詩。這許多白話新詩，大都意境新穎，鮮活自然，親切有味。如康白情的〈朝氣〉，就如朝氣一樣新鮮，其中第一節云：

> 窗紙白了。
>
> 鏡匣兒亮了。
>
> 老頭子也起來了；
>
> 小孩子也起來了；
>
> 娘們兒也起來了。
>
> 好雲霞喲！
>
> 好露水喲！

　　本時期白話新詩創作的最大成績，是胡適《嘗試集》和郭沫若《女神》的問世。一九二〇年三月正式出版的《嘗試集》是我國第一部白話新詩集。它富於愛國熱情，富於時代精神，在「詩體的大解放」、詩的白話語言、音韻節奏諸方面，都作了積極的「嘗試」；它的語言大致是經過藝術加工的白話，明白曉暢，自然現成，有的接近口語，並能根據不同內容選用不同色調的詞彙句式。作爲一種「開風氣的嘗試」，它開拓了白話新詩發展的道路。《女神》於一九二一年八月出版，以其反抗的熱情、豐富的想像和浪漫主義風格在我國新詩園地裡獨具一格。它比較徹底地打破了舊詩體的格局，大膽地建構了自具特色的自由體；它的語言新穎、形象、潑辣，不僅口語化，而且富有詞彩，顯出個性，可以彌補大喊大叫的缺點。在「詩體的大解放」方面，它作出了有益的貢獻。

（二）白話小說、散文：

新白話文運動發難之際，對於能否用白話寫出好詩，人們並不敢深信不疑；而對於能否用白話創作小說、散文，則是確信者居多。然而，事實卻是，白話小說散文的興起，反而在白話新詩之後。真正的現代白話小說的誕生，是以魯迅一九一八年五月發表的《狂人日記》爲標誌的；而真正的現代白話散文的興起，則是以周作人一九二一年發表〈美文〉、公開提倡小品散文爲標誌的。

在爲《中國新文學大系·小說二集》寫的〈導言〉中，魯迅坦誠而公正地指出：「因爲《新青年》其實是一個論議的刊物，所以創作並不怎樣著重，比較旺盛的只有白話詩」；「在這裡發表了創作的短篇小說的，是魯迅。從一九一八年五月起，《狂人日記》、《孔乙己》、《藥》等，陸續的出現了，算是顯示了『文學革命』的實績，又因那時的認爲表現的深切和格式的特別，頗激動了一部分青年讀者的心」。⑫③

《狂人日記》是魯迅向吃人的「愚民的專制」的封建意識開戰、改造「食人民族」的劣根性、拯救祖國的未來 ──「孩子」的宣言。我們同意司馬長風《中國新文學史》的見解：「用日記體寫小說，在中國是首創；用白話寫沒有故事的小說更是首創；但憑寫一個瘋子的胡言亂道，渾然成一完整的創作，這些都是了不得的成就。對於一篇初試啼聲的小說，我們只有無條件的喝采。」⑫④《狂人日記》等白話小說的問世，激動了廣大青年讀者的心，既「顯示了『文學革命』的實績」，同時也爲現代白話小說的興起和發展開闢了正確的道路。

---

⑫③ 魯迅：《中國新文學大系·小說二集·導言》，《中國新文學大系·小說二集》，（良友圖書印刷公司，1935），頁1。

⑫④ 司馬長風：《中國新文學史》上卷，（昭明出版社，1980），頁68。

　　然而，道路並不是筆直的。正如魯迅自己在《中國新文學大系
・小說二集・導言》中說的：《狂人日記》等發表以後，「從《新
青年》上，此外也沒有養成什麼小說的作家。較多的倒是在《新潮》
上」。從一九一九年一月到一九二〇年六月，《新潮》共發表了汪敬
熙的〈雪夜〉、羅家倫的〈是愛情還是苦惱〉、楊振聲的〈漁家〉、
歐陽予倩的〈斷手〉、葉紹鈞的〈這也是一個人〉，俞平伯的〈花
匠〉、任鉼的〈新婚前後七日記〉、郭弼藩的〈洋債〉、魯迅的〈明
天〉、K.S. 的〈砍柴的女兒〉等十位作者的十八篇白話小說。《晨
報》第七版也成爲培育新小說的重要園地、冰心就在該版上發表了
〈兩個家庭〉、〈斯人獨憔悴〉、〈去國〉等十幾篇白話小說。在上
海，引人注意的是《民國日報》副刊「覺悟」，有人統計僅一九二
〇年它就發表白話新小說一百六十七篇，其中有張靜廬的〈無期徒
刑〉、沈玄廬的〈阿二的兒子〉等。

　　白話小說的真正繁榮是在一九二一年以後，是與大量純文學社團
和各種文藝刊物的湧現聯繫在一起的。一九二一年《小說月報》的兩
次統計可以證明這一點。那年一月到三月問世的短篇白話小說約計七
十篇，而四月至六月間發表的短篇白話小說則猛增到一百二十多篇。
所有這些小說所使用的白話，有的自然樸實、親切有致；有的優美典
雅，引人入勝；有的精煉含蓄，富於啓示性；有的詼諧幽默，富於生
活氣息；有的深沈蘊藉，很有力度；有的奔放流暢，很有熱情。而就
總的趨勢而言，是接近民眾的口語，達到了較高的審美要求，初步顯
示了現代白話的優越性和生命力，同時也促使白話日漸成熟，更加富
於表現力。

　　當一九一八年一月《新青年》改爲完全刊登白話文時，白話新散
文就開始產生了。一九一八年四月，《新青年》從第四卷第四號起，

開闢了「隨感錄」專欄，隨之又有不少刊物上紛紛設立「隨感錄」欄目，更是爲現代白話散文的茂盛生長提供了良好的園地。但是，那時文學革命的倡導者們還沒有能在理論上提出明確而具體的散文革新主張，因而散文也就不能像詩歌、小說那樣及時獲得系統而新穎的理論作指導，發展的步子也就邁出得稍微遲緩了一些。直到一九二一年五月，周作人在《晨報》第七版上發表〈美文〉一文，借鑒西方現代文學發展的經驗，大力提倡美文即小品散文，號召人們「給新文學開闢出一塊新的土地」，現代白話散文才像詩歌小說那樣得到了新穎而正確的理論作指導，找到了發展自己的方向。周作人提倡的美文即小品散文，是傅斯年在〈怎樣做白話文〉中論及的「哲學的白話文」和「美術的白話文」的改造和發展，是一種藝術性較強的散文。它既可以是抒情爲主的，也可以是敘事爲主的，還可以是抒情敘事與議論有機結合的；其重要之點在於要以深刻的新思想或人生新哲理爲靈魂，要以真實和簡明作美學標準，要在借鑒外國美文和繼承中國美文的基礎上，創作出具有現代特色的白話美文。

　　周作人不僅從理論上積極倡導，而且在實踐裡大膽嘗試，創作出了一大批可以作爲散文革新典範的美文。在一九二一年至一九二六年的六年間，就先後誕生了《自己的園地》、《雨天的書》、《澤瀉集》等幾個散文集。在散文創作中，他愛好天然，崇向簡素，以平和沖淡爲最高境界，因此，他所運用的白話，雖然沒有完全脫盡文言的痕跡，卻具有現代口語的韻味：清新，自然，流動，親切。他好用長句子，結構鬆散，若斷若續，包容力極強，最能表達委婉曲折的語氣，紆徐蕩漾的意境，平和淡雅的風神。魯迅曾多次慨嘆：「可惜中

國文是急促的文，話也是急促的話。」⑫ 而周作人好用這樣的長句，
正有彌補和克服中國語文「急促」缺點的用意與作用，因而對於白話
的鍛鍊和提高，大有裨益。正如胡適在總結白話新文學的成績時所指
出的：

> 白話散文很進步了。長篇議論文的進步，那是顯而易見
> 的，可以不論。這幾年來，散文方面最可注意的發展，
> 乃是周作人等提倡的小品散文。這一類的小品，用平淡
> 的談話，包藏著深刻的意味，有時很像笨拙，其實卻是
> 滑稽。這一類作品的成功，就可徹底打破那美文不能用
> 白話的迷信了。⑫

魯迅對此也有很恰當的評價：

> 這是為了對於舊文學的示威，在表示舊文學之自以為特
> 長者，白話文學也並非做不到。⑫

　　在周作人給文學開闢出來的一塊新的土地上辛勤耕耘並首批獲
得豐盛果實的，有冰心、朱自清等人。冰心的小品散文委婉含蓄，清
麗雋秀，雖然留有淡淡的舊詩詞的餘味，卻是地地道道的白話美文，

---

⑫　魯迅：《池邊・譯後附記》，《魚的悲哀・譯後附記》，《魯迅譯文集》，（
　　人民文學出版社，1958），頁530。
⑫　胡適：〈五十年來中國之文學〉，《胡適文存》第2集，頁259。
⑫　魯迅：〈小品文的危機〉，《魯迅全集》第4卷，（人民文學出版社，
　　1982），頁576。

有鮮明的個性特色，被人稱爲「冰心體」。朱自清的小品散文具有一種特別的清新樸素的美，其語言是精美純樸的白話，重視吸收口語詞彙而加以提煉，善於採用口語句法而加以變化，具有親切的「談話風」。尤其應該提出來的是，他還長於學習和運用口語的節調，構成自然的音樂旋律，使白話的素質有所提高。

綜觀「五四」前後的白話新文學各類作品的發展，新詩起步最早，成熟反而較遲；散文起步較遲，但成熟卻是最早。朱自清曾經論及到一九二八年爲止的散文早熟情況：「十年之內，……最發達的，要算是小品散文。三四年來風起雲湧的種種刊物，都有意無意地發表了許多散文，近一年這種刊物更多。各書店出版的散文也不少。《東方雜誌》從二十二卷（一九二五年）起，增闢『新語林』一欄，也載有許多小品散文。……去年《小說月報》的『創造號』，也特闢『小品』一欄。小品散文，於是乎極一時之盛。」⑫

與周作人式的美文相輝映的是魯迅式的雜文。雜文以議論見長，卻又具有較強的抒情色彩，較濃的文學意味。自《新青年》一九一八年四月開闢「隨感錄」以來，陳獨秀、陶孟和、劉半農、錢玄同、周作人的雜文就紛紛問世，筆鋒犀利，形式活潑，白話之中雜以文言成分，形成了共同的、鮮明的風格。而最能發展這種風格、最能代表這種風格的，則是魯迅早期的雜文。魯迅的雜文，充滿了辛辣的幽默，冷峭的反語，奇警的比喻。他將白話加以錘煉，使其雜文「簡煉得像一把匕首，能以寸鐵殺人、一刀見血。重要之點，抓住了之後，只消

---

⑫　朱自清：《背影·序》，《朱自清序跋書評集》，（三聯書店，1983），頁2。

三言兩語就可以把主題道破」。⑫ 充分顯示了白話的鋒利的一面。

「我們所提倡的文學革命，只是要替中國創造一種國語的文學。有了國語的文學，方才可有文學的國語。有了文學的國語，我們的國語才可算得真正國語。國語沒有文學，便沒有生命，便沒有價值，便不能成立，便不能發達」。⑬ 從一九一七年到一九二六年十年間白話在實踐領域的勝利，完全證實了胡適先生的這一論斷。

第四節　「五四白話」的基本特徵

激動人心的文白之戰，在「文學革命」的大旗下打響，在「思想革命」的鼓聲中發展，贏得了白話的歷史性勝利，在中華民族通用的書面語上宣告了文言時代的結束，白話時代的開始。作為「文學革命」的直接成果，作為剛剛取得合法的、正統的地位的書面語言，作為新文化、新思想的符號系統，那時的白話經過倡導者們精心試驗，多方改造，不斷豐富，不斷完善，具有自己鮮明的基本特徵，因此才能被當時的人們稱為「新白話」，被後來的人們稱為「五四白話」。

面對汗牛充棟的白話著作，該怎樣去認識和把握「五四白話」的基本特徵呢？一九二二年，周作人適時地發表了〈國語改造的意見〉，既為當時建設新白話構擬了藍圖，也為今天我們認識新白話的基本特徵啟示了途徑。

從當時的現實出發，周作人強調指出：「現代民間的言語當然是國語（白話）的基本，但也不能就此滿足，必須更加以改造，才能適

---

⑫　郁達夫：《中國新文學大系・散文二集・導言》，《中國新文學大系・散文二集》，（良友圖書印刷公司，1935），頁14。

⑬　胡適：〈建設的文學革命論〉，《中國新文學大系・建設理論集》，頁128。

應現代的要求。」因爲當時的白話（國語）「還未完善，還欠高深複雜」，「因爲國語（白話）的作用並不限於供給民眾以淺近的教訓與知識，還要以此爲建設文化之用，當然非求完備不可」。爲了使白話（國語）「化爲高深複雜，足以來表現一切高上精微的感情與思想，作藝術學問的工具」，周作人提出：「須得就通用的普通語上加以改造」，具體方式是：

　　1.採納古語。……只要是必要，而沒有簡單的復古的意義，便
　　不妨盡量的（將古語）用進去，即使因此在表面上國語與民
　　間的俗語之距離愈益增加，也不足為意，因為目下求國語豐
　　富適用是第一義，只要能夠如此，日後國語教育普及，這個
　　距離自然會縮短而至於無，補充的古語都化為通行的新熟
　　語，更分不出區別來了。
　　2.採納方言。有許多名物動作等言詞，在普通白話中不完備而
　　方言裡獨具者，應該一律收入，但也當以必要為限。……
　　3.採納新名詞及語法的嚴密化。……這件事普通稱作國語的
　　歐化問題，近年來頗引起一部分人的討論。……其實系統
　　不同的言語本來決不能同化的，現在所謂歐化，實際上不過
　　是根據國語的性質，使語法組織趨於嚴密，意思益以明瞭而
　　確切適於實用。[131]

事實表明，周作人在這裡提出的關於國語（白話）改造的意見，逐漸得到了當時新白話文運動倡導者們和大多數新文學創作者們的認可，

[131]　以上引文，全部錄自周作人〈國語改造的意見〉，《東方雜誌》第 19 卷第 17
　　　號。括號中的文字，爲引者所加的解釋性詞語。

成爲了大家的共識，對新白話的建設產生深刻的影響。

　　一九二八年，周作人總結了幾年來新白話建設的經驗，又進一步從散文審美標準的高度指出：

> 我也看見有些純粹口語體的文章，在受過新式中學教育的學生手裡寫得很是細膩流麗，覺得有造成新文體的可能，使小説戲劇有一種新發展，但是在論文 ── 不，或者不如説小品文，不專説理叙事而以抒情分子爲主的，有人稱他爲「絮語」過的那種散文上，我想必須有澀味與簡單味，這才耐讀，所以他的文詞還得變化一點。以口語爲基本，再加上歐化語，古文，方言等分子，雜揉調和，適宜地或各盡地安排起來，有知識與趣味的兩重的統制，才可以造出有雅致的俗語文來。我説雅，這只是説自然、大方的風度，并不要禁忌什麼字句，或者裝出鄉紳的架子。[132]

他認爲，「（俞）平伯的文章便多有這些雅致」，可以作爲「近來的一派新散文的代表」。其實，當時的小說（如魯迅的《狂人日記》、《阿Ｑ正傳》）、戲劇（如丁西林的《一隻馬蜂》、田漢的《獲虎之夜》）乃至詩歌（如周作人自己的〈小河〉），雖然各有自己的語言風格，卻也主要都是使用著這種白話。因此，他在這裡所論述的白話，事實上也代表了當時所通用的白話，即「五四白話」。

　　沿著周作人所啓示的方向與途徑去觀察「五四白話」，我們認爲，它的基本特徵可以作如下的描述：

---

[132]　周作人：《燕知草・跋》，《知堂序跋》（岳麓書社，1987），頁317。

一、以口語為基本

傅斯年早就明確認爲：建設新白話，首先必須「乞靈說話 ── 留心自己的說話，留心聽別人的說話」。並且「隨時自反，把說話的毛病，想法除去，把文學的手段，組織和趣味，用到說法上來」。[133] 後來，魯迅也認爲：建設白話可以「採說書而去其油滑，聽閑談而去其散漫，博取民眾的口語而存其比較的大家能懂的字句，成爲四不像的白話。這白話得是活的，活的緣故，就因爲有些是從活的民眾口頭取來，有些要從此注入活的民眾裡面去」。[134] 民眾口語是白話的源頭和基礎，白話是民眾口語的錘煉和提高，這是新白話文運動倡導者們的共同見解，並且都已不同程度地變爲了實際的寫作行動，因而也就變成了「五四白話」的最重要的基本特徵。

即以朱自清而論，他是一位很早就自覺地運用「活的口語」的文學家，並且「自己是蘇北人，卻贊成將北平話作爲標準語。一來因爲北平是文化城，二來因爲北平話的詞彙差不多都寫得出，三來因爲北平話已經作爲標準語多年，雖然沒有『俗成』，『約定』總算『約定』的了」。[135] 他的名作〈背影〉，就是以「活的口語」爲基本的：

> 我們過了江，進了車站。我買票，他忙著照看行李。行李太多了，得向腳夫行些小費，才可過去。他便又忙著和他們講價錢。我那時真是聰明過分，總覺他說話不大漂亮，非自己插嘴

---

[133] 傅斯年：〈怎樣做白話文〉，《中國新文學大系・建設理論集》，頁220。

[134] 魯迅：〈關於翻譯的通訊〉，《魯迅全集》第4卷，頁384。

[135] 朱自清：〈論國語教育〉，《朱自清全集》第3卷，（江蘇教育出版社，1988），頁193。

不可。但他終於講定了價錢；就送我上車。他給我揀定了靠車門的一張椅子；我將他給我做的紫毛大衣鋪好坐位。他囑我路上小心，夜裡要警醒些，不要受涼。又囑託茶房好好照應我。我心裡暗笑他的迂；他們只認得錢，託他們直是白託！而且我這樣大年紀的人，難道還不能照料自己麼？唉，我現在想想，那時真是太聰明了！⑬⑥

而他的散文〈春〉，運用的口語似乎更加活潑：

桃樹、杏樹、梨樹，你不讓我，我不讓你，都開滿了花趕趟兒。紅的像火，粉的像霞，白的像雪，花裡帶著甜味兒；閉了眼，樹上彷彿已經滿是桃兒、杏兒、梨兒。花下成千成百的蜜蜂嗡嗡地鬧著，大小的蝴蝶飛來飛去。野花遍地是：雜樣兒，有名字的，沒名字的，散在草叢裡像眼睛，像星星，還眨呀眨的。⑬⑦

在這類散文裡，許多詞語是直接取自民眾口語的，如照看，得，講價錢，插嘴，揀，警醒，趕趟兒，甜味兒，雜樣兒等等，都有口語的特色和情趣；許多句式是依照或參用民眾口語的，如「夜裡要警醒些」，「託他們直是白託」，「都開滿了花趕趟兒」，「還眨呀眨的」等等，有口語的生動、活潑，也有口語的情趣、韻味，如果要按照語法書提供的理論和方法來分析「都開滿了花趕趟兒」一類的句

⑬⑥　朱自清：〈背影〉，《朱自清文集》第1冊，（開明書店，1953），頁161。
⑬⑦　朱自清：〈春〉，《朱自清全集》第4卷，頁314。

子，會覺得很費精神，但放在這裡，就是比「爭先恐後」、比「百花競放」更新鮮，更生動，更有趣味。還有一些表達方式也是富於民眾口語色彩的，比如，不說現在已經理解了父親的一片深情，而感動，而愧疚，卻說「唉，我現在想想，那時真是太聰明了」；不說在想像中這些花已經結出了豐盛而甜美的果實，而說「閉了眼，樹上彷彿已經滿是桃兒、杏兒、梨兒」；不說有很多各種各樣的野花散開在草叢裡，爭奇鬥艷，有些是知名的，有些是不知名的，有些野花像人的眼睛，像天上的星星，不停地眨著，卻說「野花遍地是：雜樣兒，有名字的，沒名字的，散在草叢裡像眼睛，像星星，還眨呀眨的」。對於這樣一些表達方式，你最好不要首先忙著去分析它所運用的修辭格，而要細細體會那「活的口語」的神韻！

　　在一九二六年以前，實踐胡適「國語的文學，文學的國語」倡議獲得一種特別的成功的作家，大概要算老舍。在作家群中，老舍得天獨厚，是北京旗人。北京旗人本來也不算希罕，難能可貴的是，那時，他就不僅下定決心運用地道的北京白話創作小說，而且還要「試試看：一個洋車夫用自己的言語能否形容一個晚晴或雪景呢？假如他不能的話，讓我代他來試試。什麼『潺潺』咧，『淒涼』咧，『幽徑』咧，『蕭條』咧，……我都不用，而用頂俗淺的字另想主意」。⑬ 他的這種精神和方法，在一九二六年發表的長篇小說《老張的哲學》裡，已經得到了很好的運用。且看其中第三節的一段肖像描寫和第十三節的一段人物對話：

　　　學務大人約有四十五六歲的年紀，一張黑黃的臉皮，當中鑲著

---

⑬　老舍：〈我怎樣寫《三馬》〉，《老舍論創作》（增訂本），（上海文藝出版社，1982），頁13。

白多黑少的兩個琉璃球，一個中部高峙的鷹鼻，鼻下掛著些乾黃的穗子，遮住了嘴。穿著一件舊灰色官紗袍，下面一條河南綢做的洋式褲，繫著褲腳。足下一雙短筒半新洋皮鞋，露著本地藍市布家做的襪子。乍看使人覺著有些光線不調，看慣了更顯得「新舊咸宜」，「允執厥中」。或者也可以說是東西文化調和的先聲。

「你看」，王德向趙姑父說：「我入學堂好不好？事情太不易找，而且作些小事我也不甘心！」

「念書是好意思，可是有一樣，你父親能供給你嗎？你姐姐」，趙姑父指著李靜說：「念了五六年書，今天買皮鞋，明天買白帽子，書錢花得不多，零七八碎差一點沒叫我破產，我的老天爺！我不明白新事情，所以我猜不透怎麼會一穿皮鞋就把字認識了。你知道你的家計比我知道的清楚，沒錢不用想念書。找事作比什麼也強。——姑娘，可別多心，我可無意說你花我的錢，我不心疼錢！好姑娘，給姑父再倒盆茶！」

趙姑父的茶喝足，把煙袋插在腰裡，向著屋裡說：

「我說——我要回鋪子，應兒們的事有和我說的地方，叫他們到鋪子找我去。」

「我說——」屋內趙姑母答了腔，然後拿著未擦完的碟子走出來。「今天的菜好不好？」

「好！就是有些酸！」

「好你個——發酸？可省醬油！醬油比醋貴得多！」

老夫婦哈哈的笑起來。趙姑父又向李靜說：

「謝謝姑娘，作飯倒茶的！等著姑父來給你說個老婆婆！」

「不許瞎說，姑父！」李靜輕輕打了她姑父一下。

「好姑娘，打我，等我告訴你婆婆！」

趙姑父笑著往外走，姑母跟著問東問西，李應們還坐在院裡，約莫趙姑父已走出去四五分鐘，依然聽得見他的宏亮而厚渾的笑聲。⑬

　　他們都自覺地以北京民眾口語爲基本。如果說，朱自清選擇、提煉口語，主要是爲了使自己作品的語言更能表現出一種情致風韻；那麼，老舍選擇提煉口語，主要則是爲了使自己作品的語言更加親切、新鮮、更加個性化，更加富有京味。當人們讀到諸如「鼻下掛著些乾黃的穗子」、「一條河南綢做的洋式褲」、「我猜不透怎麼會一穿皮鞋就把字認識了」、「好你個 —— 發酸？可省醬油」、「謝謝姑娘，作飯倒茶的！等著姑父來給你說個老婆婆」一類語句，都不難從它們的詞彙、語法和表達方式裡感受到新鮮的生活氣息 —— 蘊含著幽默的生活氣息，親切的京味 —— 二十年代的京味。老舍後來曾說，一位好友供給他許多北京口語中的詞語，於是他的筆下「就豐富了許多，而可以從容調動口語，給平易的文字，添上些親切，新鮮，恰當，活潑的味兒。因此，《祥子》可以朗誦。它的言語是活的」。⑭ 這是寫作小說的經驗，也是建設白話的經驗，富於啓示性。

　　因爲以民眾口語爲基本，所以是「活」的，這正是「五四白話」最重要的基本特徵，是它區別於文言的關鍵所在。

---

⑬　老舍：《老張的哲學》，（商務印書館，1928），頁108。

⑭　老舍：〈我怎樣寫《駱駝祥子》〉，《老舍論創作》（增訂本），頁47。

二、融進歐化成分

自梁啓超以來，人們就越來越強烈地感覺到，每當認真地運用純粹而通俗的白話闡釋新理論、表述新思想、傳達新精神時，它就總會顯露出詞彙過於貧乏、語法比較質直、表達方式稍嫌簡單的毛病。因此，傅斯年在一九一八年就鄭重提出：我們不能因陋就簡，以現有的白話爲滿足，而要努力造就出一種「理想上的白話文」，即

> 1.邏輯的白話文。就是具「邏輯」的條理，有「邏輯」的次序，能表現科學思想的白話文。
> 2.哲學的白話文。就是層次極複，結構極密，能容納最深最精思想的白話文。
> 3.美術的白話文。就是運用匠心做成，善於入人情感的白話文。[141]

而要造就出這樣的「理想上的白話文」，就必須「取外國的榜樣」，「受歐化的影響」。他所謂的「歐化」，就是引進外來詞語，吸取西語語法，借鑒西語表達方式，亦即融進歐化成分。

他的這一意見，很快成爲新白話文運動領袖們的共識。朱自清稱揚過魯迅的一種見解：「歐化文法侵入中國白話的大原因不是好奇，乃是必要。要話說得精密，固有的白話不夠用，就只得採取些外國的句法，這些句法比較的難懂，不像茶泡飯似的可以一口吞下去，但補

---

[141] 傅斯年：〈怎樣做白話文〉，《中國新文學大系・建設理論集》，頁225。

償這缺點的是精密。」⑭ 儘管「歐化」往往會帶來「比較的難懂」的
缺點，但是，爲了使白話詞彙豐富，語法精密，有邏輯的條理，有複
雜的層次，從而能容納最深最精的思想。人們還是要自覺不自覺地在
自己作品的語言中融進歐化成分，並在這一過程中不斷地改進自己的
思維方式。「歐化是大勢所趨，不是人力所能阻隔的」。⑭

　　白話融進歐化成分，首先是從論說性的雜文裡開始的。即以傅斯
年的〈怎樣做白話文〉而言，可以說是說歐化就歐化，以歐化的白話
提出歐化的主張。請看：

> 　　我們在這裡製造白話文，同時負了長進國語的責任，更負了借
> 思想改造語言，借語言改造思想的責任。我們又曉得思想依靠
> 語言，猶之乎語言依靠思想，要運用精密深邃的思想，不得不
> 先運用精邃深密的語言。既然明白我們的短，別人的長，又明
> 白取長補短，是必要的任務，我們做起白話文時，當然要減去
> 原來的簡單，力求層次的發展，摹仿西洋語法的運用；── 總
> 而言之，使國語受歐化。

這裡，就複音詞的創造和運用而言，「改造」、「思想」、「語法」、
「歐化」等都是歐化；就句子的結構而言，最後一句具有四個層次，
是借鑒了西語句子的組織方法；就四個「我們」的出現而言，有三個
是「可無而欲其有的主語」，是借鑒了西語句子的組織方法；就「借
思想改造語言，借語言改造思想的責任」式的加長定語而言，也還是

---

⑭　朱自清：〈魯迅先生的中國語文觀〉，《朱自清全集》第 3 卷，頁 175。
⑭　王力：《中國現代語法》，載《王力文集》第 2 卷，（山東教育出版社，
　　1985），頁 460。

借鑒了西語句子的組織方法。正是由於有這許多的「歐化」現象，作者才能如此清晰、準確地表達出如此深刻、精密的思想。

白話融進歐化成分，很快在小品散文裡形成風氣，周作人並且還將「加上歐化語」作爲要求而提出來。請看王統照的名作〈陰雨的夏日之晨〉開頭的一段：

> 在昨夜的大雨後的清晨，淡灰色的密雲罩住了這無邊的穹海。雖然沒有一點兒風絲，卻使得人身上輕爽，疏懶，而微有冷意。我披了單衫，跣足走向前庭。一架濃密的葡萄架上的如綠珠般的垂實，攢集著尚凝有夜來細雨的餘點。兩個花池中的鳳仙花，燈籠花，金雀，夜來香的花蕚，以及條形的，尖形的，圓如小茶盃的翠綠的葉子，都欣然含有生意。地上已鋪滿了一層粘土的苔蘚；踏在腳下柔軟地平靜地另有一種趣味。[144]

這一段白話最顯著的特點是句子中的定語和狀語，層次多，變化多，務必從各個方面修飾中心詞，表現並突出它各個方面的特點，從而表達出作者特有的深邃的感受。如「條形的，尖形的，圓如小茶盃的翠綠的葉子」一語，中心詞「葉子」之前有四個定語魚貫而來，「翠綠的」是表現葉子顏色方面的特點，「條形的」等三個定語是表現葉子形狀方面的特點，而「圓如小茶盃的」又是「條形的」、「尖形的」的變化，並且借助了比喻。這是比較典型的歐化現象。

關於「五四白話」融進歐化成分這一基本特徵，王力在《中國現代語法》一書裡從語法學的角度有過比較全面的描寫。根據他的描

---

[144] 王統照：〈陰雨的夏日之晨〉，《中國新文學大系‧散文二集》，頁391。

寫，「五四白話」的歐化現象主要表現在如下六個方面：⑮

（一）複音詞的創造：

有兩種方法：一是利用原有的複音詞或固定語，或引申其意義，變更其詞性，如「小說」、「啓發」、「影響」、「矛盾」；或使之凝固，形成新詞，如「結果」、「懷疑」、「衛生」、「革命」。二是創造新的複音詞，或同義詞相合，如「社會」、「條件」、「狀態」、「保存」；或重新組合，如「哲學」、「速度」、「國際」、「否定」。

（二）主語和系詞的增加：

主語的增加有兩種情況：一是可省而不省，如徐志摩〈我所知道的康橋〉：「我在康橋時雖沒馬騎，沒轎子坐，卻也有我的風流，我常常在夕陽西曬時騎了車迎著天邊扁大的日頭直追」；二是可無而欲其有，如朱光潛〈無言之美〉：「我們所說的話，就恰是我們所想說的話」。系詞的增加，往往表示一種特別的意義，如魯迅〈藥〉：「周圍便都是死一般靜」。

（三）句子的延長：

有兩種情況：一是歐化的次品，如周作人〈文藝批評雜話〉：「那些自騙自的相信不曾把他們自己的人格混到著作裡去的人們，正是被那最謬誤的幻見所欺的受害者」；二是歐化的末品，如徐志摩〈我所知道的康橋〉：「我信生活決不是我們大多數人僅僅從自身經驗推得的那樣暗慘」。

（四）可能式，被動式，記號的歐化：

可能式的歐化，如馮友蘭〈新事論〉：「一個社會如有新性，其

---

⑮　見《王力文集》第 2 卷，（山東教育出版社，1985）。

有新性可以不合乎其舊情。」被動式的歐化，如「他被選爲會長」。
記號的歐化，如朱光潛〈無言之美〉：「孔子有一天突然地很高興地
對他的學生說：『予欲無言』。」

（五）聯結成分的歐化：

有三種方法：一是擴充中國原有的聯結成分的用途，如「我愛，
而且將永遠地愛你」；二是借中國本來的動詞去抵當英文的聯結詞，
如以「在」和 in 相當，以「當」和 When 相當；三是以中國動詞和聯
結詞合成一體，去抵當英文的聯結詞，如以「對於」或「關於」與 to
或 for 相當。

（六）新替代法和新稱數法：

新替代法，主要是模仿英語陽性用 he、陰性用 she、中性用 it 的
方式而以「他」、「她」、「它」分別當之。新稱數法，主要是使用
外國的度量衡單位，如「公尺」、「公升」、「公斤」之類。

王力的描寫，有助於我們全面觀察「五四白話」融進歐化成分的
趨勢，並進一步想見「五四白話」融進歐化成分的深度，從而證實朱
自清在《中國現代語法・序》裡所指出的：「新文學運動和新文化運
動以來，中國語在加速的變化。這種變化，一般稱爲歐化，但稱爲現
代化也許更確切些。這種變化雖然還只多見於寫的語言 —— 白話文，
少見於說的語言，但日子久了，說的語言自然會跟上來的。」⑭

三、留用古語成分

新白話文運動的倡導者們雖然反對繼續使用文言作爲民族共同
的書面語，尤其厭惡「爛調套語」和陳腐典故，但是並不絕對排斥古

---

⑭ 朱自清：〈中國語的特徵在哪裡 —— 序王力《中國現代語法》〉，《朱自清
全集》第 3 冊，頁64。

語成分。胡適在一九一八年發表的〈建設的文學革命論〉中就表示：
「有不得不用文言的，便用文言來補助（白話）。」⑭周作人則進一
步認爲：「只要是必要，而沒有簡單的復古的意義，便不妨盡量的（
將古語成分）用進去。」「日後國語教育普及，……補充的古語都化
爲通行的新熟語，更分不出區別了。」⑭

　　應該說，這些意見是很通達的。就是魯迅，也主張「沒有相宜的
白話，寧可引古語」。⑭

　　事實上，在當時，正是周氏二兄弟在探索和試驗留古語成分補助
白話使之「化爲高深複雜，足以表現一切高上精微的感情與思想」方
面，作出了示範。他們在流暢的白話文中汲取適當的古語成分，有兩
個一般人難以具備的特點：一是使白話「化爲高深複雜」，恰當地表
現一種精微的感情和特殊的趣味；一是使文章達到不協調的協調，表
現出一種辛辣的幽默，造成強烈的揶揄反諷效果。

　　在表現精微情感和特殊趣味方面，周作人〈燈下讀書論〉，就是
絕好一例，其中有云：

　　　　蘇東坡曾云，紙窗竹屋，燈火青熒，時於此間，得少佳趣。這
　　　　樣情景實在是很有意思的，大抵這燈當是讀書燈，用清油注
　　　　瓦盞中令滿，燈蕊作炷，點之光甚清寒，有青熒之意，宜於讀
　　　　書，消遣世慮，其次是說鬼，鬼來則燈光綠，亦甚相近也。若
　　　　蠟燭的光便不相宜，又燈火亦不宜有障蔽，光須裸露，相傳東

---

⑭　胡適：〈建設的文學革命論〉，《中國新文學大系・建設理論集》，頁131。
⑭　周作人：〈國語改造的意見〉，《東方雜誌》第19卷第17號，1922年9月。
⑭　魯迅：〈我怎麼做起小說來〉，《魯迅全集》第4卷，頁512。

坡夜讀佛書，燈花落書上燒卻一僧字，可知古來本亦如是也。
⑩

「紙窗竹屋，燈火青熒」，原本是古人讀書的勝境，文言文正是這勝
境中的果實。現在以文言描摹青燈趣味、表現夜讀情調，恰好是用其
所長，最容易使人在文言與青燈的輝映之中進入「光甚清寒，有青熒
之意」的讀書境界。而當時的純粹白話，是不必在這一方面與文言爭
鋒的。另外有一些片段也值得細細體味，如：

> 在現時人心不古的時代，破腳骨也墮落了，變成商埠碼頭的那
> 些拆梢的流氓，回想昔日鄉間的破腳骨，已經如書中的列仙高
> 士，流風斷絕，邈乎其不可復追矣。⑪
> （安倍《山中雜記》）這一類的文章，我們做不出，不僅是才
> 力所限，實在也為時勢所迫，還沒有這樣餘裕。可憐，我們還
> 不得不花了力氣去批評華林，柳翼謀，曹慕管諸公的妙論，還
> 在這裡拉長了臉力辯「二五得一十」。哪有談風月的工夫？我
> 們之做不出好文章，人也，亦天也，嗚呼。⑫

兩段文章，情緒的高潮都在末尾，那難以條分縷析、明白直陳的無
限感慨，化作了妙處難與君說的幽默，用文言句式表達，可謂意在言
外，恰到好處，如果一定要換上當時純粹的白話，味道必然大變。

---

⑩　周作人：《苦口甘口・燈下讀書論》，轉引自舒蕪《周作人的是非功過》，（
　　人民文學出版社，1993），頁275。

⑪　周作人：〈破腳骨〉，《雨天的書》，（岳麓書社，1987），頁58。

⑫　周作人：〈無謂之感慨〉，《雨天的書》，頁111。

在造成強烈的揶揄反諷的效果方面，魯迅有許多妙絕的例證。請看〈忽然想到‧一〉中的最末一段：

> 康聖人主張跪拜，以為「否則要此膝何用」。走時的腿的動
> 作，固然不易於看得分明，但忘記了坐在椅上時候的膝的曲
> 直，則不可謂非聖人之疏於格物也。身中間脖頸最細，古人則
> 於此斫之，臀肉最肥，古人則於此打之，其格物都比康聖人精
> 到，後人之愛不忍釋，實非無因，所以僻縣尚打小板子，去年
> 北京戒嚴時亦嘗恢復殺頭，雖延國粹於一脈乎，而亦不可謂非
> 天下奇事之三也！⑮

在流暢的白話之中，忽然夾上些文言成分，又是「格物」，又是「延國粹於一脈乎」，是很不協調的。然而，這些文言成分淋漓盡致地描摹出了不識歷史潮流的復古主義者的腔調，在不協調中造成了新的協調，顯出了強烈的諷刺效果。又如〈公理之所在〉中的一段：

> 段執政有衛兵，「孤桐先生」秉政，開槍打敗了請願的學生，
> 勝矣。於是東吉祥胡同的「正人君子」們的「公理」也蓬蓬勃
> 勃。慨自執政退隱，「孤桐先生」「下野」之後──鳴呼，公
> 理亦從而零落矣。⑮

章士釗是新文化運動和新白話文運動的宿敵，這裡運用文言句式，

---

⑮　魯迅：〈忽然想到‧一〉，《魯迅全集》第 3 卷，頁 14–15。
⑮　魯迅：〈「公理」之所在〉，《魯迅全集》第 3 卷，頁 492。

模擬他的腔調，諷刺他和他周圍的幾個人，可謂是曲盡其妙，相得益彰。

在魯迅的小說裡，也有善於運用古語成分造成反諷效果的精采片段。如《阿Q正傳》中的：

> 阿Q又很自尊，所有未莊的居民，全不在他眼睛裡，甚而至於對於兩位「文童」也有以為不值一笑的神情。夫文童者，將來恐怕要變秀才者也；趙太爺、錢太爺大受居民的尊敬，除有錢之外，就因為都是文童的爹爹，……
>
> ……一上口碑，則打的既有名，被打的也就托庇有了名。至於錯在阿Q，那自然是不必說。所以者何？就因為趙太爺是不會錯的。[155]

周作人著文雖然極慕平和沖淡，但時時也有運用古語成分造成挪揄反諷效果的精采片段。如〈關於焚書坑儒〉中的一節：

> 秦始皇立志欲愚黔首，看見儒生如此熱心於文章，正應歡喜獎勵，使完成八股之制義，立萬世之弘基，庶乎其可，今乃勃然大怒而坑殺之，不惟不仁之甚，抑亦不智之尤矣。中國臣民自古喜做八股，秦暴虐無道，焚書以絕八股的材料，坑儒以減八股的作者，而斯文之運一厄，其後歷代雖用文章取士，終不得其法，至明太祖應天順人而立八股，至於今五百餘年風靡天

---

[155]　魯迅：《阿Q正傳》，《魯迅全集》第1卷，頁76。

下，流澤孔長焉。⑯

這裡，故意模仿科舉時代策論的濫調來讚頌八股文，更加襯托出八股文的陳腐醜陋，因而增強了揶揄反諷的效果 —— 而這一切，又偏偏都在言詞之外。

四、選收方言俗語

在〈文學改良芻議〉中，胡適就提出了「今日作文作詩，宜採用俗語俗字」的主張，以爲俗語俗字是「二十世紀之活字」；在〈國語改造的意見〉裡，周作人又提出了必須「採納方言」的主張，以爲「有許多名物動作等言詞，在普通白話中不完備而方言裡獨具者，應該一律收入，但也當以必要爲限」。後來，在〈門外文談〉中，魯迅則又進一步強調：「方言土語裡，很有些意味深長的話，我們那裡叫『煉話』，用起來是很有意思的，恰如文言的用古典，聽者也覺得趣味津津。各就各處的方言，將語法和詞彙，更加提煉，使他們發達上去的，就是專化。這於文學，是很有益處的，它可以做得比僅用泛泛的話頭的文章更加有意思。」⑰ 可見，新白話文運動的倡導者們對於建議白話必須選收方言俗語的認識，不僅是一貫的，而且是越來越深刻、全面的。

魯迅就很會在小說裡提煉和使用方言俗語，使之表現一些深長的意味，如〈風波〉中的：「伊一轉眼瞥見七斤的光頭，便忍不住動怒，怪他恨他怨他；忽然又絕望起來，裝好一碗飯，搡在七斤的面前……」。這裡如果不用一個紹興方言「搡」，就很難在一個動詞裡淋

---

⑯　周作人：〈關於焚書坑儒〉，《苦竹雜記》，（岳麓書社，1987），頁23。
⑰　魯迅：〈門外文談〉，《魯迅全集》第6卷，頁98。

漓盡致地表現出七斤嫂對丈夫七斤那種又怪、又恨、又怨、又絕望的複雜感情。然而最擅長選收方言俗語，融進白話（國語）之中，化俗為雅，而達到崇高境界的作家，似乎是周作人。周作人帶著他的〈人的文學〉、〈思想革命〉參加文學革命運動和新白話文運動，其工作始終「以想知道平凡的人道為中心」。他曾經語重心長地說：「我們所要知道的是平常人的平常事，有如鄰人在院子裡吃晚飯，走過時招呼一下，順便一看那些小菜，那倒是很有興味的。人與事既是平常，其普遍性亦更大，若是寫的誠實親切，雖然原是甲與甲家的瑣事，卻也即是平民生活的片段，一樣的值得注意。」⑯ 對於故鄉平民的生活，心理，風俗，他更是一往情深。因此，他時時寫故鄉的野菜，茶食，婦女，兒童，烏篷船，羅漢豆，乃至破腳骨，並且選用恰當的方言俗語加以表現，流露出親切的感情，顯示出「平凡的人道」，達到了崇高的境界。例如他的名作〈烏篷船〉：

　　我要說的是一種很有趣的東西，這便是船，你在家鄉平常總坐人力車，電車，或是汽車，但在我的故鄉那裡這些都沒有，除了在城內或山上是用轎子以外，普通代步都是用船。船有兩種，普通坐的都是「烏篷船」，白篷的大抵作航船用，坐夜航船到西陵去也有特別的風趣，但是你總不便坐，所以我也就可不說了。烏篷船大的為「四明瓦」，小的為腳划船，亦稱小船，但是最適用的還是在這中間的「三道」，亦即三明瓦。篷是半圓形的，用竹片編成，中夾竹籜，上塗黑油，在兩扇「定篷」之間放著一扇遮陽，也是半圓的，木作格子，嵌著一片

---

⑯　周作人：〈瑣事難寫〉，轉引自舒蕪《周作人的是非功過》，（人民文學出版社，1993），頁192。

片的小魚鱗，徑約一寸，頗有點透明，略似玻璃而堅韌耐用，這就稱為明瓦。三明瓦者，謂其中艙有兩道，後艙有一道明瓦也。船尾用櫓，大抵兩支，船首有竹篙用以定船。船頭著眉目，狀如老虎，但似在微笑，頗滑稽而不可怕，唯白篷船則無之。三道船篷之高大約可以使你直立，艙寬可以放下一頂方桌，四個人坐著打馬將，　——　這個恐怕你也已學會了罷？⑮⑨

這裡寫的烏篷船是家鄉特有的，具有家鄉的特色；這裡用的方言俗語也是家鄉特有的，也具有鄉語的特色。以家鄉特有的方言俗語寫家鄉特有的烏篷船，色彩協調，相得益彰，透著誠實的親切，顯出了「平凡的人道」，步入了崇高的境界，造就了生動活潑，宜雅宜俗的新白話。

又如他在〈故鄉的野菜〉裡講述黃花麥果：

黃花麥果通稱鼠曲草，係菊科植物，葉小微圓互生，表面有白色，花黃色，簇生梢頭。春天採嫩葉，搗爛去汁，和粉作糕，稱黃花麥果糕。小孩們有歌讚美之云，
　黃花麥果韌結結，
　關得大門自要吃：
　半塊拿弗出，一塊自要吃。
清明前後掃墓時，有些人家 —— 大約是保存古風的人家 —— 用黃花麥果作供，但不作餅狀，做成小顆如指頂大，或細條如小指，以五六個作一攢，名曰繭果，不知是什麼意思，或因蠶上

---

⑮⑨　周作人：〈烏篷船〉，《澤瀉集》，（岳麓書社，1987），頁25-26。

　　山時設祭，也用這種食品，故有是稱，亦未可知。⑯

　　在這樣的漫談裡，時時雜以方言俗語，不僅貼切，生動，而且親切，有趣，鄉情是這樣溫潤，境界是這樣美好。不禁使人覺得，白話本來就應該是這個樣子的。

　　經過十年的努力，一種以北京地區民眾口語為基本，比較適當地融進歐化成分，留用古語成分，吸收方言俗語，雜揉調和而成的新白話，作為全民族通用的書面語，終於在以往的基礎上初步建立起來了！雖然並不成熟，但是畢竟已經趨於「高深複雜，足以表現一切高上精微的感情與思想，作藝術學問的工具。」這是「文學革命」和新白話文運動的勝利，是新文化運動的豐碩果實。

　　然而，到了三十年代，有人對「五四白話」發起了非議。一個有代表性的論點是：「文學大眾化首先就是要創造大眾看得懂的作品，在這裡，『文字』就成了先決問題。『之乎也者』的文言，『五四式』白話，都不是勞苦大眾所看得懂的，因為前者是封建的殘骸，後者是民族資產階級的專利。」⑯ 就此，魯迅以他慣常的敏銳眼光向人們指出：

　　　　這一回，大眾語文剛一提出，就有些猛將趁勢出現了，來路是
　　　　並不一樣的，可是都向白話，翻譯，歐化語法，新字眼進攻。
　　　　他們都打著「大眾」的旗，說這些東西，都為大眾所不懂，所
　　　　以要不得……讀書人常常看輕別人，以為較新，較難，較準的

⑯　周作人：〈故鄉的野菜〉，《雨天的書》，（岳麓書社，1987），頁44。
⑯　起應：〈關於文學大眾化〉，原載《北斗》第2卷第3、4期合刊，轉引自《文藝大眾化問題討論資料》，（上海文藝出版社，1987），頁139。

字句，自己能懂，大眾卻不能懂，所以為大眾計，是必須徹底掃蕩的；說話作文，越俗，就越好。這意見發展開來，他就要不自覺的成為新國粹派。或則希圖大眾語文在大眾中推行得快，主張什麼都要配大眾的胃口，甚至於說要「迎合大眾」，故意多罵幾句，以博大眾的歡心。這當然自有他的苦心孤詣，但這樣下去，可要成為大眾的新幫閑的。⑯

　　了解三十年代的這些議論，有助於全面認識「五四白話」的基本特徵和價值，因此特以我們所贊同的魯迅的論述作為本節的結尾。

---

⑯　魯迅：〈門外文談〉，《魯迅全集》第6卷，頁101。

第五章　浪潮澎湃（下）

（一九一三～一九二六）

第一節　「五四詞語」的文化價值

　　新文化運動，追求國人之「最後覺悟」。它努力將科學與民主結合起來，作爲衡量所有社會現象的價值準則，以「評判的態度」，重新估定一切價值，逐步實現民族文化心理層面的變革，逐步實現「人」的解放，「輸入學理」是它的主要手段，「再造文明」是它的基本目標。而正如我們早已論述過的，語言「是文化的符號，具有認識的功能和實踐的功能」。① 因此，這一切，又都有賴於新詞語的引進和創造，又都反映在新詞語的引進和創造之中。事實上也正是，隨著新文化運動的蓬勃興起和逐步深入，新詞語比以往任何時候都更大量地湧現著，更廣泛地使用著，並且呈現出新的特色，被人們稱爲「五四詞語」。毫無疑問，調查「五四詞語」產生和使用的狀況，分析「五四詞語」的文化價值，在目前是很有意義的新課題。

---

① 參見劉守華、周光慶等:《文化學通論》，（高等教育出版社，1992），頁136。

〔壹〕 「五四詞語」的使用狀況

「五四詞語」，主要是指新文化運動以來創造和引進的新詞語，如「參政」、「男權」、「約法會議」、「現實主義」、「個人本位主義」、「馬爾塞斯人口論」、「德先生」、「賽先生」之類；同時也包括少量制度變革時期已經創造和引進但使用不夠廣泛而在本時期則廣泛使用並饒有新意的詞語，如「民主」、「自由」、「文化」、「理想」、「科學」、「個人主義」之類，在一定意義上可以說，它們也是新詞語。

如果說，從總的使用狀況來看，在制度變革時期，新詞語是以大量湧現而形成競爭局面爲其特色，那麼，到了本時期，「五四詞語」則以廣泛使用而發掘其內涵、審核其價值爲其特色。「五四詞語」使用之廣泛，可以從以下幾個方面觀察到：

一、學者、思想家大量運用新詞語討論文化問題

學者、思想家和廣大真正的讀書人（知識分子），是一個以評判傳統爲己任、以創造、闡釋、傳播和應用文化爲職守的社會群體。創造和引進新詞語，是他們工作的需要；充分發揮新詞語的文化價值，是他們工作的精神。而新文化運動期間，中國的學者、思想家和廣大讀書人更是以運用新詞語討論文化諸問題爲己任。

爲能具體地證實這一點，不妨先採用抽樣調查的方法，看看新文化運動領袖們的幾個文章片段：

科學者何？吾人對於事物之概念，綜合客觀之現像，訴之主觀
之理性而不矛盾之謂也。想像者何？既超脫客觀之現像，復拋
棄主觀之理性，憑空構造，有假定而無實證，不可以人間已有
之智靈，明其理由，道其法則者也。在昔蒙昧之世，當今淺化
之民，有想像而無科學。宗教美文，皆想像時代之產物。近代
歐洲之所以優越他族者，科學之興，其功不在人權說下，若舟
車之有兩輪焉。——陳獨秀〈敬告青年〉②

自治的社會，共和的國家，只是要個人有自由選擇之權，還要
個人對於自己所行所為都負責任。若不如此，決不能造出自己
獨立的人格。社會國家沒有自由獨立的人格，如同酒少了酒曲，
麵包裡少了酵，人身上少了腦筋：那種社會國家決沒有改良進
步的希望。——胡適〈易卜生主義〉③

科學與美術有不同點：科學是用概念的，美術是用直觀的。譬
如這裡有花，在科學上講起來，這是植物，這是菊科的植物，
這是生物，都從概念上進行。若從美術家眼光看起來，這一朵
菊花的形式與顏色覺得美觀就是了；是不是叫作菊花，都可以
不管。其餘的菊科植物什麼樣？植物什麼樣？生物什麼樣？更
可不必管了。——蔡元培〈美術與科學的關係〉④

上面幾段文章頗有代表性，〈美術與科學的關係〉還是蔡先生一九二
一年在湖南的演講詞。其中底下畫點號的詞語，都是所謂的「五四詞
語」。仔細觀察、品味一下就可以知道，作者們運用這些「五四詞語

---

② 陳獨秀：〈敬告青年〉，《獨秀文存》，頁 8–9。
③ 胡適：〈易卜生主義〉，《胡適文存》第 1 集，頁 645–646。
④ 蔡元培：〈美術與科學的關係〉，《蔡元培選集》，頁 173。

」，顯得是這樣準確，這樣嫻熟，使它們不僅在數量上占有很大的比例，而且在意義上占有重要的位置，只要把它們連接起來，文章的軀幹就樹立起來了。

激進派領袖人物的文章是如此，調和派代表人物的文章又如何呢? 不妨也看看幾個片段:

> 思想者，最高尚之知識作用，即理性作用，包含斷定推理諸作用而言。外而種種事物，內而種種觀念，依吾人之理性，附之以關係，是之謂思想。新思想者，依吾人之理性，於事物或觀念間，附以從前未有之關係，此關係成立以後，則對於從前所附之關係，即舊思想而言，謂之新思想。例如皇權本於神授，此舊思想也。人權由於天賦，社會成於契約，主權屬於人民，此民主思想也，對於君權神授之思想而言，則謂之新思想。主權在於人民，少數之階級不宜壓制多數之階級，此民主的經濟思想，對於民主的政治思想而言，又謂之新思想。—— 杜亞泉（傖父）〈何謂新思想〉⑤
> 西方文化之特長實有最要者三: 1.科學之方法與其精神。2.物質文明。3.社會組織力。此三者又實以科學精神一物貫之。蓋物質文明，乃科學精神自然產生之副帶品。而社會組織力之精而且強，則亦人人頭腦，富於科學精神之所致。我國先民，自來於求眞（智識）一方面與西洋人絕異，故最缺此科學精神……。—— 陳嘉異〈東方文化與吾人之大任〉之注文⑥

---

⑤ 傖父: 〈何謂新思想〉，《東方雜誌》第16卷第11號，1919年11月。
⑥ 陳嘉異: 〈東方文化與吾人之大任〉，《東方雜誌》第18卷第1號，1921年1月。

上面兩段文字也很有代表性，後一段還是正文的一條注文。杜亞泉（傖父）、陳嘉異等學者，雖然或者自稱「余非講求西方文化之人」，或者被他人視爲調和派代表人物，但是對於「五四詞語」的運用，他們顯然是不讓激進派領袖人物專美於前的 —— 無論是在詞語的數量比例方面，還是在運用的準確嫻熟方面。「五四詞語」也同樣是他們文章的骨幹。這一語用現象，不僅可以證明他們自己所申說的：「今日之所謂新者，較之曩時講求西藝、倡言新法者，固有進步；即所謂舊者，亦非曩時視歐美爲夷狄、斥新學爲異端者，所可同日而語矣」；⑦ 而且還可以證明：新文化運動期間，中國的學者、思想家和廣大讀書人確實是以運用新詞語討論文化諸問題爲己任的。

需要特別指出的是，當時的學者、思想家們撰寫文章討論民族文化、國家前途等問題，並不是專門給另外一些學者、思想家們看的，而是給全社會至少是全社會讀書人所看的，而他們的演講，更是直接面對廣大群眾。因此，他們能如此大量而流暢地運用新詞語完成交際任務，就足以說明當時的廣大讀書人、廣大群眾，已經具備順利地理解和接受這些新詞語的能力和習慣，說明當時新詞語的傳播，已經充分地發揮了自己的實踐功能，充分地體現了自己的文化價值。

二、一般民眾開始運用新詞語表述生活感受

民眾是民族的主體。一般說來，新詞語，特別是那些表達新的觀念、新的精神的新詞語，要想真正發揮傳送新文化、改造舊文化的作用，要想真正深入民族語言的詞彙系統之中，就必須由學者的筆下，流傳到廣大民眾的口中；只有流傳到了廣大民眾的口中，新詞語才算

⑦　傖父：〈再論新舊思想之衝突〉，《東方雜誌》第 13 卷第 4 號，1916 年 4 月。

真正充分起到了傳送新文化的作用，並體現出了自己的文化價值，才算真正進入了民族語言的詞彙系統，才有可能獲得旺盛而長久的生命。因此，我們必須將觀察的目光由學者轉向民眾。

　　然而，五四時期已經成爲歷史，那一時期的民眾口語不再可以直接追尋。但我們可以借助於那些描繪民眾生活，表現民眾情感、塑造民眾形象的文學作品，因爲，在這類作品裡，作家總是在盡可能摹仿乃至記錄民眾的口語。且看五四時期劇作家陳大悲的名著《幽蘭女士》中的兩段人物對話：

> 珍兒：少爺，你別看錯了人！我可比不得喜兒，不能夠受你的侮辱！
>
> 寶麟：嘆！到底念過書的丫頭就不同啦！你也知道說侮辱！
>
> 珍兒：對啦，有人格的人，命可以不要，不能隨便受你的侮辱！你別想左啦！你以爲丫頭個個都可以受你欺負的嗎？
>
> 幽蘭：啊呀！我還不能死呀！我還有我的責任呀！……我不能自殺！我不能自殺！缺乏了勇氣的人才會自殺！我要奮鬥！奮鬥是我們青年的天職！一天不死，就得奮鬥一天！我從黑暗中奮鬥出光明來！從強權中奮鬥出眞理來！有志的青年，應當報答社會的恩！報答人類的恩！萬萬不能自殺！我們有志的青年不應當自殺！⑧

這裡出場的，珍兒是傭人，幽蘭是閨秀。珍兒不但「也知道說侮辱」，而且能恰當地使用「人格」一詞，保護自己的人格；幽蘭則更是

---

⑧　陳大悲：《幽蘭女士》，《中國新文學大系·戲劇集》，（良友圖書印刷公司，1935），頁42，63。

能以新思想洗滌自己的頭腦，以新詞語體現自己的個性。她們對新詞語的使用，似乎過於顯露痕跡，但恰恰又在顯露痕跡的同時顯露出了一種在「最後覺悟」基礎上形成的嶄新的風格 —— 五四新女性的思想風格。

一九二一年，《東方雜誌》在「社會問題」欄目裡刊載了教育家陳鶴琴的〈學生婚姻問題之研究〉一文。在文章裡，作者以忠實的態度記錄了若干平民關於「改良婚制的意見」的談話，為我們留下了難得的資料：

1. 「用不著媒人，一定要自己擇定，自己作主；這兩層是起初最緊要的手續」。
2. 「現在文明各國盛行自由結婚，這是很好的；因為夫妻是最親切的，妻子之好不好，是很有關係的，非得自己愜意的不可」。
3. 「未婚的，我終勸他們小心一點，能自己作主那是更好，像我形式上似覺得很好，不過衡以現在時勢，於精神上終覺得有點不快呢！像舊式的賣買婚姻，我是絕對不贊成的」。
4. 「政府宜禁父母者為兒子代定婚姻，凡婚姻出於強迫代定者無效；已結婚而非佳耦者有離婚自由」。
5. 「我的意見，婚姻這件事，只關於戀愛的兩人的事，不要有第三者干預，才有真正的價值」。⑨

這是當時有覺悟的民眾的心聲，看似平淡樸素，實則意義深遠。如果

---

⑨　陳鶴琴：〈學生婚姻問題之研究〉，《東方雜誌》第 18 卷第 5 號，1921 年 3 月。

說，「天下之本在國，國之本在家」，⑩那麼，家庭之本則在婚姻。民族的全部社會生活都發軔於以婚姻爲基礎的家庭。在中國，社會與政治的單位是同一的，而這個單位不是個人而是家庭。隨著新文化運動的興起，現在一般民眾終於從傳布的新名詞裡，領會接受了「文明」、「戀愛」、「自由結婚」、「人生價值」等等新觀念，然後用來反觀舊式婚姻，「衡以現在時勢」，自己發現了中國婚姻「形式上似覺得很好」但「精神上終覺得有點不快」的癥結，進而由此得出了「婚姻這件事，只關於戀愛的兩人的事，不要有第三者干預，才有真正的價值」的結論。這一結論，是「家庭革命」的吶喊，是「個性解放」的呼聲，在當時的中國，具有革命的意義。這一革命性的結論，由民眾自己憑著「最後之覺悟」思考出來，由民眾自己運用新詞語表述出來，有著不可低估的意義。它是新文化運動的寶貴成果，同時也是「五四詞語」深入民眾的心裡、發揮其文化價值的確實證據，值得珍惜。

三、工商界人士熟練運用新詞語塑造自我形象

在中國近代社會，工商界人士是一支活躍的力量。他們不一定十分關心文化的討論，但對於中外文化的交流卻往往有獨到的見解；不一定非常注意國語的建設，但對於新詞語的傳播卻常常有特殊的敏感。一九二〇年，陳獨秀曾經譏評「上海社會」利用「新文化的招牌」，並指出：「所以什麼覺悟，愛國，利群，共和，解放，強國，衛生，改造，自由，新思潮，新文化等一切新流行的新名詞，一到上海便僅僅做了香烟公司，藥房，書賈，彩標行底利器。」⑪在當時，

---

⑩　《孟子・離婁上》。

⑪　陳獨秀：〈再論上海社會〉，《獨秀文存》，頁589。

這是真實而又普遍的現象，然而也是自然乃至必然的現象。隨著新文化的蓬勃興起，新詞語的廣泛傳布，中華民族的文化心理發生了深刻的變化。人們，特別是文化界人士、工商界人士、市民，觀念改變了，視野擴大了，思維方式進步了，自然會有新的構想，新的行爲，新的追求，新的時尚，自然要熟悉並接受新名詞，要用新名詞表述思想，用新名詞標榜行爲，用新名詞塑造自己的形象，以贏得他人的理解和認可。這正顯示了新文化的不可阻擋的威力，證實了新詞語的吸引人心的魅力。當然，「外面掛著新文化的招牌，裡面還賣黑幕一類的貨」，是另外一種性質的問題。

《申報》曾經在「本埠增刊」欄目裡發表過一則題爲〈興業烟公司之革新〉的消息：

> 中國興業興記烟草公司，係由粵商譚海秋、譚竹馨昆仲等將興業烟草公司改組而成，籌備迄已數月，現設臨時事務所於江西路五十八號，工廠在虬江路三〇八號。該公司製造烟料，全採用科學方法。現擬先出全福牌、聚寶牌香烟兩種，夏曆六月中即有出品云。

次日《申報》又刊登出一則興業興記烟草公司的廣告：

> 本公司自去歲組設以來，不惜資本，採辦上等原料烟葉，聘請化學專門技師，內容籌備迄逾半年，研究改良不遺餘力。差幸所製各種香烟屢經名家試驗，均許爲國貨結晶之品……（原文無標點）⑫

---

⑫　《申報》，1924 年 7 月 2 日，7 月 3 日。

一則消息，一則廣告，相互發明，相互配合，力圖在公眾眼前塑造好自己的形象，這本是「商戰」的慣常手段。值得注意的是它對新名詞的運用：言公司成立而稱「改組」，言製作方法而稱「科學」，顯示人才而曰「專門技師」，表明努力而曰「研究改良」，不說名家品嚐而說「名家試驗」，不說上好貨色而說「國貨結晶之品」，總之是根據自己對社會心理的了解，追趕時尚，迎合公眾，盡可能地使用新名詞裝點自己、贏得顧客。而我們今天，則可以根據語言與社會文化共變的原理，透過它所使用的新名詞，描摹當時的時尚和公眾心理，進而分析產生這種時尚和公眾心理的社會文化背景，並從中窺見上海現代文化發展演變之一斑。

就在刊登興業興記烟草公司的廣告的同時，《申報》還在「常識」欄目裡發表了一篇題爲〈信用組合之利益〉的小文章云：

> 信用組合，爲近世產業進步後新生之組織，即集合中產以下之平民共同組織之金融機關也。其利益極夥，茲舉六者如次，甚望吾國關心平民事業者，倡而行之也。
>
> 1. 使平民得參預金融組織，以增加其經營企業之興趣。
> 2. 凡屬組合員，俱可爲金錢上之通融，不必財產擔保，而以人品之勤惰定通融之程度。故既足以勸善獎儉，而又與平民以磋商金錢之途徑。
> 3. 組合員既有通融資金之途，故小企業可以勃興，因而資本之效用得以增加，平民之利潤不至爲大企業家所併吞。……⑬

---

⑬　《申報》，1924 年 7 月 3 日。

在這樣一篇短小的文章中，作者使用的新名詞數量之多，位置之重要，是一望可知的。由於他所要引進的，是西方現代社會文化系統中的一種金融機構，即後來的信用合作社，而這種金融機構在當時的中國社會文化系統裡，還是一種新生事物，一種異質的要素，因此，他不能不使用大量的新名詞加以介紹。我們在《文化學通論》中曾經論證過：語言符號（語詞）既能把所指稱的事物以符號的形式「引渡」到人的文化世界中來，同時又是人進入文化世界的主要嚮導，它具有獲取信息的功能，述說事件的功能，建構「理想世界」的功能。⑭ 正因爲語言符號（語詞）具有如此之多如此重要的功能，所以本文作者才能運用新詞語成功地爲人們介紹出新生事物「信用組合」的性質和效益。當然，同樣重要的是，他的介紹能獲得成功，也得力於當時中國的工商界人士和廣大讀者已經具備了相當的關於新名詞的知識和接受新名詞的能力與習慣。而所有這些，又都是現代中國文化發生深刻變化的跡象。

以上，我們從三個方面觀察了本時期「五四詞語」使用的狀況，顯然不夠全面，但卻比較真實。我們已經看到，「五四詞語」活躍於筆端，流布於人口，充斥於報面，使用是廣泛的，傳播是迅速的，影響是深入的。學人運用新詞語討論文化問題，民眾運用新詞語表述生活感受，工商界人士運用新詞語塑造自己的形象，這些事實本身就顯示了新詞語在改變人們的思想觀念、促進民族文化的發展過程中的價值。

值得特別注意的是，當時的人們對於新詞語迅速傳播、廣泛運用和顯著效力，就已經有了深切的感受。這也從一個角度促成了我們的

---

⑭ 劉守華、周光慶等：《文化學通論》，頁 136–146。

上述認識。他們紛紛指出：

> （舊思想的人）對於西洋思想未必是不歡迎，不過不要和他們
> 向來的見解太離奇，所以他們聽慣了一種新學說，起初以為離
> 奇，極力反對的，後來也漸漸的受不知不覺的感化，倒也贊成
> 了。兩三年前他們所反對的「個性主義」、「自動主義」，到
> 今日成了各個人的口頭禪，就是一個證據。⑮
> 一年以前，「新思想」之名詞，頗流行於吾國之一般社會，以
> 其意義之廣漠，內容之不易確定，頗惹起各方之疑惑辨難。迄
> 於最近，則「新思想」三字，已鮮有人道及，而「新文化」之
> 一語，乃代之而興。以文化視思想，自較有意義可尋。⑯
> 近來 —— 自古已然 —— 有許多人聽見幾個未曾聽過、未能了解
> 的名詞，便大驚小怪起來，說是危險思想。問他們這些思想有
> 什麼危險，為什麼危險，他們認為危險思想的到底是些什麼東
> 西，他們都不能說出。⑰

這是一些忠實的記錄：一個新名詞，「頗流行於吾國一般社會」，然
而一年之後，便「已鮮有人道及」，僅僅是由於其「內容之不易確
定」，因而被另一個「自較有意義可尋」的新名詞所取代。由此可見
社會對新名詞渴求之甚，要求之高，新名詞在社會上流傳演變之快，
新陳代謝之速。可以想見，這樣的社會絕對不是一個停滯的社會，而
是一個急劇變化的社會。一些新名詞，起初被「舊思想的人」極力

---

⑮　蔣夢麟：〈新舊與調和〉，《時事新報》，1919 年 10 月 26 日。

⑯　君實：〈新文化之內容〉，《東方雜誌》第 17 卷第 19 號，1920 年 10 月。

⑰　李大釗：〈危險思想與言論自由〉，《李大釗選集》，頁 216。

反對，然而兩三年間，很快「成了各個人的口頭禪」，就連先前極力反對的人，也「漸漸的受不知不覺的感化，倒也贊成了」。由「極力反對」到「倒也贊成」，是一個巨大的變化，但發生變化的不是新名詞的特定涵義，而是人們的思想觀念。由此可見新名詞「感化」力量之強，文化價值之大。「有許多人聽見幾個未曾聽過、未能了解的名詞，便大驚小怪起來，說是危險思想」，或許正是由於這些人聽說過、看見過甚至體驗過新名詞衝擊舊的思想、改變社會風氣的巨大作用，因而有點像驚弓之鳥。由此可見，在社會文化發展演變的進程中，新名詞流傳促進人們「最後之覺悟」的作用是不能忽視的。所有這些，都是當時眼光比較敏銳、觀察比較細緻的學人留下的寶貴記錄。從這些記錄裡，可以看到「五四詞語」在五四時期廣泛而有效地使用的情況，更可以看到「五四詞語」與中國現代社會文化互相作用、互相影響的諸多跡象，看到「五四詞語」所具有的文化價值。

〔貳〕 「五四詞語」文化價值三面觀

語言與文化之間的作用影響是互相的、辯證的。語言是以人為主體的社會現象，它是人為建構文化、表達文化的需要而創造的，是隨著文化的發展而發展的。而作為文化的所指符號，語言自有其實踐功能，在一定的條件下，能對文化的形成、發展產生一定的作用，並因此而具有特定的文化價值。以新文化運動為背景而產生、而傳播、而發展起來的「五四詞語」，其文化價值更是比較顯著，更是值得研究。

一、從構成類型看「五四詞語」的文化價值

在漫長的歷史裡，漢語詞彙有了長足的發展，豐富的積澱。然而，到了近現代，尤其是新文化運動以後，由於中國社會的逐步轉型，中西文化的深入交流，新事物、新思想層出不窮，代謝迅速，人們仍然感到漢語原有的詞彙遠遠不敷應用。「五四詞語」正是適應這種需要而大量產生、迅速傳布的。這樣，「五四詞語」的構成，既要滿足文化發展的需要，又要承受文化傳統的制約；既要以漢語原來的詞彙爲基礎，又要突破漢語原來的詞彙的範圍。於是，「五四詞語」在構成上便呈現出三種類型：

（一）創造新的複合詞：

有了新的事物需要恰當地指稱，有了新的觀念需要準確地表達，而漢語原有詞彙中卻沒有也不可能有可供使用或借用的現成詞語。於是就以漢語原有詞彙爲材料創造出新的複合詞，作爲新事物新觀念的名稱。⑱這種構成類型，既爲漢語詞彙增添了新的成分，又爲中華文化引入了新的要素。例如《獨秀文存》中的：

> 1. 此精神磅礴無所不至：見之倫理道德者，爲樂利主義；見之政治者，爲最大多數幸福主義；見之哲學者，曰經驗論，曰唯物論；見之宗教者，曰無神論；見之文學美術者，曰寫實

---

⑱　王力在《中國現代語法・歐化的語法》章中的一條注文裡說：「有些新名詞並不是中國人創造的，而是採用日本語的，但日本人當初創造新名詞的時候，也是利用漢字，和咱們後來創造新名詞的方法大致相同，所以不必分別討論。」（見《王力文集》第2卷，頁466），這裡，我們也師法其意，不再區分個別採用日本語的新造複合詞。

主義，曰自然主義。⑲

2.思想言論之自由，謀個性之發展也。……自心理學言之：
人間者，意思之主體；自由者，意思之實現力也。自法律言
之：人間者，權利之主體；自由者，權利之實行力也。⑳

3.其地瀕海，便於無脊動物之研究，因以發現高等動物及人類
與無脊動物之血液的關係。一八八四年，更造論發明白血球
退治微生物之作用，大為法國巴士特氏所讚賞。㉑

這些新詞語，既不是詞組的自然凝固，也不是舊詞的故意翻用，而完
全是選取原有詞彙為詞素的重新組合；所表示的意義，不僅是原詞素
意義的融合，而且是新概念的輸入。它的面貌是陌生的，意義是新奇
的，雖然有時不免生硬，卻又充滿生氣。王力說過：「西洋的思想傳
入中國之後，中國人有時候不免依照西洋語言去運用思想，或發表文
章。文章雖是用中文寫的，卻是西文的影子，所以凡遇著西洋的詞義
是中國原有的所不能表達者，就不免創造一些新詞。」㉒ 我們可以
按照這個線索去理解這類複合詞的文化價值；但必須進一步指出：這
類新詞的創造過程，就對其所表達的概念而言，既是一個不斷理解的
過程，也是一個重新創造的過程。新詞一旦產生並傳布開來，就意味
著人們已經將它所指稱的新事物所表達的新觀念引入了民族文化系
統之中。

---

⑲　陳獨秀：〈今日之教育方針〉，《獨秀文存》，頁 17。

⑳　陳獨秀：〈東西民族根本思想之差異〉，《獨秀文存》，頁 28。

㉑　陳獨秀：〈當代二大科學家思想〉，《獨秀文存》，頁 47。

㉒　王力：〈中國現代語法〉，《王力文集》第 2 卷，頁 463。

（二）翻新舊的複合詞:

有了新的事物需要恰當地指稱，有了新的觀念需要盡快地表達，而漢語原有詞彙中正好有意義相關或相近因而可供借用的現成詞語，於是就借用這種現成詞語，注入新的內容，使之得到改造，起著與新造詞語大致相同的作用，作爲新事物新觀念的名稱。這種構成類型，雖然未能給漢語詞彙增添新的成分，但卻符合語言的經濟的原則，並且同樣也爲中華文化引入了新的要素。例如《獨秀文存》中的:

1. 國家者，乃人民集合之團體，輯內御外，以擁護全體人民之福利，非執政之私產也。……人民應有自覺自重之精神，毋徒事責難於政府，若期期唯共和國體是爭，非根本之計也。（第18–19頁）

2. 社會的文明幸福，是個人造成的，也是個人應該享受的。（第126頁）

3. 他要求我犧牲寫信的時間，同到《大公報》去，邀集舒、楊作一個總解說，以圖時間經濟。（第321頁）

這些加點的詞語，觀看其結構形式，都似曾相識，有的還是古已有之; 而體察其意義內容，雖與原來的意義內容不無關聯或相似之處，但就其精神而言，卻是迥然不同，別有新意。例如「國體」一詞，古已有之，原是指稱國家典章制度，現在則是指稱國家根本體制。中國自秦漢以迄明清，具體典制代有變化，而根本體制卻一以貫之，因此人們沒有明確而具體的「國家體制」觀念。自清末中西文化交流深入以後，中國人眼界開闊了，能自覺地以西方國家的民主共和制度爲參照物，反觀中國的君主專制制度，才逐漸建立起了明確而具體的「

國家體制觀念」並以「國體」指稱之。所以，同是「國體」一詞，其意義內容卻古今判然有別。「個人」一詞，原來指一個人或某個人，無所謂思想個性，更無所謂權利義務；現在是指社會的成員，民族的分子，有思想，有個性，有獨立地位，也有權力，有利益，有社會責任。對於中國人來說，新的「個人」表達了一種全新的觀念。即如一般詞語「經濟」，古代是指治理國家，後來是指社會物質生產活動，這裡卻是指節省、節約。

如果大量地收集本時期這種翻新過的舊複合詞，將其本時期特有的意義內容與它原有的意義內容對比研究，然後分類，歸納，正可以從一個角度探查出中國人思想觀念變化的軌跡和中華文化心理層面演變的規律。

（三）引進外來複合詞：

從外國文化裡引進了新的事物、新的觀念，需要有詞語作為載體予以傳達，而漢語原有詞彙中理所當然地沒有可供使用或借用的現成詞語，於是就連同該新事物、新觀念的原有外國名稱一起引進，這就有了引進外來複合詞。在這一過程中，又有兩種情況：

一種情況比較簡單，即對人名、地名等專有名詞，如「柏格森」、「西細里亞」等等，只能引進，無需再作討論。

一種情況比較複雜：對有些引進的新事物、新觀念，可以取用漢語原有詞彙為材料創造新的複合詞，作為它們的名稱，甚至或者已經有了這樣的名稱，可是人們仍然要以音譯的方式引進外來詞。個中原因大有值得探究的。比較典型的例子是陳獨秀的名作名言：「本誌同仁本來無罪，只因為擁護那德莫克拉西（Democracy）和賽因斯（Science）兩位先生，才犯了這幾條滔天的大罪。」（《獨秀文存》第141頁）其「Democracy」作為一種觀念，作為一個名詞，早已引進

中國，有譯爲「民本主義」的，有譯爲「民主主義」的，有譯爲「民治主議」的，有譯爲「唯民主義」的，有譯爲「民主」的，但陳獨秀在〈本誌罪案之答辯書〉中，仍然要以音譯的方式，譯作「德莫克拉西」。考其原因，可能如李大釗所說的：

> 民本主義，是日本人的譯語，因爲他們的國體還是君主，所以譯爲「民本」，以避「民主」這個名詞，免得與他們的國體相牴觸。民主主義，用在政治上亦還妥當，因爲他可以示別於君主政治與貴族政治，而表明一種民眾政治，但要用他表明在經濟界、藝術界、文學界及其他種種社會生活的傾向，則嫌他政治的意味過重，所能表示的範圍倒把本來的內容弄狹了。……現代的民主政治，已不含統治的意思，因爲「統治」是以一人或一部分人爲治者，以其餘的人爲被治者；一主治，一被治，一統治，一服從；這樣的關係，不是現代平民主義所許的。故「民治主義」的評語，今已覺得不十分恰當。[23]

李大釗與陳獨秀同爲新文化運動領袖，二人關係十分密切。李大釗的這番論述與陳獨秀的本意應該相去不遠。這樣，我們就能理解陳獨秀在爲新文化運動樹立起兩面大旗的時候，極力保全 Democracy 的豐富原意，使之不因移植東方而蒙受損失的良苦用心，極力向國人展示新文化運動的根本宗旨和固有價值的深遠用意 —— 這本身就是一個特定文化環境中生動而典型的文化現象，一個關於語言與文化共變關係的確切證明。

---

[23] 李大釗：〈平民主義〉，《李大釗選集》，頁 408。

二、從意義分布看「五四詞語」的文化價值

　　根據我們研究文化語言學的體會，無論在哪一種社會，無論在哪一個時代，特定民族語言的新詞語，主要都是伴隨著該民族文化系統的新的文化要素而產生的，都是圍繞著該民族的先進階層或活躍群體的意志和行為的焦點而產生的。若干年過去以後，人們如果能檢索出某一時代民族語言全部新產生的詞語，並且從文化的角度進行細緻的分析，那麼，他們就有理由相信，自己已經得到了該時代民族文化系統新產生的文化要素的清單，已經找到了該時代民族的先進階層或活躍群體的意志和行為的焦點。

　　現在，我們當然還不可能檢索出五四時期漢語的全部「五四詞語」，但是，我們可以一方面閱覽本期書籍報刊，直接觀察「五四詞語」，另一方面憑藉前人收集、研究的成果，從質量較高的字典詞書裡了解「五四詞語」的概貌，然後將兩方面的所得互相參合，從而勾勒出「五四詞語」的大致輪廓。唐敬杲編纂、商務印書館一九二三年出版的《新文化辭書》和吳念慈、柯伯年、王慎名合編，上海南強書局一九二九年出版的《新術語辭典》，都是這種質量較高因而可以憑藉和利用的辭書。

　　唐敬杲在《新文化辭書·叙言》裡發表了一種觀察所得：「我國近年來的新文化運動，把我國人的知識欲望增高了。敬杲深信，學問做那少數特權階級裝飾品的時代，由著這個運動，已經宣告終止，凡從前博學深思之士所能備具的學問，自以後，一般民眾，沒有不應該加以修習；而現代繁劇多方面的生活狀況，必須有豐富廣博的知識來

因應，也委實是無可如何的事。」而錢智修（堅瓠）的觀察則更爲敏
銳：

> 自文化運動之説，發現於吾國學界以來，國人之於學術，頗有
> 注重平民文化之趨勢，如語體文之流行，出版物之增多，以及
> 工讀互助團、通俗講演會等之創設。凡此殆無一非學術的平民
> 化之特徵也。㉔

我們認爲，他們的觀察和論述都是正確的。作爲一種現代化的啓蒙運
動，新文化運動在維新思潮衝擊滌蕩過的神州大地上澎湃興起，以啓
發國人「最後之覺悟」、實現民族文化心理層面的變革爲根本宗旨，
以「科學」和「民主」爲前導的大旗，以「國語的文學」爲前行的
巨輪，在中國歷史上促成了又一次「哲學的突破」和「學術的下移
」。「五四詞語」正是伴隨著這種具有劃時代意義的「哲學突破」、
「學術下移」而產生而發展的，正是乘著白話文運動的巨輪而傳播到
各方，普及於民眾的。所有這些，直接或間接地決定了「五四詞語」
意義分布的走向，使之呈現出明顯的文化特徵。根據我們閱覽本時期
書籍報刊和檢索《新文化辭書》、《新術語辭典》所得到的認識，「
五四詞語」意義分布的大致走向可以描述爲：從總的指稱表達對象來
看，既有指稱各種新型器具物品的，指稱各種具體行爲方式的，指稱
各種規則制度的，又有表達各種理論思想的，但偏重於表達各種理論
思想，表達各種理論思想的新詞語占有較大的比例；就表達各種理論
思想的新詞語而言，既有表達各種自然科學理論思想的，又有表達各

㉔ 堅瓠（錢智修）：〈文化運動之第二步〉，《東方雜誌》第 17 卷第 19 號，
1920 年 10 月。

種社會科學理論思想的，但偏重於表達各種社會科學理論思想的，表達各種社會科學思想的新詞語占有較大的比例；就表達各種社會科學理論思想的新詞語而言，既是多姿多采的，即各種主義各種思想，兼收並蓄，各給名稱，任其相互競爭，又是自成系統的，即在某一特定社會科學領域，表達各級概念的新詞語都有，而且相互分工、相互聯繫，儼然構成自己的小小的系統。

表達各種社會科學理論思想的新詞語自成系統，這是「五四詞語」最新的也是最重要的特徵。為了說明這一點，我們轉錄二組《新文化辭書》收錄的詞語（為了便於比較，稍稍變動了它們的次序）：

第一組

主觀	客觀
主觀主義	客觀主義
主觀的唯心論	客觀的唯心論
主觀的精神	客觀的精神
主觀的觀念論	客觀的觀念論
主觀的權威	客觀的規範
主觀的消費平等	客觀的消費平等
主觀的任意	客觀的確實性
主觀美學	客觀美學
主觀詩	客觀美
主觀的自然主義	客觀的自然主義
主觀的寫實	客觀的寫實
主觀的著色	客觀的描寫法
	客觀文化
	客觀世界

客觀的知識

客觀的文藝

客觀的理想論

客觀的實在性

客觀的實在論

客觀體

第二組

實　　　　　　　　　　　　實用主義

實用主義的方法　　　　　實用主義的眞理觀

實用論　　　　　　　　　實用論者

實在　　　　　　　　　　實在之力

實在的創造力　　　　　　實在的觀念

實在認識　　　　　　　　實在論

實在論者　　　　　　　　實有論

實念論　　　　　　　　　實證主義

實證哲學　　　　　　　　實證論

實證論的宗教　　　　　　實證論派

實證論者　　　　　　　　實證論家

實驗主義　　　　　　　　實驗法學說

實驗論　　　　　　　　　實驗的論理學

實驗的考究　　　　　　　實驗的美學

實驗遺傳學　　　　　　　實體

實體的觀念　　　　　　　實體說

實體論者	實利主義
實利生活	實利即眞理
實業論	實際主義
實際的知識	實際的新馬爾薩斯主義
實際派	實際經驗
實踐行為	實踐的迷想論
實踐的理性	實踐哲學
實踐哲學原理	實踐理性
實踐理性批評	實質的知識
實質的障礙	實生活上的主情說
實力就是無上的道德	

只要將這些詞語聯繫起來，排列開來，對照比較，綜合分析，人們就可以看到：它們是新穎的，卻不是孤零的；是繁多的，卻不是紊亂的。它們互相聯繫，互相發明，構成了級層，構成了系列。它們的產生，是圍繞著當時先進人們思考的焦點——「最後之覺悟」；它們的流傳，是憑藉著當時一般學人新產生的興趣。「從前博學深思之士所能備具的學問」，已開始流傳於報端，積澱於詞典，為一般民眾所修習。這一切都說明，哲學在「突破」，學術在「下移」，中西文化交流是何等的深入，中華文化的演變是多麼的深刻。

三、從運用方式看「五四詞語」的文化價值

運用方式並不是詞語本身的問題，卻又是受詞語本身的文化價值所影響的。因此，在五四時期人們對「五四詞語」的運用方式中，

仍然反映出了「五四詞語」的文化價值。例如，五四時期有許多人都以「解放」二字爲題寫文章，紛紛從不同的角度指出：「『解放』二字爲今日最流行之名詞，但是多數人於解放意義仍未了解。」㉕ 既然多數人並未了解「解放」的意義，可是「解放」一詞爲什麼又能成爲「今日最流行之名詞」？考察其原因，主要應當是因爲「解放」一詞引進了一種新奇的異質文化要素，傳達出了一種人格獨立、思想自由、行爲自主的新觀念、新精神，具有特殊的文化價值；而對於深受兩千年來封建禮教重重束縛的中國人來說，它是如此震撼人心，如此富有魅力，因而很快成爲許多中國人尤其是最早覺醒的青年人追求的目標。即便來不及細細琢磨它的深刻涵義，人們也自信領悟了它的精神，所以競相使用，以爲號召，從而在運用方式之中體現出「解放」一詞的文化價值。

　　根據我們的初步觀察，五四時期在「五四詞語」運用的方式上，一個最引人注意的特點就是，人們特別喜歡在文章或講演中以新名詞開路，就新名詞立論。具體地說就是，在文章或講演中，首先就直接提出或婉轉引出一個新名詞，然後對這個新名詞的內涵進行多方面的分析或辨正，在分析或辨正的過程中闡發出自己的論點，而整篇文章都是以該新名詞爲前導的，爲依據的。乍看起來，人們似乎不是在寫時論，寫雜感，而是寫語言學的論文。我們且看幾篇文章或講演的開頭：

　　　　民治是什麼？難道就是北京《民治日報》所説的民治？杜威博
　　士分民治主義的原素爲四種：……原來「民治主義」（Demo-

㉕　說難：〈解放〉，《東方雜誌》第 17 卷第 19 號，1920 年 10 月。

cracy），歐洲古代單是用做「自由民」（對奴隸而言）。參與
政治的意思，和「專制政治」（Autocracy）相反：後來人智日
漸進步，民治主義的意思也就日漸擴張；不但拿他來反對專制
帝王，無論政治，社會，道德，經濟，文學，思想，凡是反對
專制的，特權的，遍人間一切生活，幾乎沒有一處不豎起民治
主義的旗幟。—— 陳獨秀〈實行民治的基礎〉㉖

近來報紙上發表過幾篇解釋「新思潮」的文章。我讀了這幾
篇文章，覺得他們所舉出的新思潮的性質，或太瑣碎，或太籠
統，不能算作新思潮運動的真確解釋，也不能指出新思潮的將
來趨勢。……

據我個人的觀察，新思潮的根本意義只是一種新的態度。……
—— 胡適〈新思潮的意義〉㉗

美術有狹義的，廣義的，狹義的，是專指建築、造象（雕刻
）、圖畫與工藝美術（包裝飾品）等。廣義的，是於上列各
種美術外，又包含文學、音樂、舞蹈等。西洋人著的美術史，
用狹義；美學或美術學，用廣義。…… —— 蔡元培〈美術的起
源〉㉘

什麼叫「婦女解放」？就是因為世界上可憐的婦女，受了歷
史上社會上種種束縛，變成了男子的附屬品 —— 奴隸 —— 現在
要打開這種束縛，使她們從「附屬品」的地位，變成「人」
的地位，使她們做人，做她們自己的人。—— 羅家倫〈婦女解
放〉㉙

㉖　陳獨秀：〈實行民治的基礎〉，《獨秀文存》，頁 250–251。

㉗　胡適：〈新思潮的意義〉，《新青年》第 7 卷第 1 號，1919 年 12 月。

㉘　蔡元培：〈美術的起源〉，《蔡元培選集》，頁 116。

㉙　羅家倫：〈婦女解放〉，《新潮》第 2 卷第 1 號，1919 年 11 月。

「女界」這個名詞，就是對於普通社會為特殊社會而成立的，就是不承認女子是「人」。你想「人」的社會中，有學界、工界、商界、教育界等等，其中都不含「女」的意義，而所謂「女界」，除了所謂「性」的區別外，又不含旁的意義。── 康白情〈女界之打破〉㉚

「女子解放」這個名詞乃是大大的一個不妥當！

……解放解放，細剖析起來，實含著輕侮的意味，解放者與被解放者，必是立於不同等的地位。── 張崧年〈女子解放大不當〉㉛

現代有一最偉大最普遍的潮流，普被人類生活的各方面，自政治、社會、產業、教育、文學、美術，乃至風俗、服飾等等，沒有不著他的顏色的，這就是今日風靡全世界的「平民主義」。

「平民主義」是一種氣質，是一種精神的風習，是一種生活的大觀；…… ── 李大釗〈平民政治與工人政治〉㉜

以這種方式運用新名詞，以這種方式寫文章作講演，在當時是相當普遍的，幾乎成為一種風氣，以致使陳獨秀認為不能不加以改變，於是，他藉「解放」一詞的意義和運用問題，專門寫了一篇題為〈解放〉的文章，劈頭即說：

㉚　康白情：〈女界之打破〉，《少年中國》第 1 卷第 4 期，1919 年 10 月。
㉛　張崧年：〈女子解放大不當〉，《少年中國》第 1 卷第 4 期，1919 年 10 月。
㉜　李大釗：〈平民政治與工人政治〉，《新青年》第 9 卷第 6 號，1922 年 7 月。

我們中國人不注重實質上實際的運動，專喜歡在名詞上打筆墨
官司，這都是迷信名詞萬能的緣故。

現在大家對於「婦女解放」這個名詞也是這樣。有人方才主張
婦女解放，實際上還沒有一點事做出來；又有人並不反對「婦
女解放」這個事實，卻反對「婦女解放」這個名詞，說解放不
是自動，辱沒了婦女的人格，惹得大家懷疑，慢說實際運動，
連口頭上也幾乎不好說了，這是圖什麼！㉝

接著，他又仔細分析「解放」一詞的意義，指出：「解放就是壓制的
反面，也就是自由的別名；……自動的解放，正是解放的第一義。」

　　然而，當時的「中國人」何以會「迷信名詞萬能」，何以「專
喜歡在名詞上打筆墨官司」呢？我們以為原因至少有兩個：一是因
為維新運動以來的社會文化演變的諸多事實反覆證明，傳輸新思想、
新觀念的新名詞，確有衝擊民族舊傳統、啟迪人們新覺悟從而加速社
會文化發展的作用，所以，人們對於新名詞特別敏感；二是因為新文
化運動促使人們的思想日漸成熟，具有一種嶄新的「評判的態度」。
他們一方面渴求新思想，歡迎新名詞，另一方面對於社會上公認的
行為與信仰，都要問：「大家公認的，就不會錯了嗎？人家這樣做，
我也該這樣做嗎？難道沒有別樣做法比這個更好，更有理，更有益的
嗎？」㉞因此，他們對於新名詞特別慎重。由於有這兩種原因，很自
然地，人們總是希望能夠真正把握好新名詞的豐富內涵，以便作出
自己的選擇；希望能夠深入發掘新名詞的豐富內涵，以便探索到可以

㉝　陳獨秀：〈解放〉，《獨秀文存》，頁582。
㉞　胡適：〈新思潮的意義〉，《胡適文存》第1集，頁728。

借鑒的東西；希望能夠認同並借重新名詞，以它爲前導，以便緊扣公
眾意志與行爲的焦點，闡述好自己的見解和主張。即以陳獨秀本人而
論，在同一篇題爲〈解放〉的文章中，他一面指責別人「專喜歡在名
詞上打筆墨官司」，一面卻認真地詮釋「解放」一詞的多層義涵，不
就是因爲他深知「在思想轉變的時候，道理真實的名詞，固然可以做
群眾運動的共同指針」嗎？這裡，可以套用孟子的一句名言：「予豈
好辯哉？予不得已也。」社會環境，文化氛圍使之然也，新名詞的文
化價值使之然也！

第二節　國語運動初見成效

十九世紀與二十世紀之交，在變革中國制度文化的維新思潮和革
命運動的激盪之下，國語運動從民間興起，歷盡艱難曲折，逐漸有所
發展，終於在人們的思想上，打破了「漢字神聖，一點一畫無非地義
天經」的舊觀念，輸進了漢字應該改革也可以改革的新觀點；從理論
上確認了「官話」的「國語」地位，在實踐中提出並推廣了各種漢語
拼音方案；爲以後的進一步發展開拓了道路，積累了經驗，打下了基
礎。

一九一一年，辛亥革命勝利，一九一二年，中華民國成立。中國
社會文化發生了前所未有的劇烈變化。一九一五年以後，新文化運動
又猛然崛起，所有這一切，都給國語運動帶來了巨大而深刻的影響。
國語運動，在無數有識之士的協同努力下，以新的姿態，走上了新的
歷程，克服了新的障礙，取得了新的成果。

〔壹〕　國語運動新的歷程

國語運動走上了新的歷程，但新的歷程仍然是坎坷不平的。

一九一二年四月，南京臨時政府被迫遷到北京。已經竊據了總統位置的袁世凱，此時雖然還沒有完全扯掉擁護共和制度的僞裝，但已開始實施破壞共和制度的伎倆。在他的唆使和支持下，復古主義濁浪逐漸鼓譟起來。許多敏感的革命黨人和一部分民眾都處在驚疑惶惑和痛惜之中。

這時，蔡元培在一再邀請之下，擔任了教育總長的職務，並立即盡力利用辛亥革命期間剛剛高漲起來的民主進步熱潮的餘溫，進行著艱難的教育改革。這年七月十日，教育部在北京召集全國臨時教育會議，蔡元培親自主持。會議在通過小學廢止讀經、大學取消經科、刪除學校管理規程中拜孔條文等決議的同時，又通過了「採用注音字母案」，從一個特定的角度總結和肯定了早期國語運動的一些成果。這年十二月，在蔡元培爲抗議袁世凱破壞「臨時約法」而辭職南下以後，教育部雖然也還是遵照「採用注音字母案」，籌備召開「讀音統一會」，並且制定和公布了「讀音統一會章程」，聘請吳敬恒爲主任，王照、廖平、汪榮寶等八十名文人學者爲會員；但是卻悄悄改變了蔡元培「專爲白話教育計」的初衷，將會議的議題限定在「讀音統一」的範圍之內，並交專門司而不是社會教育司主持其事。

一九一三年二月十五日，「讀音統一會」在北京召開正式會議，四十四名會員出席大會。會議選舉吳敬恒爲會長，王照爲副會長。按照教育部制定的章程的規定，會議的任務只是：1.審定國音，「審定

一切字音爲法定國音」；2.核定音素，「將所有國音均析爲至單至純之音素，核定所有音素總數」；3.探定字母，「每一音素均以一字母表之」。㉟而且，據王照記載：「正式開議之日，吳某（即吳敬恒）登臺演說，標出讀書注音一大題目，於白話教育之義一字不提。」㊱

　　作爲早期國語運動的先驅，王照深知，拼音文字必須用「白話」做底子，拼音文字運動必須同時又是白話文運動，提倡拼音文字而不同時提倡白話文，那麼運動將失去靈魂，必定會失敗。因此，他當時就敏銳地感覺到：「蔡子民原意，專爲白話教育計，絕非爲讀古書注音」，現在卻「先定會名曰『讀音統一』。讀音云者，讀舊書之音注也。既爲讀舊書之音注，自不得違韻學家所命之字音，則多數人通用之語自然被摒矣」。他因此而疑惑，而失望，但還想在會議上設法挽救，於是「登臺演說造新字母原以拼白話爲緊要主義」。但結果「聽者漠然不爲動，蓋以其與會名不合，疑爲題外之文也」。㊲

　　經過三個多月的討論，「讀音統一會」取得了三項實際成果：一是審定了六千五百多個漢字的「標準國音」實即官話讀書音；二是擬訂了一套三拼法的「注音字母」，共三十九個字母；三是議決了「國音推行方法」，共七條。而另一方面也留下了一個很大的問題：從「拼寫白話」演變爲「專注讀音」。按照胡適在《中國新文學大系・建設理論集・導言》中的說法：「這是絕大的退步」。因爲，其基本精神是「統一讀音，不過改良反切，故以合於雙聲疊韻的簡筆漢字最爲

㉟　引自黎錦熙：《國語運動史綱》，（商務印書館，1934），頁51。

㊱　轉引自胡適：《中國新文學大系・建設理論集・導言》，《中國新文學大系・建設理論集》，頁12。

㊲　王照：〈書摘錄官話字母原書各篇後〉，轉引自《中國新文學大系・建設理論集》，頁12–13。

適用。」這種「注音字母」固然也在某種程度上使我國三千多年文字史開始發生制度變化，是走向拼音文字的一步，但它畢竟只是一種「伺候漢字，偎傍漢字」㊳的注釋漢字讀音的字母，而不是供廣大民眾書寫白話的文字；它只表達了切音字運動者的起碼要求，而不能充分體現國語運動的「本旨」。

就是這樣一套「注音字母」，也因為復古主義毒霧瀰漫全國，封建帝制兩次復辟而被擱置。雖然「讀音統一會」會員王璞等二十五人組織起了「讀音統一期成會」，一面不斷催請教育部「即將公制之注音字母推行全國」，一面大力興辦「注音字母傳習所」，出版注音讀物，作實實在在的宣傳工作，但北京政府卻只是搪塞、拖延。直到一九一八年十一月，在新文化運動和「文學革命」、白話文運動的強力推動下，教育部才將注音字母三十九字正式公布，讓各省區推行。

一九一六年，袁世凱復辟帝制的丑劇匆匆開場而又慌忙落幕，給全國民眾帶來了極大的刺激，也引起了深深的思考。《新青年》高高舉起的「科學與民主」大旗的光彩照映全國，吸引著越來越多的注意力。這一切，都啓迪和促動著各界有識之士，使他們認識到：

> 大多數國民以不通文義之故，於國家政治絕無所知；一二人操縱之，雖有亡國敗家之禍，弗能喻也。猶幸是非利害，人類尚有直覺之本能，眞正民意，終難淹沒；然共和回複之後，不圖其本，一任大多數之國民聾盲如故，則「民意」二字，又將為少數人所僭奪，真正之共和政治，亦終不可得而見，此其機

㊳ 黎錦熙：〈漢字革命前進的一條大路〉，《國語月刊》（漢字改革號），1923年。

括，悉在義務教育之四年間，悉在此四年間所學之本國文字能
應用與否而已。㊴

這一認識雖有片面誇張之處，但他們正是基於這一認識而「深有感於
這樣的民智實在太趕不上這樣的（共和）國體了，於是想憑藉最高教
育行政機關的權力，在教育上謀幾項重要的改革，想來想去，大家覺
得最緊迫而又最普遍的根本問題還是文字問題，便相約各人做文章，
來極力鼓吹文字的改革，主張『言文一致』和『國語統一』」；並倡
議組織國語研究會，得到了各省二百餘人的響應。這年十月，各省國
語運動代表人物雲集北京，成立了中華民國國語研究會，提出了「言
文一致」和「統一國語」兩大口號，規定了研究會的宗旨：「研究本
國語言，選定標準，以備教育界之採用」。㊵國語研究會的成立，標
誌著國語運動已經完全進入了有組織地在全國範圍內推進的新階段。

　　一九一七年，在中國現代語文發展史上是值得永遠紀念的一年。
在這一年，胡適在《新青年》上發表了〈文學改良芻議〉，陳獨秀在
《新青年》上發表了〈文學革命論〉，掀起了「文學革命」和新白
話文運動巨浪；在這一年，國語研究會在北京召開第一次大會，選舉
了蔡元培爲會長，擬定了「國語研究調查之進行計畫書」，開始了有
組織有計畫的調查研究工作；在這一年，全國教育聯合會第三次會議
在浙江省城杭州召開，一致議決「請教育部速定國語標準，並設法將
注音字母推行各省區」，江蘇教育會也通過了「各學校用國語教授
案」，並開展國語教授方法探討。所有這些活動，互相呼應，互相補

㊴　黎錦熙：〈教育之根本問題〉，《國語運動史綱》，頁67。
㊵　以上引文，全部引自黎錦熙《國語運動史綱》，頁66–67。

充，互相推動，促使國語運動呈現出一派蓬蓬勃勃的新氣象。

更爲難得因而更加值得注意的是，國語運動的實踐，不僅改變著國人的文化思想，也改變著倡導者們本身的語言觀點。他們開始意識到自己忽視國語是一種活的語言，故此使研究工作過分偏重於六千漢字的注音和國音字典的編撰的傾向，於是努力克服，以身作則，試驗白話。對此，黎錦熙有過誠摯而生動的記載：

> （那時我們）自己做的這些文章，都還脫不了紳士架子，總覺得「之乎者也」不能不用，而「的麼哪呢」究竟不是我們用的，而是他們 —— 高小以下的學生們和粗識文字的平民們 —— 用的，充其量也不過是我們對他們於必要時用的，而不是我們自己用的。……我們朋友間接到的第一封白話信，乃是這年年底胡適從美國寄來，請加入本會為會員的一個明信片。……
>
> 自從有了這一個明信片的暗示，我們才覺得提倡言文一致，非「以身作則」不可；於是在京會員中，五六十歲的老頭兒和三十歲的青年，才立志用功練習作白話文，從唐宋禪宗和宋明儒家的語錄，明清各大家的白話長篇小說，以及年來各種通俗講演稿和白話文告之中，搜求好文章來作模範。④

國語運動能否真正發展，關鍵在於倡導者們自己能否以身作則，試驗白話，使拼音文字有白話作底子，使國語成爲活的語言，這是他們得到的新啓示，新認識，新決心，雖然他們首先是忙於從宋明語錄、從

---

④　黎錦熙：《國語運動史綱》，頁68。

明清小說裡去尋求模範，似乎還不太明白標準的白話或標準的國語究竟在哪裡 —— 這是當時人們的共同的問題。

　　就在這時候，一九一八年四月，胡適的綱領性論文〈建設的文學革命論〉發表了。它根據當時的需要，以「歐洲各國國語的歷史」和西方哲人的有關語言理論爲借鑒，以中國白話文學和漢語發展的歷史爲依據，及時地提出了著名的「國語的文學，文學的國語」的十字方針：「我們所提倡的文學革命，只是要替中國創造一種國語的文學。有了國語的文學，方才可有文學的國語。有了文學的國語，我們的國語才可算得真正國語。國語沒有文學，便沒有生命，便沒有價值，便不能成立，便不能發達。」⑫ 從國語運動的角度看，這一方針的基本精神同時還包含了這樣一種見解：

　　　　凡是國語的發生，必是先有了一種方言比較的通行最遠，比較的產生了最多的活文學，可以採用作國語的中堅分子；這個中堅分子的方言，逐漸推行出去，隨時吸收各地方言的特別貢獻，同時便逐漸變換各地的土話：這便是國語的成立。有了國語，有了國語的文學，然後有些學者起來研究這種國語的文法、發音法等等，然後有字典、詞典、文典、言語學等等出來：這才是國語標準的成立。⑬

需要說明的是，這篇論文所提出的綱領性意見，並不完全是作者個人的獨創，它總結了清末以來國語運動的基本經驗，吸取了興起不久的

---

⑫　胡適：〈建設的文學革命論〉，《中國新文學大系‧建設理論集》，頁128。
⑬　胡適：〈國語講習所同學錄序〉，《中國新文學大系‧建設理論集》，頁259。

「文學革命」的重要精神，集中了《新青年》同仁的智慧，接受了西
歐歷史上語言運動和語言理論的啟示。

　　然而，我們更加應該強調的是，這篇文章根據當時國語運動和文
學革命的需要，不失時機地闡明了建立國語標準的正確方法和發展國
語運動的正確方向，促使國語運動與「文學革命」緊密結合的必要性
和可能性，實現「言文一致」、「國語統一」的最適當的途徑，以及
眼下開展國語運動的實際工作的最可取的策略等等，並且在某種意義
上說，它還從一個側面預示了漢語演變發展的規律和軌跡。而從當時
在運動中顯示的實際效果看，它至少及時地消除了許多人的疑慮，澄
清了一些人的認識，使國語運動的推動者更加明確國語的統一絕不是
僅僅靠了一兩部語音字典所能做到的，而是要承認一種活的語言，用
它做教育與文學的工具。所以，它對當時國語運動的指導意義和促進
作用都是顯而易知的。正如當時國語運動的倡導者之一的黎錦熙在《
國語運動史綱》中鄭重指出的那樣：

　　這篇文章發表後，「文學革命」與「國語統一」逐呈雙潮合一
　　之觀。……於是本會的「國語統一」、「言文一致」運動和
　　《新青年》的「文學革命」運動完全合作了；這是要大書特書
　　的一件事。那時「國語統一」和「文學革命」兩大潮流在主張
　　上，既有「言文一致」的「白話文學」作了一個有力的媒介，
　　而聯合運動的大纛「國語的文學，文學的國語」已打出來了；
　　在人的關係上，則北京大學校長蔡元培就是這會的會長，其間
　　自然發生聲氣應求的作用：於是這兩大潮流合而為一，於是轟
　　騰澎湃之勢愈不可遏。猛烈的反對者也出來了：古文大家林紓
　　和蔡元培既開筆戰；當時操政治實權的武人政客也大不滿意於

教育部。於是會員中和教育部有關係的人，知道「雙潮合一」的運動，是要打算和不良的政府奮鬥的，是一種社會運動；實行這種運動的，應該屬於民間的團體，而不可與行政機關稍有關聯。於是按照原定的「進行計畫書」，於本年三月間，急急地把「國語統一籌備會」組織成立，作為教育部的一個附屬機關，專辦行政方面關於國語的事。㊸

由於國語運動與「文學革命」兩大潮流合而爲一，並成爲新文化運動的重要組成部分，於是「轟騰澎湃之勢愈不可遏」，因此，自一九一八年以後，國語運動的任務雖然還是艱巨的，一方面要繼續不斷地從思想上、行動上反擊守舊派的倒行逆施，另一方面又必須就國語建設、漢字改革等重大問題展開理論討論和實際工作；但是，畢竟已經開始以實際工作爲主導面，並且呈現出新的特色。

在繼續不斷地反擊守舊派方面：

文化心理層面的變革，是心靈深處的鬥爭。這種變革越是深入發展，它所引起的反抗就越是接近瘋狂。一九二〇年，「五四」風暴剛剛過去，在全國教育聯合會大會上，居然有浙江省教育會提出一個國民小學以上各學校每星期讀經子的議案，以讀經爲名，變相地將封建倫常、文言八股重新強加給中小學生。這樣一個逆時代潮流而動的議案，又居然在會議上得到了不少人的支持。一時輿論大嘩。但神州大地畢竟已經受了五四運動的洗禮，人們紛紛起而反擊這種守舊主張。陳望道、葉楚傖、邵力子等人於當年十月三十一日在《民國日報》副刊「覺悟」上發表〈與全國教育會聯合書〉，指斥守舊者：

㊸　黎錦熙：《國語運動史綱》，頁70–72。

兒童的腦力有幾何，光陰有幾何，到現在還要把兒童的頭腦，當作字紙簍，來裝二千多年前的故紙。……你們何得把全國兒童，拿來試驗你們所想像的「木乃伊」的教育！當浙會提案的時候，我們以為聯合會中不少明白世界潮流趨勢的人，一定立刻打消，現在居然以十四對十二的多數通過初讀會付審查了。我們只是希望審查會打消；不然，再希望不贊成本案的退出這種聯合機關；再不然，我們只有直接喚起全國人民不承認你們是一個有益於兒童的教育機關。願你們悉心自省！⑮

守舊者沒有得逞。但仍然可以從這裡看到思想鬥爭是相當複雜的。鬥爭還未有窮期。直到一九二五年春，段祺瑞政府一面使用暴力鎮壓學生運動。一面還放出了「國語運動的攔路虎」章士釗。章士釗在全面攻擊新文化運動、聲言要取消「白話文學」這個概念的同時，還利用教育總長的權勢，悍然規定小學以上學校恢復尊孔讀經，禁止學生用白話寫文章。章士釗的行徑，助長了守舊派的氣焰，也激起了改革者的義憤。一時之間，「國文」與「國語」之爭又激烈起來。一方面，有奉天教育當局禁止使用語體文，不許傳習注音字母的行政命令；另一方面又有蘇浙皖三省各師範學校在無錫召開聯合大會，舉行焚燒初級小學文言教科書的集體行動。

為了剎住章士釗的破壞活動，與新文學陣營對章士釗的鬥爭相配合，國語運動的倡導者們一面在教育部部務會議上當面據理力爭，一面寫文章據理批駁，並且創辦了《國語周刊》，公開宣告：國語「詞句是活潑美麗的，意義是真切精密的，表情達意都能得到真自由，應

---

⑮　轉引自陳必祥：《中國現代語文教育發展史》，（雲南教育出版社，1987），
　　頁45。

該把它歡迎到中國來，跟咱們活人做伴」；古文的「詞句是僵死腐臭的，意義是模糊浮泛的，用字謀篇老是守著鳥義法，應該把它捆送到博物院去，與彼等死鬼爲鄰：這是我們對於國語的主張。我們因爲要把這個主張發揮、宣傳、使它實現，所以辦這《國語周刊》」。㊻針對《甲寅》布告徵文不收白話，《國語周刊》還鄭重申明不取文言。在全國各階層改革派的一片「打倒國語運動的攔路虎」的吶喊聲中，章士釗終於全面失敗。

在一次又一次地反擊守舊派的鬥爭中，國語運動不斷地向前發展著，發展著。

在國語建設、漢字改革的理論探討和實際工作方面：

一、關於國語建設

一九一八年，讀音統一會會長吳敬恒依據讀音統一會決議，親自起草了一部《國音字典》。這部字典收錄了已經審音的漢字六千五百餘個，未及審音的漢字六千六百餘個，其中包括新的科學術語若干，一一爲之注音。經過與陳懋治、錢玄同、黎錦熙、王璞等學者反覆商量，決定一面將該字典交商務印書館從速印行，一面促使教育部組建「國語統一籌備會」對該字典從事校訂。第二年九月，《國音字典》初印本終於出版了，並帶動了一場關於國語標準音的大討論。

這場關於國語標準音的大討論是由讀音統一會會員、南京高等師範教師張士一發起的。一九二〇年，張士一撰著一本《國語統一問題》，提出根本改造國音和注音字母的意見，主張「由教育部公布合於學理的標準語定義，就是定至少受過中等教育的北京本地人的話爲國

㊻　參見黎錦熙：《國語運動史綱》，頁135。

語的標準」，然後「由教育部主持，請語音學家、語言學家、心理學家、教育學家制配字母」。⑰他的這一主張的關鍵之點，是定北京音爲國語標準音。這年八月，「全國教育聯合會」第六屆會議在上海召開，響應張士一的主張，決議「請教育部廣徵各方面的意見，定北京音爲國音標準，照此旨修正《國音字典》，即行頒布」。與此同時，「江蘇全省師範附屬小學聯合會」在常州開會，聯繫小學教學實際，對國語標準音進行了熱烈而具體的討論，最後也通過了一個決議案，要求以北京音爲標準音，並停止「注音字母」的教授。這就形成了所謂的「京音派」。而與其主張的對立的所謂「國音派」，則是：「國語統一籌備會」中審定《國音字典》的學者們。

　　經過幾次討論協商，國音派與京音派的意見仍然不能統一。這裡既有學術主張的問題，也有實際工作的安排問題。一九二○年十二月，當時的教育部以訓令形式正式公布了《國音字典》，並就京音與國音問題引用國語統一籌備會的意見作如下答覆：

　　查讀音統一會審定字典，本以普通音爲根據。普通音即舊日所謂官音，此種官音，即數百年來全國共同遵用之讀書正音，亦即官話所用之音，實具有該案（指第六屆「全國教育聯合會」的「請定北京音爲國音並頒國音字典案」）所稱通行全國之資格，取作標準，允爲合宜。北京音中所含官音比較最多，故北京音在國音中適占極重要之地位；《國音字典》中所注之音、什九以上與北京音不期而暗合者，即以此故。惟北京亦有若干土音，不特與普通音不合，且與北京人讀書之正音不合，此類

────────────

⑰　轉引自黎錦熙：《國語運動史綱》，頁96。

土音，當然捨棄，自不待言。……蓋語音統一，要在使人人咸能發此公共之國音，但求其能通詞達意，彼此共喻而已；至於絕對無殊，則非惟在事勢上有所不能，抑亦在實用上爲非必要也。⑱

　　正式公布的《國音字典》，定名爲《教育部公布校改國音字典》，凝聚了國語統一籌備會眾多學者特別是吳敬恒先生的數年心血。然而，「《國音字典》只將聲母和韻母拼定字音，不但沒有指定何種方言可以作口頭上標準之聲調，就連紙片上的四聲點也沒有點進去，這顯然是預留一個大地步，可以說是『國音無調』。這在語言教學上，當然是誰都不能滿足的」。⑲這也促使人們繼續從不同的方面進行試驗、研究和討論。廖宇春、王璞等人都發表過富於啓發性的意見。一九二一年，在國語統一籌備會第三次大會上，黎錦暉提出了「呈請公布國音聲調的標準案」，主張以北京話聲調爲國語標準聲調，推動了國語的建設。

　　經過眾多中小學師生反覆試驗、總結，經過眾多學者的反覆調查、研究，國語標準音問題終於接近解決。一九二四年十二月，國語統一籌備會召開談話會，吳敬恒在會上鄭重表示，要「以漂亮的北京語音爲標準，但也宜酌古準今，多來幾個『又讀』。」京音派與國音派的討論，這才真正有了最後的結果。於是，王璞、趙元任、錢玄同、黎錦熙等著名學者，受國語統一籌備會委託，撰寫《增修國音字典》，確定的原則是：「凡字音，概以北京的普通讀法爲標

⑱　轉引自黎錦熙：《國語運動史綱》，頁99–100。刪去了原有的著重號。

⑲　黎錦熙：《國語運動史綱》，頁101。

準」。⑤ 一九二六年十月，經過幾個月的緊張而有成效的工作，十二大冊的《增修國音字典》稿本完成了。從此，「大家漸漸地改用北京音了」。

國語，漢民族的共同語，終於初步建立起來了，這是國語運動的偉大成果，是文學革命運動和新白話文運動的偉大成果，是新文化運動的偉大成果！

二、關於漢字改革

從一九一八年起，到一九二六年止，漢字改革方面的大事，主要是注音字母的公布和推行，國語羅馬字母的議定和公布。

注音字母是中國第一套法定的漢字形式的拼音字母。它的產生，吸取了清末切音運動的成果，借鑒了清末切音字運動的經驗，是切音字運動在新的社會文化條件下的繼承和發展。

一九一二年七月，教育部在北京召開全國臨時教育會議，通過「採用注音字母案」，決定先從統一漢字讀音著手，把清末資政院提出的「音標」改稱爲「注音字母」，用來給漢字注音。一九一三年二月，「讀音統一會」在北京開會，接受浙江會員馬裕藻、朱希祖和部員周樹人（魯迅）等人提議，把會議審音用的「記音字母」作爲正式字母通過，這就是注音字母。現在，一九一八年十一月，國語運動的浪潮推動著教育部正式公布了這套注音字母，並說：「（注音字母）流傳浸廣」，但「未經本部頒行，誠恐傳習既廣，或稍歧異，有乖統一之旨。爲此特將注音字母三十九字正式公布，以便各省區傳習推行」。⑤ 而注音字母的缺點我們在前面已經論及。

---

⑤ 黎錦熙：《國語運動史綱》，頁172。

⑤ 黎錦熙：《國語運動史綱》，頁77。

　　雖然有著重要的缺點，但注音字母在廣泛而長期的推行中，卻發揮了十分重要的作用：作爲漢字正音的工具，人們用它來給漢字拼注國語標準音，首先用在字典上（如《國音字典》），不僅有助於普及漢字，掃除文盲，而且有助於推行國語，統一語音；作爲傳播國語的工具，人們用它來拼寫和學習國語，直接用在小學教科書上，這就有助於推行國語，增強民族的內聚力；作爲代替漢字的工具，在民眾和兒童不識字的情況下，先學注音字母，後學漢字，這就在特定的條件下起到了文字的某種作用。後來的許多事實，尤其是光復後的臺灣普及國語的輝煌成績，都證明了注音字母的文化價值。

　　國語羅馬字母是中國第一套法定的拉丁字母拼音方案。早在五四運動前後，《新青年》、《新潮》等雜誌在討論漢字改革時，就提出了採用羅馬字（拉丁字母）拼音的問題。一九二三年，趙元任又進一步提出了制訂國語羅馬字的二十五條原則和一個國語羅馬字母方案的草稿。與此同時，錢玄同、林語堂、周辨明、許錫五、黎錦熙等也都提出了各自的羅馬字拼音方案。在這一年的國語統一籌備會的大會上，通過一項決議，成立「國語羅馬字拼音研究委員會」。但由於時局變動，委員會無法開會，改由劉復（半農）發起的研究音韻學的「數人會」進行討論。經過一年的努力，九易其稿，終於議定了《國語羅馬字拼音法式》（即國語羅馬字母）。一九二六年九月，國語統一籌備會召開國語羅馬字拼音研究會，討論並通過了《國語羅馬字拼音法式》，提請教育部公布。

　　這套《國語羅馬字拼音法式》，具有以下幾個特點：一是以北京音爲標準音，同時也適當兼顧其他「官話」地區的讀音，因而避免了京音與國音的爭論；二是完全採用現成的拉丁字母，不增加新字母也不附加符號；三是充分考慮到現代漢語的語音特點，同時也盡可能照

顧到國際習慣，這是它最科學的地方；四是注明聲調，並且用變化拼化的方式來表示，因而避免了「國音無調」之譏。

國語羅馬字母的正式公布，是由教育部大學院於一九二八年進行的。其布告有云：「茲經本院提出大學委員會討論，認爲該項《羅馬字拼音法式》，足以喚起研究全國語音學者之注意，並發表意見，互相參證；但可作爲國音字母第二式，以便一切注音之用，實於統一國語有甚大之助力」。可以說是十分恰當的介紹和評價。

〔貳〕　國語運動新的成果

儘管道路仍然是坎坷不平的，然而，本時期的國語運動畢竟已經走出了民間，在辛亥革命勝利之後的新的社會文化條件下逐步推進；它接受了新文化運動的洗禮，它借助了五四運動的狂飆，它有一批很有造詣的語言學家作指導，它與新白話文運動互相呼應、互相配合，「呈雙潮合一之觀」，所以，它還是取得了新的豐碩成果：

一、初步確立了國語的標準

從第二章第六節的論述中我們已經知道，早在國語運動初期，楊瓊、李文治就發表了改良文字要「悉統於聲音」的見解，王照就闡述了「語言必歸劃一，宜取京話」的主張，何鳳華等人就論證了「統一語言以結團體」的觀點，朱文熊就提出了「統一國語」的口號。然而，他們沒有也不可能建立並論述國語的標準。而沒有國語的標準，所謂文字「悉統於聲音」、「語言必歸劃一」、「國語統一」就都沒有正確的參照和可靠的基礎，乃至國語運動也就沒有明確的目標。本時期國語運動最重要的新成果，正在於它經過充分的討論和論證，初

步確立了國語的標準。

國語是漢民族的共同語，是相對方言而說的。從規範化的角度看，國語就是標準語。國語的標準，應該包括語音、詞彙、語法三個方面。在語音方面，一九一三年讀音統一會曾經用投票的方式議定了「國音」標準，後來還依據這一標準出版了《國音字典》初印本，然而引起了各界頗多的議論，形成了前面所說的一場關於國語標準音的大討論。通過反覆的討論、試驗、研究，最後，一九二四年十二月，國語統一籌備會決定「以漂亮的北京語音爲標準」。於是，國語就正式以北京語音爲標準音。在漢民族共同語建設的歷史上，這是具有劃時代意義的。在詞彙、語法方面，國語的標準不是十分明確，但也有一個肯定的意向，那就是胡適所表述的，以「從東三省到四川雲南貴州，從長城到長江流域，最通行的一種大同小異的普通話」爲基礎，爲中堅，以「國語的文學」著作爲語法規範。㊿ 這在漢民族共同語的建設上，也有十分重要的意義。

二、制訂並推行了拼音字母

本時期國語運動的另一重要新成果，是產生了注音字母和國語羅馬字拼音法式即國語羅馬字母。其制訂過程、推行情況和各自的特徵、意義，略如上述，這裡不再重複。但有一點卻需要特別說明，那就是倪海曙所分析的：清末的許多切音字方案，「在主觀上確有代替漢字的願望」，但在客觀上卻「只能說是拼音符號，而不是拼音文字」；本時期的注音字母，顯然「名義上用『讀音』、『注音』，實際

㊿ 胡適：〈國語講習所同學錄序〉，《中國新文學大系・建設理論集》，頁259。

還是著眼在拼音文字」。㊾

三、組織並推進了國語教育

國語運動，必須是民眾參加的運動；民族共同語，必須是民族大多數成員共同使用的語言。國語運動中確立的國語標準、制訂的國語拼音字母，都只有逐漸爲民族的一代代多數成員所遵循，所運用，才是有生命的，有意義的，有價值的。因此，全民性的國語教育，尤其是中小學的國語教育，乃是國語運動的重要組成部分，是國語運動成敗的最後關鍵。本時期國語運動的一個突出的成績，就是組織並推進了中小學的國語教育，並取得了良好的效果。

一九一七年，隨著新文化運動和文學革命、國語運動的興起，湖南省教育會代表就在「第三屆全國教育會聯合會」上提出議案，主張「注音字母洵統一字音之方便法，然非從事於語法改良，雖有注音，亦難奏效。……莫如改國民學校之國文科爲國語科，將國文程度改淺，國語程度提高，仿語錄及說書之形式，俾文與語之距離漸相接近，成一種普通國語」，㊿ 並原則上獲得「聯合會」採納，寫進呈送教育部的議案中。與此同時胡適用白話和新式標點符號編寫了《中國哲學史大綱》，在全國最有影響的高等學府北京大學講授。這一創舉博得了蔡元培的讚揚，贏得了學生們的敬佩，在學術界和教育界開創了一代新風，同時也增強了國語運動的聲勢，使人們都感覺到小學教科書改爲白話更不必自慚形穢了！於是北京的孔德學校和江浙的小學界都紛紛開始自編國語讀本了。

㊾　倪海曙：《中國拼音文字運動史簡編》，（上海時代書報出版社，1948），頁88。

㊿　轉引自黎錦熙：《國語運動史綱》，頁108。

一九一九年初，「教育部國語統一籌備會」召開第一次大會，劉半農、周作人、胡適、錢玄同等提出「國語統一進行方法」的議案，主張「把『國文讀本』改作『國語讀本』，國民學校全用國語，不雜文言；高等學校酌加文言，仍以國語爲主體，『國語科』以外，別種科目的課本，也該一致改用國語編輯。」此案在大會中通過，並組織委員會整理，呈請教育部施行。

五四運動以後，國語運動與新白話文運動「雙潮合一」之勢更加猛烈，更加引人深思。全國上下的先進人們，特別是文化教育界的有識之士們，紛紛撰寫文章，發表演說，開展討論，強烈地呼籲「因勢利導，徑用白話淺語，編成教材！」在輿論的強烈要求下，一九二〇年一月，北京政府教育部下令將國民學校（小學）一、二年級的「國文」改爲「國語」，重申「國語要旨，在使兒童學習普通語言文字，養成發表思想之能力，兼以啓發其德智」。並規定至一九二二年止，凡舊時所編的文言教材一律廢止，改用白話教材；中學各科教科書，也都漸漸用語體文改編；高等學校的講義，也都採用語體文。這是一項重大的改革。將「國文科」改爲「國語科」，並非只有一字之別，而是特定的涵義。黎錦熙對此作過專門解釋：

什麼叫國語？一種叫言語，就是把一民族的思想和感情用聲音來表示的；一種叫文字，就是把民族的思想和感情用符號來表示的。我國前此只有所謂國文兩字，要知道國文是死的東西，國語是活的東西。國文是古董，國語是現金。現在小學校裡不用國文，創行國語，確是我國文化上的一大進步。⑤⑤

─────
⑤⑤ 黎錦熙：〈國語教育上應當解決的問題〉，轉引自陳必祥主編《中國現代語文教育發展史》，（雲南教育出版社，1987），頁51。

在此以前，全國通用的國文教材，是吳曾祺的《國文教科書》和謝無量的《國文教本評注》。所選文章，全都是文言文；所評所注，都是傳統方式。到了一九二〇年，第一部小學國語教科書《新體國語教科書》八冊和第一部中學國語教科書《白話文範》四冊，由商務印書館率先出版了。從一九二〇年至一九二二年經「教育部國語統一籌備會」直接審定出版並在全國通用的國語教科書就達四百冊之多。㊶ 其中應用最廣、影響最大的是顧頡剛、葉紹鈞等人合編的《國語教科書》六冊，沈星一編著的《初級國語讀本》三冊。一批批清新優美、生機勃勃的白話著作從此走進了中小學生的心田，在教材中占有越來越大的比例。即以葉紹鈞等人合編的《初中國語教科書》為例，課文總數為二百六十篇，白話文就有九十五篇，占百分之三十六點五，這是前所未有的。此外，各書局書坊競相出版白話兒童課外讀物，種類極多，還不在教育部審定範圍之內。「五四」前後出現的一批批優秀的白話文學作品，為當時中小學的語文科提供了許多寶貴的國語教材和課外讀物。文學革命和國語運動在這一領域裡也緊密結合起來了。為了了解這一時期國語教科書的面貌並進而觀察文學革命與國語運動在深層裡相互結合的情況，我們在此轉錄一下當時通行全國的，由沈星一編輯、中華書局印行的《初級國語讀本》第一冊的目錄：

1.國文之將來（蔡元培）　　2.笑（冰心）

3.夢境（王統照）　　　　　4.地動（葉紹鈞）

5.記西貢華僑現狀（宰平）　6.地中海道中（宰平）

7.江濱（葉紹鈞）　　　　　8.稻棚（劉復）

㊶　黎錦熙：《國語運動史綱》，頁121。

以上目錄清楚地表明：課文作者二十三人，如冰心、俞平伯、王統照、郭沫若、徐志摩等大都是「文學革命」中成長起來的著名作家，入選的作品如〈小河〉、〈兩個掃雪的人〉、〈天上的街市〉、〈隔

膜〉、〈笑〉、〈超人〉、〈故鄉〉等，大都是內容健康，思想進步並能從某一個角度反映出新文化面貌的文學作品，也是語言典範的白話詩文。這既展示了「文學革命」的成果，顯示了國語運動的勝利，同時也說明這些成果與勝利已被廣大知識者和青少年所接受、所喜愛，因而像種子一樣撒播到全國每一個縣鄉。

「國文科」改變爲「國語科」，大量白話著作走進教材，很快帶來了中小學教學方法的改革，而教學方法的改革，又進一步鞏固和發展了國語運動、新白話文運動的勝利，使之在中小學生的心田裡紮下了深根。那時，中小學教學法的探討、白話文「作文法」的研究、國語規範化的議論，都廣泛而熱烈地開展起來，逐漸成爲風氣。各類國語講習所也應時而起。從一九二〇年到一九二三年間，教育部開辦「國語講習所」，先後培訓各省區選送的學員多達四五百人。各省區教育廳也分別舉辦了各種短期培訓班，效果大都較好。中華書局和商務印書館也創辦了「國語專科學校」和「國語講習所」。這些講習所，一般都設有「注音字母」、「發音學」、「文法」、「會話」、「教學法」等課目，並紛紛邀請專家、名人演講。像胡適、吳稚暉、馬寅初等，都曾到國語講習所演講。胡適還特爲撰寫〈中學國文的教學〉，推動了國語教學改革的進程。

國語教學改革的主力軍，是廣大中學小學的教師們。他們身在一線，心存敬業，以開闊的眼光，奮進的精神進行著國語教學改革的探索。其中最有成績的是浙江第一師範學校的老師們。他們率先將白話文教授法總結爲十大步驟：

1.説明：每星期或兩星期教員提出一個研究的問題，將關於本問題的材料分給學生並指示閱覽的次序。

2.答問：學生對於教材文字和意義，如有不明瞭的地方，應詢問教員。

3.分析：學生每看一篇文章應該先用分析的功夫。分析的次序如下：(1)把每篇分作幾大段，每段定一小標題。(2)把一大段的大意，再分析起來，用簡括的文章記載出來，這是做一篇大綱的次序。

4.綜合：學生把各篇文章看完後，應對於一問題用綜合的功夫。綜合的次序如下：(1)把各篇大段的標題，分別同異，同的合併起來，異的另立標題。(2)就各小標題的同異，把問題分作幾大段，挨次分定了幾個小標題。(3)把各篇中對於小標題的意見，用簡括的文章記載出來，這是做一問題的大綱。

5.書面的批評：學生作好大綱以後，應該把對於這一問題的意見，用文章表示出來作成札記。

6.口頭的批評：學生作好大綱批評以後，教員隨便取幾個學生的大綱和批評發表出來，請各學生發表批評，教員又就學生口頭的批評，隨時批評。

7.學生講演：教員請各學生輪流在講臺上講演一問題的大綱和批評。

8.辨難：教員學生得提出一問題的甲乙兩說，請各學生認定贊成哪一說，兩方互相辨難。教員應隨時加以判斷，並得參加意見。

9.教員講演：教員講演分兩種，(1)把各生札記的內容分別統計一下總批評。(2)教員自己對於一問題的意見。

　　10.批改札記：札記的字句如有不妥善的地方，教員應加改削。㊗

這種教學方法改革的基本精神，其實就是最大限度地發揮白話文固有
的功能和價值，解放學生的思想，增進學生的能力，一反過去文言文
教學將記誦、模仿作爲唯一指南的作風，從而使國語運動和新白話文
運動在新一代學生身心裡產生實際效果，並因此而獲得真正的、永久
性的深刻影響。

　　從一八九二年盧戇章出版《中國切音新字廈腔：一目了然初階》
算起，到一九二六年《增修國音字典》完成、國語標準音正式確立爲
止，國語運動已有三十五年的歷史了。三十五年來，它從民間起步，
走向上層，然後又回到民間；它從東南一隅興起，走向全國，然後又
面向世界。它的道路是艱辛的，路上還灑下了先驅們的血淚；它的成
績是輝煌的，直到現在還映照著國人。一九二六年元月一日，國語運
動的倡導者、參加者和廣大擁護者們匯聚在北京中央公園，舉行了國
語研究會十周年紀念會，同時舉行全國國語運動大會。大會有一首飽
含激情的紀念歌：

　　　十年的國語運動，到今日才算成功。今日的太陽升自東，照著
　　國音字母一片紅：瞎子的眼睛光明了，聾子的耳朵也不再聾，
　　我們的國語宣傳到民眾，十年的運動今日算成功。（其一）
　　　十年的國語運動，到今日還不算成功。今日的太陽慢慢的升，
　　照著那國音字母淡淡的紅。快撞起那破曉的鐘！快喚醒那沈酣
　　的夢！我們的國語普及到民眾，十年的運動那才算成功。（其
　　二）

㊗　轉引自陳必祥：《中國現代語文教育發展史》，頁63–64。

優美的白話，激昂的旋律，抒發了在長期論戰中培植起來的使命感，表達了對國語運動的深刻反思，這裡有對國語運動前景的嚮往，有對廣大青年鬥志的鼓舞！我們以這首紀念歌作為本節的結束語也許是恰當的。

第六章　結　語

　　我們終於大體上完成了漢語變遷與中國新文化啓蒙的初步考察。
我們的考察，是沿著中國十九、二十世紀之交具有啓蒙意義的文化思
潮的發生發展軌跡進行的，並且著力從這一角度分析漢語書面語的
各種演變；同時又是循著漢語在中國十九、二十世紀之交的演進軌跡
進行的，並且努力從這一角度把握新文化啓蒙思潮的各種特徵。實際
上，這兩種考察角度與其說是對立的，不如說是交錯的、互補的；與
其說是由我們任意選擇的，不如說是由漢語變遷與新文化啓蒙的固有
關係所決定的。也許正是因爲我們的考察角度適應了漢語變遷與新文
化啓蒙所固有的關係，我們才能在以往學者研究的基礎上有了兩個方
面的最基本的新發現：

（一）新文化啟蒙帶來了漢語書面語言巨大的、具有新的特色的「自
　　　在性」變化，而漢語書面語言的新的「自在性」變化，又促進
　　　了新文化啟蒙的廣泛而深入的發展，二者之間呈現出了一種富
　　　於時代特徵的互動共變關係：

　　本書的調查分析說明，在十九世紀末二十世紀初的六十餘年裡，
漢語書面語言的「自在性」變化 —— 自然而然地發生的，而不是由於
自覺倡導、有意變革而發生的變化 —— 主要表現在詞彙系統的全面更
新之中。正是富於時代特色的「新名詞」的大量湧現、漢語詞彙系統
的全面更新，最生動地反映出了漢語變遷與新文化啓蒙的富於時代特

徵的互動共變關係。

首先可以回顧本書以大量的篇幅描寫的「新名詞」不斷湧現的情景。自鴉片戰爭以後，中國先進的人們在震驚之餘，漸漸從器物上感覺不足，從制度上感覺不足，從文化根本上感覺不足，於是開始重新認識中國文化和西方文化，並因此掀起了一個又一個啓蒙思潮，走上了學習西方文化、吸取西方文化、融合中西文化的艱難而曲折的歷程。然而，人們在認識、吸取、融進異質文化事物的時候，總要以一定的語言符號來指代一定的文化事物，從而把文化事物「引渡」到自己的認識活動和實踐活動中來，以便能夠隨時隨地「提」到它，「看」到它，「感受」到它，喚起關於它的映象，觸發對於它的認識。任何文化事物，只有進入語言，以符號的形式被語言引進人的文化世界，向人們呈現出來，才是人所認識、所擁有的事物，才是促進了人的文化世界中的事物。所以，要學習、吸取、融進西方文化，首先就必須引進或創造指代西方異質文化新奇事物的「新名詞」。「新名詞」作爲人們對文化現象自覺的或不自覺的分類、形象的或抽象的概括，然後加以命名的產物，它有一種品格，總是把一切文化現象都規定清楚，固定下來，從而使之成爲一個個相對穩定的「存在者」，一個個被語言符號「引渡」到人的文化世界中來的「存在者」。這就是中國在十九世紀末二十世紀初富於時代特色的「新名詞」特別多、特別活躍的一個根本原因，也就是我們說新文化啓蒙帶來了漢語書面語巨大的具有新的特色的「自在性」變化的一個重要依據。只要回憶起李鴻章〈籌議海防摺〉中的「新名詞」以及它們所引起的反應，回憶起嚴復《天演論》中的「新名詞」以及它們所產生的影響，回憶起陳獨秀、胡適之著作中的「新名詞」以及它們所發揮的作用，我們就不僅能夠深刻地理解上述的一切，而且可以領會漢語書面語的「自在性

」變化對新文化啓蒙發展的推動作用。

其次可以反思本書率先分析的「新名詞」構造方式的特徵。無論是維新運動時期還是新文化運動時期，無論是以翻譯的方式引進還是根據自己的體驗創造的，人們對於「新名詞」的創造和運用都是十分認真、十分講究的。嚴復所謂的「一名之立，旬月踟躕」，梁啓超對於「民主」與「民權」的辨析（見前），都足以證明。然而，我們早已論證過：「語言符號從未簡單地指稱對象，指稱事物本身。它總是在指稱發自心靈的自發活動的觀念或概念。在社會發展到一定階段以後，人類各民族總是特別注意在自己已有的文明的基礎上，根據自己對新事物的特徵的認識和評價；選取或創造一些最能說明新事物性狀特徵和功能特徵的詞來指稱它們。在這種反映已知，捕捉未知的命名活動中，各民族人們的思維方式、價值觀念等文化心理總要轉化爲潛隱在語言背後的對現實世界的觀察形式，制約著語言符號及其意義的形成，並通過詞義表現出獨特的精神特質。」① 對「新名詞」來說，它們所指稱、所反映的事物，無論是西方文化的還是中國文化的，但它所具有的指稱和反映事物的方式，卻往往總是中國人的文化心理的體現，要受中國文化的制約。因此，「新名詞」的構造方式，既是新文化啓蒙的一個結晶，又反映了新文化啓蒙的某些特點。這就是本書著力分析「新名詞」構造方式的特徵所證明的東西。人們應該還記得這樣的詞例：對於西方學術，近代中國學人先後有過三種不同的稱呼。鴉片戰爭前後，比照「夷語」、「夷技」、「夷事」諸詞，稱爲「夷學」，寄寓著天朝上國士大夫的價值評判，帶有濃烈的貶斥色彩；第二次鴉片戰爭以後，改稱「西學」，與「中學」相對應，接近

---

① 劉守華、周光慶等：《文化學通論》，（高等教育出版社，1992），頁150。

中性；庚子之亂以後，又參照「維新」、「新政」、「新民」諸詞，稱爲「新學」，隱含著「居今日而欲尙西學，莫如先變其名曰新學」② 的理由，帶有明顯的襃揚色彩。三個先後流行的「新名詞」，產生背景不同，構造方式不同，精神特質各異，表達效果迥然有別，但這並不是因爲它們共同的指稱對象西方學術本身的變化，而是由於中國學人觀察方式的變化，價值觀念的變化，亦即文化心理的變化。漢語變遷與新文化啓蒙的互動共變關係，不正是體現在這種種變化之中麼？

　　最後可以總結本書對於「新名詞」實踐功能的闡述。本書選錄的若干事例已經從不同的角度表明，自維新思潮興起以來，包括一些名不見經傳的普通民眾在內的許多中國人，都能在學習「新名詞」、運用「新名詞」的實際過程中，細心地體察「新名詞」的豐富涵義，獲取「新名詞」的全部信息，融會「新名詞」的文化精神，進而由此了解西方文化、反思中國文化，形成新的見解，開始新的行動，從而以自己的言論行爲，印證了「新名詞」的導向功能和獲取功能。所謂導向功能，是說：對現實世界進行分類，是人類語言的基本特徵之一。語言符號（例如「新名詞」）的產生，就依賴於人的自覺不自覺的分類過程。而人對現實世界進行分類的過程，就是建構文化的過程。分類整理的成果是用語言符號來固定、來呈現、來記錄的，文化世界是在語言符號系統中呈現出來的。語言符號不僅把某種文化特有的模式和圖景強制性地傳送給接受者，而且還把前人觀察世界分析世界的角度和方法傳授給接受者，作爲他們進行新的探索的起點。因此，語言符號在人的認識活動中，在人進入文化世界的過程中，就具有了隱形

---

② 范思祖：〈華人宜習西學仍不能廢中學論〉，《皇朝經世文新編續集》卷 12，（義記書局，1902）。

的然而又是無可替代的嚮導作用。作爲指稱西方異質文化新奇事物的「新名詞」，它們在西學東漸的勢態下所具有的導向功能，更是特別顯著。在中國十九、二十世紀之交，人們以「新名詞」爲嚮導，從特定的角度觀察和了解西方文化世界的事例是不勝枚舉的。如果人們沒有忘記本書對《新爾雅》進行的文化透視，對此就自然能悠然心會。所謂獲取功能，是說：語言符號（例如「新名詞」）是作爲一種指稱而與一定類別的客體的內容發生關係的。它是客體的信息內容的一種外在的代表者。而代表了一定事物的內容的語言符號，又作爲一種對主體來說是有意義的信息載體而與主體發生聯繫。主體直接地理解和掌握了語言符號的意義，就間接地認識和掌握了符號所代表的事物的內容，獲取了客體的信息，並進而使信息內化爲主觀的思想、知識，上升爲創造的動機和目的，從而在建構文化世界的實踐中發揮啓動和指導作用。作爲指稱西方異質文化新奇事物的「新名詞」，它們在人們熱心學習西方文化的形勢下所具有的獲取功能，更是十分顯著。本書第二章第三節引錄的張某由於學習了「新名詞」，因而「始知國民乃國家之主體」，並能恰當地運用「國家之主體」等等「新名詞」，使之釋放新觀念，當面斥責甲午戰爭中逃跑誤國的官員，使之狼狽不堪一事，就充分顯示了「新名詞」獲取功能的巨大現實作用。

　　回顧了本書描寫的「新名詞」不斷湧現的情景，反思了本書分析的「新名詞」構造方式的特徵，總結了本書對於「新名詞」實踐功能的闡述以後，我們相信，人們對於中國十九世紀末二十世紀初漢語書面語言巨大的、具有新的特色的「自在性」變化以及這種變化與中國新文化啓蒙的互動共變關係，或許會有一個確定而鮮明的印象。

（二）新文化啓蒙需要並且促動了漢語書面語言巨大的具有新的特色的「自爲性」變化，而漢語書面語言的新的「自爲性」變化，

又適應並且推進了新文化啟蒙的廣泛而深入的發展，二者之間不僅在動機上而且在效果上呈現出了一種富於時代特徵的互動共變關係：

本書已經著重論述過，在中國十九世紀末、二十世紀初，漢語書面語言的「自爲性」變化 —— 由於人們自覺倡導、有意變革而發生的變化 —— 主要表現在白話文運動、國語運動和新文體運動之中。自一八九八年裘廷梁提出：「有文字爲智國，無文字爲愚國」，因此要以「白話爲維新之本」③ 以來，變革漢語書面語的運動就一直和著新文化啓蒙的節拍而展開、而深入。

早期白話文運動、早期國語運動和新文體運動的倡導者們更多地是從「開民智」角度認識變革漢語書面語的需要的。他們大聲疾呼：「愚天下之具，莫如文言，智天下之具，莫如白話」，④ 因國家自強需要開民智，因開民智而需要實行漢語書面語言的變革。反過來，只有實行了漢語書面語言的變革，才能普及西學，使老百姓能接受新知識新文化，明人生之道，知當世之務，國家也才有富強之基礎。他們就是如此將新文化啓蒙與漢語變革緊密地結合在一起。

然而，僅僅過了十餘年，到了五四新文化時期，倡導者們的認識就又進了一步，即將漢語書面語言的變革放到了創建適應新時代的民族新文化的高度來認識。他們將白話作爲新思想新精神的運輸品，而這種「新思想」、「新精神」的核心也就是民主與科學。

五四新文化倡導者們的這種理論昇華，首先來自於中國新文化

---

③　裘廷梁：〈論白話爲維新之本〉，《近代史資料》第2期，（中華書局，1963），頁120。

④　裘廷梁：〈論白話爲維新之本〉，《近代史資料》第2期，（中華書局，1963），頁123。

啓蒙運動的邏輯發展之中。如前所指出的，十九世紀末以來中國社會的一系列變革：早期白話文國語運動的開展，維新運動、辛亥革命的發生及對新文化的激發，現代化運動從物質到制度層面的推進，都既是對傳統社會的變革過程，同時又是新文化的創建過程。這個雙向過程既是在中國傳統社會的基礎上展開的，又是借助於西方異質文化而進行的，因此它既是立足於傳統的，更是超越傳統的。它的進一步發展，必然會超越以人倫為特徵的傳統文化，提出建立以人的精神解放為主題的新的文化任務。而為了實現這一目標，既需要作內容的創新，也需要作形式的變革，而從形式上打碎束縛人的精神的文言，代之以面向大衆，有益於傳達新思想、新學理的白話文，則又成了不得不做和必須實現的一步。正如胡適所表白的：「我們認定『死文字定不能產生活文學』，故我們主張若要造一種活的文學，必須用白話來做文學的工具……先要做到文字體裁的大解放，方才可以用來做新思想新精神的運輸品。」⑤

五四新文化倡導者們關於漢語書面語變革的理論認識還來自於對西方文藝復興，特別是義大利國語運動的自覺借鑒。

義大利俗語運動的興起和國語的確立發生在中世紀終結和現代資本主義紀元開端的時代。在那時，教會是封建統治的反動中心和精神支柱，是僧權俗權結合的頑固堡壘，一切文藝作品要以聖經為藍本，科學是教會恭順的婢女，僵化的拉丁語是教會和官方所確定的書面專用語。它呆板、缺乏個性、生氣和表現力，難以反映新的社會生活和表達新的文化精神。

率先向教會及其所代表的精神準則提出勇敢挑戰的，是以義大

---

⑤ 胡適：《嘗試集·自序》，《胡適文存》第1集，（遠東圖書公司，1985），頁202。

利城市共和國佛羅倫薩文壇三傑但丁、彼特拉克、薄伽丘爲代表的人
文主義者。他們首次提出「人學」和「神學」兩個對立的概念，號召
在文化領域裡開展以「人學」反對「神學」的思想解放運動。從對宗
教文化的批判和對人文主義的宣傳中，他們又認識到變革書面語言的
必要性和重要性，並提出「俗語」和 Grammar 兩個對立的概念。所
謂「俗語」，是活的拉丁語口語變體，是各地民眾的語言。它還沒有
規範化，免不了土語方言雜陳，但卻又是生動活潑的，明快準確的，
富於個性特徵和表現力，最能反映社會上的新事物新現象，所以廣大
民眾樂於用它在日常生活中表達思想感情。所謂 Grammar，是僵化的
拉丁語書語變體，因此，《繆靈珠美學譯文集》譯爲「文言」，伍蠡
甫主編的《西方文論選》則在注釋中特別指出：「但丁這裡是指一種
文言 ── 它具有傳統的淵源，人爲的結構和穩定性」。⑥ 這種「文言
」，像一個垂死的老紳士，高雅而精密，但呆板、僵化、缺乏個性、
生氣和表現力，很難表達新的文化精神。在特定的歷史背景下，這兩
種語言變體的對立，常常反映出了新與舊、平民與貴族、人學與神學
的對立和鬥爭。所以，但丁等人大聲疾呼：在廣大群眾渴求新文化新
思想的時候，如果用拉丁文寫作，就無異是把廣大群眾置諸腦後，無
異是輕視文學的社會作用。⑦

　　一三〇四年，但丁寫了《宴會》，稍後又寫了〈論俗語〉，提出
了建立義大利國語的理論，其要點有： 1.語言是交換思想的信號，就

⑥　見繆朗山：《繆靈珠美學譯文集》，（中國人民大學出版社，1987），頁
　　267；伍蠡甫主編：《西方文論選》上卷，（上海譯文出版社，1979），頁
　　163。
⑦　見《宴會》第 9 章，引自繆朗山《西方文藝理論史綱》，（中國人民大學出
　　版社， 1985），頁273。

它是聲音而言，它是感性的；就它能隨意傳達某種意義而言，它是理性的，最好的語言只適合於最好的思想。2.文言是只有少數人能使用，給少數人以利益的貴族化的、僵死的語言，它已如斜暉將逝。3.俗語是自然的、活潑的，富於表現力和生命力的，能爲多數人服務的民眾語言。它是偉大的，經過一番選擇提煉以後，可以取代文言的地位，成爲民族共同語。4.應該在義大利地區各種各有優劣的方言裡，獵取一種較爲合適的俗語，一種光輝的義大利語，作爲國語的基礎，然後進行認真的提煉，建立起統一的民族語言。

但丁關於建立義大利國語的實踐，主要表現爲排除干擾，拒絕誘惑，大膽地選用富有生命力的俗語創作那具有跨時代特徵的文學巨著《神曲》、《新生》和《詩句集》，並獲得了歷史性的成功。「當時，無論法學家還是執政官，無論是政治家還是生意人，都喜歡用義大利語 —— 美妙的俗語已經普及整個義大利 —— 寫詩作賦，讚美愛情，並把《神曲》、《新生》和《詩句集》視爲典範。」[8] 廣大民眾更是熱愛這些以俗語寫成的、洋溢著新思想、新精神的文學作品，「就連驢夫也能吟哦但丁的詩句」。[9] 受但丁影響，與但丁相呼應，彼特拉克以俗語創作《歌集》，創立了一種「溫柔的新體」，爲近代抒情詩開闢了道路；薄伽丘以俗語撰寫了《十日談》，爲新的市民文化尋找到了一種新的表現形式。這些偉大的作品與《神曲》一起，批判舊觀念，傳播新思想，呼喚「人」的解放，促動民眾覺醒，推進新文化啓蒙，成爲文藝復興運動興起的光輝標誌，同時也爲義大利民族共同語的建立奠定了堅實的基礎。它們的巨大影響，是世界性的、是歷

---

⑧　托比諾：《但丁傳》，劉黎亭譯，（上海譯文出版社，1984），頁174。

⑨　布克哈特：《義大利文藝復興時期的文化》，何新譯，（商務印書館，1986），頁199。

史性的。

　　新文化運動的倡導者們喜歡把自己所倡導所投入的運動稱爲文藝復興運動，認爲這兩個運動雖然相差四、五百年，但都「是一種對人類（男人和女人）一種解放的要求，把個人從傳統的舊風俗、舊思想和舊行爲的束縛中解放出來」，正是這種解放，產生了對「新的自我表達的工具之需要」。⑩ 這裡暫且不論這種比附是否準確，但新文化運動和國語運動倡導者們從義大利國語運動的成功中吸取了理論和經驗，從而自覺地推動了中國的白話文和國語運動的深入發展則是顯而易見的。

　　看來，這並不是東西方語言發展歷史的偶然巧合，而是表現爲一個民族語言變遷與新文化啓蒙互動共變的共同規律。事實告訴我們，語言是一個特定的概念系統的具體體現，而每一個概念系統又都是屬於一定的民族、一定的社會文化形態的，是特定的文化模式的集中體現。正是從這個角度上講，語言才是民族的文化的重要表達形式和組成部分。中國自宋以後，作爲民族概念系統的文言已異常穩定和趨於僵化，即以語言中最易於變化的詞彙而言，都已很少變化。從宋代到清代，許多文人寫詩作文都最講究「無一字無來歷」，並以此互相標榜。追求「無一字無來歷」，就是拒絕創造和使用新詞語，這不正是文言詞彙極少變化的證據麼？

　　正如人創造了文化，而文化又反過來對人施加著強大的強制力量一樣，人創造了語言，而以「最精細微妙的方式向人們施加力量並且最不容人們抗拒的一種社會現象」，又正是語言，因爲人們「獲得某

---

⑩　〈胡適的自傳〉，《胡適哲學思想資料選》（下），（華東師範大學出版社，1981），頁182。

一種語言就意味著接受某一套概念和價值」。⑪ 從這個角度看，德國著名詩人哲學家海德格爾提出的「語言創造了人」的論斷是可以理解和接受的。所以，在這個特定的歷史條件下，日益僵化的文言不僅符合於並相應於日益僵化的文化，而且「創造」出了大量的「昏官」、「腐儒」和「酸不溜秋的書呆子」。在多數情況下，這些人日後又成爲支撐和維護舊文化和文言正統地位的積極分子。

歷史發展的共同規律最能誘發人們的睿智。在新舊文化衝突之際，在社會轉型之時，自覺地研究義大利國語成立的歷史，並引以爲借鑒，更好地創建中國新文化，表現出了中國白話文運動、國語運動倡導者們敏銳的歷史眼光。無論是在西方還是在東方，無論是在十五、十六世紀還是在十九、二十世紀，現代化都是從傳統農業社會向現代工業社會轉變的歷史進程。這一進程明顯地反映出傳統社會與現代社會的對比，包含著人們生活方式的一個急速並且是總體上的變化。與此相先後，必然有一個持續的新文化啓蒙運動，必然有人們文化心理的轉變。這些變化，毫無疑問又要引起人們概念系統的改變，而概念系統一旦發生變化，那麼，具體地表現概念系統的語言，也就不可能不發生巨大的變化。更何況，在文藝復興和中國的新文化運動中，先驅者們又都是高舉起「人」的旗幟，又都是自覺地以向廣大民眾傳播新思想、新精神爲己任，又都是很快地在實踐中認識到與封建文化相適應的、已經隨著舊文化僵化而僵化的文言，不但不能充當表達和傳播新思想新精神的工具，而且還在文化心理和思維方式方面束縛著運用這種語言的人們，於是，他們在新文化啓蒙的和聲中，發出了時代的強音：「那些最偉大的主題，……應該用最偉大的俗語加

⑪　帕默爾：《語言學概論》，李榮等譯，（商務印書館，1983），頁147，148。

以處理。」⑫「只要做到文字體裁的大解放，方才可以用來做新思想新精神的運輸品。」⑬並且以實際成績爲新文化啓蒙曲增添了幾個強有力的音符。

⑫　但丁：〈論俗語〉，引自伍蠡甫主編《西方文論選》上卷，（上海譯文出版社，1979），頁172。

⑬　胡適：《嘗試集・自序》，《胡適文存》第 1 集，頁202。

後　記

　　從文化學的角度看，語言文字及其藝術的組織形式，是文化的符號，而歷史研究的對象，則是人類文化在空間和時間上的發展，因此昔人有言：文史不分家。這句話的深刻意義在我們二人共同的生活中得到了體現。周光慶是學「文」的，劉瑋是治「史」的，四年前，我們一道參加了《文化學通論》（高等教育出版社一九九二年版）的撰著工作，現在我們又一起寫作了這本《漢語與中國新文化啓蒙》。這兩本書，既是文史不分家，也是我們共同精神生活的寫照。我們希望我們的共同生活是美好的、長久的，也希望我們共同撰寫的《漢語與中國新文化啓蒙》有益於這一領域的學術發展。

　　這本書初稿是在我們的老師、著名歷史學家章開沅先生的關懷下於一九八八年完成的，原擬由湖南人民出版社出版，一九八九年，由於出版社方面的原因被擱置。今年夏天，章先生向著名歷史學家張玉法先生推薦了這部書稿，承張先生不棄，不僅予以熱情的肯定，而且提出許多具體而富於啓發性的修改意見。這樣，經歷了一段曲折之後，經過了重新修改之後，本書終於得以問世。我們對兩位先生的感激之情是難以言表的，此誌。

周光慶　劉　瑋

一九九四年歲末於武昌桂子山

參考書目

〔壹〕 史料彙編和工具書

中國史學會編：《中國近代史資料叢刊・鴉片戰爭》；上海：神州國光社，1954。

中國史學會編：《中國近代史資料叢刊・第二次鴉片戰爭》；上海：上海人民出版社，1971。

中國史學會編：《中國近代史資料叢刊・洋務運動》；上海：上海人民出版社，1961。

中國史學會編：《中國近代史資料叢刊・戊戌變法》；上海：神州國光社，1953。

中國史學會編：《中國近代史資料叢刊・辛亥革命》；上海：上海人民出版社，1957。

中國社會科學院近代史所編：《近代史資料》第 2 期；北京：中華書局，1963。

王鐵崖編：《中外舊約章彙編》；北京：三聯書店，1957。

永瑢等撰：《四庫全書總目》；北京：中華書局，1965。

北京文字改革委員會編：《清末文字改革文集》；北京：文字改革出版社，1956。

阿英編選：《中國新文學大系・史料索引》；上海：良友圖書公司，1936。

郁達夫編選: 《中國新文學大系‧散文二集》; 上海: 良友圖書公司,
　　　　1935。

胡適編選: 《中國新文學大系‧建設理論集》; 上海: 良友圖書公司,
　　　　1936。

洪深編選: 《中國新文學大系‧戲劇集》; 上海: 良友圖書公司, 1935。

鄭振鐸編選: 《中國新文學大系‧文學論爭集》; 上海: 良友圖書公
　　　　司, 1936。

魯迅編選: 《中國新文學大系‧小說二集》; 上海: 良友圖書公司,
　　　　1936。

張若英編: 《中國新文學運動史資料》; 上海: 光明書局, 1934。

張靜廬輯: 《中國近代出版史料》初編; 上海: 上雜出版社, 1953。

張靜廬輯: 《中國近代出版史料》2 編; 上海: 群聯出版社, 1954。

張枬、王忍之編: 《辛亥革命前十年間時論選集》; 北京: 生活、讀
　　　　書、新知三聯書店, 1978。

陳崧編: 《五四前後東西文化問題論戰文選》; 北京: 中國社會科學
　　　　出版社, 1989。

徐珂編撰: 《清稗類鈔》; 北京: 中華書局, 1983。

舒新城編: 《中國近代教育史資料》; 北京: 人民教育出版社, 1981。

賈楨等編: 《籌辦夷務始末》(咸豐朝); 北京: 中華書局, 1979。

寶鋆等編: 《籌辦夷務始末》(同治朝); 北京: 故宮博物院影印本,
　　　　1930。

汪榮寶、葉瀾編輯: 《新爾雅》; 上海: 明權社, 1903。

沈雲龍編: 《中國近代史料叢刊》續編第 44 輯; 臺北: 文海出版社。

吳念慈、柯柏年、王慎名合編: 《新術語辭典》; 上海: 南強書局,
　　　　1929。

唐敬杲編: 《新文化辭書》; 上海: 商務印書館, 1924。

劉正埈、高名凱等編：《漢語外來詞詞典》；上海：辭書出版社，1984。

〔貳〕　報紙期刊

《少年中國》，第 1 卷，1919～ 1920 年。

《申報》， 1919～ 1926 年。

《民報》，第 1 至 24 號，1905～ 1908 年。

《安徽俗話報》，第 1 至 23 期，1904～ 1905 年。

《每周評論》，第 1 至 36 號，1918～ 1919 年。

《東方雜誌》，第 1 至 21 卷，1904～ 1924 年。

《時務報》，第 61 冊，1898 年。

《清議報》，第 1 至 10 冊，1898 年 12 月～ 1899 年 3 月。

《湘報》，1898 年 2 月～ 1898 年 10 月。

《新民叢報》，第 1 至 59 號，1902～ 1904 年。

《新青年》，第 1 至 7 卷，1915～ 1920 年。

《新潮》，第 1、2 卷，1919～ 1920 年。

《警鐘日報》，1904～ 1905 年。

〔叁〕　專書論文

司馬遷：《史記》；北京：中華書局，1982。

郝懿行：《爾雅義疏》；北京：中國書店，據咸豐 6 年刻本影印，1982。

段玉裁：《說文解字注》；上海：古籍出版社，1981。

高亨：《周易大傳今注》；濟南：齊魯書社，1979。

班固：《漢書》；北京：中華書局，1983。

趙爾巽等：《清史稿》；北京：中華書局，1977。

魏收：《魏書》；北京：中華書局，1974。

中華書局主編：《辛亥革命與近代中國》；北京：中華書局，1994。

方漢奇：《中國近代報刊史》；太原：山西教育出版社，1991。

王照：《官話合聲字母》；北京：文字改革出版社，1957。

王炳耀：《拼音字譜》；北京：文字改革出版社，1956。

葉德輝：《翼教叢編》；武昌重刻本，1898。

田廷俊：《拼音代字訣》；北京：文字改革出版社，1956。

卡西爾：《人論》，甘陽譯；上海：譯文出版社，1985。

卡西爾：《語言與神話》，丁曉等譯；北京：生活、讀書、新知三聯
　　　　書店，1988。

布克哈特：《義大利文藝復興時期的文化》，何新譯；北京：商務印
　　　　書館，1986。

布魯克爾：《文藝復興時期的佛羅倫薩》，朱龍華譯；北京：生活、
　　　　讀書、新知三聯書店，1985。

司馬長風：《中國新文學史》；香港：昭明出版社，1980。

包天笑：《釧影樓回憶錄》；香港：大華出版社，1971。

北京師範學院中文系漢語教研組：《五四以來漢語書面語言的變遷與
　　　　　　　　　　　　　　　發展》；北京：商務印書館，1959。

朱文熊：《江蘇新字母》；北京：文字改革出版社，1957。

朱德發：《中國五四文學史》；濟南：山東文藝出版社，1986。

邢福義、周光慶等：《文化語言學》；武漢：湖北教育出版社，1990。

伍蠡甫：《西方文論選》；上海：譯文出版社，1979。

李澤厚：《中國近代思想史論》；北京：人民出版社，1979。

李澤厚：《中國現代思想史論》；北京：東方出版社，1987。

李劍農：《戊戌以後三十年中國政治史》；北京：中華書局，1965。

沈福偉：《中西文化交流史》；上海：上海人民出版社，1985。

余英時：《內在超越之路》；北京：中國廣播電視出版社，1992。

伽達默爾：《真理與方法》，洪漢鼎譯；上海：譯文出版社，1992。

沈學：《盛世元音》；北京：文字改革出版社，1957。

李文治：《形聲通》；北京：文字改革出版社，1957。

周策縱等著、周陽山編：《知識份子與中國現代化・五四與中國》；
　　　　　　臺北：時報文化出版公司，1988。

周光慶：《古漢語詞彙學簡論》；武漢：華中師範大學出版社，1989。

帕默爾：《語言學概論》，李榮等譯；北京：商務印書館，1983。

胡適：《白話文學史》；長沙：岳麓書社，1986。

胡明揚編：《西方語言學名著選讀》；北京：中國人民大學出版社，
　　　　1988。

柳詒徵：《中國文化史》；北京：中國大百科全書出版社，1988。

馬祖毅：《中國翻譯簡史》；北京：中國對外翻譯出版公司，1984。

馬建忠：《馬氏文通》；北京：商務印書館，1983。

柴萼：《梵天盧叢談》；上海：中華書局，1926。

張玉法：《清季的立憲團體》；臺北：中央研究院近代史研究所，1971。

張岱年、成中英等：《中國思維偏向》；北京：中國社會科學出版社，
　　　　1991。

張德彝：《再述奇（歐美環遊記）》；長沙：湖南人民出版社，1981。

夏曉虹：《覺世與傳世》；上海：上海人民出版社，1991。

陳旭麓：《近代中國社會的新陳代謝》；上海：上海人民出版社，1992。

陳子展：《中國近代文學之變遷》；上海：中華書局，1931。

陳必祥：《中國現代語文教育發展史》；昆明：雲南教育出版社，1987。

張永言：《詞彙學簡論》；武漢：華中工學院出版社，1982。

倪海曙：《中國拼音文字運動史簡編》；上海：時代書報出版社，1948。

倪海曙：《語文雜談》；北京：新知識出版社，1957。

耿雲志:《胡適研究論稿》;成都:四川人民出版社,1985。

格里德:《胡適與中國的文藝復興》,魯奇譯;南京:江蘇人民出版社,1989。

黃遵憲:《日本國志》,沈雲龍編:《近代中國史料叢刊》續編第10輯;臺北:文海出版社。

馮天瑜:《中華文化史》;上海:上海人民出版社,1990。

梁容若:《中日文化交流史論》;北京:商務印書館,1985。

商務印書館編:《論嚴復與嚴譯名著》;北京:商務印書館,1985。

馮自由:《革命逸史》;北京:中華書局,1981。

曹亞伯:《武昌革命真史》;上海:上海書店,1982。

章開沅、林增平主編:《辛亥革命史》;北京:人民出版社,1980。

費正清主編:《劍橋中國晚清史》,中國社會科學院歷史研究所譯;北京:中國社會科學出版社,1985。

費正清主編:《劍橋中華民國史》,章建剛等譯;上海:上海人民出版社,1991。

舒蕪:《周作人的是非功過》;北京:人民文學出版社,1993。

勞乃宣:《合聲簡字》;北京:文字改革出版社,1956。

湯志鈞:《近代經學與政治》;北京:中華書局,1989。

楊根編:《徐壽和中國化學史》;北京:科學技術文獻出版社,1986。

熊月之:《中國近代民主思想史》;上海:上海人民出版社,1986。

實藤惠秀:《中國人留學日本史》,譚汝謙、林啓彥譯;北京:生活、讀書、新知三聯書店,1983。

劉守華、周光慶等:《文化學通論》;北京:高等教育出版社,1992。

劉孟揚:《中國音標字書》;北京:文字改革出版社,1957。

黎錦熙:《國語運動史綱》;上海:商務印書館,1934。

錢穆:《現代中國學術論衡》;長沙:岳麓書社,1986。

盧戆章：《一目了然初階》；北京：文字改革出版社，1956。

鍾叔河：《走向世界》；北京：中華書局，1985。

繆朗山：《西方文藝理論史綱》；北京：中國人民大學出版社，1985。

譚彼岸：《晚清的白話文運動》；武漢：湖北人民出版社，1956。

顧炎武：《日知錄》；上海：商務印書館，1933。

〔肆〕　文集傳記

丁文江、趙豐田編：《梁啓超年譜長編》；上海：上海人民出版社，
　　　　　　1983。

丁鳳麟編：《薛福成選集》；上海：上海人民出版社，1987。

王栻編：《嚴復集》；北京：中華書局，1986。

王先謙注：《莊子集解》；上海：商務印書館，1935。

王韜：《弢園文錄外編》；北京：中華書局，1959。

王力：《王力文集》；濟南：山東教育出版社，1985。

中山大學歷史系編：《林則徐集》；北京：中華書局，1963。

中華書局編輯部編：《魏源集》；北京：中華書局，1975。

中國社會科學院近代史所中華民國史研究室等合編：《孫中山全集》；
　　　　　　　　　　　　　　　　　　北京：中華書局，
　　　　　　　　　　　　　　　　　　1984。

朱自清：《朱自清全集》；南京：江蘇教育出版社，1988。

老舍：《老張的哲學》；上海：商務印書館，1928。

托比諾：《但丁傳》，劉黎亭譯；上海：譯文出版社，1984。

李鴻章：《李文忠公全書》，光緒己巳年金陵刻本。

李大釗：《李大釗選集》；北京：人民出版社，1959。

周作人：《自己的園地・雨天的書・澤瀉集》；長沙：岳麓書社，1987。

周作人：《苦茶隨筆・苦竹雜記・風雨談》；長沙：岳麓書社，1987。

周作人：《知堂序跋》，鐘書河編；長沙：岳麓書社，1987。

林紓：《畏廬續集》；上海：商務印書館，1916。

胡去非：《國父事略》；上海：商務印書館，1945。

胡適：《胡適文存》；臺北：遠東圖書公司，1985。

秋瑾：《秋瑾集》；上海：上海古籍出版社，1979。

胡珠生編：《宋恕集》；北京：中華書局，1993。

郭嵩燾：《倫敦與巴黎日記》，鐘書河、楊堅整理；長沙：岳麓書社，
　　　　1984。

夏東元編：《鄭觀應集》；上海：上海人民出版社，1983。

陳獨秀：《獨秀文存》；合肥：安徽人民出版社，1987。

唐寶林、林茂生編著：《陳獨秀年譜》；上海：上海人民出版社，1988。

張俊才著：《林紓評傳》；天津：南開大學出版社，1992。

黃保定、季維龍選編：《胡適書評序跋集》；長沙：岳麓書社，1987。

梁啓雄：《荀子簡釋》；北京：中華書局，1983。

馮桂芬：《校邠廬抗議》，顯志堂光緒 10 年刻本。

梁啓超：《飲冰室合集》；北京：中華書局，1989。

舒展選編：《錢鍾書論學文選》；廣州：花城出版社，1990。

葛懋春、李興芝編：《胡適哲學思想資料選》；上海：華東師範大學
　　　　　　　　出版社，1981。

湯志鈞編：《康有爲政論集》；北京：中華書局，1989。

喻岳衡點校：《曾紀澤遺集》；長沙：岳麓書社，1983。

焦循：《孟子正義》；上海：中華書局據學海堂經解本校刊。

曾國藩：《曾文正公全集》；上海：九洲書局，1935。

蔡冠洛編著：《清代七百名人傳》；上海：世界書局，1937。

蔡尚思、方行編：《譚嗣同全集》；上海：上海人民出版社，1983。

鄭振鐸編：《晚清文選》；上海：生活書店，1937。

蔡元培：《蔡元培選集》；北京：中華書局，1959。

樓宇烈：《王弼集校釋》；北京：中華書局，1980。

劉寶楠：《論語正義》；上海：商務印書館，1933。

黎靖德編：《朱子語類》；北京：中華書局，1986。

魯迅：《魯迅全集》；北京：人民文學出版社，1981。

繆靈珠：《繆靈珠美學譯文集》第一卷；北京：中國人民大學出版
　　　社，1987。

索 引

二　畫

四　畫

十　畫

十二　畫

十三　畫

十四　畫

十五　畫

十六　畫

十七　畫

十八　畫

十九　畫

二十　畫

二十三　畫

西人姓名對照表

（以漢字筆畫為序）

丁韙良　　William A. P. Martin

李提摩太　　Timothy Richard

利瑪竇　　Matthoeus Ricci

但丁　　Dante

林樂知　　Young J. Allen

彼特拉克　　Petrarch

胡夏米　　Lindsay, H. H.

郭士立　　Charles Gutzlaff

偉烈亞力　　Alexander Wylie

傅蘭雅　　John Fryer

薄伽丘　　Boccaccio

教育叢書書目

西洋教育思想史	林玉体	臺灣師大	已出版
西洋教育史	林玉体	臺灣師大	撰稿中
教育社會學	宋明順	臺灣師大	撰稿中
課程發展	梁恒正	臺灣師大	撰稿中
教育哲學	楊深坑	臺灣師大	撰稿中
電腦補助教學	邱貴發	臺灣師大	撰稿中
教材教法	張新仁	高雄師大	撰稿中
教育評鑑	秦夢群	政治大學	撰稿中

中國現代史叢書書目

中國托派史	唐寶林	著	中國社科院	已出版
學潮與戰後中國政治(1945~1949)	廖風德	著	政治大學	已出版
商會與中國早期現代化	虞和平	著	中國社科院	已出版
歷史地理學與中國現代化	彭明輝	著	政治大學	已出版
西安事變新探	楊奎松	著	中國社科院	已出版
抗戰史論	蔣永敬	著	政治大學	已出版
漢語與中國新文化的啟蒙	周光慶	著	華中師大	已出版
	劉瑋			
美國與中國政治(1917~1928)				
——以南北分裂政局為中心的探討	吳翎君	著	中央研究院	已出版
抗戰初期的遠東國際關係	王建朗	著	中國社科院	排印中

大雅叢刊書目

法學叢書書目

圖書資訊學叢書書目